KB261469

어느 남자의 사랑 이야기

국립중앙도서관 출판시도서목록(CIP)

어느 남자의 사랑 이야기 : 김석휘 에세이 / 김석휘. ―
서울 : 청동거울, 2007
　　p. ;　　cm
ISBN　978-89-5749-098-3　03810 : \10000
814.6-KDC4　　895.745-DDC21　　CIP2007003740

어느 남자의 사랑 이야기

2007년 12월 5일 1판 1쇄 인쇄 / 2007년 12월 15일 1판 1쇄 발행

지은이 김석휘 / 펴낸이 임은주 / 펴낸곳 도서출판 청동거울 / 출판등록 1998년 5월 14일 제13-532호
주소 (137-070) 서울 서초구 서초동 1359-4 동영빌딩 / 전화 02)584-9886~7
팩스 02)584-9882 / 전자우편 cheong21@freechal.com

주간 조태림 / 편집 이선미 / 마케팅 김상석

값 10,000원

ISBN-13 : 978-89-5749-098-3

어느 남자의 사랑 이야기

어느 남자의 사랑 이야기

김석휘 에세이

청동거울

순수한 사랑을 하는 사람들을 위하여

인간은 사랑을 한다. 가족, 친구, 동료, 일, 자연, 학문, 종교 그리고 이성에 대한 사랑을 말이다. 버트란드 러셀은 그의 긴 인생에서 세 가지 열정을 가지고 산다고 하였다. 그 중 첫 번째가 사랑이다. 그는 몇 시간의 진정한 사랑을 위해서 그의 전 생애를 바칠 수도 있다고 하였다. 이기적인 목적이 없는 사랑만이 인간을 가장 아름답게 만들 수 있다. 그런 사랑은 무한한 기쁨을 줄 수 있고, 슬픔도, 때로는 죽음도 줄 수 있다. 그러나 성공적인 사랑의 종착역이 결혼이 될 수도 없을 뿐더러, 결코 영원한 것도 아니다. 구태여 영원한 사랑을 말하자면, 서로가 무슨 이유로든 헤어져야 했던 미완성의 사랑이거나 짝사랑이라 할까? 그로 인한 맘의 상처가 크면 클수록 영원의 상처가 되기 때문이다. 혹자는 이렇게 얘기하였다. '나는 내가 좋아해서 만나는 동안은 매번 진정으로 사랑한다'라고. 그는 실연의 상처를 간직하기보다는 새 사랑을 찾아 그 상처를 바로 치유시키는 사람이라, 부럽다고 해야 할는지?

이성이라는 존재에 대해서 눈을 뜨기 전부터 인간은 본능적으로 이성을 좋아하고 독점하려는 기질이 있나 보다. 초등학교 취학 전부터 나만의 단짝 소꿉친구로 어울렸던 눈썹이 유난히 짙은 강영숙, 걔네 식구들이 1·4 후퇴 때 서울에서 왔다가 초등학교 1학년 첫 학기가 채 끝나지 않은 초여름에 갑자기 서울로 가버린 후에 첨 느꼈던 그 서운함이 지금까지 남아 있다. 또 나이도 많고 공부도 잘하여 월반을 하며 앞서 갔던, 얼굴도 예쁘고 목소리도 고왔던 2학년 때의 소길순, 그 애가 갑자기 이사를 가버린 후, 5~6년이나 지난 중2 때 막연히 그 애가 산다는 동네 어귀에서 무턱대고 여러 날 동안 서성였다. 그리고 초등학교 3학년 때 담임이었던 강영순 선생님을 몹시 좋아하여 꼭 결혼을 하겠다는 맘에서 나이 계산을 해봤던 시절을 뒤로 하고, 서서히 철이 들면서부터 단지 내 주위를 스쳐갔거나, 잠깐 머물다 간 여인네들이 저쪽 고국의 하늘 아래 무심한 세월 속에 묻혀 살아가고 있을 터인데, 그네들 중에는 꼭 만나서 때늦은 변명이나 해명을 하고 싶은 사람들이 있다지만, 다 만나 본다는 것이 현실적으로 전혀 가능하지 못할 일이고, 또 그걸 시도한다는 자체가 얼마나 무모한 일인가.

남녀가 만든 사랑은 인생에 있어서 항로를 결정해 주는 마음의 등대 같은 것. 그걸 잘 지키지 못하여 수많은 사람들이 난파를 겪으며 살지 않는가? 영원히 덮어둬야 할 과거, 꼭 캐내야 할 과거가 있겠지만, 남녀간의 잊어야 할 과거를, 잊힌 과거를 캐내어 무얼 할 건가? 세월이 무척 흐른 뒤라도 꼭 만나보고 싶은 사람들이 있다면, 그저 그네들 주변에서나마 소문 없이 돌면서 풍문만 접해 보고, 아무도 모르게 제자리로 돌아오는 것이다. 뒤늦은 만남이 도덕과 윤리의 규범을 깨어서는 안 될 일이고, 혹 만날 기회가 주어진다 해도 담담하게 옛 이야기 하듯 맘의 동요가 전혀 없을 건가? 우리는 그걸 믿지 못한다. 불혹이나 지천명을 넘겼다 하여 결코 유혹되지 않을 보장도 없을 뿐더러, 어느 상황에서도 흔들리지 않는 고매한 인격이라는 게 그저 쌓이는 것도 아니다 보니, 한동안 뇌수 깊숙이 동면을 하던 감성이 한순간에 깨어나면서, 감상과 본능의 노예가 되어 버릴 수도 있으니 말이다.

　너나할것없이 나이가 들어감에 따라 여태껏 나만의 비밀로 고이 간직했던 비밀문서를 이제 일반문서로 재분류하여 그 시절 내 맘에 담았던 애길 슬며시 흘리며, 이제 나와 내 주변을 가지런히 하고픈 선험적 발상이 절로 생기는 모양이다. 그래서 그 옛날 추억이 깃든 곳을 들러, 꼭 만나고 싶은 사람을 찾아본다는 설레는 맘을 안고 무작정 떠나, 술도 마시고 취기를 즐기며, 서글픈 여정을 만끽하고 싶은 맘이 드나 보다. 하지만 보통 사람들의 얽매인 생활 범주를 그리 쉽게 깰 수 있겠는가? 또 그리 만나서 꼭 전해줄 애기를 다 했다 하여 이제 와서 그게 무슨 큰 의미가 있을런가? 아마도 오늘같이 비바람이 몹시 몰아치는 늦가을 밤, 어쩔 수 없이 회상의 노예가 되어 안타까움에 몸부림치다 보면, 지금의 지굿지굿한 생활의 굴레를 한번쯤 털어버리고 그저 훌훌 날아가 버리고 싶다는 현실도피적인 생각이 드는 건 아닐는지.

　아무리 기를 써도 후회되는 세월을 되돌릴 수 없을 바에야 그냥 그런 대로 놔두고, 그동안 꼭 만나고 싶은 사람들 모두 한자리에 모아서 묻고 싶은 얘기, 못 다한 얘기, 변명하고픈 얘기를 이렇게 엮어 본다.

2000년 11월

김석휘

차례

제1부 어린 시절

아카시아꽃 향기 | 소식

아카시아꽃 향기

희숙의 외할머니는 일찍 홀로되어 세 딸을 데리고 하숙을 치고 있었다. 그런데 당시 하숙을 하던 어느 젊은이가 이미 정혼자가 있었다는 사실을 숨기고, 상당히 미색이었다는 큰딸과 가까이 지내게 되었다. 그러나 그 젊은이는 집안 어른들의 뜻을 거역치 못하고 혼례를 치르게 되었는데, 어린 핏덩이를 업고 나타난 한 여인네로 인하여 식장은 아수라장이 되어 버렸다. 신랑은 그 날로 행방불명이 되었고 다음해에 6·25 사변이 터지면서 서로들 영영 만날 수가 없었다.

그 애는 모친의 미색을 닮아서인지 큰 눈에 도톰한 입술이며 낭랑한 목소리는 당시 사춘기에 막 눈을 뜬 초등학교 6학년 사내애들에게 있어서는 선망의 대상이었다. 그리고 그 애의 착한 맘씨는 어디에서 왔나? 얼굴도 모르는 아버지한테서?

석이는 장난이 심하고 놀기는 좋아했지만, 수줍음을 잘 탔다. 그런데 여학생들한테는 대단히 인기가 좋아서, 6학년 1학기 반장 선거 때 압도적으로 당선이 되었다. 그리고 그 애는 부반장으로 뽑혔다. 담임선생님은 때론 숙제 검사까지 석이한테 일임을 해줬는데, 어느 날 그가 지휘봉을 들고 다니면서 일일이 검사를 하다가, 그 애 책상 옆으로 다가섰다. 그때 희숙은 입가에 엷은 웃음을 띠고 큰 눈을 슬며시 치켜뜨면서 연필 끝을 입에 댄 채, 한 손으로 노트를 살며시 내밀어 보였다. 순간 석이는 자신도 모르게 얼굴이 빨개졌다. 그 앤 목소리도 예뻤고 조숙한 탓인지, 무척 어른스레 쓴 위문편지를 낭랑한 목소리로 읽을 땐, 사내애들은 낯이 간지러워 몸을 비비꼬다가 입을 딱 벌린 채, 눈이 휘둥그레지며 얼굴을 책상에 박아 버리곤 했다.

그런데 그가 초등학교에 들어가기 전에는 서로 집을 자주 들락거리면서 놀았던 희미한 기억을 하고 있었지만, 무슨 연유로 학교를 다니게 된 후로는 이사를 간 것도 아니었는데 전혀 그 애 집엘 간 적이 없었다. 그리고 5년이나 지나서 옛 기억까지 까마득하게 잊고 있을 무렵, 처음으로 한반이 되었다. 그때는 누구누구가 조금만 가까이 지내기만 해도 뜬금없이 연애 건다는 소문으로 퍼져 곤욕을 치러야 했는데, 반장과 부반장으로 자주 만나다 보니, 석이와 그 애에 대한 이상한 소문은 발단도 모르게 퍼졌다.

2학기가 시작되고 몇 달이 지났다. 어느 날 과외 수업이 끝나고 밖에 나오니 이젠 제법 어두웠다. 모두들 운동장으로 나오자마자 누군가가 큰 소리로 몇 마디를 하니까 웅성거리기 시작했다. 막 교문을 나설 무렵에 석이를 둘러쌌던 애들이 일제히 약속이나 한 듯이 큰 소리로 외치기 시작했다.

"어, 어, 얼레리 꼴레리, 석이는 희숙이하고 연애한다네! 석이는 희숙이하고 연애한다네―!"

모두들 교문을 나와서까지도 기를 쓰고 외치고 있었다. 석이는 무척 당황하여서 아무런 변명도 못 하고 잠시 휩쓸려 가다가, 저만치 앞서서 그 앨 따르는 여자애들과 함께 총총히 걸어가는 희숙을 목격하고, 막 헤집고 앞으로 나아갔다. 순간 찬물을 끼얹었듯이 조용해지면서, 앞에 있던 애들이 길을 터 줬다. 그가 희숙이 앞을 가로막고 섰을 때, 구름같이 몰려가던 애들도 동시에 따라 섰다. 그는 상기된 기분을 어떻게 해야 할 줄 모르다가 엉겁결에 그 애의 책가방을 한 차례 걸어차면서 소리쳤다.

"야, 너 때문에 내가 이런 곤욕을 치뤄야 하냐?"

희숙이 옆에 바싹 붙어 있던 복님이가 얼른 가방을 받아 쥐었다. 그러나 그 앤 입술만 두어 번 굳게 고쳐 잡고 냉정한 표정으로 그를 쳐다보았다. 석이는 순간 당황하면서 쑥스러워지고 말았다. 미숙한 그의 행위에 금방 후회가 따랐지만 이미 엎질러진 물이었다. 그런데 그 애는 아무 말도 하지 않고 심복들과 함께 그의 옆을 비키며 어둠 속으로 총총히 사라졌다. 모두들 조용히 그 모습을 한동안 지켜 보다가 삼삼오오로 갈라져 흩어지고, 허탈해진 석이도 터덜거리는 발걸음을 떼었다. 그후로도 오누이지간이라는 어이없는 소문까지 나돌았지만, 지난번같이 일이 크게 터지지 않았기에 그런 대로 잊혀져 갔다.

중학교 입학 시험 때가 되면서 희비가 엇갈렸다. 전교 일 이등을 다투던 석이를 포함해서 댓 명의 남자애들은 소위 지방 명문이라는 J 중학교에 모두 낙방을 하는 대신, 그 애를 위시하여 서너 명의 여자애들은 J 여중학교에 합격을 하였으니 말이다. 그래서 석이는 후기 시험을 치르느라 졸업식도 참석 못했고, 후기로 들어간 중학교를 별 도리 없이 다니면서 처음 얼마 동안은 체면이 말이 아니라고 생각했지만, 곧 적응이 되어 버렸다.

그 앤 석이 집에서 그다지 멀지 않은 곳에 살고 있어서 아침 등교길에 종종 마주치게 되었다. 석이가 좀 일찍 나오게 되면, 철로가에 앉아서 논밭 건너 한 백여 미터 떨어진 그 애의 집 골목 어귀를 응시하며 기다리고 있다가 그 애가 나오는 걸 확인하고 우연히 마주치는 것같이 걸어 나와 겸연쩍게 눈길을 마주치고서 등교를 했었는데, 그렇게라도 만나지 못한 날은 우울했다. 하지만 말 한마디 없이 서로 마주치는 것만으로 흐뭇하게 생각하며 지냈고, 때론 조용히 만나서 무슨 얘기라도 하고픈 충동도 있었지만, 시종 맘에 두는 생각도 아니어서 곧 잊어버리고 지냈다.

그런데 석래라는 초등학교 6년 내내 같은 반이 되었던 개구쟁이하고 자주 휩쓸려 다니면서 밤에 그 애 집 앞 울타리에 분필로 두어 차례 '희숙이 연애대장'이라고 휘갈겼다. 그리고는 뭐가 그리 좋아서 낄낄거리며 줄행랑을 치곤하였는데, 다음날 으스름 초저녁에 몰래 확인을 해보면 깔끔히 지워져 있었다. 주위를 잘 살폈다가 또 써대고 도망가면서 짜릿한 기쁨을 만끽하였다. 그때까지만 해도 석이가 희숙을 좋아하는 감정은 어디까지나 퍼피 러브였을 게다.

그러면서 2년이 넘도록 얼굴 맞대고 말 한마디 건내지도 못하고 지내다가, 중3 때 어느 날 어머니로부터 숨은 내력을 알게 되었다. 석이와 그 애가 젖먹이였을 때부터 수 년 동안 석이 아버지와 그 애의 어머니와의 관계가 심상치 않은 사이였다는 거였다. 너무도 실망하여 가슴이 철렁 내려앉는 기분이었고, 그제야 흐릿한 옛 기억들의 의미를 깨닳을 수 있었다. 초등학교 입학 바로 전까지 양쪽 집을 들락거리면서 그 애 이모를 따라 복사꽃 피는 과수원 길을 따라 어딘가 갔던 일이며, 개네 집 뒤껼 울타리 밑에서 넌 엄마 난 아빠하며 괭이밥을 찧어 반찬을 만들고, 고운 모래로 밥을 지으며 노닐던 그 소꿉장난에 대한 희미한 기억이 되살아났다. 그리고 석이 어머니는 그 애가 어려서부터 깜찍하게 말을 잘하더라는 얘길 하면서, '석이 아버지가 우리 아버지, 우리 아버지가 석이 아버지'라는 말까지 하더라는 거였다.

그 무렵까지도 석이 아버지는 혼인 신고를 하지 않았던 터라, 한동네서 살면서 떡 행상을 하는 최씨 마누라가 하루는 호들갑을 떨면서 들려주는 말에, 석이 어머니는 정신이 번쩍 들게 되었다.

"아니, 석이 어멈은 죽 쒀서 개 줄려고 그려? 그 여편네가 살살 꼬여서 먼저 혼인 신고를 허면 어찌되는 거여? 얼마 전에는 무슨 꿍꿍이가 있었는지 석 달째 되는 애를 지웠다고 하는데 그게 사실이어? 독한 년!"

그러면서 서둘러 혼인 신고를 하라고 부추겼다. 그런 일은 응당 남편이 해줄 거라 믿고 있다가 갑자기 겁이 났다. 그러던 어느 날 두어 살 박이 여동생을 들쳐 업고 호적등본을 떼러 고향인 부여엘 갔는데, 출생 신고가 누락이 되어 서류를 뗄 수가 없었다. 며칠을 그곳에서 묵는 동안 친척 어른들이 서둘러 비슷한 나이로 사망신고가 안 된 친척 동생으로 둔갑시켜 호적을 만들어 놓고, 실제보다 한두 살 어린 나이의 복순이라는 새 이름을 가지고 돌아왔다.

석이 어머니는 부여 규암이라는 곳에서 태어났지만, 외할아버지는 독립운동을 하러 만주엘 갔다는 애기도 있고, 또 돈을 아주 많이 벌려고 중국엘 갔다는 애기도 있었는데 얼굴은 전혀 기억도 없고, 겨우 네 살 때 외할머니마저 두 살 먹은 남동생과 같이 염병으로 세상을 등지는 바람에 출생신고가 되었을 리가 없었다. 더욱이 당시는 유아들이 어려서 죽는 경우가 많아서 두어 해를 기다렸다가 별 탈이 없이 잘 크면 신고를 했다는데, 집안이 풍비박산이 난 마당에 출생 신고는커녕, 어려서부터 시집 오기까지 모진 고생을 다하면서 친척집을 전전하다가 17세에 중매로 시집이라고 와서도 고생만 하고 있을 터에, 하늘같이 믿었던 서방인지 난방인지가 그런 바람을 피웠으니 피가 거꾸로 흐르지 않을 수 없었다. 그러나 남편을 하늘같이 받들고 살던 시절이라 차마 애길 꺼내지도 못하고 혼자서 속만 끓이고 있었다.

한동네에서 살면서 사소한 일에도 소문이 나면 떠버리 아낙네들이 신나게 입방아를 찧는 판에, 별 재산도 없고 등치 또한 왜소하며 말재주도 없는 석이 아버지가 무슨 재주로 그 미모의 아낙을 꿰어 찼을까에 대해서는 최고의 관심사가 되었다. 석이 아버지가 수박 한 덩이라도 들고 철다리를 건너 둑길로 바로 들어서지 않고, 곧장 철길을 따라 그 애 집 쪽으로 가는 날 저녁 무렵엔, 집 앞이 훤하게 트여 일거수 일투족이 잘 보이는 도랑갓집 홍씨네 마누라가 즉시 달려와 보고를 하였다. 석이 어머니의 심기가 날이 갈수록 편치 않았다. 해가 갈수록 아버지가 집에 들어오지 않는 날이 많아지면서, 어느 날 홍씨네 마누라가 귀띔을 해준 얘기가 도화선이 되었다.

"아, 글쎄, 희숙이 어미 년이 말이어, 석이 엄마하고 이혼을 해버리면, 애들은 자기네들이 맡아 키우고, 할머니는 큰집으로 보내면 되지 않느냐고 석이 아버지를 꼬이더라는 얘길 했다는 거여. 참말로 굴러 온 돌이 박힌 돌을 확 빼 버리려고 하는 것이구먼!"

그날 저녁 석이 할머니도 더 이상 참질 못하고 어머니를 나무랐다.

"에미는 속도 없냐? 남편이 첩년하고 한 이불 속에서 뭉그적거리며, 별수작을 다 꾸미고 있다는데 잠이 오는 거여?"

하면서 더 이상 이 꼴은 못 보겠으니 무슨 사단을 내라고 성화를 하였다. 그래서 그날로 끝장을 내리라 맘 단단히 먹고 허겁지겁 달려가서 신발도 벗지 않은 채로 방문을 제키고 들어갔다. 모기장을 치고 두 사람이 막 잠자리에 들려다가 순식간에 아수라장이 되어 버렸다. 서로 눈이라도 찌르겠다는 식으로 삿대질을 하면서 고래고래 소리를 질러댔다.

"야, 이년아! 그렇게 빌어 붙을 데가 없어서 여편네가 이렇게 두 눈이 시퍼렇게 살아 있고, 애가 둘씩이나 딸린 남자를 꼬여 지내는 주제에 어쩌고 어째? 이혼을 허고, 누굴 또 어디로 보낸다고? 쥐뿔이나 아무것도 없고, 왜소하니 볼품도 없는 사내를 도대체 뭐가 맘에 들어 찰거머리같이 붙어서 안 떨어지느냐? 이년아—!"

"니년이 석녀(石女)라며? 니 남편이 그러더라. 니하곤 사는 재미가 없다고 말이여. 그래 말 잘했다. 쥐뿔이나 빨아먹을 돈이나 재산이 있냐? 내가 혼자 산다고 며칠 굶은 늑대같이 덤벼드는 사내놈들이 수두룩 헌데, 직장에서 그래도 제일 인간적으로 대해 주고, 그 바보같이 착한 맘에 눈먼 정을 줬던 내가 잘못이지—.”

“아따, 그년 화냥년 같은 소리 잘도 허네! 별 남세스런 소릴 잘도 지껄이는구면. 에라, 이 화냥년 오늘 맛 좀 봐라! 니년이 직장에서 내 남편을 이용하려고 들러붙었지 정을 주어? 지나가는 개도 웃겠다. 이년아!”

“니년이 서방 단속 못 하니까, 곁돈 것이고 손바닥도 마주쳐야 소리가 난다던데, 니 남편이 부처님 가운데 토막같이 가만히 있는데 나 혼자 지랄 했단 말이여?”

“어쭈, 적반하장일세. 니년이 남의 눈치도 안 보는 경우 빠지는 년이라는 건 동네 사람들이 다 안다 이년아. 니년을 첨 봤을 때부터 알아봤지. 빨래터에서 딸년 기저귀를 빨려면 먼저 온 사람들 아래쪽에 내려가서 할 것이지. 아니, 뒤늦게 온 주제에 윗물에서 똥 기저귀를 훌렁 훌렁 생각도 없이 빨아대는 걸 보고 니년이 싸가지가 없다는 건 일찌감치 알아봤었구면—.”

결국 감정이 극도로 고조되고 또 한차례 엉겨 붙자마자 서로 머리채를 잡아당겼다. 희숙의 이모들도 합세를 하는 바람에 저고리가 갈기갈기 찢어졌지만, 한참을 엎치락 뒤치락 끝에 한움큼 머리채를 잡아 뽑았던 황소같은 석이 어머니 승리로 끝났다.

그런 대소동이 있고 나서 석이 아버지는 희숙이 어머니를 달래 주느라 집에 들어오지도 않았다. 며칠이 지나고 이미 어둠이 깔린 초저녁 나절, 사죄라도 할 모양으로 석이 할머니와 어머니 몸보신하라고 쑥돌로 된 둥근 확에도 잘 들어가지 않을 만한, 엄청나게 큰 잉어를 사들고 오면서, 팔뚝만한 꽈배기 봉지도 들고 왔다. 어려서부터 그렇게 열심히 먹었던 꽈배기 덕분에 석이의 어금니가 일찍 감치 거의 다 썩어 버렸다.

결국 동네에서나 직장에서도 소문이 퍼지자 희숙 어머니는 더 이상 직장도 다니지 못하고, 다른 식구들은 모두 놔둔 채 혼자서 고향인 K시로 가

버렸다. 그리고 그곳에 가서 호구지책으로 역구내 매점을 하고 있었다. 그렇게 되자, 석이 아버지는 일정 때 경성부청(京城府廳)에서 살수차(撒水車) 조수의 경험을 되살려, 면허도 없이 직장에 있는 트럭을 윗사람 몰래 빌려서 생필품을 대준다는 핑계로 K시를 들락거렸다.

그런데 어느 날 매점 뒷방에 들어섰다가 결국 못 볼 꼴을 보고 말았다. 희숙 어머니는 양키 물건을 뒷거래하면서 자연스레 미군들을 두엇 사귀고 있었는데, 싸전 잭슨이라는 난봉꾼하고 그렇고 그런 관계로 지내게 되었는지, 뻘건 대낮에 무릎을 베고 누어 수작을 부리고 있는 걸 목격하고 눈이 뒤집혀진 석이 아버지가 악을 썼다. 경황중에 그 녀석이 기겁을 하고 도망쳐 버렸지만, 이미 물 건너 가 버린 그녀의 맘을 돌이킬 수 없었다.

"아니, 이 손 못 놔? 나도 먹고 살아야지. 딸린 입이 몇인데. 쥐뿔이나 가진 게 아무것도 없는 당신한테 더 이상 붙어 있을 이유가 없지. 돈이나 잔뜩 내놔 봐! 어디 한번 구경이라도 해보게."

그리 되면서 석이 아버지는 좁은 어깨를 축 늘어트리고 되돌아왔다. 그날로 지난 4년 동안의 시간제 아빠의 역할이 끝나 버렸다. 놓친 고기가 커 보이고, 남 주기 아까운 걸 놓아 준 씁쓰름한 기분이 오래 갈 일이었다.

세월이 흘렀다. 그리고 석이가 6학년이 되면서 둘은 다시 만났고, 또 희미한 기억이 되살아 날 무렵 어머니한테 그 숨겨진 얘길 다 듣고 난 후로, 이제 둘은 결코 좋아지낼 수 없다는 실망감과 더불어 집안끼리는 이미 서로 반목한 입장이 되었어도, 은연중 커 오기만 했던 그리움을 억제할 수가 없었다. 그리고 그게 크게 문제가 될 일이 아니라고 자위하면서 내심 더 좋아하게 되었지만, 이뤄질 수 없는 사이가 될 것은 불 보듯 뻔한 입장이 되어 있었다.

그가 모든 것을 알게 되었을 무렵에, 그 애 또한 그 내막을 모를 리가 없을 거고, 그 애 특유의 차가운 침묵을 지켰을 거라 생각했다. 석이는 그 애가 어쩔 도리 없이 주어진 운명에 너무도 속이 상했을 거라 생각하니, 연민의 정과 무척 좋아했던 맘이 어우러져 더욱 고민이 심해졌다.

그 앨 그리는 정은 학교에서 단체로 관람한 '쌀'이라는 방화를 보고 서로 지극히 위해 주는 동창생들의 우정과 사랑에 감동하면서, 애틋한 그리움이 더욱 더 가슴속에 쌓여 가고 있었다. 고심 끝에 어느 날 석이는 편지를 써서 철모르는 여동생을 시켜 그 애한테 건네 주러 보냈다가 그 애 할머니한테 들켜 된통 험한 얘기를 듣게 되었다. 나름대로 화가 나서 어느 날 밤 걔네 집 앞에 가서 전에 외국 영화에서 본 대로 위험스럽게도 화살에 불평을 잔뜩 늘어놓은 편지를 말아 쏜 일로 인하여 대소동을 일으키고 말았다. 그 일이 석이가 한 일이라 단정하고서, 그 애 할머니가 마룻바닥에 박혔던 화살을 들고 석이 식구가 세들어 사는 단칸방에 따지러 와서 영문도 모르는 어머니한테 억지 소릴 실컷 퍼부었다.

"우리네 죽이려고, 애비가 시킨 일이 아니어?"

그렇게 한바탕 난리를 치더니만, 절대로 가만두지 않겠다는 으름장을 놓고 돌아가면서, 그의 철딱서니 없는 활 장난이 탄로가 났다.

석이 어머니는 우선 위험한 짓을 했다는 점에서 별로 내키지 않는 걸음으로 그 애의 집에 바로 찾아가서 용서를 구하였다. 그 애의 이모들이 입을 삐죽거리면서 '피는 못 속이지. 머리에 피도 안 마른 녀석이 연애질을 하려고, 내 참!' 하면서, 그를 도마 위에 얹어 놓고 어머니를 난처한 입장으로 몰아치는데, 그 애가 나서서 '석이가 그런 일을 할 사람이 아녀요. 나쁜 친구들의 꾐에 넘어가서 그런 일을 했을 겁니다. 용서해 주서요'라는 말로 석이를 옹호해 주더라는 얘기를 했었단다. 결국 어렵사리 마무리가 되었지만, 평소 필요한 말도 거의 하지 않는 아버지한테 호되게 야단을 맞았다. 석이는 크게 번지는 걸 방지할 요령으로 얼른 회초리를 갖다 드렸다. 아버지는 화가 나서,

"희숙이하고 혼례라도 치러 줄까? 야, 이놈아. 하필이면 왜 희숙이여?"

다시는 그런 일이 없을 거라 수없이 머리를 조아리며 맹세 또 맹세를 하고, 스스로 자청하여 종아리를 걷어올리고 대여섯 차례 맞았다.

입시로 인한 몸살을 또 한 차례 치르고, 결국 J고등학교를 들어갔는데, 어느덧 2학년 여름 방학을 맞게 되었다. 어느 날 대문 밖에서 인기척이 있는 걸 알아채고 슬그머니 내다보니 그 애와 같이 온 영애가 주인집 아들 녀석한테 뭔가를 묻고 있었다. 그동안 석이는 개네들이 대문 안으로 들어오기 전에, 잽싸게 교복 상의를 걸쳐 입으며 쏜살같이 뛰어나가면서 우연히 마주치는 시늉을 하였다. 허겁지겁 나오는 석이를 향하여 희숙이가 먼저 말을 걸었다.

"참, 오랜만이네. 헌데 지금 어디 나가는 길이니?"

"어, 아니, 그저 좀—."

"이게 정말 얼마만이지?"

영애가 몇 걸음 옆으로 비켜줬다.

"초, 초등학교 6학년 이후로 첨이니까 한 5년쯤 되었나?"

"정말 세월이 참 빠르구나."

"으응, 정말 그렇구먼—."

그리고 둑길을 따라 한참을 거닐면서 담담하게 초등학교 동창회 준비를 의논하면서 당시에 전교 어린이 회장을 했던 정길이네 집으로 향했다. 희숙은 줄곧 공부도 잘하여 이제는 J여고에 다니고 있었다. 곁에서 본 희숙은 이제 다 큰 처자가 되어 버린 듯 성숙해 보였다. 가슴도 제법 나오고 눈은 더욱 커져서 검은 포도알같이 보였다. 흰 얼굴에 도톰한 입 매무새를 다시 힐끔 쳐다보는 순간 그도 모르게 목이 타면서 침을 삼켰다. 그러나 석이는 어떻게든지 고등학교를 무사히 끝내고 서울로 유학을 떠나가서, 이 지긋지긋한 가난의 누더기를 떨쳐 버리고픈 맘뿐이었는지, 동창회 준비로 그후 두어 번은 더 만날 기회가 있었지만, 이태 전에 있었던 쑥스러웠던 일에 대한 사과며, 초등학교 6학년 때 가방을 찼던 그 유치하고도 어처구니없던 행동에 대한 뒤늦은 사과도 하질 못했다.

그 당시 석이 식구가 살던 집은 말이 독채이지 허름하기가 짝이 없었다. 집주인 박 씨가 월세라도 챙길 요령으로 자신이 대충 지은 집인데, 부엌문이 없어 겨울이면 거적때기로 막아 놓고, 여름에는 말아 올려놓고 지냈다. 왼종일 쥐들이 천장에서 운동회를 하는지 뜀박질하고 방 뒷벽 아래가 무너져 내려 누더기같이 누런 봉투로 겹겹이 붙여 놓았다. 집 전체가 앞으로 기울어져 있어 방문을 설 닫으면 그대로 활짝 젖혀졌다.

그토록 다 찌그러져 가는 집과 같이 그의 맘도 이미 찌그려질 대로 찌그러져, 같은 동네에서 자존심이 송두리째 뽑혀 시궁창에 처박히는 고뇌를 무릅쓰고, 여섯 식구가 북적대는 단칸 셋방살이를 수도 없이 전전하면서 그토록 우울한 고등학교 시절을 보내고 있었다.

석이가 초등학교 6학년 여름방학이 끝나 갈 무렵, 맘씨 좋은 아버지가 친하게 지내던 직장 동료에게 빚보증을 해줬었는데, 여러 사람 돈까지 챙겨서 야반도주를 해버린 바람에 수 년 동안 빚 독촉을 당하다 못해, 결국은 석이가 태어나서부터 정들었던 집을 빚쟁이한테 헐값으로 넘겨 주고 개울 건너 앞동네로 단칸방에 셋방살이를 하러 떠나갔다. 이사 가던 날 철없이,

"집은 팔렸어도 저 복숭아나무는 캐어 가면 안 돼?"
라고 물었다가 어머니를 울렸던 일도 있었다. 널찍한 텃밭에 석이가 태어나기 전 해에 심어 놨던 과일 나무들하고 이별을 해야 하는 슬픔이 따랐다. 방과 후 집안으로 들어가기 전에 아직 푸른빛을 띤 붉고 노릇한 복숭아 몇 개를 따서 소매로 대충 닦아 먹다가 입술 언저리며 볼이 따가워서 헉헉거리던 일이나, 노랗게 익은 살구나무를 털어서 마구 떨어지는 시큼

한 살구를 신나게 주워 먹던 일이며, 서리꾼들이 수시로 들락거려 한밤중에 여러 차례 소동이 있었던 추억도 잊을 수가 없었다.

일단 허물어져 버린 가세는 해가 갈수록 더욱 기울어져 갔다. 애들이 커 가고 돈은 더 필요한데 아버지의 월급이 당하질 못하였다. 그렇게 허무하게 집을 팔고 처음 이사를 나온 후, 지난 5년 동안 평균 일 년에 한 차례씩 단칸방으로 옮겨 다닌 끝에 독채로 방이 두 개 있는 집 같지도 않은 곳에서 살고 있을 무렵, 너무도 뜻밖에 희숙을 그리 만나게 되었었다. 그리고 얼마 후 학교를 다니는 애들이 주선이 된 초등학교 동창회는 공부는 잘했어도 집이 가난하여 중학교마저 진학 못 한, 피난민 촌에 살았던 민애나 무척 보고 싶었던 급우들이 대부분 나오지 않은 채 싱겁게 끝나 버렸다.

뒷마무리를 하고 주축이 되었던 네댓 명이 나란히 교문을 나설 무렵, 석이는 엉뚱하게 6학년 때 일을 떠올렸다. 괜스레 혼자 얼굴을 붉히면서 두 사람 건너 희숙을 힐끗 쳐다보았다가 멋쩍게 눈길이 마주쳤는데, 그 앤 단지 씩 웃어 보였다. '잊었군. 다 잊은 게야. 그후로 난 죄책감이 들어 오랫동안 고통스런 나날을 보냈는데. 아, 또 그 어처구니없는 활 소동은 어찌하고. 참 미치겠네—' 하는 생각을 하면서도 내색을 할 수가 없었다. 그리고 고등학교에 들어 와서는 허리가 잘쏙하게 들어가고 가슴 부분이 살짝 부푼 그녀의 하복 상의와 한들거리는 감색 스커트의 모습을 곁에서 보고 싶어서, 좀 만나 보자는 뜻을 담은 편지를 여러 차례 썼다가 찢어 버렸던 편지의 글귀를 새삼 떠올려 보면서 실없이 웃었다.

희숙이가 살고 있던 집에서 조금만 가면 동산으로 오르는 길이 있었다. 산자락에는 왜정 때 유도장 건물을 개조한 교회가 있고, 그 교회를 아래로 내려다보며 중턱에 이르기까지 고목이 다 된 아카시아 나무들이 꽉 둘러차 있었는데, 5월이면 잔가지가 찢어지도록 흰 덩이 꽃들이 피었다. 바람이 불면 그 향내는 근처 아랫동네까지 날려 와 온 천지에 가득했다. 그리고 산 중턱을 지나서 정상으로 오르기 전에 널찍한 바위가 있는데, 거기에 앉아서 내려다보면 희숙의 집 뒤뜰이 잘 보이고, 운이 좋을 땐 들락날락하는 그 앨 볼 수도 있었다. 어둑해질 무렵 허전한 맘만 한아름 안고 산을 내려오곤 하면서, 석이는 그렇게 멀리서 그 애의 주위를 맴돌았었다.

이제 또 그의 옆에서 간간이 화사하게 웃으며 여럿이 걷는 지금, 둘만의 시간을 갖고 싶었지만, 다 헤어질 때까지 여럿이 같이 가는 바람에 또 기회를 놓치고 말았다. 석이는 그대로 집에 들어갈 수가 없어서, 무심코 동산에 올라갔다가 땅거미가 질 무렵 내려와 맥없이 신작로로 들어섰다. 그리고 그 애 집으로 들어가는 골목 어귀에 다다라서 잠시 얼쩡거리다가 무거운 발길을 돌리려 할 때, 누군가가 불쑥 다가왔다. 희숙이었다. 그는 소스라치게 놀라서 입이 잘 떨어지지 않았다.

"아, 아니, 어떻게 알고 나온 거야?"

"네가 산에 오르는 걸 지켜 봤었어."

"그, 그랬었구나. 사실 만나고 싶었어, 정말로 오랫동안."

"중학교 때는 별 짓을 다 해놓고. 이젠 그런 용기도 없어졌구나? 아까 교문을 나서면서 눈치챘지만……. 나도 꼭 만나고 싶었어."

샛길 옆 원두막을 지나고 곧바로 시원한 바람이 부는 둑길로 들어섰다.

"희숙아, 미안해. 모두 다 미안해. 집안끼리도 그리 꼬였었고."

"네가 왜 미안해 하니? 우린 정말 좋은 소꿉친구였고, 6학년 때는 다른 애들이 무척 부러워하는 사이였는데. 운명이라는 게 있나 봐. 나의 의지와는 별도로 내가 태어나고, 또 끌려가는 그 보이지 않는 힘 같은 거 말이야. 그런데 넌 무척 힘들어 보이는구나."

"그래? 사는 게 그렇지 뭐. 그것도 내 의지와는 관계 없는 일인데도. 그런데, 희숙인 대학은 서울로 갈 거니?"

"글쎄, 그러고도 싶지만, 잘 모르겠어. 형편이 어떻게 될지 모르니까. 누구 도움이 필요한데 가능하지 않을 거야. 석이 너는?"

"나도 희망은 없지만, 길바닥에 나동그라져도 서울로 갈 거야. 꼭. 그 길만이 지금의 나를 구하는 길인 거 같아."

"넌 겉으로 보긴 잔잔한 강 같지만, 그 물살은 거센 모양이구나. 형편이 어려운데도 과외 공부 한 번 안 하고도 J고교를 당당히 들어가고."

"하지만 앞으로가 더 문제지 뭐―."

둘은 둑길이 끝나는 언덕바지에 외롭게 서 있는 해묵은 팽나무까지 걸어 왔다. 그리고 거기서 걸음을 멈췄다. 희숙이 손을 내밀었다. 석이는 주저하다가 마지못해 손을 내밀고 살그머니 손을 잡았다. 철들어 첨이자 마지막으로 잡아 보는 손길이었다. 희숙의 큰 눈이 멀리서 비추는 시내 불빛에 반짝였다.

"석이 너는 꼭 해낼 거야!"

"하지만, 정말 이렇게 헤어져야 하는 거니?"

짧은 만남이었다. 석이는 희숙의 희미한 모습이 보이지 않을 때까지 팽나무 옆에 서 있었다. 갑자기 두 눈이 흐려지면서 세상 모든 게 범벅이 되었고, 한여름 밤의 무수한 별들도 모두 다 흐느적거렸다.

결국 희숙은 고향에 남아 교육대학에 들어갔다는 얘길 들었다. 만약 서울로 갔더라면, 어떻게든 또 만나 볼 기회도 있었을 거라는 생각도 하면서, 글짓기에 소질이 많았던 그 애의 재질이 아깝다는 생각을 해 봤다. 2년 후 교육대학을 졸업하고 어느 초등학교로 발령이 났는지 모르지만, 고향을 떠났다는 얘기도 들었다. 새로운 환경에서 새로운 사람들과 기억하고 싶지 않은 지난날들은 과거에 묻어 버리고, 새 생활을 하고픈 그 애였으리라. 다시 반추하고 싶지 않은 불행했던 엄마의 과거며, 맘 아픈 옛 일이기에 그 일을 누구보다 잘 아는 석이와는 두 번 다시 만나고 싶지 않았으리라는 것을 쉽게 상상할 수 있었다.

그날 저녁 나절 이후로 30년이 넘는 긴 세월이 흐르고 있다. 더 세월이 가기 전에, 언제라도 연락이 되면, 다정했던 초등학교 동창생의 자격으로 까마득한 옛 일을 얘기할 수 있을 것 같은데, 지금은 단지 맘속에서만 겉도는 안타까운 일로 남았다. 올해도 탐스럽게 핀 아카시아꽃이 어우러진 공원 산책길에 바람이 불더니, 추억의 냄새가 스쳐 갔다. 고개를 들어 치렁거리는 꽃송이를 한참 쳐다보다가, 이역만리 서편 하늘 쪽으로 눈을 돌렸다. 늦은 오후의 햇살에 고공을 나르는 여객기가 은빛 점으로 반짝이면서, 새하얗게 뿜어 나오는 비행운이 붉게 저물어 가는 하늘을 길게 가르고 있었다.

소식

　석이는 방과 후 분단별로 돌아가면서 배정된 청소가 끝나자 후닥닥 교실 밖으로 제일 먼저 나왔는데, 책상 맨 안쪽에 틀어박혀 있던 빈 도시락을 챙기러 다시 들어갔다가, 결국 제일 늦게 가방을 다시 꾸려 메고 터덜거리고 나왔다. 먼저 나온 애들은 이미 삼삼오오 짝을 지어 시끌벅적하게 떠들면서 운동장을 거의 건너지르는데, 교사 뒤꼍 묘목장 쪽에서 갑자기 운동장으로 넘어 들어온 회오리바람이 흙먼지와 종이 조각들을 잔뜩 휘감고 반대편 미루나무 쪽으로 몰고 가고 있었다.

　사내애들은 기성을 지르면서 그 속으로 들어가 뒤범벅이 되어 따라 뛰고 있었고, 여자애들은 같이 가던 선생님의 양팔을 붙든 채, 몸을 움츠리며 양 겨드랑이에 머리를 바싹대고 그게 다 지나갈 때까지 서 있었다. 회오리 바람이 운동장의 맨 끝에 있는 커다란 미루나무와 판자 울타리를 치고 옥수수 밭을 지나치면서 그 기세가 약해지더니 공중에 높이 솟았던 그 종이 조각들이 삐라같이 나풀거리며 이곳저곳으로 떨어지고 있었다. 그걸 한동안 넋을 놓고 쳐다보고 나니, 그 통에 먼저 나간 민애는 운동장 이 끝과 저 끝을 아무리 둘러봐도 보이지 않았다. 모처럼 같이 산을 넘어 집에 가려 했던 계획이 깨지고 말아, 석이는 여간 서운하지 않았다.

"에이, 하필이면 그놈의 회오리 바람이 지금 지나갈 게 뭐람—!"

하면서 투덜거렸다. 그냥 운동장을 건너질러 교문을 지나 철길을 따라서 갈까 하다가, 서둘러 가면 중간에서 만날지도 모른다는 생각이 들자 산을 넘어가기로 하고, 학교 뒤꼍으로 방향을 바꿨다. 동북쪽 맨 구석에 있는 화장실 옆으로 높이가 5~6미터는 족히 되는 가파른 언덕이 있는데, 산을 넘어서 학교엘 오는 몇 장난꾸러기들이 아래쪽 과수원 입구까지 한 50여 미터를 내려가면 운동장으로 통하는 동문이 있는데도, 거기까지 가기가 싫어서 이곳에 대여섯 차례 발끝이 들어갈 만한 구멍을 파 놓고 근처의 지형 지물을 이용해서 귀신같이 오르내려 다녔다. 뒷걸음으로 서너 개를 조심스레 내려오다가 훌쩍 뛰어내려 달리면, 10여 미터 내에 5학년 2반으로 바로 통하는 복도 문이 있기 때문이었다. 녀석들은 벌도 수차례 받았었지만, 여자애들 앞에선 더욱 신이 나서 묘기를 부렸다.

석이는 그 밑에 다가와서 언덕 위를 치켜봤다. 푸른 하늘에 구름이 흘러가는지 갑자기 앞으로 무너지는 착각을 했다. 그러다가 구멍의 위치를 살펴본 다음 한번에 오를 요령으로 손에 침을 바르고 머리 위쪽에 있는 긴 풀을 움켜잡고 오른발을 무릎까지 올려서 구멍에 끼고 튀어오른 뒤 왼발이 다음 구멍에 잘 닿지가 않는 바람에 쫄딱 미끄러져서, 양 무릎에 황토 자국을 그리고 말았다. 결국 몇 차례 시도 끝에 겨우 기어오르니 운동장이 널찍하게 보이고 단층 교사의 용마루가 길게 한눈에 내려다보였다. 기분이 무척 좋았다. 다음엔 녀석들하고 같이 용감하게 오르내릴 거라 맘을 먹는 순간, 바지를 내려다보니 좀 심하게 얼룩이 져서 양손으로 비벼 봤지만, 황토 자국은 선명하게 남았다.

그때 발자국 소리가 나는 것 같아 뒤를 보니 저만치 탱자나무 울타리 곁으로 뜻하지 않게 민애가 혼자 올라오고 있었다. 그 애가 가까이 올 때까지 석이는 난처한 듯 엉거주춤하게 서 있었다. 바지 따윈 금방 잊어 버리고, 기분이 너무 좋아서 어쩔 줄 몰라 했다.

"석이 너도 그리로 올라 다니니? 선생님이 아시면 혼나는 거 알지? 응, 너 같은 우등생도 개구멍으로 다니는구나!"

"개구멍은 아니다. 그냥 좀 빨리 갈려고 그랬지―."

"거긴 개구멍보다 더하지. 위험하잖아."

"여하튼 소문은 내지 마. 너만 알고 있어."

"그런데 바지가 엉망이네."

"괜찮아. 우리 엄닌 이런 일로 뭐라고 안 하셔. 내가 조용한 것 같으면서 장난이 심한 걸 잘 아시니까."

석이는 어찌됐건 이렇게 만났으니, 전화위복이 되었다고 생각하면서 신바람이 났다.

"민앤 매일 이 길로 다니는구나. 겨울엔 바람도 더 세게 불고 춥겠다. 눈이 많이 오면 어떻게 다녔니? 비가 와도 길이 질어서 엉망일 텐데―."

"그래도 지금까지 잘 다녔는데 뭐. 눈이 많이 오면, 너 사는 동네로 돌아가면 되는데, 서너 배는 더 걸어야 돼. 작년 겨울엔 며칠 동안을 그렇게 간 적도 있었지."

지난 5년 동안 대부분의 애들이 새 학년이 되어 반을 재편성할 때 갈라졌지만, 민애와는 계속 한반을 해왔고 공부도 여자애들 중에서는 부반장을 하는 영순이와 일 이등을 다투고 있었다. 그 앨 따르는 애들과 민애를 따르는 애들하고 두 패로 갈려져 있었는데, 실제는 토박이와 피난민촌 아이들의 갈림이었다.

지금 오르는 산길은 거의 정상 근처에서 남북으로 갈린다. 석이가 사는 동네 반대 방향인 북쪽으로 갈려지는 길을 따라가면, 낮은 언덕에 온통 밀밭들이 있다. 좀더 내려가면 큰 방죽이 있고, 둑길을 따라서 곧장 가면 '숙사'라는 곳이 있는데, 모두들 뜻도 모르고 그렇게 불렀다. 6·25 때 이북에서 피난 나온 사람들이 모여 사는 곳으로 양철지붕으로 된 기다란 건물 여섯 동이 나란히 있었다. 그곳은 피난민촌이었다.

토박이들은 그 근처에 가는 걸 몹시 꺼렸다. 어쩌다 근처를 잘 모르고 갔다가는, 비슷한 또래의 애들이 떼로 몰려나와 이유도 없이 두들겨 패고, 뭐라도 가져갈 만한 물건만 있으면 죄다 뺏어 갔다. 그런 후에는 여지없이 본토 응원군을 이끌고 와서 보복 전쟁을 일삼으면서, 기를 쓰고 패싸움을 하는데, 난민촌의 쪼그만 녀석들도 돌팔매를 어찌나 잘하던지 제법 먼 거리까지 얄팍한 돌멩이가 휙휙 거리며 날아와 기가 찰 노릇이었다. 불행하게도 그곳 적지에서 민애가 살고 있었다.

민애하고 모처럼 둘이서 걷는 산길 주변은 이미 가을이 물들여져 있었다. 오른쪽으로 과수원이 산중턱까지 펼쳐져 있고 찍찍한 탱자나무 울타리가 감싸고 있었다. 그 과수원은 미술 담당이신 허 선생님의 집안 소유인데 배나무와 복숭아나무가 많았다. 봄비가 촉촉이 내린 끝에 굽이굽이 흰 물결과 연분홍 물결이 파도치듯 어울려 있을 땐 장관을 이뤘다. 그리고 북쪽 언덕바지에는 돌로 된 서양식 건물이 있는데, 남쪽 벽은 커다란 유리 창문으로 되어 있고 지붕에도 큰 창문이 나 있었다. 그곳에서 선생님이 파이프를 물고서 대문짝만한 풍경화를 그리는 모습을 뵌 적이 있었다. 건물 바로 옆에는 계곡에서 흐르는 물이 조그만 연못을 이루고, 창포와 수련은 물론 금붕어도 있었다.

계곡 근처는 탱자나무 대신 철조망을 쳐 놨지만 그래도 서리를 하러 들어가기엔 제일 좋은 곳이었다. 혹 들키는 날에는 학교로 보고가 되는 건 물론이고, 그 과수원집 고명딸 정희는 어찌나 입심이 센지 신나게 나발을 불고 다닐 건 뻔하여, 단단히 쪽도 팔릴 일이었다. 샌님 같은 석이가 붙들린 날이면, 학교는 물론 온동네가 떠들썩할 걸 잘 알면서도, 애들하고 어울려 다닐 땐, 그런 걸 염두에 둘 리가 없었다.

그런데 오늘은 그 아틀리에가 잘 보이는 뒤꼍을 지나고 있었다. 낮은 탱자나무 울타리 안쪽에는 선 붉은 옻나무들이 보이고, 길섶 키가 제법 큰 몇 그루의 낙엽송 잎들도 이미 노랗게 물들어 가고 있었다. 마침 새빨간 고추잠자리 한 마리가 노란 잎들 사이에 걸쳐 있는 푸른 하늘에서 헤엄을 치듯 유유히 떠다니고 있었는데, 여름철 해질 무렵 먹이를 찾아 냇가에 떼로 날아드는 수백 마리의 불그스레한 고추잠자리하고는 질적으로 틀렸다. 이건 정말 야— 소리가 나오도록 고왔다. 그러다가 힐끗 민애를 바라보니, 그 애의 암갈색 머리카락도 유난히 빛나면서 옆으로 날리고 있었다.

작년 가을 방과 후 친구들하고 키를 넘는 코스모스 길 새로 뛰노는 민애를 우연히 물끄러미 보다가, 유난히 정수리 부근의 머리가 반지르하게 빛나면서 화사하게 웃을 때, 서글서글한 눈이 거의 감겨지면서 쪼르르 박힌 이를 뽐내듯 활달하게 웃는 모습에 석이는 반해 버렸었다. 그런 민애와 단둘이서 산길을 걷다니 꿈만 같았다. 이젠 봄날 쪽쪽 뽑아 먹던 삘기도 솜사탕같이 하얗게 터져 나와 있었고, 몇 개를 공중에 뿌려 봤다. 민들레 꽃씨가 날리듯 푸른 하늘로 휘날렸다.

"사실은 청소 끝나고 너하고 어딜 같이 갈려고 맘먹었었다."

"그랬었니? 미리 얘기를 하지 그랬어. 남자애가 숫기가 없구나."

"그보다 널 만날 기회가 있어야지. 너희들은 맨날 우르르 몰려다니잖아. 겨울이 오기 전에 꼭 보여주고 싶은 데가 있는데—. 우리 애들하고 몰려다닐 땐 자주 가는 곳이야. 저쪽 과수원 맨 끝에 있는 계곡인데 거긴 탱자나무도 없고 철조망을 대충 쳐 놨어. 맘만 먹으면 얼마든지 과수원 안으로 들락거릴 수가 있단다."

"그래, 알았다. 복숭아 따먹으러 꽤나 다녔구나!"

"아녀. 난 딱 두 번 갔는데, 녀석들이 워낙 눈치를 살펴서 날 안 데리고 가려고 한다고. 내가 깡다구가 없다고 말이여. 하지만 녀석들이 내 말은 아주 잘 들어. 난 사실 계곡 근처에 가는 것이 더 좋지. 찔레넝쿨이 쫙 어울려 있고, 펀펀한 뗏장이 깔려 있는 쌍묘도 있는데, 반듯한 돌 제상에서 패대기 불어 먹는 놀이하기는 제일 좋은 곳이야. 근처엔 상수리나무가 많이 있지만, 밤나무도 제법 있단다."

"변명 말고, 대체 누구 허고 어울려 다녔니?"

"으응, 그게 말이야―. 소문나면 곤란한데, 이건 생사가 달린 문제이니깐, 비밀은 지켜야 돼."

"넌 정말 날 못 믿는 거니?"

"아냐, 너, 넌 믿지! 저 말이야, 그 다리 저는 뽕까허고, 낭코라는 애 있잖아. 그 개고기 최명근이 그리고 정호랑."

"넌 보기와는 참 많이 달러. 그런 말썽쟁이들허고 어울려서 도대체 또 뭘 했는데?"

"복숭아 철이 끝나면, 서리할 것도 없잖아. 대신 탱자나 상수리도 따고, 상수리는 크고 먹음직스러워 한 번 씹어 봤는데, 어유 되게 떫더라. 그거로는 도장 파는 데밖에 쓸모가 없어. 그리고 빨간 찔레 열매를 훑어서 씹으면 굉장히 달지만, 씨에 갈고리가 있어서 목구멍으로 막 기어들어 간다. 눈물이 나도록 캑캑거려야 겨우 나와. 헌데, 지난번은 그리로 오자마자 책가방을 한곳에 놓고, 낭창낭창한 긴 회초리 한 대씩 준비해 가지고, 개구리만 잡으러 한참 동안 계곡 근처를 누비고 다녔었지."

"개구릴? 아니 개구리를 잡아서 뭐 하게. 그것만 전문으로 잡으러 다니는 아저씨들은 봤지만, 너희들은 뭐 하려고 그랬냐?"

"그래, 얘기를 좀 들어 봐. 처음엔 그 미욱스런 생김새가 생각이 나서, 도저히 못 먹겠더라고. 헌데 녀석들이 맛있다고 하도 떠들어 싸서 망설이다가 조금 먹어 보니까, 닭고기 맛하고 비슷해. 구역질이 날 줄 알았는데,

사실은 맛이 좋았어. 탄 부분을 툇툇거리면서, 바삭바삭한 다리 몇 개 먹어 봤지 뭐."

"우왝! 너도 그걸 먹었단 말이야?"

"난 그냥 좀 맛만 봤다니까. 뽕까허고 낭코는 도사가 됐더라고. 먹는 것도 그렇지만, 녀석들은 회초리로 후려치는 솜씨도 기똥차고, 앞쪽을 발로 콱 밟고 뒷다리를 잡아당기니까 한자로 팔자같이 다리만 쏙 빠져. 그리고 껍질을 홀랑 벗긴 다음엔 갈대에 쏙 끼는 거야."

"뭐라고? 어유 잔인허고 징그럽고. 개구리 잡는 백정들이야."

민애는 기겁을 하고 석이 너도 다시 봐야 하겠다며 앞으로 막 뛰어갔다. 갑자기 당황한 석이도 마구 뛰었다. 괜스레 신이 나서 떠들었다가 모처럼 단 둘이 걷는 기회를 망쳐 놓은 것 같은 생각이 들어 이름을 부르며 다급하게 뛰었다. 오늘 같이 가려던 계곡을 오른쪽 눈 아래로 내려보면서 계속 뛰어갔다. 놀란 참새들이 길 아래 수수밭 쪽으로 떼지어 날아갔다. 민애는 산등성이에서 우뚝 섰다. 막 따라가던 석이도 바로 뒤에서 양손을 무릎에 대고 헐떡거렸다. 민애가 뒤돌아서서 석이를 잠시 내려다봤다. 실망과 화로 얼룩진 표정이 역력했다. 입을 실룩거리며 뭔가를 얘기하려다 그만두고 다시 휙 돌아서서 천천히 걸어갔다. 석이가 옆으로 붙으며 아직 숨을 바투 쉬면서 겨우 말을 이었다.

"미안해. 미안하다니까. 재미로 들어 줄 줄 알았어."

"괜찮아. 내가 괜히 화를 냈나 봐. 상관없는 일인데. 내가 뭐 네 애인이라도 되니?"

"애인?"

석이는 입을 다물지 못하고 서 버렸다. 연애라는 말만 들어도 쑥스러운데, 갑자기 애인 소리를 들으니, 기분이 아주 묘했다. 잠시 후 숙사로 가는 길과 석이가 사는 동네로 가는 길이 갈라지는 언덕이 보이자 잠시 머뭇거리다 말을 했다.

"민애야, 잠깐만 있어 봐. 우리 저기 가서 조금만 있다가 가자."

그리곤 앞동네가 보이는 곳으로 걸어 나왔다. 검은 바위가 많이 나와 있어서 동네 사람들은 검바위라 부르는데, 그 바위 때문에 동네 여자들이 기가 세다는 얘기를 어른들한테서 자주 들었지만, 그곳은 널찍한 데도 많아서 놀기에는 안성맞춤이었다. 낮에 땡볕에 데워져 있어서 바위는 따스했다. 거기에 앉으면, 저 밑으로 석이가 사는 앞동네도 보이고 개천도 보였다. 개천 건너 제방에서부터 철로길이 지나가는 언덕까지 넓은 논으로 이어져 있었다. 홍수가 지면, 징검다리가 무용지물이 되어 제법 큰 나무다리를 만들어 놨는데, 하필 다리 밑에 상여를 꾸릴 때 쓰는 기구들을 묶어 놔서 밤늦게 혼자 건너 올 땐, 오금이 저리고 발이 안 떨어지는 듯했었다. 그럴 때마다 큰 소리로 '해는 져서 어두운데, 찾아오는 사람 없어—'를 부르며 뛰어갔었다.

그리고 철로길 건너로 시내가 보이고 시내 저편 더 멀리 푸르스름하게 산등성이가 병풍같이 둘러쳐 있는데, 그 중에서 유난히 남고산이 돋보였다.

"석이야, 너네는 잘살지?"

"아버지가 공무원이시니까 그런 대로 살아. 초가집이지만 방도 많이 있고, 텃밭도 커서 어머닌 토마토도 심고, 김장배추도 갈고 그래. 과일 나무도 몇 그루 있는데, 언젠가는 한밤중에 사촌형이 소리를 고래고래 질러 온 식구가 깨어 나가 보니, 누가 살구나무에 올라가서 마구 흔들면서 살구를 털고 있어서 형이 큰 소리를 치니까, 펄쩍 뛰어서 개천 쪽으로 도망갔다고 씩씩거리며 얘기하더라. 뭐, 무서워서 지레 큰 소리를 친 거지 뭐. 어서 도망가라고 말이야."

"설마 그랬을까? 하여튼 좋겠다. 큰 마당도 있고, 과일 나무도 있고, 또 화장실도 물론 따로 있겠지?"

"물론이지. 헌데, 또 내가 헛소리했구나. 너두 이쪽으로 나와서 우리 집 근처에 살면, 숙제도 같이하고, 공부도 더 잘해서 나란히 시내에 있는 일류 중학교에 가면 좋을 텐데. 그 여중학생들 오른쪽 가슴에 있는 하얀 뿔에 붙어 있는 초록색 뺏지가 너무 예쁘더라. 그리고 나도 모자 태에 굵은 흰줄이 있는 모자를 쓰고 다니는 그 J중학교엘 꼭 가고 싶다. 내년에 우리 열심히 해보자."

"그런데 난 힘들지 몰라. 그곳에 사는 사람들은 너무 가난해. 전쟁 중에 고향을 떠나와서 가진 게 아무것도 없고, 가족을 잃은 사람도 많아. 나는 너희들보다 두어 살은 더 많을 거야. 한곳에 정착을 못 하고 돌아다니느라 입학이 늦어졌어. 거기 사는 사람들은 별로 탐탁스런 직업도 없고, 농사를 지을 땅도 물론 없지. 너도 봤지만, 국민학교를 다니는 것도 쉽지가 않아서 많은 애들이 집에서 놀고 있잖아. 수험료, 기성회비와 책값이며 교복, 학용품 같은 거 살려면 다 돈이 들어가는데ㅡ."

"너네도 그렇게 힘이 들어? 너 같은 애가 중학을 못 가면, 안 되는데ㅡ. 어떻게 도리가 없을까? 돈 좀 있는 친척도 없어?"

"애는? 피난까지 왔는데, 무슨 친척이 있겠어. 우린 그저 수용소에서 사는 것같이 지네. 갖은 천대를 다 받고 살지. 뒷산 비탈에 공동묘지가 있고, 화장터도 있잖아. 그리고 이젠 만성이 됐지만, 장의 행렬은 거의 매일 보는 곳이야. 밤에는 지게로 관만 지고 가는 것도 자주 봤단다. 어찌됐건 무상으로 터전을 마련해 준 건데, 불평을 한들 무슨 수가 있겠어? 가진 게 없으니 그곳에서 나오지도 못하고, 마지못해 살아. 그래도 이젠 거기가 편해. 넌 더 열심히 해서 우리들 몫까지 공부를 해서 훌륭하게 되어야지."

"무슨 말을 그렇게 해? 졸업하면 어디든지 돈 벌러 떠날 사람처럼."

산 위로 스쳐 불어오는 맞바람에 밀밭이 거대한 파도를 치는 바다같이 출렁댔다. 민애의 머리도 정신없이 휘날렸다. 밀밭 옆으로 줄줄이 서 있는 감나무엔 가지가 휘도록 불그스레한 땡감들이 열려 있었는데, 부러질 것 같이 휘청거리고 있었다. 석이는 더 이상 민애를 위해 할 말이 떠오르지 않았다. 고개를 돌려 얼굴을 쳐다봤다. 순간 민애도 고개를 들어 그를 쳐다보고 입술만 옆으로 길게 늘이며 씩 웃었다. 고개를 다시 돌린 그 애가 울고 있을 지도 모른다는 생각을 했지만, 고개를 한 번 휙 젖히니 머리카락이 옆얼굴을 가려 버렸다. 민애가 잠시 후 입을 열었다.

"더 늦기 전에 가 봐야 해. 저녁밥은 내가 짓거든."

석이는 펄떡 일어나서 손을 내밀었다. 민애는 별 도리 없이 그 손을 잡고 일어났다. 민애의 손을 놓고 싶지 않았다. 혹 애들이 볼 테면 보라는 듯이 놓지 않았다. '석이는 연애 대장. 얼레리 꼴레리, 민애하고 연애한다네!'라고 약 올려 먹여도, 화가 나지 않을 거라 생각했다. 민애는 자꾸 누가 보면 어떡하려고 그러냐며 자꾸 손을 빼려 했다. 그러나 그 손을 놓지 않았다.

"안 돼, 너 같은 애가 중학교엘 안 가면 어떡허냐? 세상이 정말 고르지 못해. 내가 너네 엄마, 아빠 좀 만나 이렇게 빌면서 부탁해도 안 될까?"

"앤, 어린애같이. 사실 난 아빠가 안 계셔. 동란 때 행방불명되셨거든. 그래서 우리는 그 피난민촌을 못 떠나. 그곳에 있는 많은 사람들이 우리같이 언젠가 수소문을 해서 들이닥칠 줄 모르는 식구들을 기다리며, 그렇게 엉겨 살고 있는 거야."

석이는 얘기를 하면 할수록 맥이 빠져 버렸다. 잠시 후 갈림길이 있는 데로 돌아올 때까지 손을 놓지 않았다. 민애의 손이 좀 거칠다고 느꼈지만 따뜻했다. 이 손으로 밥도 하고, 빨래도 한다는 사실이 믿기가 힘들었다. 하지만, 그렇게 기분이 좋을 수가 없었다. 그렇게 그냥 한데 녹아 붙어져 버리면, 죽으나 사나 같이 다닐 거라는 생각을 해봤다.

가을이 깊어지면서 석이는 민애와 지난번같이 또 만나고 싶었지만, 전혀 틈이 나질 않았다. 주변에 따르는 패거리들에 둘러싸여 항시 어울려 다녔다. 어느 날 방과 후 교실 뒤편 '우리들의 자랑'에 붓글씨 쓴 습자지와 그림을 붙이면서 환경미화를 할 기회가 생기는 바람에 내일 학교 끝나고, 지난번 얘기했던 계곡으로 나오라는 얘기를 살그머니 해줬다. 검바위에서 만날 약속을 하려 했지만 사방이 훤히 터져 있고 가끔 아는 애들도 눈에 띄어서 그냥 생각나는 대로 얘기를 해줬는데, 민애는 대답 대신 고개만 조금 끄덕여 줬다. 그런데 다음날 민애는 결석을 하고 말았다. 국어시간에 전체의 대강을 발표할 때 민애를 힐끗 쳐다보면 씩 웃어 주곤 했는데, 오늘은 그 빈자릴 보니 영 기운이 나질 않았다. 그 다음날도 학교엘 나오지 않았다. 생각 끝에 담임 선생님한테 왜 결석을 했는지 물어 봤다.

"독감이 걸려서 학교엘 못 나온다고, 결석계를 근처에 사는 친구가 전해 줬구나. 석이도 병문안을 갔다 오려고?"

"가도 될까요?"

"그럼―. 될 수 있으면 가 봐야지. 더구나 석이하고 민애는 상당히 친하게 지내잖아? 며칠 지나면 낫겠지 하는 생각은 누구든지 할 테니까."

좀 쑥스런 생각이 들었지만, 서둘러 집엘 들러서 숙사로 발길을 돌렸다. 먼발치에서는 자주 봤지만, 가까이 다가가니 비슷한 또래 되는 녀석들이 공을 차다 말고 힐끗힐끗 쳐다보면서 경계를 하는 것 같은 생각이 들어서, 건물 쪽으로 걸어가는 어떤 아주머니한테 얼른 따라 붙으며, 민애네 집을 물으면서 바로 입구까지 들어가게 되었다.

양철 지붕으로 된 건물이 남북으로 길게 지어져 있는데, 출입문이 모두 다 동쪽에서 들어가게 되어 있었다. 민애가 산다는 곳의 문이 조금 열려 있어 조심스레 들어가니, 통로가 있고 바로 옆에 부엌이 어울러져 있었다. 폭 좁은 마루가 나있고 마루 건너에 방이 두 개씩 붙어 있었다. 빛이 출입문의 창과 판자 틈으로 흘러 들어오는 게 전부라 제법 어두웠다. 두 차례 이름을 불렀다. 왼쪽 방에서 민애 어머니인 듯한 아주머니가 나오셨고, 잠시 후에 옆방으로 조심스럽게 따라 들어갔다. 방은 의외로 서편에 작은 창이 있어 밝았다. 석이는 어머니가 싸 준 단감 보따릴 윗목에 내려놨다. 그애는 인기척에 눈을 슬며시 뜨면서 일어나 앉으려 했지만, 민애 어머니는 그냥 누워 있어라 하시면서 머리를 조심스럽게 받힌 후 베개를 하나 더 고여 줬다.

"정민애, 나야. 석이. 날 알아보겠어?"

민애 어머니가 먼저 얘기를 해줬다. 그저께 저녁부터 기침을 심하게 하더니만, 열이 어찌나 나던지 무슨 일이 일어나는 줄 알았다면서 눈물을 글썽이셨다. 오늘에서야 물도 마시고 미움도 든다고 말씀하셨다. 어제는 언니가 병시중을 하느라, 일을 빠지고 오늘은 어머니가 간호를 해줬다고 했다.

"정말 호되게 걸렸구나."

그 애는 겨우 입을 떼었다.

"여기는 웬 일이야? 너두 옮으면 어쩌려고?"

"에유, 지 걱정이나 허지. 난 남자 꼭대기다―."

민애는 어이가 없다는 듯이 눈을 잠깐 감았다 뜨면서 피식 웃다가 말았다.

"빨리 털어 버리고 학교엘 나와야지―. 다들 기다린다. 담임 선생님은 어제 다녀가셨다며?"

"응. 어젠, 어지럽고 눈도 잘 뜨지 못해서 더 혼났지."

어두워지기 전에 가보라는 얘기를 자꾸 하는 바람에 일어서서 나오려 하니 왠지 눈물이 핑 돌았다. 그리고 쓰게 웃으면서 손을 살짝 흔들고 나왔다. 곳곳에서 저녁 짓는 연기가 솟아오르니 공장지대 같다는 생각이 들었다. 노을이 검붉게 타고 있었다.

민애는 그 다음날 눈이 꺼벙해 가지고 학교엘 나왔다. 전처럼 종종 복도에서 만나면 몇 마디씩 얘기하다가 낄낄거리고 지나치면서 뛰놀곤 했다. 토요일 대청소날에 유리창을 닦을 기회가 오면, 민애가 창틀에 올라가 앉는 걸 보고 잽싸게 마주보고 닦을 요령으로 뛰어올랐다. 오랫동안 둘만이 얘기할 수 있는 가장 좋은 기회였다.

가을이 깊어지면서 어느 일요일, 동네 형들과 같은 또래 애들과 어울려 칡뿌리 캐러 가면서 그 난민촌을 먼발치로 지나갈 때도, 언덕바지에서 놀다가 괭이를 어깨에 메고 가는 석이를 먼저 알아보고 민애는 손을 흔들며 큰 소리로 외쳤다.

"석이야! 칡뿌리 캐러 가는구나. 많이 캐!"

긴 겨울 방학이 지나고, 6학년이 되면서 이번에는 서로 다른 반으로 갈라져, 얼굴 보기도 쉽지 않았다. 석이는 과외를 하고 나면, 어두워지고서야 교문을 나섰고, 그런 때는 산으로 질러가질 못하고 큰길로 다른 애들과 같이 돌아서 집엘 갔다. 가끔 전교생 조회가 있을 때 잠깐 보고, 점심시간에 스쳐 지나며 몇 마디 나누는 정도였는데, 진학을 아예 포기하고 과외 수업을 받지도 않는지 과외가 끝나고 그 애가 속해 있는 반 입구에서 기다려 봐도 보이지 않았다. 2학기가 되자, 학교에서는 시내 명문 중학교에 한 명이라도 더 붙여 볼 요량으로 정신 못 차리게 밀어붙이고 있었다. 해가 바뀌고 후기 입시까지 치르는 와중에서 졸업식에도 참석을 못 하는 바람에 석이는 민애를 결국 마지막 날까지 만나질 못했다.

석이가 중학교엘 다닐 때는 그 애 생각을 거의 해보지 못했었는데, 고등학교 1학년이 되면서 어느 여름날 방천길 옆 팽나무 밑에서 친구하고 앉아서 얘기를 하고 있다가 어떤 젊은 여자가 지나칠 무렵 깜짝 놀라고 말았다. 분명 민애였다. 순간적으로 그는 교복 입은 모습을 보여주고 싶지 않아서 잽싸게 몸을 웅크렸다. 쥐구멍이라도 있으면, 들어가고픈 맘이었다. 그 애는 결국 상급학교 진학은 첨부터 포기하고 공장엘 다니는 것 같았다.

밤일을 들어가는 행렬이 이어지는 시간이었고, 멀리 방직공장의 확성기에서 흘러 나오는 구슬픈 유행가 소리가 바람결에 날려 커졌다 사라졌다 하며 들려오고 있었다.

다음날도 근처에 숨어서 총총히 걸어가는 모습을 지켜 보았고, 또 그 다음날도 그렇게 그 애의 뒷모습만을 쳐다봤다. 민애의 따뜻한 손을 잡았던 오른손을 슬그머니 만져 보았다. 그러면서 벌써 4년이 지나는 동안 무심하게 지냈던 자신을 무척이나 책망을 하면서도 선뜻 앞에 나설 용기가 나지 않았다. 어떻게 만날 방법을 생각해 봤지만, 지금 나서는 일이 그 애에게 전혀 도움이 안 된다는 생각만 들었다. 당시 영순이를 비롯해서 고등학교에 다니는 애들이 주축이 되어 졸업 후 처음 하는 초등학교 동창회를 조만간 개최한다기에 기대를 걸었으나, 진학을 하지 못한 애들은 물론 민애도 나오지 안았다.

그후 근무시간이 바뀐 탓인지 그 시간대에 며칠을 기다려 봐도 볼 수가 없었다. 진즉 앞에 나서서 연락처라도 알아 놨어야 했다는 뒤늦은 후회를 하였지만, 이젠 어쩔 도리가 없었다. 아직도 그 난민촌에 살고 있으리라는 생각이 들어서, 그 애 집엘 찾아가고픈 생각이 들었는데도 결국 실행에 옮기지 못했다.

그리고 2년이 지나 서울로 유학 가던 날 우연히 그 앨 기차에서 만났다. 종착역에 가까워지자 내릴 때 지체되는 걸 피하기 위해서, 객차 앞쪽으로 옮겨가는 성급한 사람들 틈에 끼여 가다가, 거의 영등포역에 다 와서 눈을 감고 앉아 있는 민애를 보고, 깜짝 놀라 앞좌석에 끼어들었다. 하고픈 말이 많았던 거 같은데, 별로 하지도 못했다. 시간도 없었지만 분위기가 이미 파장 같았다. 긴 여행에 얼굴에는 피로한 기색이 역력했고, 석이는 그저 반가운 맘에 별 뜻도 없이 수선을 떨면서 얘기를 했다.

"어디 가는 거야. 야, 이거 얼마만이냐? 민앤 처녀가 다 됐네."

그 애는 어이가 없다는 듯이 쓸쓸하게 웃었다.

"영등포에 일이 있어서 자주 다녀. 넌 벌써 고등학교는 졸업했지?"

"응, 학교 때문에 서울로 가는 길이야."

"석이, 그래도 넌 잘 풀려 가는구나. 그렇게 될 줄 알았어."

"무슨 얘기야. 내가 특별히 잘한 거 없어. 부모덕에 지금까지 밀려 온 거지. 민앤 어떻게 지냈어?"

"바쁘게 살았어. 지금도 바쁘고—."

"그래, 열심히 살면 되는 거지—."

짧은 만남 동안에 초등학교 시절 얘기 말고는 할 얘기가 별로 없었다. 그렇다고 갑자기 개구리 잡아먹던 일을 꺼낼 수도 없었고, 속사정도 모르고 같이 중학교엘 가자고 얘기했던 일이나, 이태 전에 초저녁 나절 동네 시냇가 팽나무 옆에서 몇 차례 봤다는 말도 할 수 없었다. 방직공장에 다녔던 사실이 그렇게 알려졌다는 기억을 되살리게 하고 싶지 않았기 때문이었다. 그 모든 것이 이젠 아무런 도움을 주지 못하는 추억의 뒤안길로 접어진 일들이라 생각했다. 곧 헤어져야 할 때가 됐는데도 주소나 전화번호 같은 것을 묻지도 못했지만, 그 애 또한 아무렇지 않게 돌아섰다. 그리고 영등포역에서 내려, 수많은 인파 속에 묻혀 가는 뒷모습을 또 바라보면서 어이없이 변해 버린 자신을 힐책하고 있었다.

민애는 그렇게 그의 길을 가고 있었다. 중학교에 진학 못 한다는 민애를 위로해 주고, 도와주고 또 장차 꼭 혼인할 거라 결심을 했던 그였지만, 막상 그렇게 만났을 땐, 이젠 둘 사이의 거리가 너무 멀다는 생각을 했었나 보다. 무의식 속에서라도 민애를 더 이상 결혼 상대로 생각을 할 수 없다는 이기심에 연락처라도 묻지 않고 떠나 버렸다는 생각을 하니, 눈시울이 뜨거워지면서 가슴속에는 시큰한 눈물이 주르륵 흘러내렸다.

그후 석이는 대학을 마치고 군대를 다녀와서 직장 생활까지 하다가 미국으로 이민을 갔다. 그렇게 고향을 떠난 지도 10년이 넘어서야, 잦은 나들이를 하게 되었지만, 필요한 일만 보고 훌쩍 가버리곤 했었다.

그런데 엊그저께 연휴가 된 식목일을 피한 다음날 실로 20여 년 만에 고향땅을 밟았다. 어린 시절의 추억을 제외하고 기억조차 하고 싶지 않은 고향에 옛 친구들을 찾아왔다. 고속버스 터미널은 다리 옆에 있었는데, 이곳은 어디냐? 아무리 둘러 봐도 기준이 될 만한 것이 없어 전혀 감이 안 잡혔다.

잠시 후 중학교 선생이 된 정호가 마중을 나왔다. 옛 기억을 되살리기 위해서, 초등학교에서 한 십리나 떨어져 있던 연못을 감싸 도는 좁은 길로 들어와 보니, 연과 창포는 일부나마 그 시절의 자태를 기억하게 해주나, 주변 경관들이 너무 많이 변한 터라, 착잡한 맘만 더 할 뿐이었다. 근처에 우거져 있었던 노송들은 다 베어 없어지고, 대학교 건물들이 군데군데 들어서 있었는데, 소나무 없는 산은 그저 나지막한 동산에 지나지 않는 모습이었다. 그 연못으로 흐르는 실개천에서 새우도 잡았었지만, 문명의 발달은 이곳까지도 물 색깔이 탁한 폐수를 선사해 주고 말았다. 이곳이 우리가 살았던 동네에서도 가까우니, 정호와 같이 사시사철 이 구석 저 구석 발자취가 안 닿는 데가 없이 무수히 쏘다니던 곳이다. 눈 많이 왔던 날, '어느 누구라도 말에서 내려 걸어가라'라는 커다란 경고비가 서 있는 전주 이씨 시조인 이한(李翰)의 묘역인 조경단 널찍한 뜰에서 눈썰매 타다가 쫓겨 도망갔던 일이며, 자칫 길 잃어버릴 정도로 깊은 소나무 숲, 그 사이 사이에 잔디가 깔려 있는 널찍한 공터, 삼 형제 소나무의 위용스런 모습, 이름과 날짜를 새겨 놨던 깊숙한 곳의 오리나무들도 이제는 한낱 뇌수의 추억물로 전락해 버리고 말았다. 정호는 지금 이 정도가 남아 있는 것만도 다행이라는 얘기를 하며 몇 년 후면 이나마 깔끔히 없어질지도 모르는 일이라고 했다.

시간이 많지 않아 산 안쪽으로는 가 보지 못한 것이 아쉽지만, 조만간 다시 올 거라 생각하고 발길을 돌렸다. 정말로 상전벽해가 따로 없었다. 저녁 나절이 되어서 신시가지 쪽으로 나왔다. 홍어탕에 소주잔을 걸치면서, 정호는 신역 앞으로 큰길이 뚫리고 좌우로 관공서 등 큰 건물들이 자리 잡고 있는데, 그곳들은 예전의 과수원 자리며, 피난민촌이 들어 있던 곳이고, 더 올라가면, 또 공동묘지 터라는 얘기를 해줬다. 민애랑 나란히 지나치던 산등성이며, 개구리 뒷다리 구어 먹던 계곡이나, 따뜻한 그녀의 손을 잡았던 그 검바위도, 칡뿌리 캐러 가던 길, 왕잠자리 잡으러 저수지 찾아다니던 논밭길들이 있던 곳들이 다 신시가지가 되어 버렸는데, 다행히 초등학교는 지금도 그 자리에 있다 했다. 그리고 뜻밖에 낭코의 죽음도 알려줬다.

"벌써 10년이나 된 일이지. 만취한 낭코가 엿판을 실은 리어카를 끌고 집으로 오다가 트럭과 부딪치면서 유명을 달리 했어. 그 보상금으로 지네 집은 살려 놓고 갔구먼—."

"야, 무정한 세월에 변치 않은 게 뭐가 있겠냐마는, 개고기 낭코가 그렇게 일찍 갔구나. 다들 가랑이가 찢어지게 가난해서 중학교도 못 갔지."

"그래도 뽕까는 장가를 잘 가서 사내애들만 셋이나 키우고, 억척스런 마누라허고 과일 장사를 잘한다. 오늘 니가 온다는 거 알지만, 가게 때문에 나올 수가 없고, 저녁 늦게라도 갈 테니 묵을 여관 이름이나 알려 달라고 하더라."

"알았어. 그런데 혹시 그동안 민애 소식은 들은 게 없었니?"

"민애? 거, 숙사에 살던 정민애 말이야? 넌 아직도 모르는 모양이구나. 꽤나 오래된 일인데. 20년도 넘었을걸. 천안역 구내에서 급행 지나가라고 대기하고 있던 전라선 완행열차가 뒤를 받치면서 거기 탄 승객들이 엄청 많이 죽었잖아. 그때 불행하게도 그만 사고를 당했었지—. 여기선 긴급 동창회도 열고 난리가 났었는데, 넌 서울에 있어서 연락이 안 됐던 모양이 구나."

석이는 잠시 말을 잃고 말았다. 도저히 믿을 수가 없었다. 입술을 물었다 놨다 여러 차례 하더니 눈물을 글썽거리며, 혼잣말로 중얼거렸다.

'그러면, 그 서울 가는 완행열차에서 만나고서 불과 2년도 못 되어 그런 일이 일어났단 말이야? 그것도 모르고, 엠병! 헛거야. 헛거! 살아 있는 것도 헛것이고. 배경이 뭔데, 좋아하는 맘도 가식으로 감싸서 쓰레기통에 버리고. 위선자. 나는 위선자다—!'

주중이 되어 늦게까지 어울리지도 못할 처지였다. 석이도 내일 아침이면 서울로 올라가야 하고, 모레면 또 태평양을 건너가야 할 판이었다. 이제 모두에게 안녕을 고하면 언제 다시 올 수 있을지를 생각하니 눈시울이 뜨거워졌다. 술기운도 오르고, 눈물도 흘러서 길이 몹시 흔들리고 흐렸다. 그리고 옛날 숙사 근처라는 이곳 어느 여관에서 잠들기 힘든 밤을 지냈다.

제2부 대학 시절
기차에서 만난 여학생 | 가정교사와 여학생 | 어떤 데이트 신청 | 안 해, 죽어도 안 해! |
어느 여대생의 부탁

기차에서 만난 여학생

한 여고생과의 애틋한 만남의 전말을 잊지 않으려고 여러 차례 써본 터이지만, 세월이 갈수록 그녀의 그늘진 얼굴은 너무도 안타까운 모습으로 떠오르기만 한다. 덩이 눈이 펑펑 오던 날 서울 교외선 화전역에서 엷은 하늘색 머플러에 검은 코트를 걸친 그녀가 한 마지막 몇 마디가 어느덧 30년이 지난 지금에도 석이의 맘을 그토록 산란하게 만들었다.

1

1968년 여름 방학이 끝나는 마지막 날, 서울 가는 준급행 야간열차에서 만난 여학생한테 행여 오해가 있을까 하여 주소 적은 쪽지를 차마 전해 주지 못하고 서울역에서 그냥 헤어지고 말았다. 그후로 어쩔 도리 없이 아쉬움과 후회 속에 그는 얼마나 몸부림쳤었는지 모른다.

그런데 공휴일이었던 10월 24일 UN의 날 아침, 어떤 여자가 오후 3시에 종로에 있는 고려당에서 만나자는 전화가 왔었다고 알려줬다. 처음엔 무척 의아스러웠었지만, 순간 짚이는 것이 있었다. 혹 여동생한테 부탁해

서 수소문한 서울 K여고에 다니는 동향 출신 학생들 둘 중에서 한 여학생
이 연락을 했을 것이라고 단정하고서, 고려당 문에 들어섰다. 그런데, 너
무 뜻밖에도 창문 옆에 다소곳이 앉아 있는 그 여학생은 지난 두 달 동안
그토록 애타게 기다렸던 사람이었다. 이루 말 할 수 없이 반갑고 또 설레
는 마음을 억제하며 조용히 다가갔다. 그녀는 얼굴을 들어 주시하지는 않
았지만 이미 알고 있었던 눈치였다. 석이는 그녀 앞에 앉으면서 조심스럽
게 말을 꺼냈다.
　"저, 전화 왔다는 연락 받고 나왔습니다."
　"전화하지 않았는데요."
　"저, 3시에 여기서 만나자는 전화가 왔다고 해서 나왔는데요."
　"제가 전화나 막 하고 다니는 사람으로 보이세요?"
　"그, 그렇게 생각지는 않지만, 참 이상하군! 분명 전화가 왔다고 해서 나
왔는데―."
　"저는 분명히 전화 안 했습니다. 아마 제가 기다리는 분은 댁이 아니신
모양이네요."
　이건 정말 속이 터질 일이라고 생각했지만, 그렇게 만나보고 싶은 사람
을 앞에 앉혀 놓고 말장난이나 할 때가 아니라 생각하고 겸연쩍게 웃으면
서 말을 돌렸다.
　"오랜만이에요."
　그녀는 뜻밖에도 대답 대신 약간 고개를 숙여 목례로 답했다. 석이는 잠
시 머뭇거리다가 말을 이었다.
　"뭐 좀 시켜야지요?"
　"아뇨, 그냥 나가요."
　밖에는 깊어 가는 가을을 재촉하듯 언제부터인지 비가 오고 있었다. 우
산을 가지고 오지 않았기에 몸을 움찔하면서 빗발 내리치는 회색 빛 하늘

을 치켜 올려보았다. 마침 그녀가 작은 양산이라도 가지고 왔기 때문에 그걸 건네 받아서 최소의 간격을 유지하며 몸을 가까이 붙이고, 갈잎이 물드려진 종로길을 따라 걸으며 자연스레 애기의 실마리를 풀어 갔다.

인파에 밀쳐 가볍게 끌어당기기도 하고, 때론 앞뒤로, 옆으로 비켜서면서 비를 좋아하는 이유며, 나름의 삶의 의미를 피력하였다. 그리고 미술을 좋아한다는 그의 말에, 그녀는 여자를 보는 눈도 미적으로만 보느냐라는 반문을 하며 속눈썹 가지런히 내려 깔면서 결코 화사하지 않는 미소를 지었다. 그런 그녀의 모습을 눈 아래 보면서, 아마도 청진동으로 해서 인사동을 돌아 종로2가로 나왔을 게다. 그리고 거리에 어둠이 내리기 시작할 무렵, 그들은 사람들이 붐비는 버스 정류장으로 걸음을 옮기고 있었다. 그러나 천신만고 끝에 만났는데, 걷기만 하다가 헤어진다는 게 너무도 서운했다.

석이한테 그 단발머리 여고생은 공식적인 첫 데이트의 상대였기에 그토록 비 내리는 오후의 종로거리가 즐거움이 넘쳐 보였고, 더벅머리와 남색 교복이 푹 젖어도, '나도 이제 애인이라는 것이 생기나 보다'라는 흐뭇하고 들뜬 기분에 입이 마르는 꿈 같은 몇 시간을 보냈다. 그러나 다시 만날 약속도 못 하고 또 연락처도 묻질 못하였는데, 그녀가 탈 버스가 바로 들이 닥치는 바람에 얼떨결에 그냥 헤어지고 말았다.

그해 여름 방학의 마지막 날 밤, 서울 가는 준급행 야간열차는 두어 칸을 J시에서 증차를 하였다. 그런데 표를 미리 팔지 않기 때문에 울타리가 없는 역 주변에서 서성이다가 몰래 들어가서 미리 자리를 잡아 주는 사람이 필요했었는데, 그것도 너무 일찍 들어가면 거칠게 몰아치는 역원들한테 쫓겨나가므로 상당한 눈치 작전이 필요했었다. 한 여덟 시간을 자리 없이 서서 가는 일은 보통 고달픈 일이 아니어서 그도 역시 그런 편법을 쓸 수밖에 없어 어머니가 자리를 잡아 주기로 하였는데, 석이가 표를 사려고 줄을 서고 있는 동안, 객차 내에서는 실랑이가 벌어지고 있었다. 이러한 진통 중에 앞좌석에 앉아 있었던 한 중년 남자가 저쪽 칸에서 큰 소리로 싸우듯 험하게 구는 역원들의 기세에 당황하는 모습을 보고, 어머니는 "여보시오, 그냥 앉아 계시요. 다들 밀렸다가 다시 오고 하는데, 지금 일어나시면 헛고생하는 것 아니오?" 하며 두 손을 아래로 휘저으니까, "정말, 괜찮을까요?" 하면서 잠시 주춤하다가 그냥 자리에 주저앉았다.

이렇게 역원들과 자리잡이들과의 숨바꼭질이 시작되고 몇 차례의 진통 끝에 잘 지탱한 사람들은 개표 후에 밀어닥치는 인파들을 여유 있게 맞이하며, 그 정성에 고마워하며 자리를 바꿔 앉았다. 석이가 어머니한테 와 보니, 앞에는 그 아저씨가 앉아 있었다. 석이는 오늘밤도 별 재미없게 올라갈 거라 생각했는데, 잠시 후에 한 여학생이 유치원에나 다니는 듯한 사내아이를 데리고 그가 있는 칸으로 들어오니까, 그 아저씨가 기다리고 있었다는 듯이 벌떡 일어나서 자리를 바꿔 주는 것이 아닌가.

그리고 잠시 후에 내릴 사람들은 내리고 갈 사람들은 황금 같은 자리를 물려받으면서 연신 머릴 조아린다. 이런 우여곡절을 아는지 모르는지 기차는 어두운 북으로 달렸다. 한 시간 남짓한 시간이 지나자 시끌시끌한 객차는 어느새 조용해져 버렸다. 잠을 자지 않는 사람들은 그 여학생과 석이 뿐인 것 같았다. 빤히 앞만 보고 두리번거리기가 쑥스러운지라 어두워서 볼 것도 없는 차창을 응시하다가 어둠 속에 비친 그녀의 옆모습을 종종 쳐다보곤 했었다. '가와바다 야스나리'의 『설국』에서, 히마무라가 야간기차에서 어두운 차창에 비춰진 앞 쪽 창가에 앉은 요꼬의 얼굴을 무심코 보다가 지나치는 불빛과 합쳐져 산산이 부서졌다가 다시 비쳐지는 그 모습을 떠올려 봤다.

차창에 비춰진 그녀의 얼굴은 수심이 차 있었지만, 차분히 뭔가를 생각하는 갸름한 눈매와 깔끔한 입매가 무척 이지적으로 보였다. 달리는 어두운 풍경 속에 포개진 그녀의 얼굴을 한참 쳐다보고 있으면 얼굴이 질주를 하는 착각이 들어서 고개를 돌려 차 안쪽을 쳐다보는 순간 눈길이 마주쳐서 주춤했다. 아마 그녀도 어두운 차창에 비춰진 눈썹이 짙고, 유난히 코가 뾰족한 그의 마른 얼굴을 보고 있었는지도 모를 일이었다.

산모퉁이를 돌아가는지 디젤 엔진의 소음이 유난히 크게 들렸다. 아직도 그와 같이 눈이 초롱초롱한 것을 보니 잠을 잘 것 같지 않아서 얘기라도 좀 해보려고 상체를 앞으로 일으켰다. 그제야 가슴에 단 서울 K여고 배지가 또렷이 보였다. 석이는 그 여학생의 얼굴이나 옷매무새의 세련 정도로 봐서 이렇게 첫 말을 걸었다.

"학생, 저, 지금 2학년이지요?"

"예—."

그녀는 마치 그가 말을 붙여오길 기다렸다는 듯이 웃으면서 선뜻 대답을 했다. 그는 그 다음 적절한 말이 금방 떠오르지 않아서 그냥,

"수학 좋아해요? 지금 2학년이면, 해석은 '지수' 정도 배우겠네요?"

"아니에요. 아직 '삼각함수'도 끝나지 않았어요."

하며 생긋이 웃으면서 말을 이어 줬다. 하얀 이빨이 무척 고루어서 조금 전과는 달리 무척 밝아 보였다.

이렇게 꺼낸 얘기는 주로 공부 얘기밖에 할 말이 없었는데, 아르바이트로 서울 유학을 시작한 석이이므로 공부에 관해서는 할 얘기가 많았다. 그녀는 별나게도 수학을 좋아한다고 하였고, 영어보다는 독일어가 더 재미있다고도 하였다. 그렇게 주고받으며 몇 시간이 지나갔다. 그런데 여동생을 제외하고는 낯모르던 여학생하고 그렇게 오랫동안 얘기를 나눈 일은 처음이었지만, 석이는 막연히 앞으로 다른 분위기 속에서 만나 보고 싶은 생각이 들었다. 아마도 고향의 희숙이 같은 어느 꿈 많은 여고생과의 낭만적인 만남을 오랫동안 별러 왔던 것같이 말이다.

사실 고등학교 시절 옆동네에 사는 어느 끼 많고 대단한 미모의 여학생에게 그녀의 초등학교에 다니는 동생을 꼬여 쪽지를 건네준 적이 있었는데, 그녀는 초저녁 나절 만나는 장소로 나와 놓고도 별꼴이네 뭐네 하더니만, 횅하니 돌아갔던 일이 있었다. 그리고 다시 연락을 해보지도 못했는데, 이상한 소문이 나고 말았다. J고 다니는 아무개 학생이 그 앨 좋아한다는 말이 퍼져 곤욕을 치렀지만, 그녀를 기다리던 10여 분 동안의 설렘을 결코 잊을 수는 없었다.

그녀는 말할 때 그리 싱글벙글하다가도 대화가 끊겨 버리고, 잠시 침묵이 흐르면 금세 얼굴이 굳어지고 맥없이 차창 밖을 응시하고 있었다. 그녀의 눈길이 너무 쓸쓸해 보이고 또 애잔한 얼굴 모습에 자꾸 끌리어 무조건 위해 주고픈 연민의 정을 느꼈다. 그런데 문제는 어떻게 말을 꺼내서 오해 없이 약속을 하고 다시 만날 수 있을 건가를 생각했지만, 별 수가 떠오르지 않았다. 날이 밝아 오면서 초조함도 같이 밀려 왔다. 한밤중에 벌판을 지날 때는 아늑하게 들리던 레일 이음매를 치는 소리가 자주 크게 들리는 것을 보면, 도심지를 연신 지나가는 모양이었다.

승객들이 동면에서 깨어나듯 여기저기서 살아 움직이고 내릴 준비를 하느라 부산해졌다. 이젠 분위기도 산란해지고 더욱 초조해졌다. 고심 끝에 몹시 흔들리고 시끄러운 승강대 근처에 잠시 나가서 이름과 전화번호를 적은 쪽지를 꼭 쥐고 자리로 돌아왔다. 그러나 기차는 영등포를 지나고 있었지만 그걸 전해 주지 못하고 있었다. 순수한 그의 의도가, 막말로 꼬이려고 수작을 부렸다는 오해를 받게 될지도 모르는 거였다.

결국 서울역까지 와서도 전해 주지 못하다가, 그녀의 어린 동생의 모자가 의자 밑에 떨어진 것을 못 보고, 그냥 나가길래 부리나케 주워 들고 뒤쫓아가서 그 쪽지도 같이 전해 주려 했지마는 그것도 생각으로 그치고 말았다. 머리를 조아리며 고맙다는 인사를 하고서는 저만치 버스 정류장으로 가는 뒷모습을 멍청히 바라보면서, '이런 바보 같은 놈, 용기 없고 못난 놈, 가능성을 위하여 어떠한 고난도 이길 결심을 갖겠다는 녀석이 오늘 평생에 후회할지도 모르는 짓을 하다니?' 하면서 자책을 하고 있었다. 그리고 맥없이 바지호주머니에서 꺼낸 구겨진 그 쪽지를 펴 보면서 긴 한숨을 지었다. 고개를 들어 보니 그녀가 탄 버스가 저 멀리 남대문 쪽으로 사라져 가고 있었다.

일주일 정도의 시간이 지나갔다. 생각은 나도 새학기 시작으로 바쁘고, 장거리 통학을 하면서 애들 가르쳐 주랴 정신없이 지나는 나날이었는데, 문득 수소문하는 유일한 방법이 떠올랐다. 그 당시 고향에서 J여중에 다니고 있던 여동생한테 부탁을 해보자는 생각으로 3년 선배들 중 서울 K여고로 유학간 학생들 명단을 알아내자는 거였다. 그래서 부리나케 편지를 띄웠다. 당시 고향에서 서울 K여고에 들어갈 정도면 분명히 J여중 출신일 거라는 짐작을 하면서 많아 봤자 두엇 정도라고 생각했다. 동생의 오해를 피할 뜻으로 이런 내용의 편지를 썼다.

너보다 3년 선배들 중에서 서울 K여고로 진학한 학생 명단을 알고 싶다. 다름이 아니고, 지난번 여름 방학 끝나고 밤차로 상경할 때 앞좌석에 어떤 서울 K여고 2학년 학생이 탔었는데 무슨 물건 꾸러미를 잃어버리고 간 것 같구나. 가능성이 좀 희박한 일이지만 최선을 다 해서 찾아주고 싶으니, 시간이 나는 대로 알아서 빨리 연락해 주기 바란다.

그리고 얼마 후 천만다행으로 두 사람의 이름을 적어 보내왔다. 다시 만나 본 것같이 기뻐서 길길이 뛰었다. 두 사람의 이름을 놓고 둘 중 한 사람이 틀림없을 것이라 생각하고 그중 Y라는 학생한테 짧은 내용의 편지를 썼다. 여자 고등학교에 편지를 쓰는 것이 더욱이 막연하게 몇 반도 모르고 쓰는 것이 어색한 일이고, 서신 검열도 있을 거라는 생각을 했지만 별 도리가 없었다.

　실례가 많습니다. 혹시 8월 31일 J시에서 밤 11시에 서울 가는 준급행을 타시지 않았습니까? 그때 바로 앞좌석에 앉았었던 대학생입니다. 그 당시 깜박 잃어버리고 자리에 놓고 내린 게 있어 꼭 찾아야 할 입장인데, 혹시 이 글을 받으시는 분이 그때 타신 장본인이면 꼭 좀 연락을 해주시고, 혹 아니시면 동향 친구 분인 J양한테 이런 내용의 사연을 전해 줄 것을 진심으로 부탁합니다.

　최선을 다 해 본다고 편지를 썼지만, 무모한 짓이라는 생각도 들었다. 만약에 학교에서 선처를 하여 Y학생을 찾아 전달되어도 장본인이 아니면, 연락을 하지 않을 수도 있고, 혹 다른 한 사람인 J양한테 전해 주면 천만다행이라고 생각했다. 그러나 이때나 저때나 답장이 오기를 기다렸지만, 한 달이 지나고 두 달이 지나, 고달프고 외로운 객지 생활을 더욱 쓸쓸하게 만드는 스산한 가을날이 되어도, 편지는 오지 않았다. 그런데 그날 아침나절에 웬 여자한테서 전화가 왔다기에 반신반의하면서 쫓아 나갔던 거였다.

2

　사람은 나름의 소신으로 그 당시 자기가 하고자 하는 일에 최선을 다 하려고 한다. 많이 배우고 경험이 많으면 좀더 합리적인 조치를 하겠고, 그렇지 못해도 최선으로 해내야 할 일이다. 그런데 때로 철딱서니 없는 엉뚱한 발상이 의외로 문제 해결에 도움이 될 때가 있다. 이런 면에서 석이는 그녀와의 만남이 필연으로 엮어 준 사이라고 믿고 싶었다.

이러한 극적인 재회의 전말은 그렇게 간단한 건 아녔다. Y라는 학생이 그 애매한 편지를 받아 보니 분명 그게 본인이 아님을 알았고, 얼마 후 동향 친구인 J한테 그 사연을 전해 주었다. 하지만 J 역시 그 사연의 장본인이 아녔는데, J가 우연한 기회에 친구지간인 그 여학생한테 그런 사연을 얘기한 것이 계기가 된 것이었다. 물론 그 여학생은 같은 동향 출신도 아녔고, 그때 기차 안에서 잠시 본 적이 있는 그 아저씨가 그녀의 아버지였는데, J시까지 내려와 장사를 하고 있었다는 거였다. 그녀는 전날 다니러 왔다가 그 다음날로 올라가는 중이었고 석이도 방학이래야 가정교사로 묶인 신세가 되어 방학이 다 끝나 갈 무렵 일주일을 채 넘기지 못하고 상경하는 날 밤에 그런 인연이 이뤄진 것이었다.

그러한 우여곡절 끝에 그녀는 답장을 보냈다는데, 무슨 둔갑이 있었음에 틀림없었다. 석이는 전화 받고 나왔다고 말하고, 그녀는 그렇지 않다고 했으니 말이다. 사실인즉 그가 마장동에서 가정교사를 하고 있던 집의 가정부가 서신 검열을 하였던 모양이었다. 편지를 뜯어 읽고 돌려주자니 들통이 날 것 같아서 어떤 여자한테서 전화가 왔었다고 둘러댄 거였다. 그녀는 석이가 자기한테 관심을 보이지 않자, 심통이 났던 모양이다. 어쩌다가 늦게 와서 저녁밥이라도 차려달라고 하면 영 푸대접이었다. 하루는 '너나 나나 남의 집 사는 것은 마찬가지인데 대학생이면 대학생이지 사람 무시하지 마라' 하며 팽개치듯 던져주는 찬 밥상을 떠올렸다. 그렇다고 애들 부모한테 그런 일까지 일일이 고해바칠 수도 없었다. 그래도 고맙지 뭔가. 그렇게라도 둘러대어 알려주는 바람에 그해 가을과 겨울을 잇는 몇 개월이 그의 일생에서 가장 가슴 아프고 애틋한 첫사랑의 추억을 만들어 줬으니 말이다. 그리고 그후로 '낙엽 따라 가버린 사랑'과 '안개 긴 장충단 공원'을 너무도 좋아하는 이유를 만들어 주지 않았는가.

그런데 그날 고려당에서 만났을 때, 그녀는 석이보고 무슨 물건을 잃어버렸냐고 결코 묻지 않았다. 그리고 만날 약속도 하지 않고 헤어져서 난감했지만, 그녀도 석이를 두 번 다시 만나고 싶지 않다고 말했다면 몰라도 약속은 꼭 했었어야 하지 않았나 생각해 봤다. 물론 그녀의 집 주소도 몰랐지만, 아무리 순수하게 사귀는 사이라 해도 집으로 온 편지를 부모들이 보면 곤란할 것 같고, 별 수 없이 또 몇 반 없는 편지를 쓸 수밖에 없었다. 그래도 다행한 게 있다면 이름 석 자라도 알았다는 거였을까? 불안한 맘으로 혹 안 들어갈지도 모르는 편지를 또 썼는데, 다음 약속 장소에 나왔던 것을 보면 연락이 닿긴 닿은 모양이었다.

장충단 공원 분수대 옆에서 두 번째 만나는 날은 유난히 화창한 오후였지만, 뜻밖에 그녀는 친구하고 같이 나왔다. 이제 두 번째 만나 할 얘기도 많은데 같이 나온 것이 못마땅했지만, 그토록 유쾌한 모습은 그후로도 보기가 힘들었다. 그날 친구하고 한양공고 앞 버스 정류장에서 헤어지면서, 이번에는 어떻게든 약속을 하고 헤어져야 할 것 같아 눈치를 보고 있는데, 저만치서 살짝 뒤로 돌아 서서 씩 웃으며 손가락으로 6을 만들어 보여줬다. 몇 반에 대한 해답을 얻는 순간이었다. 학교에 같은 이름이 하나가 더 있어 지난번 편지가 돌아서 오는 바람에 오늘 나오지 못할 뻔했다고 하였다.

장충단 공원의 분수대는 이후 만나는 장소로 굳어 버렸다. 11월 어느 날 오후의 햇살이 아스팔트에 반사되어 눈이 부시고, 분수대의 치솟은 물줄기가 바람에 날려 길 옆을 적시는 날 약속 시간에 조금 늦게 헐떡거리면서 뛰어와 보니 그녀는 분수대를 물끄러미 바라보면서 상념에 젖어 있었다. 3주 만에 만나는 기쁨에 어깨를 툭 치면서 언제 나왔느냐고 물었더니, 슬며시 고개를 돌려 가벼운 목례로 대하는데, 무척이나 쓸쓸해 보이면서 많은 생각을 하고 있었던 같아 보였다.

"오늘 하마터면 못 나올 뻔했어요—. 약속 시간이 거의 다 되어서야 세 들어 사는 언니가 알려줘서 알았어요."

순간 속으로 그래도 누군가가 우리들의 만남을 후원해 주고 있다는 사실이 그의 맘을 조금 여유있게 해줬다. 하지만, 지금 같으면 '얼굴에 수심이 가득한데 무슨 고민이라도 있어? 자, 오래간만에 만났는데 우리 재미있는 얘기도 하고 맛있는 것도 먹으면서 기분 풀자. 웃어 봐! 어디 어디 응?' 하며 기분 전환 시도를 하느라 법석일 터인데, 물론 그리 하지도 못했다. 정신적인 여유보다 사는 게 부담스러웠으니, 속으로는 그가 위로받고 싶었었는지도 모르지만, 현실이라는 배를 열심히 타고 나가는 노력을 할 때였다. 석이는 그저 묵묵히 있다가 눈을 갸름하게 뜨고 입술을 지그시 깨물며 바지 주머니에 손을 넣고 난간에 몸을 기대었다. 갑작스런 바람에 긴 머리가 날리고, 분수대 물이 가랑비같이 얼굴에 날려 왔다.

"어떻게 지냈어?"

대답 대신 물끄러미 분수를 쳐다보다 말고 고개를 끄덕거렸다. 희뿌연 하늘색 같은 얼굴에 쓴웃음을 지면서 말이다. 말은 안 해도 항상 뭔가 고민스러움이 있는 것 같았지만 물어 보지 못했다. 처음 야간열차를 탔던 날도 그러했었다.

잠시 후 그녀의 첫 마디는

"인생도 저 분수 같겠지요?"

"음—?"

"산다는 게 의미가 너무 없어요."

"나도 고등학교에 다닐 때까지만 해도 먹는 것조차 창피하고 혐오스럽게 생각을 했었어. 그렇다고 일이 년 동안 내가 많이 변한 것은 아니지만, 지금은 현실을 살기가 그렇게 쉽지도 않아. 인간이나 모든 살아 있는 것들은 살아 있는 의미가 있는 것 같지만, 그렇다고 산다는 것이 즐겁다는 것

은 아니고. 인간사 주어진 환경의 영향을 많이 받는 것 아니겠어? 아무것
도 없으면서 때론 가식도 부리고 말이야. 항시 내 기분만을 그대로 표현
할 수는 없는 것 같아."

"하지만 어른들의 가식이 너무 싫어요."

감수성이 무척 예민한 때라고 생각하였어도, 그녀의 가정 환경이 혹시
그리 넉넉지 못함이 비관적인 사고를 갖게 되는 주된 원인일 거라 생각했
었지만, 구체적으로 가정 환경에 대해서는 물어 볼 수가 없었다. 그녀의
아버지가 어떻게 하여 먼 타향까지 내려가서 장사를 하고 있었는지 알 수
없었지만, 그런 환경 속에서 공부를 잘하여 K여고를 다니고 있었다.

매번 그토록 우울하니 만나는 동안은 같이 우울해지기가 십상이었다.
더욱이 차가운 현실에 부딪치면서 고학을 하는 그도 항시 독한 마음을 키
워야 한다고 벼르고 있었지만, 그 앨 보면 눈시울이 시큰거렸다. 포근히
안아 주고 희망의 말로 위로해 주고픈 맘이야 이루 말할 수 없었지만, 실
행에 옮길 수는 없었다. 그렇게 나란히 분수대 주위를 한참을 걸으면서 애
기를 하다가 돌연 숙제가 밀려서 들어가야 한다고 하여 또 아쉽게 헤어졌
다.

그리고 다음 주 또 만나면 해 가린 초겨울 오후, 뿌연 하늘같이 우울해
져 버렸다. 그녀는 말은 안 했어도 올 겨울만 지나면 고3이 되는 걸 무척
고민스러워 했을 일이었고, 가슴 아픈 헤어짐은 이미 예견이 되어가고 있
었다. 그리고 석이가 매번 그녀를 부를 때 '거기' 아니면 '학생'이라 불렀
는데, 이름의 끝자인 '숙이'라고 불러 달라고 하였다.

겨울의 문턱에 서서 그해 마지막 달을 넘기는 때였다. 모처럼 전화가 걸
려올 때는 친구와 같이 있었지만, 그 목소리는 너무 명랑해서 매번 만날
때의 침체된 음색은 한 점도 없이 유쾌했다.

"여보세요? 지금 뭐 하세요? 오늘은 단짝 친구와 놀다가 헤어지기 전에

같이 전화하는데요."

"음, 애들 가르치려고 해."

"그럼 빨리 얘기하고 끊을게요. 헌데 옆에 있는 친구가 자꾸 좀 바꿔 달라고 조르니 바꿔 줄게요."

"안녕하세요? 저— 숙이 친구 미영이에요. 앞으로 잘 부탁해요."

"아, 예— 저 석입니다."

"어때요? 목소리가 참 맘에 들지요? 저하고 젤 친한 애예요."

"그래? 다음에 기회가 되면 같이 나와. 그리고 전화가 기왕 왔으니 편지 대신에 만날 약속하지 뭐. 다음 주말 2시에 거기서 만나. 장충단 공원 분수대 옆 말이야. 이번 주말엔 학교 근처로 이사가야 하거든."

"무슨 일이라도 있었어요?"

"어, 아르바이트 자릴 옮겼어."

그렇게 즐겁게 통화하고 만날 약속을 했어도, 만나기만 하면 그녀 얼굴에는 수심이 가득하였다. 그런데 어느 제법 쌀쌀한 주말 장충단 길을 따라 남산 쪽으로 한없이 올라가면서, 오래 사귀어서 무척 정다운 연인들같이 그동안 말 못해 밀린 얘기 실컷 나눴다. 대학에 가면 건축공학을 하고 싶다고 하고, 영어보다 독일어를 더 좋아한다는 것도, 학교에서 급우들이 책벌레라고 한다는 등, 모처럼 밝은 분위기가 계속되었다. 그리고 내려오는 길에는 엉뚱하게 영화 구경하러 가자는 얘기가 나왔다. 한참을 걸어 내려와서 버스를 타고 스카라 극장에 왔는데, 다음 상영시간까지 시간이 너무 많아 포기하고, 아래로 쭉 걸어 내려와 피가디리 극장까지 왔지만 그곳도 마찬가지였다. 〈철새는 날아가고〉를 상영하고 있었는데, 토요일 오후에 인파가 많아 다 매진이 되었다.

결국 이리저리 걷기만 하다가 어두워졌기 때문에 버스 정류장에서 왕십리 방향으로 가는 버스를 기다리고 있었다. 그런데 숙이는 고개를 푹 수그리면서, 겨우 말문을 열었다.

"이제 겨울방학이 닥치면, 고3인데 그만 만나요."

"그럼, 어떻게 되는 거지?"

"제가 대학에 들어가면, 편지할게요."

"그래도 보고 싶으면 어떻게 연락을 하지?"

"별 수 없잖아요. 서로 믿고 기다려야지요."

그는 당황하였지만 그렇게 하기로 하였다. 그녀를 그리 먼저 보내고, 학교 근처로 가는 버스를 타기 위해 다시 스카라 극장 쪽으로 한참을 휘청거리며 걸어갔다. 버스가 서대문을 지나고, 어둡고 썰렁한 벌판을 달리면서 그는 한없이 우울해져 버렸다. 그만 만나자는 얘길 하려고, 오늘 유난히도 말이 많았고, 영화까지 보자고 그랬었다는 생각이 그를 더 우울하게 만들었다.

3

겨울 방학이 시작될 무렵이었다. 고3 학생을 집에 둔 경우는 어느 집이나 비상 사태나 다름이 없는 입장일 게다. 어찌 보면 종말이 너무 일찍 보이는 만남이었는지 모른다. 고3 때 이성을 만나러 나다니는 것 자체가 지탄을 받을 일이고, 정신 나간 행동이라고 생각이 되지만, 석이는 그것을 무척 선의로 생각하고 싶었고 오히려 정신적으로 위로를 줄 수도 있다는 생각으로 맘을 바꿔 갔다. 무척 보고도 싶었고, 또다시 꼭 만나야 한다는 다짐을 해두지 않고는 긴 겨울 방학을 견디기 힘들 것 같아 초조해져 버렸다.

그래서 3학년 새학기에 만나는 것보다 백 배 나을 것이라 생각한 끝에, 학교로 가 보자는 맘을 굳혔다. 여자 고등학교를 찾아간다는 생각은 엉뚱한 발상임에는 틀림이 없었지만 책상머리 앞에서의 결심을 현실로 이루기는 결코 쉽지가 않았다. 서둘러서 광화문으로 나갔다. 처음에는 오늘이 방학하는 날이니 학교 앞에서 무작정 기다려 볼 생각을 하고 갔으나, 이미 학교는 조용하였고 몇 처진 학생들만 간혹 보였을 뿐이었다. 그들 중 두어명이 가까이 스쳐갈 때 말을 건넸다. 2학년 학생을 찾는다는 얘기에 호기심이 가뜩 차서 위아래로 마구 훑어보면서, "어떤 사이인데요?", "왜 찾아요?", "이름이 뭐예요?"라고 물으며 그의 주위를 맴돌았다. 자기네들은 마지막 청소 당번이었다고 얘기하는 것으로 봐서 숙이는 이미 학교에 없다는 생각이 들었다.

치근대던 그 학생들을 적절한 변명을 하고 보내고 나니, 어찌할지 몰라 막막해져 버렸다. 그런데 6반 담임 선생님이 아직 교무실에 계시다는 얘기가 생각나는 순간, 한번 모험을 하기로 결심하였다. 전에 '숙이 담임 선생이 우리 관계를 오해하면 내가 만나서 잘 설득할 수 있을 게야'라고 코 큰 소리를 하였던 생각이 났다. 누구든 당당하고 진실되게 설득할 거라는 막연한 생각이 들긴 하였지만, 강한 자석에 철판이나 약한 자석이 어쩔 수 없이 끌어당겨져 가듯, 그 뜻을 강하게 비칠 것이라는 결심이 선 순간 난생 처음으로 여고 교무실로 들어갔다.

잠시 후, 6반 담임 선생님한테 안내가 되어 정중하게 앞에 앉았다. 어떤 변명을 해댈 여유가 없어 좀 주저하다가 말을 이었다.

"저는 그 학생을 좀 알고 지내는 대학생입니다. 미국문화원에서 영어 회화클럽을 같이하고 있는데요. 지금까지는 학교로만 연락을 하고 지냈는데, 이제 방학이 시작되어 만날 길이 막연하게 되었습니다. 무슨 일 때문에 저를 몹시 오해하고 있거든요. 무리한 부탁 같지만 집 주소를 알 켜 주실 수 없으신지요? 방학이 끝날 때까지 기다릴 수 가 없는 입장을 헤아려 주십시오. 부탁드립니다."

전에 숙이가 담임 선생님은 이해심이 많은 아버지 같다고 얘기를 한 적이 있었다. 그러나 너무나도 당돌한 행동이었다고 생각하였는지, 좀 당황한 기색이 엿보이다가 한참을 두루 쳐다보고 하는 말씀이,

"내가 학생을 믿어요. 방학만 끝나면 바로 고3이 되는 것 알고 있죠? 방학 때도 한눈을 팔 수도 없을 터이지만, 학생의 의도가 분명하다고 믿고 알려 줄 터이니, 만나지는 말고 편지만 해요."

"예, 그렇게 하겠습니다. 정말 이해를 해주셔서 고맙습니다. 선생님!"

그리고서 서랍을 열고 생활 기록부를 잠시 뒤적거리다가 쪽지에 집 주소를 적어 주었다. 그걸 받아들고 나오면서 새삼 하고자 했던 자신의 용기를 생각하고 피식 웃었지만, 그의 의도를 용납한 선생님의 의도는 사실 도저히 믿기가 힘들었다.

그리고 편지를 쓰고 또 썼으나 받아 봤는지 혹 또 집안 어른들이 어떻게 해버렸는지 소식도 없었다. 겨울은 깊어가고 눈이 오는 날들도 잦아졌다. 방학을 했어도 석이는 집에 내려가지도 못하고 겨울 방학을 과외하는 학생들하고 지내고 있었다. 어느 날 눈이 많이 내린 이른 오후, 주인집 아주머니가 문을 두드리며 조용히 말을 하였다.

"학상, 웬 여학생이 찾아왔수!"

얼른 방문을 여는 순간 깜짝 놀랐다. 눈을 소복이 맞은 숙이가 아주머니 옆에 다소곳이 서 있었다.

"어, 어떻게 여길 찾아왔어? 좀 들어와!"

하면서 가르치던 주인 집 큰딸을 잠시 내보내려 했다.

"아녜요. 저, 친구하고 같이 왔어요!"

하는 말에 순간 심통이 났지만, 밖으로 나갔다. 아직도 눈발이 제법 날리고 있었다. 한겨울에 별로 갈 곳도 없어서 큰길 따라 나란히 걸었다. 간밤에 온 눈으로 이미 온 세상이 하얗게 눈으로 덮여 있었다.

"왜 학교엘 찾아갔어요? 선생님한테 심하게 꾸중 들었어요."

"내가 죄진 것 있었나? 떳떳하다고 생각했었어—. 일 년을 기다리는 것보다 올 겨울 동안이라도 만나서 위로도 해주고 싶었고, 가끔 아주 가끔 편지라도 하고 싶었단 말이야."

"아무리 그래도요. 선생님한테 불려가 얼마나 혼난 줄 아세요? 정신이 완전히 빠져 나갔다고 하시면서 말예요."

"하여튼 미안하군."

그런데 같이 온 친구가 가깝게 따라오기 때문에 조심스러워서 할 말을 다 할 수가 없었다. 괜히 그 친구를 곱지 않는 시선으로 바라보다가 어린 애같이 친구나 달고 다닌다는 생각을 하니 은근히 심통이 났다. 그래서 한참을 아무 말을 하지 않고 묵묵히 걷기만 하다가 석이는 그가 진심으로 의도치 않은 말들을 괜히 해버렸다. 하면 안 될 얘기를, 심중에도 없고 꿈에도 꿔 보지 않은 말들을 해버렸다.

"이거 어디까지 가야 하는 거지? 내가 부질없게 장난을 했나 봐—."

"장난치고는 너무 심하셨네요—. 누굴 탓하겠어요. 다 제 불찰인데요."

대꾸도 하지 않았다. 그리고는 제법 멀리에 두 사람을 놔두고서, 혼자 휑하니 돌아와 버렸다. 그런 유치한 행동을 왜 했는지 자신도 이해하기가 힘들었다. 자신이 미쳤다고 생각했다. '얼마나 무안했을까? 그리고 맘속으로 뭘 다짐했을까? 더욱이 친구까지 같이 있었던 곳에서 말이다.' 잠시 후에 그는 도저히 맘이 아파 견딜 수가 없어서, 눈이 제법 날리는 역으로 허겁지겁 뛰어갔다. '야, 내가 정말 미쳤구나! 이 멀리까지 찾아온 숙이한테 왜 그랬나? 왜 말도 안 되는 얘기를 그렇게 했을까? 아냐! 숙이한테 한 얘기가 아냐! 친구 들으라고 그랬지. 내가 얼마나 보고 싶었던 줄 알아? 어린애같이 왜 친구하고 같이 왔어? 그래 심통이 나서 그랬어. 미안해! 정말 숙인 잘 알잖아? 내가 얼마나 위해 주는 줄. 우리가 어떻게 해서 만난 사이인데?'라고 마구 떠들고 싶었다. 가슴속엔 이미 시큰하게 눈물이 주르륵 흐르고 있었다.

서울로 들어가는 교외선을 타려고 저만치 혼자 서 있는 그녀한테 다가갔다. 무모하고 옹졸한 행동에 후회 막심하였다. 그러나 그게 다 비련으로 끝내기 위한 운명의 신이 쓴 각본이라면 어찌할 도리가 없을 일이었다. 눈 내리는 공허한 신작로를 한참 되돌아오면서 뭘 별렀을까? 그러나 석이는 다음에 만나면, 정말 잘 해줄 거라고 막연하게 별렀다. 오늘 이렇게 먼 길을 되돌려 보낸다는 생각에 가슴이 터져 나갈 것 같았다. 눈물이 마구 나오려 하는 것을 겨우 참고서, 양손으로 가냘픈 어깨를 살그머니 붙잡았다.

"공부 열심히 해. 그리고 오늘 참 미안해."

대답 대신 그녀는 푹 숙인 고개를 끄덕거려 줬다. 가냘픈 목덜미를 감싼 엷은 하늘색 머플러가 검은 코트에 유난히도 돋보였다. 손길 한번 잡아보지 못한 순애였다. 차마 잡을 생각도 못 했지만, 받는 맘보다 무안히 아껴주고 이해해 주고픈 맘이 더욱 컸었다.

얼마 후에 눈이 소복하게 쌓인 두어 칸짜리 전동차가 밝은 헤드라이트를 비추이며 간이역에 미끄러지듯 들어왔다. 그러나 이게 마지막으로 숙이를 보게 된 날이 될 줄은 감히 짐작을 했을까? 이토록 맘 아프게 각본을 쓰신 임을 원망 또 원망해도, 다시 쓸 수는 없는 일이었다.

4

몇 번의 편지를, 그 긴 변명의 글을 집으로 보냈는데, 답장도 그 어느 소식도 듣지를 못했다. 해가 바뀌어서 고3이 되었다. 더 이상 학교로는 편지를 쓸 수가 없었다. 오해를 풀게 하고 만나 보고도 싶었지만, 방해하고 싶지 않아서 무던히도 참고 참았다. 애틋한 모습으로 꿈에도 나타나 그 얼굴이 자꾸자꾸 더 보고 싶어만 갔다. 그런 날엔 편지라도 오려나 하는 마음으로 설레곤 했었다.

1학년 여름방학이 시작하기 전에 우연한 기회에 캠퍼스 등나무 밑에서 서로를 소개하고부터 단짝이 돼버린 만규가 만우절에 학교로 편지가 왔다고 그를 엄청나게 놀리기도 했었지만, 그래도 그 긴 1년이 지나갔다. 대학 시험 발표까지 다 끝난 때라 아마 2월 말이 가까워지는 어느 날, 어떻게든지 만나야 한다는 생각에 숙이 집을 찾으려고 왕십리 근처 동화동에 갔는데, 같은 번지에 집들이 많아 쉽게 찾을 것 같지 않았다. 더군다나 세대주를 모르니 더욱 그러했다. 생각 끝에 동사무소엘 갔는데 한 직원이 친절하게도 주민등록대장을 보여주었다. 세대주가 이 씨인 집만을 한참 찾는 과정에서 주민등록 원본에 붙어 있는 그녀의 사진을 보고 집 호수를 확인하고도 모르는 척 남아 있는 것들을 다 열람한 후에, 찾고 있는 사람이 없다는 변명을 하고 나왔다. 행여 엉뚱한 뒷소문을 남기고 싶지 않았기 때문이었다.

숙이 집은 그리 멀지 않는 곳에 있었다. 이제 집에까지 왔으니 물러서지 말자고 별렀지만, 그래도 한참 망설이다가 열린 대문 안으로 들어섰다. 작은 규모의 오래된 한옥이었다. "여보세요?"라는 인기척에 건넌방 두쪽 문이 열리고 얼굴이 숙이와 약간 흡사한 여학생이 고개를 내밀었다. 누군가 하는 경계심이 가득한 얼굴을 했다. 조용히 "언니 있어?"라고 물었는데 지금 외출중이라고 답하는 때에 맞추어, 숙이의 할머니인 듯한 분이 "누구 왔니?" 하면서 안방에서 나왔다.

순간 뭐라고 그 자신을 설명하기가 난감하였다. 그래서 졸업을 하여 더 이상 모임에서 만나기가 어렵다는 입장을 말씀 드리고, 좋은 대학에 합격을 하여서 무척 좋으시겠다는 인사도 하였다. 그런데 처음에는 묵묵히 들으면서 고개를 끄떡거리시다가, 갑자기 큰 소리로 나무랐다. 아마도 듣고 보니 짚이는 뭐가 있었던 모양이었다.

"학생이 공부는 안 하고 무슨 짓거리를 하는 것이야! 가만히 생각하니까, 그 편지들은 다 학생이 보낸 거구만. 그동안에 온 건 내가 모두 다 태워 없애 버렸네. 으음, 이제 다시는 그런 짓 하지 마라!"

"할머니, 너무 하셨습니다. 그걸 어떻게 그리 다 태우실 수가 있어요? 나중에 만나면, 그런 줄 알았었느냐고 따져 봐야겠네요."

"뭐라고? 자네가 뭔데 뭣하겠다는 게야?"

무의식중에 은근히 화가 나서 대꾸를 한 말에, 더 큰 소리로 역정을 내는 바람에 조금 있으면, 온 동네 사람들이 다 몰려나올 것 같아서, 알았으니 가겠다고 손사래를 치고선 긴 골목을 바로 빠져 나왔다. 할머니의 큰 목소리가 뒤에서 계속 들려왔다. 이해하실 거라는 기대는 안 했지만 그렇게 갑자기 언성을 높이시는 바람에 너무도 어처구니가 없었다.

집을 찾을 때까지 우여곡절도 많았는데 몹시 허무해져 버렸다. 그렇게 다짜고짜 몰아붙이는 할머니가 야속했다. 골목 어귀에서 무작정 기다려 볼까 했지만 어두워지면서 기온도 떨어지고 스산해지자 우울해져 버렸다. 더욱이 가정교사로 매인 신세여서 그냥 되돌아올 수밖에 없었다.

입주 가정교사라는 게 아직 학생인데도 자식들의 스승이라는 면에서 대우도 받고 또 학비나 용돈도 번다는 면에서 더없이 좋긴 하지만, 입주 환경이 바뀜에 따라 적응력도 있어야 하고, 또 전임자와 비교하여 애들 성적을 눈에 띄게 올려 줘야 한다는 절대적인 과제를 안고 있다. 혹 사춘기를 맞은 여학생이나 만나면 여러 모로 수난을 당하기가 십상이기도 하다. 지금은 현주라는 무척 성숙한 고1 여학생을 주로 가르쳤는데, 여간 힘들지 않았다. 호기심이 많은 그 애는 책상 서랍에 넣고 잠가 논 일기를 다 훔쳐 보기도 하지만, 특히 선생님의 여자 친구가 있는지 없는지에 대해서는 최대의 관심사였다.

　사실 숙이가 S사대 수학과에 입학을 했다는 얘기도 그 호기심 많은 제자님이, 언니 친구인 어느 K여고 출신을 통해서 뒷조사를 하여 알아낸 거고, 또 나중에는 '전에 어떤 대학생이 지겹게도 쫓아 다녔었다'고 하더라는 얘기까지도 덤으로 해줬다. 그 애가 하도 깜찍해서 얼마든지 지어낸 얘기라 생각도 해봤지만, 당시는 그 얘기를 가슴 철렁하게 받아들이면서 석이는 쓰게 웃었다. 정말 남한테 그렇게 얘기를 할 수가 있었단 말인가? 가슴 아프게 떠나보낸 것이 너무 미안해서 길고도 긴 일 년을 참고 기다리다가 집에까지 찾아간 그한테 그런 얘기를 제3자한테 할 수 있을까라는 생각이 그를 괴롭혔다.

　숙이가 그런 정도밖에 안 되는 여자라고 결코 생각하지는 않았지만, 혹 석이보다 더 여문 마음을 갖고, 이젠 맘의 부담 없이 그렇게 얘기했을지도 모를 일이었다. "그래 두어 달 만나고 그런 것을 첫사랑이니 뭐니 생각하는 감상 따위는 거둬라!" 하면서 말이다. 그런지도 모르고 항시 우울해 보이는 그녀의 잔상 때문에 바보가 되어 버렸는지, 아니면 조만간 탈색될지도 모르는 그런 연민의 정을 내세워 얄팍하게 추억 만들기에 부심했었을까? 석이는 그렇게 오해를 풀고 싶다는 그한테 대학 입학 시험이 끝나고 이제는 맘의 여유도 있을 터인데도, 답장 한마디 써 보내지 못할 정도로 무관심해져 버린 그녀를 생각하며 씁쓸한 미소를 지었다.

　그날 후로 모든 걸 포기하고 말았다. 겨울이 깊어지면서 현주는 본격적으로 석이를 가정교사가 아닌 한 남자로 대하면서, 관심 이상의 태도를 보여 왔기에 새학기가 시작되기 전에 그곳을 떠나지 않을 수가 없었다. 그가 떠나는 날 역에까지 따라나왔던 현주는 그의 성화에도 불구하고 교외선 열차를 같이 타고 끝까지 따라왔다. 그는 방학 동안에 시골로 내려간 만규의 빈 자취방을 빌려 쓰면서 수업료를 벌기 위해서 그룹 과외 지도를 해야 할 처지였는데, 그후로 현주는 틈만 있으면 하루가 멀다고 찾아왔다.

사춘기 시절 꿈 많은 현주는 석이와의 장래를 나름대로 가슴속에 깊이 새겨 놓고 있었다지만, 앞으로 적어도 5~6년은 더 지켰어야 할 순결의 벽은 쉽게 무너져 버렸고, 그는 죄의식보다는 이제 갖가지 시련으로 두 사람한테 닥쳐올 일들을 생각하면서, 무슨 일이 있더라도 그 앨 보호할 거라고 별렀지만, 동시에 지난 두 해 동안의 숙이에 대한 그리움과 기다림은 현실로 나타난 그 애로 인하여 결코 되돌릴 수 없는 난파를 맞고 말았다.

그런데 긴 겨울이 지나고 새학기가 시작되기 얼마 전에 현주는 갑자기 발길을 끊어 버렸다. 그 무렵 그 애가 숙이를 만난 게 틀림없고, 모종의 담판이 있었을 거라는 추측을 해봤다. 그는 무슨 영문도 모르는 채, 현주에게 편지를 두어 번 썼지만, 다시 나타나지 않았고, 언젠가 때가 되면 다 말하겠다는 알 수 없는 내용의 편지 한 통이 날아왔다. 그리고 대학에 가면 떳떳하게 만나자던 숙이한테서도 아무런 연락이 없었다. 그러나 차마 다시 고개를 들고 숙이가 다니는 대학을 찾아간다는 생각을 할 수도 없게 돼 버렸다. 이미 그는 닻을 올린 후였고, 육지에서 멀어져 갈 뿐이었다. 세월이라는 배를 그렇게 탈 수밖에 없었다.

갈잎이 무수히 날리던 장충단 공원을 나란히 걷던 이래로, 자그마치 사반 세기가 지나면서 세월은 또 늦가을의 문턱을 넘고 있다. 지금 서재 밖에는 겨울을 재촉하는 가을비가 을씨년스럽게 내리면서, 바람도 불어 갈잎을 날리고 떨어진 잎들을 촉촉히 적시고 있다. 그리고 여지없이 찾아드는 회상의 계절병을 결코 피할 수도 없었다. 이역만리 타향에서 시공을 초월한 뇌수 일방에서 무척이나 오래된 흑백 영화 필름의 릴 꾸러미를 돌려보았다. 일관성도 없고 소리도 없는 기록영화 같은 낡은 필름을.

그는 기다림 속의 배신이라는 말이 자꾸 떠올라 고개를 저으며 괴로워했지만, 그래도 한 번 만나 도대체 무슨 일들이 있었기에 현주마저 모든 걸 묻어 버리고 말았는지 알고 싶다는 생각이 더욱 간절하였다. 뒤늦게 두 여인을 다 만나 볼 수는 없는 일이기에, 단지 저 멀리 서쪽 하늘 밑에서 잘 들 살고 있으리라 생각해 왔다. 그러면서 이젠 자신의 뒤에 있는 얼굴이 더욱 흉하게 보이는 현대를 사는 야누스가 되어, 그 옛날의 숙이보다, 그 토록 붙잡아도 홀연히 떠나간 현주보다, 수 개월 전 방한 중에 어느 카페 에서 만났던 이름조차 잊어버린 육감적인 그 젊은 여인이며, 인간적인 사 랑을 운운하며 애욕의 능선을 넘나들던 시절의 여인들을 더 그리워했다.

만약 숙이를 다시 만날 기회가 있다면, '전에 어떤 학생이 지겹게 쫓아 다녔었다'라고 말한 게 사실이었느냐를 꼭 묻고 싶다는 생각을 해봤다. 그 러나 며칠 전 그는 반 년이 넘도록 수소문을 해왔던 친구한테서 이런 연락 을 받았다. 대학 졸업 후 한 4년 동안 교편을 잡았다는데, 그후 십여 년이 지났지만 그녀의 행방은 전혀 알려진 게 없다는 얘기와 그리고 고등학교 나 대학 동창회 명부에도 단지 '해외 거주'라는 매정스런 네 글자 외에 알 려진 게 없다는 얘기를 들려줬다.

5

그리고 10년도 더 지난 2003년 11월 2일, 석이는 한 통의 놀랄 만한 이 메일을 받았다. 그 메일은 꿈에서도 생각하지 못하였던 숙이한테서 온 거 였다. 이메일 주소에는 석이의 미국 이름과 성으로 되어 있어서, 그녀는 지금 받는 사람이 석이인지 누군지 확실치 않은 듯한 애길 썼고, 옛 기억 을 되살려 보려고 애를 썼다며, 좀더 자세한 얘길 해달라고 하였다.

석이는 며칠 전인 10월 29일 저녁에 무척 오랜만에 인터넷에서 숙이의 이름을 다시 한번 찾아봤었다. 그러다가 검색된 페이지를 뒤로 여러 차례 넘기는 중에 눈에 번쩍 뜨는 내용이 있었다. K대학교 홈페이지에 2002년 도 2학기 수강 내용을 정리한 도표에서 선형 대수학 및 미적분학을 가르치는 교수의 이름이 그녀의 이름과 동일하였다. 이건 틀림없다고 단정하였지만, 그 대학의 교수진 소개에는 나오지 않아 외래강사일 수도 있겠다고 생각하고서 지방에서 교수를 하고 있는 대학 후배한테 만약 그 사람이 맞는다면, 무슨 연락이 될 만한 방안을 찾아보라고 이메일을 보냈다. 그리고 며칠 후에 그 후배는 그녀의 연락처를 알아냈고 그녀와 극적으로 통화를 하여 석이가 보내준 이름, 출신고교, 출신 대학교 등의 간단한 인적사항을 확인하고서, 석이의 이메일 주소를 알려줬다고 하였다.

　정말 놀랄 만한 정보시대에 살고 있다는 생각이 두렵기까지 하였다. 이 세상 어디에 숨을 곳이 없다는 생각까지 들었다. 그리고 석이는 흥분된 맘을 억누르고 긴 답장을 썼다. 그리고 바로 그녀로부터 답장이 왔는데, 그녀는 기억도 하기 싫은 고등학교 시절에 만난 그 대학생인 석이를 어렴풋이 기억하고 있지만, 뜻밖에도 석이가 생각하는 만큼의 전말은 기억이 나지 않는다고 하였다.

　그 당시에 왜 아버지가 J시까지 내려가 무슨 장사를 하였는지, 왜 그리 비관적인 말만하고 우울하였는지의 대답은 들을 수가 있었지만, 석이가 확인하고 싶은 말은 물론, 그때 마지막으로 눈 오는 날 석이를 찾아왔을 때 같이 온 친구의 이름도 다 잊혀서 도저히 생각이 나질 않는다고 하였다. 결국 석이가 보낸 전말기를 보고 모든 게 새로워지면서, 기억도 하기 싫은 그 시절을 회상하게 해줬기에, 그녀는 이렇게 연락이 되어 반기는 맘 반, 화나는 맘이 반이라 하였다. 사실 정신건강상 기억하고 싶지 않은 과거를 잊으려고 하는 것보다, 그걸 극복하고 그 시절도 다 내가 살았던 삶의 이야기로 받아 주는 게 더 좋다고 하지만 말이다. 숙이는 두 번째 편지에 이렇게 썼다.

From: YS Lee

To: M kim

Subject: 잘 읽었습니다.

Date: Sat, 15 Nov 2003 13:31:52 +0900 (KST)

……. 제 과거에 있었던 일을 자신보다 잘 기억하고 있다는 사실에 기분이 묘하답니다. 말씀하신 대로 이것은 그쪽의 일방적인 사실이라고 할 수밖에는—. 불행스럽게도 저는 기억이 잘 나지 않아요. 모든 것은 안개 속의 아련한 기억일 뿐. 솔직히 제 기억 속의 아련함이 훨씬 좋군요. 사실 요즘 저를 괴롭히는 것은 같이 왔었다는 제 친구입니다. 그 친구가 누구인지 기억이 나지를 않아요. 그런데 알고 싶으신 것은 그 당시의 감정은 제 기억에 남아 있지를 않으니 정확한 대답이 될지는 모르겠지만 그 당시의 상황으로는 어쩌면 그렇게 말했을지도 모른다는 생각이 드는군요.

불행한 가족사이지만 저의 아버지께서는 의처증이 있으셨거든요. 저는 사랑이라는 이름으로 자신의 배우자를 묶어 두려는 아버지의 그늘에서 벗어나려고 얼마나 노력했는지 몰라요. 옛날 J시 시장에서 그릇 장사를 하시던 엄마는 20여 년 전에 돌아가시고 지금은 사진 한 장만 남아 있을 뿐이죠. 그리고 1976년 12월 결혼한 이후에는 힘든 것을 몰랐어요. 81년 미국 Louisiana State Univ.에서 학위를 하고 돌아와서 강의를 계속하고—. 다행히 지금의 남편을 만나서 그때의 고통을 많이 극복했지만 어린 시절을 생각하면 지금도 악몽에 시달릴 때가 있답니다. 그러니 그 당시에 제가 과민 반응했을 수도 있겠지요?

지금 보니 Dr. Kim(?)이 제게는 처음 만난 남학생이었는가 보군요. 본의 아니게 상처를 드린 셈이지만 준비되지 않은 제가 아니었던가 싶군요. 남자들은 모두 아버지 같을까 봐 전전긍긍했던 때가 있었답니다. 그렇지만 그렇게 심각하게 느꼈다면 지금 제가 이렇게 하얀 백지일 수가 있을까요? 무책임하게 들릴 것 같아 이렇게 말하기 싫지만 '내가 듣고 싶은 대답'으로 답안을 채우고 이제 마음의 짐을 벗으시라고 하고 싶군요.

10살부터 26살까지의 제 인생은 정신적으로, 경제적으로 아버지 때문에 너무 힘들어서 기억하지 않아요. 지금도 이렇게 떨어져 있어서 편하다고 생각합니다. 부탁드릴게요. 다음 편지라도 다시는 옛이야기는 하고 싶지 않군요. 이렇게 쓰면서 생각나는 것도 견디기가 힘들군요. 생각나게 하시는 죄 없는 Dr. Kim이 미워질 정도로……. 이대로 마음에 안 들더라도 묻어 주세요. 또 지난 이야기를 하신다면 아마 답장을 하지 않을 겁니다. 좋은 친구로 남을 수 있도록 가끔 소식만 서로 전하지요. 혹시 서울 오시면 우리 아빠가 술 한 잔 하시재요.

숙이 드림

그리고 지난 3년 동안 약속대로 기억도 없는 가슴 아픈 지난 얘기는 접어 두고, 35년이라는 세월을 훌쩍 건너뛰어 이제 모두 다 졸지에 50대가 돼버린 현재를 사는 얘길 이메일로 주고받다가, 작년에는 술이 취한 어느 날 밤 목소리라도 한 번 듣고 싶어서 떨리는 목소리로 국제 전화통화도 하였다. 하지만 이제는 더 이상 흔들고 싶지도, 흔들리고 싶지도 않은 맘에서 서로 소원해지더니, 일 년에 한두 번 전자 카드를 보내며 안부를 묻는다. 그리고 석이 맘속엔 뭔가 또 소중한 걸 잃어버린 허무감이 슬며시 고개를 들었다. '어디메에서 어찌 살고 있을까?' 하는 애잔한 첫사랑의 희미한 그림자는 더 이상 석이의 맘속에 남아 있지 않는다고.

가정교사와 여고생

가정교사는 슬픈 낭만을 가져다 주는 일이었다. 아직 졸업도 하지 않은 애송이 대학생을 집안에서 선생님이라 모두 부르니, 기분이 별로 나쁘진 않다 해도, 가르치는 학생들의 성적을 어떻게든지 올려줘야 하는 절대적인 책임감이 따른다. 그 당시 지방에서 올라온 가난한 학생들이 입주를 하거나 시간제로 과외를 지도하며 수업료나 생활비 내지는 용돈을 벌면서 지냈다. 석이도 더욱이 이렇게 해서라도 돈을 벌지 못하면, 학교를 다니는 문제나 숙식을 하는 문제가 전혀 해결이 안 되기 때문에 어느 누구보다 절실하였다.

2학년 때는 여름 방학 때까지 학교 근처에서 숙식만 하는 입주를 하고 지냈지만, 수업료나 기타 용돈을 마련하기 위해서 별도로 그룹 지도를 해야만 했었다. 방학이 끝나갈 무렵, 일주일 정도 J시의 고향집에 머물고 있었는데, 아버지가 테니스 동호회에서 만난 P사장이라는 분하고 연락이 되었다며, 좋은 조건으로 입주 가정교사로 소개해 주었다. 석이는 급하게 상경하여 신촌 로터리 근처에 있는 그 집의 문간방에 짐을 풀었다. 그리고 아버지의 체면을 봐서도 그렇고, 등하교도 편리한 이곳에 오랫동안 있으면 좋겠다는 맘을 다지며 열심히 시작하였다.

초등학교에 다니는 두 자녀도 봐주지만, 주로 여고 1년생인 둘째딸을 지도하기로 하였다. 그리고 엄한 과외지도로 두 달이 지나가면서 초가을로 접어들고 있었다. 그러던 어느 날 저녁 명문 E여고 졸업반인 언니에 눌려 구박만 받던 말괄량이 현주가 포도를 많이 먹고 취기가 들어서 엉뚱한 짓을 한다며 집안일을 하는 두 아가씨들이 번갈아 낄낄대고 웃고 있었다.

밤이 깊어지면서 모두들 조용해졌다고 생각하였는데, 현주는 석이가 머무는 문간방에 마구 들어와 다짜고짜 꿇어 앉더니만, 시화가 그려진 그의 스케치북을 내놓으라며 막무가내로 떼를 썼다. 그러면서 '그 여대생의 눈이 정말 검은 포도알 같다고요? 제 눈은 어떤데요?' 하며 다그쳐왔다. 석이는 당황하여 무슨 말을 하고 있는지 모를 일인지라 제발 그만 두고, 어른들이 알기 전에 빨리 나가서 잠이나 자라고 연거푸 타일렀지만, 전혀 말이 먹히질 않았다. 그 애는 책상에 잠가 논 그의 일기장이며 스케치북을 용하게도 다 꺼내 봤다고 실토를 하였다.

그날로 가슴이 철렁하였고, 현주의 그에 대한 관심이 위험 수위를 넘고 있다는 사실을 알게 되었다. 결국 가뜩이나 공부에 집중을 못 하는 현주의 행동이 안채나 별채의 문간방에 이르는 복도 옆에 살고 있는 이모뻘 되는 부부한테 탄로나지 않도록, 문제의 스케치북을 일단 넘겨 주고 겨우 내보냈다.

그 애는 나이에 비해 숙성하여, 이미 성숙한 여인으로 보였다. 더욱이 서글서글한 큰 눈과 눈썹이며, 매력적인 입 매무새가 석이 맘을 끌게 한 건 어찌할 수가 없었다. 어느 늦가을 저녁, 과외 공부를 끝내고 대문 밖에서 쉬고 있을 무렵, 코스모스가 만발한 Y대학교 교정을 막무가내로 손목 잡힌 채 끌려가서 산책을 하였던 날을 시작으로, 시험 준비로 늦은 저녁까지 과외 공부를 하는 동안에 당돌하고 귀엽게 접근해 오는 그 애를 너무 냉정하게 대할 수가 없었다. 그러다가 겨울이 이미 시작된 어느 날 저녁, 학기말 고사 준비로 밤늦게 과외 지도를 그 애 방에서 끝내고 나가려 할 때, 현주는 요염한 눈빛을 띠면서 그의 바짓가랑이를 잡고서 놓지 않았다. 그는 몹시 당황하여 말리고 또 말렸지만, 그날의 유혹을 이기지 못하고 잠시 엉클어져 있는 모습이 되었다. 그때 그 애의 이모뻘 되는 친척이 갑자기 문을 열고 들어오는 순간, 거의 동시에 태연한 척했던 그 어설픔이 발각되었다. 그런데 그분은 어처구니없게도 못 볼 것을 봤다는 듯이 당황하여 얼른 문을 도로 닫고 총총히 되돌아갔다.

당시에 그 친척 부부는 그 집에서 더부살이를 하고 있었는데, 이모부란 사람은 현주네 아버지가 운영하는 운수회사의 영업용 택시기사를 격일제로 하면서도 술을 되게 좋아하는 백수라는 생각이 들었다. 통금이 다 되어 차를 골목에 세우고, 대문 좀 열어 달라고 골목 쪽으로 난 문간방 창문을 두드리면, 석이는 유난히 삐걱거리는 대문을 열어 줬다. 거의 매번 술이 취해서 비척거리며 들어오면서, 석이의 어깨를 토닥거렸다. 그리고 그 애가 이모라고 부르는 여자는 로터리 근처에서 다방 마담을 하고 있었는데, 그런 세계에서 잔뼈가 굵은 듯 항시 짙은 화장에 습관적으로 고개를 갸웃거리며 눈웃음을 지어 보였다. 그러한 그녀가 석이와 현주가 서로 엉클어져 불장난을 저지르는 걸 목격했다는 사실을 현주 부모한테 그대로 전하지는 못했을지라도, 밤늦게까지 시험 공부를 한다고 같이 어울리는 현주를 조심시켜야 한다는 조언이 들어갔을 거라는 생각이 바로 들었다.

불안한 며칠이 지나면서 석이는 스스로 먼저 그 집을 떠나기로 맘먹고 학교 근처에서 자취를 하는 만규와 얘길 해뒀다. 아니나 다를까 며칠 후 현주 아버지가 석이를 보자고 하여 안방으로 건너갔는데, 이런저런 얘기로 말을 돌리기에, 석이가 먼저 떠나겠다고 말씀드렸다. 불행 중 다행한 일이라면, 현주는 석이의 끊임없는 설득과 나름대로 부푼 미래를 염두에 두고 열심히 노력하여 학교 성적은 상당히 향상되고 있었다.

이미 겨울 방학이 시작할 무렵이었다. 다행히 시골로 내려간 같은 과 친구 만규가 쓰던 자취방을 방학 동안에 쓰기로 하였기에 큰 고생을 하지는 않았고, 방학이 시작되자마자 그룹 지도를 바로 시작할 수가 있어서, 그 날로 짐을 꾸리고 있었다. 그런데 현주는 무슨 일로 아버지한테 꾸지람을 듣고서 울적해 있다가, 그가 봇짐을 싸들고 나가려 할 때, 어디로 가느냐고 묻더니만, 잠시 후 역까지 쫓아나왔다. 석이는 돌아가라고 연신 설득을 하였지만, 결코 말을 듣지 않았고 끝까지 고집을 피우며 교외선 전동차에 따라 올라탔다.

그날 이후 틈나는 대로 현주는 길게 땋았던 머리를 풀어 제치고, 숙녀 같은 사복을 입고서 석이의 자취방에 찾아왔다. 그가 과외 지도를 갔을 때는, 주인집 안방에서 기다리는 동안 엉뚱하게도 주인 아줌마한테 자기가 누나뻘 된다고 말도 안 되는 소리로 주인집 아주머니를 구워삶아 놓고선 주인집 애들 숙제까지 곧잘 도와주곤 하였으니 말이다. 그 아주머니는 그 애가 머물다 가고 난 후 석이를 보면, "총각 애인이 싹싹하고 참 미인이야. 또 부잣집 색시 같고—" 하면서 실실 웃었다.

매번 그 애는 놀랠 정도로 대담했고 가끔 과외 지도를 끝내고 연인들같이 바짝 붙어 다니며 시내로 나가서 영화 구경도 하고 외식도 하였다. 그런 만남이 계속되면서 불안하기 그지없는 금지된 장난은 매번 위험 수위를 넘고 있었다. 그런데 긴 겨울 방학이 거의 끝나가던 어느 날 갑자기 그 애의 발길이 뚝 끊겼다. 석이는 답답한 맘에 그 애 친구가 보낸 것처럼 조심스레 쓴 편지를 보냈는데, 기다리는 답장은 수주가 지나도 오지 않았다. 궁금해진 석이는 봄 학기가 시작한 후 얼마 안 돼서 그 애의 집엘 인사 겸 들렀다. 집안에 들어서자마자 현주를 찾으려고 두리번거렸지만, 그 앤 석이가 온 것을 알아차리고 안채에 있는 안방으로 총총히 들어간 후 나오지

도 않았다. 그동안 어디 아프지나 않았나 하는 그의 상상은 여지없이 부서
지고 말았다. 마침 외출을 하는 어른들한테 인사를 드리고, 얼른 안방 앞
으로 다가가서 여러 차례 그 앨 불러 봤지만 대답도 없었다. 이대로 되돌
아갈 수 없다는 생각이 들자 방으로 잽싸게 들어가 어찌된 영문인지 알기
나 하자며 바짝 마주 앉았다.

　석이는 현주가 끝까지 같은 길을 가자고 한다면, 앞으로 장애물도 많고,
오랜 세월이 걸리겠지만, 책임져 줄 각오도 이미 했지 않았는가. 그런데
그 애의 냉정함에 그는 당황하여 조용히 다그치듯이 연거푸 물었지만, 이
젠 공부하는 데 지장이 있으니까, 더 이상 이러시면 안 된다는 말만 반복
하였다. 그 애의 태도는 완강했고, 결국 그는 상기된 얼굴로 별수 없이 서
둘러 방 밖으로 나와야 했다. 그후로 두 차례 편지를 학교로 보냈었는데,
알쏭달쏭한 내용이 남긴 답장이 딱 한번 날아왔다. '지금은 말할 수가 없
지만, 언젠가 때가 되면 다 얘기를 해줄게요'라는 내용이었는데 사실 그게
현주로부터 받은 처음이자 마지막 편지가 돼 버렸다.

　그리고 2년이 지나고 대학 4학년 때, 급우 여럿과 어울려 우연히 그 애
가 사는 곳에서 그리 멀지 않은 로터리에 있는 그 다방에 들렸을 때, 그 애
의 이모뻘 된다는 그 마담이 석이를 금방 알아보고 다가와서는, 미묘한 웃
음을 띠면서 '김 선생, 지금도 현주를 자주 만나요?'라고 물었다. 그는 경
황중에 얼굴을 붉히며 '아, 아녜요—'라는 간단한 대꾸만을 해준 일도 있
었다.

　그렇게 파란만장한 대학생활을 마치고 공군에 입대를 하여 또 2년이 지
난 어느 겨울날이었다. 지방에서 휴가로 잠시 서울에 올라와보니, 슬그머
니 그 앨 만나 보고픈 맘이 간절해져 버렸다. 아니, 꼭 그렇다기보다 때가
되면 다 말해 주겠다는 그 편지의 내용이 너무도 궁금해져서 더 늦기 전에
알아볼 요량으로 그 애 집 근처에 갔지만, 이제 와서 이게 무슨 소용이 있

느냐는 생각이 불현듯 드는 바람에, 그때 석이를 잘 이해해 줬던 J고등학교 선배인 이복 오빠를 전화로 대신 불러내어 근처 시장에서 아주 오랜 만에 막걸리를 마시며 알맹이 없는 지난 얘기만을 나눴었다.

그 J고교 선배도 군대를 다녀온 후 복학하려고 아버지 집에 머물고 있었지만, 친어머니가 아닌 탓에 눈엣가시 같은 존재가 되어 알게 모르게 괄시를 받으며 방황을 하고 있었다. 그 선배는 잠시 후 말을 바꿔서,

"현주는 지금 외출중인데, 그 애가 김 중위님을 무척 좋아했었던 것 같았어요. 석이 씨 영향을 받아서 S사대 응용 미술과에 들어갔습니다."

라고 깍듯이 존댓말을 하며 현주 얘길 꺼내었다. 이제는 모두 자기 갈 길을 잘 가고 있다는 생각이 들었지만, 얼굴이라도 한번쯤 보고픈 맘을 참고서,

"그래요? 참, 잘됐군요. 그림을 그리고 싶어했었는데—."

그 순간 입주를 한 첫 해 가을, 대학축제 때 그가 주관하였던 시화전을 끝내고 나서, 그 중 현주를 위해서 만든 시화를 담은 액자를 선물로 준 일이 생각났다. 너무도 감격해 하는 그 애의 모습을 잊을 수가 없었다. 가슴에 액자를 꼭 껴안으며 그렇게 좋아하는 그 모습을 보면서, 저런 현주를 결코 불행하게 만들지 않을 거라 다짐도 했었는데 말이다.

오랫동안 생각을 해봐도 그 앨 다시 만난다는 생각은 결코 할 수가 없었다. 현주를 마지막으로 보고, 4년이라는 세월이 흐르는 동안 석이도 많이 변해 있었다. 전투 비행단의 엄청나게 바쁜 생활에 얽매여 있는 몸과 맘의 여유를 갖지 못하고, 긴 하루의 일과가 끝난 저녁 나절 스트레스를 푼다는 명목으로 동료들하고 어울려 수많은 술집을 전전하며 방황하는 생활을 한 터이라, 행여 오로지 외롭다는 이유로 예전의 육감적인 현주를 다시 품고 싶은 욕정 때문이라면, 더욱이 만나지 말아야 한다고 별렀다.

그리고 또 수 년이 지나 군문을 나섰고, 그 당시 해외 건설 붐에 힘입어

잘 나가던 H건설에 입사를 하여 지방 현장을 거쳐 잠시 본사에서 근무를 하던 1978년 어느 겨울 저녁 나절, 유학 준비를 하느라고 외국어 학원의 토플 준비반에 다니고 있을 때, 복잡한 복도를 빠져 나가면서 현주 오빠를 우연히 만났다. 엄청나게 분비는 인파 때문에 그가 일본어 회화반에 다닌다는 얘기 외에는 다른 얘길 나눌 시간도 없었지만, 다짜고짜 이젠 현주가 어떻게 지내는지 물을 입장도 못 되었었다. 그리고 기회가 되면 또 만나자는 형식적인 인사를 멀리서 던지고는 그만 인파에 떠밀려서 나는 밖으로 나와 버리고 말았는데, 그 이후로 다시 만나지도 못하였다.

철부지 시절에 저지른 불장난을 잊고자 할지도 모르는 현주에 대한 최대한의 배려를 하고 싶었다. 물론 석이는 결코 불장난을 한 게 아니라고 생각했지만, 세월의 흐름이 모든 걸 희석시켜 버렸다. 죽도록 사랑하겠다는 맘이나, 끝까지 같은 길을 가겠다고 별렀던 마음은 언제 그런 맘들이 다 사그라졌는지도 모르게 없어져 버렸지만, 그때 겨울 방학이 끝나갈 무렵 갑자기 발길을 끊어 버리면서, 석이를 애달프게 만들어 놓고 보낸 그 편지의 '때가 되면 모든 걸 말하겠다'라는 글귀는 도대체 뭘 의미했단 말인가? 무심하게도 세월이 35년씩이나 흘러 버렸는데도 그 답은 여전히 궁금할 따름이다.

어떤 데이트 신청

석이가 대학 3학년 때였다. 학교 캠퍼스가 서울 변두리에 있기 때문에 가정교사를 하면서 멀리서 통학하는 것도 여간 피곤한 일이 아니었다. 그래서 학교 근처로 옮기고 자취를 하면서 그룹 지도를 한다든지 때론 입주를 하면서 주인집 애들을 전부 도맡아서 가르쳐 주기도 하였다. 그래도 수입이 넉넉지 못하면 다른 집 학생들 몇 명을 섞어서 과외 지도를 했었지만, 항상 호주머니는 가벼웠다. 씀씀이가 많아서 그렇다기보다는 모두들 그리 넉넉지 못한 서민층들이 모여 사는 동네다 보니 넉넉한 보수를 받지 못했기 때문이었다.

시내에서 모임을 갖거나 술좌석이 있은 후에 제일 큰 걱정거리는 시내버스를 제대로 타고 학교 근처로 되돌아오는 거였다. 때론 막차를 놓치고 나면 자주 다니는 노선의 버스를 일단 타고 나서, 그곳 종점에서부터 한 십여 리를 걷든지 또 운좋게 그 종점에서 연결되는 막차를 탈 수도 있었다. 그날도 친구 녀석과 같이 비포장의 터덜거리는 버스 뒷좌석에서 퉁겨 올랐다 내렸다 하는 와중에 신나게 떠들고 있었다. 막차인지 아닌지는 잘 모를 일이지만 상당히 늦은 시간이어서 승객들도 별로 없었다. 몇 정거장을 남겨 놓고 앞쪽으로 나와서 출입문 쪽 가까이 다가가 앉았다.

외모만 보고 사람을 판단하는 게 매번 틀리는 일이고, 자기의 선입관이 재빠르게 작용하여서 좋게 생각하기가 일쑤다. 그런 상황을 객관적으로 보고 싶어서 전에 입주 가정교사를 할 적에 관상보감이라는 책도 열심히 주석을 달아 가면서 읽은 적이 있었다. 늘 그런 것은 아니지만 안내양하고 재미있게 농담도 하며 웃음을 자아내고 내릴 때는 인사도 받고 또 '수고해요'라는 말을 건네주기도 했었지만 이번에는 뭔가 가슴에 닿는 것이 여느 때하고는 사뭇 다른 느낌을 받았다.

순간 다시 한 번 그 아가씨를 쳐다보며 머리에서 발끝까지 훑어봤다. 하얀 칼라가 돋보이는 감색 유니폼에 핀 침을 하여 긴 머리 감아 얹고, 약간 뒤로 젖혀 쓴 모자 밑으로 뒤통수와 잔머리가 부드럽게 돋아난 하얀 목덜미와 귀밑머리 그리고 후리후리한 키에 쭉 뻗은 다리며 깨끗한 운동화 따위가 너무도 산뜻하게 보였다.

많은 남자들이 반반한 여자를 보면 본인하고 상관 있거나 없거나 심지어는 자기 아내하고 같이 있어도, 피차간에 관심 정도가 전혀 틀린 눈길이라도 마주칠 요량으로, 별 놈의 상상을 다 하면서 이리 보고 저리 보며 부산한 눈길을 보내기에 바쁘다. 그런데 이 아가씨로부터는 여느 차장 아가씨와는 다른 직감을 받았다. 가난한 집에서 태어났다고 빈천의 상을 갖고 태어나는 것도 아니고, 부잣집에서 태어났다고 이목구비가 훤한 것도 아니다. 요사이는 졸부들도 많아 도저히 관상을 보면 귀티 나게 보이거나 복이 들어 보이는 것도 없는 사람이 잘만 살고 있지 않은가 말이다.

얼굴을 보고 그 사람의 행적을 판단하는 것이 썩 객관적이 아니라는 것을 결코 모르는 바 아니지마는, 그녀는 하얀 얼굴, 갸름한 눈매에 오똑한 코와 잘 다물어진 입술 매무새 등 그 풍기는 체취가 미인이라기보다 매우 지적인 인상을 풍겼기에 순간의 상상력은 그녀를 가만 내버려 두지 않았다. 가세가 기울어 학업을 더 이상 계속할 수가 없었던 여고 졸업생일 수도, 혹 무슨 맘 아픈 상처라도—? 그래서 지극히 순수한 호기심의 발로에서, 아마도 잘난 외모 때문이었는지도 모르지만, 석이는 농담 끝에 행여 또 농으로 들리지 않게 조심스레 얘기를 건넸다.

"저, 아가씨! 실례지만 시간 좀 내 주실래요?"

"왜요?"

"저하고 데이트 좀 할 수 있나 해서."

"놀리시는 거지요? 농담 마세요."

"아녜요. 농담 끝에 제 말이 실없이 들리겠지만 사실이에요."

잠시 대화가 연결이 되지 못했다. 내리는 승객들 치다꺼리 때문이었다.

"진짜 농담하지 마시고, 실망할 거예요."

"정말예요. 농담이 아니라니까요. 또 무슨 실망이라니요?"

그녀는 대답 대신,

"다음 학교 앞인데, 내리셔야지요?"

"네, 근데 언제 쉬어요? 빨리 약속해요. 빨리!"

시간도 없는데, 그녀는 여유롭게 웃고만 있었다. 결국 그는 대답도 듣지 못한 채, 정류장에서 내려야만 했었다.

'미안해요—!'라는 그녀의 말 한마디만 길게 귓전에 남기고 버스는 어둠 속으로 사라져 버렸다. '미안하긴, 다음에 만나면 꼭 다시 약속하고 만나 보리라' 하며 늦은 밤길을 재촉하면서 걸어갔다.

그후로 틈나는 대로 같은 노선의 버스를 탔으나 만날 수가 없었다. 이름도 모르니, 누구한테 외모를 설명하는 걸로는 그녀를 찾을 수가 없어서, 왼종일 종점에 가서 기다려 볼 각오로 아르바이트를 하지 않는 날 저녁에 종점에 가서 몇 차례나 두어 시간을 기다려 봤다. 그러나 분위기가 바뀌어서 그런지 그 외에 다른 노선에 배정이 되었는지 도대체가 찾을 수가 없었다.

결국 마음 아픈 일이지만 포기할 수밖에 없었다. 연민? 아니면, 외모로 판단한 감상적인 맘의 발로? 하여튼 몹시 서운한 일이어서 그냥 가슴에 묻기에는 너무 안타까웠지만, 그런 대로 잊혀져 갔다. 그래도 버스를 타고 시내를 나갈 때는 유심히 차장 아가씨 외모를 살폈지만, 다시 마주칠 수는 없었다.

당시 70년대 초만 해도 학력이 높지 않은 여자들이 다닐 직장이 많지 않았다. 공장 기능공이나 버스 안내원 또 그 많은 술집, 다방 종업원들이 대부분 그런 처지에 있는 여자들이 많았지만, 나름의 꿈과 어려움으로 고민하는 젊은 여인들이 많았을 게다. 비싼 등록금 주면서 대학을 나오고, 집안끼리 서로 다리를 놔 가며 기회주의적인 신부 예비수업이나 받고 있는 여자들보다 훨씬 보람되게 산다고 생각했다.

그는 그 무렵, 라이너 마리아 릴케나 니체, 칸트에 푹 빠져 있을 때라 더욱이 '지극히 인간적인 처사'를 너무 좋아하고 있었다. 사실 돈이 있다는 실세들은 혼인까지도, 아니 연애까지도 서로 격에 맞는 사람끼리 어울리는 세태였으니 말이다. 그래서 맨 주먹으로 뛰던 그때는 '멋있는 선택'을 하는 외국 영화에 매료가 되었던 것이다. 〈마이 훼어 레이디(*My Fair Lady*)〉, 〈파리의 야화〉, 〈신사와 사관(*Gentleman and Cadet*)〉, 〈아름다운 여인(*Pretty Woman*)〉 같은 서양식 사랑을 단편적으로 보면서 감명을 받았다. 가문, 학력, 재력 등을 떠나 심지어는 길거리의 여인과의 순수한 사랑으로 엮어지는 그런 인간다운 얘기 말이다.

그런 반면에 변덕도 심하여 잘 변하기도 하고, 또 잘 헤어지는지도 모르지만, 주변에는 그렇게 어울리지 않는 '색다른 부부(*Odd couple*)'들이 많이 있다. 대학을 나와 컴퓨터 프로그래머로 일하는 아내에 고등학교 출신의 자동차 정비공인 남편, 카페에서 웨이트레스를 하는 아내에 변호사 남편

등 눈이 맞으면 그만이지만, 헤어지길 밥 먹듯이 하는 세태라 얼마나 버티
고 살지는 모를 일이다.

안 해, 죽어도 안 해!

석이가 선옥을 첨 만난 때는 신촌에서 가정교사를 막 시작할 무렵인 2학년 여름 방학이 끝나고 2학기가 시작된 지 얼마 안 되었을 무렵이었는데, 그 집 친척이라는 한 여대생과 함께 온 그녀를 보고 첫눈에 반했다. 그녀가 미대생이라는 건 물감 케이스를 들고 있는 걸로 봐서 그리 짐작을 하였다. 오른팔에는 몇 권의 책을 받쳐 들고 손목까지 내려온 실크같이 반짝거리는 엷은 베이지색 상의에 아보카도의 짙은 초록빛 스커트를 입고 있었다.

그리고 반듯한 이마에 높은 콧날이 중심을 잡고, 짙게 쌍꺼풀진 눈시울 아래 여리게 보이는 눈은 잘 익은 포도알같이 보였는데, 더욱 눈길을 끌었던 것은 약간 작은 듯하지만, 도톰한 매무새의 입술이었다. 올백으로 귀볼이 동실한 양 귀를 다 내놓으며 반지르하게 빗은 머리며 얼굴 윤곽이 순간 리즈 테일러를 많이 닮았다고 생각했었고, 무척 이지적이고 깔끔한 첫인상을 받고서는 그만 멍해져 버렸다.

그날은 잠시 소개 정도로 인사만 하고 지나쳤는데, 그녀에 대한 첫인상을 일기에 적었다가, 그가 가르치는 여고생이 훔쳐 보는 일이 생기고 말았

다. 그후로 그 애는 선옥에 대한 표현을 두고두고 인용하면서,

"제 눈은 어때요? 제 것도 잘 익은 검은 포도알 같지 않나요?"

"무슨 소릴 하는 거야? 포도알 같다는 얘긴 또 무슨 소리고?"

"시치미 떼지 말아요! 다 봤으니깐—."

하며 석이를 놀려대던 모습이 떠올랐다.

눈웃음을 지으며 막말을 마구 하던 그 여고생이 당돌하였지만, 애교 넘치는 투정을 귀엽게 받아주었는데, 결국 시련의 우여곡절을 겪고 말았다.

그리고 현주네 집을 떠나 학교 근처에서 다시 둥지를 틀고, 학교 공부에다 과외 지도에 여념이 없다 보니, 몇 달 전까지 석이의 맘을 통째로 흔들어 놨던 현주에 대한 미련이나 선옥에 대한 관심까지도 흐려지면서, 그해 겨울 방학을 보내고, 봄. 그리고 그룹 지도로 바쁜 여름 방학도 지나 3학년 2학기가 시작되었다. 얼마 후 가을이 깊어져 가면서 석이는 불현듯 선옥이 생각나서, 두어 차례 장문의 편지를 띄웠으나, 어느 날 잔뜩 기대를 하고 설레며 받은 편지에는,

'보잘것 없는 여잡니다. 잊어 주시길 바랍니다. 선옥'

이라는 단 한 줄이 씌어져 있었다.

사실, 첫 만남에서 서로 강하게 끌렸던 데이트를 한 것도 아니었고, 단지 외적인 미모에 빠져 일방적인 연모가 일었던 것인데도, 근 1년 만에 서서히 늪에 빠지듯 그녀에게 다시 집착하기 시작했다. 그리고 계속 보낸 편지에 답장이 안 오자, 어떻게든 만나 봐야겠다는 생각을 하고서, 점심 시간 전에 수많은 여학생들이 들락거리는 S여대 정문 앞에 서서 스케치북이나 물감통을 들고 들어가는 학생을 붙잡고 양해를 구하고선 학교 정문에서 그녀를 기다린다는 쪽지를 전해 주도록 하였다. 여자 대학 정문 앞에서 여기저길 기웃거리며 얼쩡거리는 것이 참 궁상맞은 짓이라 생각했지만, 그로서도 선택의 여지가 없었다. 하여튼, 이런 억지를 부려서 처음으로 안개

속을 걷는 데이트를 할 수 있었다.

1970년 10월 어느 날, 워커힐로 올라가는 길은 안개가 짙게 껴서 한강이 전혀 내려다보이지도 않았다. 푸른 소나무며 전나무, 잡목들이 빼곡히 도열하고 있고, 산 쪽에서 밀려오는 기류에 짙은 안개의 흐름이 한강 쪽으로 흐르고 있었는데, 유난히 큰 나무나 바위에 부딪칠 때는 마치 물결이 튀기듯이 흩어지고 있었다.

그 사이 아스팔트 길 옆으로 석이는 선옥과 약간의 거리를 두고 천천히 오르기 시작했다. 그녀는 학교에서 곧바로 나왔기에 짙은 갈색의 떡갈나무로 된 케이스를 들고 스케치북을 끼고 있었다.

그러한 그녀 모습은 그의 선입관과 맞물려 무척 돋보였다. 그림을 그린다는 것이 그 무엇보다도 순수한 행위여서 더욱 관심을 가졌었고, 또 석이도 어려서부터 그림 그리기를 무척 좋아했다는 이유도 있었다. 한참을 걸으면서 많은 얘기를 나눴지만, 선옥은 정성을 다해서 몇 차례 보낸 그의 편지에 대해서 '저한테 보내 주신 글은 받는 사람 이름만 바꿔서 어느 누가 받아도 될 수필 같은 글이었습니다'라고 얘기를 하면서 덤덤한 표정을 지었다. 한참 변명을 늘어놨지만, 그저 감상적인 독백으로 생각했던 모양이었다.

분위기도 너무 좋았던 그날인데, 그녀의 속맘을 전혀 터주지 못했기 때문에 대화의 진전이 별로 없었다. 점심 시간이 거의 다 지나가 버려 점심도 못 하고 아쉽게 돌아 내려오고 말았기에, 훗날을 기약할 수밖에 없었다. 그리고 그룹 지도를 하면서 빠듯하게 받은 돈을 모아서 학비와 생활비를 만들어야 하는 처지에서 정신없이 바쁜 나날을 보내면서도 뇌리에서 그녀의 모습을 지울 수가 없었다.

가을비가 차분하게 내리는 날이었다. 학생회에서 학술부장을 맡게 되면서 가을 축제는 학생회 주관의 가장 큰 행사였기에 학술부 소관으로 큰 비중을 둔 시화전을 준비하면서 교내에서는 시를 응모하여 모으고 있었다. 시화에 필요한 그림은 그런 대로 그가 준비해야 할 일이었지만, 다양성 있게 준비할 목적으로 미술 대학 출신에게 부탁을 하는 것도 좋을 성싶어, 문득 그녀를 생각했다. 그런 핑계를 염두에 두고 그녀의 학교로 오전 중에 부랴부랴 찾아갔다. 학교 정문 쪽으로 들어오기 전에 확인을 해둔 어느 다방에서 기다리고 있겠노라는 쪽지를 같은 방식으로 전해 주고 그녀를 기다리고 있었다.

그녀는 상기된 얼굴로 약속된 다방으로 들어섰다. 무척 반가웠다. 그리고 그는 무슨 좋은 건수라도 생긴 듯 그녀에게 사정 얘기를 하고 도움을 청했는데, 뜻밖에 그녀는 강경히 거절하였다.

"저는 그런 일 못 해요."

"그게 그렇게 어려운 일은 아니잖아요? 맘이 문제겠지요."

"어쨌든 그런 도움을 주기도 싫고, 또 받을 필요도 없다고 생각합니다."

"어떻게 세상을 그렇게 살 수 있어요? 친구의 도움이 필요할 때도 있고, 또 받을 때도 있는 거 아닙니까?"

입이 달토록 그녀를 설득하였지만, 결국 먼저 가겠다며 일어서더니 찻값을 내고 밖으로 나가는 거였다. 그도 후닥닥 일어나서 밖으로 따라 나섰다. 비는 이미 그쳤으나 아스팔트길은 젖어 있고, 지나치는 차들이 요란하게 물기를 튀기며 굉음을 내며 달리고 있었다. 순간 그는 심술기가 돋아 짓궂게 그녀 옆에 따라 붙으면서,

"왜, 도움도 주기 싫다면서 제 찻값은 내고 갑니까? 여기 찻값 받으세요."

하며 잔돈을 건네주니, 어이가 없다는 듯이 피식 웃더니만, 계속해서 빠르게 걸어갔다.

그녀는 한참을 큰길 따라 걷더니 그 길을 가로질러 민가들이 있는 동네

로 들어섰다. 당시 서울 외곽은 한강 이북이라도 개발이 안 되어 시골 동네를 연상케 했다. 그녀는 화가 나 있는 듯이 신경질적인 목소리로 연신 따라오지 말라는 얘기를 하면서,

"어쩜, 고등학교 때, 되게 귀찮게 하던 그 화상하고 똑같네요."

"아마, 그 친구하고 얼이 같은 놈인 모양이죠."

하면서 동네 입구에 들어섰다. 그녀는 더 빠른 걸음으로 앞서가면서 제발 돌아가라는 얘기만 되풀이 하면서 힘이 드는 듯, 들고 가던 몇 권의 책을 수시로 받쳐 들었다.

어느덧 한 집 앞에 서면서, 반쯤 열려 있는 대문을 밀며, 막 한 발을 디뎌 놓다 말고,

"정말 왜 이러세요? 사리를 분별하실 만한 분이—!"

"나도 이왕 이렇게 왔으니 점심이나 먹고 가야겠는데요."

하며 말도 안 되는 억지를 부리면서 한 발을 같이 디뎌 놓았다. 그녀는 화가 머리끝까지 나서 어쩔 줄을 모르다가, 다시 되돌아서서 그 길로 곧장 학교 쪽으로 걸어 나왔다.

얼마 후 학교 정문으로 가는 길로 접어들었다. 그녀는 아예 뛰다시피 걸어갔다. 그때 그는 '잠깐만' 하면서 그녀의 팔을 잡는 순간, 그녀가 반사적으로 몸을 반대로 돌리면서 몇 권의 책들이 우두둑 떨어졌다. 순간적으로 몸을 숙여 책을 집어 올리려 했는데 그녀는 관두라고 소리를 치며, 그의 팔을 세게 내려쳤다. 화가 되게 난 모양이었다. 다행이 책은 물기가 거의 없는 아스팔트 위로 떨어져 젖지는 않았고, 그녀는 주섬주섬 책을 집어 들고 다시 학교 쪽으로 발길을 떼었다. 점심 시간이 거의 끝나 가는 듯, 간간히 몇 학생들이 힐끗힐끗 쳐다보며 지나쳤다. 그는 잠시 그녀의 앞을 막고서 정색을 하며,

"오늘은 정말 미안합니다. 본의가 아녔는데, 용서해요."

그러자 잠시 그를 원망하듯 쳐다보고는 종종걸음으로 사라져 갔다. 돌아오는 길은 몹시 허전하고 원망스러웠다. 어찌 그렇게도 벽창호 같은 여인네일까? 되뇌이며 그녀를 설득치 못했던 그 자신이 무척 초라하게 생각되면서 무거운 맘으로 학교로 돌아왔다.

그후로도 일방적인 약속을 한 편지를 보내놓고 나오지 않는 그녀를 오랫동안 기다렸던 당시 시민회관 옆 초원 다방을 결코 잊을 수가 없었다. 부질없이 기다리다 어두운 자취집으로 돌아오면, 울적해진 맘을 달래려고 술을 마시고 낙엽이 진 뒷동산에 올라 소리치던 밤으로 이어지기도 하였다. 지난 몇 해 동안 숙이를 위시하여 그리 따르던 현주까지도 그의 곁을 아무렇지도 않은 듯 떠나 버렸기에, 이제 막연한 그리움만 잔뜩 부푼 채로, 광야에 홀로 서서 어렵게 꾸려 나가는 객지 생활을 한탄하며 하루가 멀다고 퍼 마신 막걸리의 취기에 감정이 격해지면, 또 뒷산에 올라 울컥한 감상에 뜨거운 눈물도 흘렸다. 그리고 당연히 학업에도 충실하지 못해 그해 3학년 2학기의 시험이 여지없이 망가지면서 평균 학점이 뚝 떨어지는 바람에 두고두고 후회가 될 일이 생겼다.

결국 짝사랑이나 다름없는 혼자만의 절규를 하다가 실의에 빠진 채, 긴 겨울 방학을 맞았다. 예정된 그룹 과외 지도를 두 달 정도로 끝내고, 개학 일 주일 전쯤, 그녀와는 동향 출신인 동기생 민수에게 그녀의 집 위치를 알아 두라고 부탁한 뒤에 고향인 J시로 내려갔다가, 이른 아침 통근열차를 타고 민수와 그녀가 사는 E시로 갔다. 막바지 추위가 지나서인지 그렇게 춥지는 않았으나 구름이 잔뜩 끼어서 눈이라도 내릴 것 같은 날씨였다. 시내버스를 타고 그 친구 집에 가서 아침 나절을 보냈다. 11시쯤 같이 나온 그는 내게 그녀의 집을 알려주고 돌아갔다.

민수는 J고등학교 1년 선배지만 고등학교 때는 전혀 안면이 없었기도 했고 대학 입학 후 동기생으로 만나서 말을 놓고 지내다가 나중에 그 걸

알고서는 어정쩡한 호칭을 하다가 결국 말을 놓고 지냈다. 그 무렵 그의
부친은 그곳에 있는 어느 고등학교에서 교편을 잡고 있었고, 선옥의 부친
역시 다른 고등학교에서 근무를 하고 있었다. 그러다 보니 집안끼리 잘은
모르지만 아무개 선생이라는 정도로 알고 지내는 처지여서, 그의 여동생
을 통하여 그녀가 살고 있는 집을 찾는 데 별 어려움이 없었다고 하였다.

그녀는 일정 때 일본인들이 살았던 제법 규모가 큰 2층집에 살고 있었
다. 조심스럽게 대문을 두드리니 동생으로 보이는 까까머리 사내가 나왔
는데 누나가 지금 있느냐고 물었더니 외출중이라고 하였다. 어떻게 할지
잠시 망설이다가 아침에 민수네 집에 갈 때 시내버스에서 본 시민관이라
는 극장이 거기서 그리 멀지 않는 곳에 있는 것 같아, 3시에 그 극장 앞에
서 만나자는 쪽지를 전해 주고, 한참 이른 시간이지만 그쪽으로 나왔다.
그리고 제목도 잘 생각나지 않는 오래된 중국 무협 영화가 상영되고 있었
던 것 같은데, 시간이 많이 남아 표를 사고 들어갔다.

영화가 거의 끝나갈 무렵 약속한 시간이 다 되어 로비로 내려와 밖을 보
며 비슷한 사람이 나오지 않나 주시하고 있었다. 3시가 조금 넘어 그녀의
모습이 나타났다. 혹 안 나올지도 모른다는 생각을 했기에 정겨운 연인을
본 듯 무척 반가웠다.

그들은 극장 옆 다방으로 들어갔다. 좀 어설픈 분위기에 휩싸이는 것 같
아서 석이는 친구 덕에 쉽게 집을 찾았다는 얘기를 하고, 고등학교에서 교
편을 잡고 있는 아무개 선생님 아들이라는 얘기도 해줬다. 그로서는 다시
만나는 기쁨이 컸지만, 그녀는 여전히 시큰둥한 표정을 지으며, "저는 친
구의 도움도, 더욱이 남자 친구의 필요성도 느끼지 않으니, 잊어 주세요"
라고 전에 하였던 식의 말을 되풀이하였다. 그런데 사실 정혼자가 있는 것
도 아니고, 숨겨 논 애인이 있는 것도 역시 아닐 것 같은데, 도대체 무슨
맘의 문이 저토록 단단하게 닫혀 있는가를 생각하니, 속이 상해서 견딜 수

가 없었다. 그를 그렇게 싫어하지는 않는 것 같은데, 꼭 말 끝에 가서는 방향이 전혀 다른 얘기를 꺼내 버리니 어처구니가 없었다.

밖은 이미 어둠이 깔리고 있었다. 늦은 기차를 타고 집으로 돌아갈 생각을 하니 어설프기 짝이 없는 데다, 왜 이토록 진심을 몰라 주고 무정하게 대하는지, 도대체 이해할 수가 없었다. 결국 싫다는데 별 도리가 없었다. 은근히 화가 치밀어서 자리를 박차고 먼저 밖으로 나와 버렸다. 그리고 역으로 돌아와서 한참을 기다린 끝에 J시로 돌아오는 기차를 탔다. 어두워진 차창 밖을 맥없이 바라보니, 여전히 맘이 아파왔다. 그러면서도 이젠 더 이상 맘고생이나 시간 낭비를 할 수가 없다고 별렀다. 이 겨울 방학이 가기 전에 빨리 맘을 추스르고, 마지막 4학년 과정을 죽도록 노력하여 지난 2학기의 성적을 만회해야 한다고 벼르고 벼르며 스스로 채찍질하였다.

그의 자존심이 무척 상했다고 생각하는 것을 보면, 그가 준 만큼 받지 못한 것에 오기가 나서 이제는 그만 잊어버리자는 생각이 들었나 보다. 사람은 누구나 눈으로 들어오는 아름다움을 느끼게 하는 신호의 강약에 따라 감성의 파고가 결정지워진다. 첨 만남에서 선옥의 외모에 눈이 멀었고 종내는 그녀의 내면까지도 승화시켜 마치 그녀의 모든 걸 사랑하려고 덤볐다가 제풀에 나자빠진 꼴이 되어 버렸다.

긴 겨울 방학이 지나고 4학년 새학기가 시작되면서, 다 잊어 버리자는 맘으로 과외 지도와 학교 공부에만 죽자 살자 매달리다 보니 일 년이 지나갔다. 그리고 1972년 2월 26일 졸업을 했지만, 3학년 2학기 점수가 너무 형편없이 떨어지는 바람에 평균 학점이 뚝 내려갔고, 4학년 1학기에 이어 2학기의 성적이 등록을 제시간에 하질 못하고 한 달 늦게 하는 바람에, 올 에이(All A) 대신에 전 과목이 10%의 감점이 되어 최고 득점 논문만을 제외한 모든 과목이 B로 떨어지는 수난을 겪고 말았다. 졸업식 때 상을 타 보겠다는 꿈이 허무하게 부서졌고, 졸업식에는 꼭 참석하고 싶으시다는 어머니의 소망도 저버리고 말았다. 어렵사리 첫 등록금과 4학년 2학기의 학비를 마련해 준 어머니인데, 아르바이트로 간신히 끌어온 대학 생활의 결산이 그러하니 영광보다는 상처뿐인 졸업이 되어 도저히 식에 참석할 맘이 내키지 않았다. 아무리 뒷바라지를 잘해 주지 못했어도 꼭 참석하고 싶었다며 눈물이 글썽한 어머니에게 언젠가가 될지 모르는 미국에서 공부하고 졸업할 때 꼭 모시겠다는 말로 위안을 드렸다.

3월 초 당시 대전에 있는 공군 기술 교육단에 입소를 며칠 앞두고, 잠시 J시에 내려갔다. 누구한테나 군에 간다는 게 심난한 일일 것이다. 그래서 당분간 동생들도 못 볼 것 같아, 어느 날 오후 둘째 여동생하고 외화를 주로 상영하는 오스카 극장이 있는 곳을 향해서 큰길을 걷고 있었다. 그런데, 시외버스 터미널을 지나치면서 우연히 앞에 가는 어떤 여자의 뒤를 바라보다가 걷는 자세와 뒷모습이 선옥과 무척 닮았다는 얘기를 해줬다. 잠시 후 그녀 옆을 스치면서, '야, 정말로 옆모습도 너무 닮았는데?'라고 하였다. 그런데 그녀의 우측을 돌아 빠른 걸음으로 앞질러 가다가 힐끗 그녀를 쳐다보는 순간, 가슴이 몹시 두근거렸다. 옆에 따라오는 여동생한테 손짓을 하며, 닮은 게 아니고 바로 그 여자라고 눈치를 보내고 나서, 무슨 말이라도 해야겠다는 생각 끝에 잠시 주춤하다가 획 돌아섰다.

몇 걸음 앞에서 갑자기 돌아서는 그를 보고, 그녀는 몹시 놀라 얼굴이 붉어지며 말을 잊지 못하면서도 반가워서 어쩔 줄 몰라 했다. 서로 반가운 사람을 만나듯 다가서서 인사를 하였다. 석이가 순간 동행을 하던 남자를 흘깃 쳐다보자 그녀는 같이 발령을 받아서 내려가는 동료라고 묻지도 않는 말을 하였다. 그 남자는 조금 망설이다가 표를 알아본다고 얘기하고서 터미널 안으로 사라졌다. 그녀는 뭔가 얘길 하려다 주춤하면서 얼굴이 벌겋게 상기되고 있었다.

"지금 저분과 같이 부안 여중고로 가는 길이에요."

“아, 예! 축하합니다. 저는 며칠 있으면, 공군에 입소합니다.”

그의 맘은 무척이나 착잡했다. 꼭 일 년 전의 일을 생각하니 가슴속에는 아직도 애증이 엇갈려서 어떻게 대할 바를 모르고 잠시 흔들렸지만, 무슨 인연이 아직도 남아서 이런 시련을 또 갖게 되는지 쓴 웃음이 나왔다. 그런데 그녀는 그로부터 무슨 말을 꼭 듣고 싶은 묘한 눈길을 준다는 느낌을 받았지만, 그는 이제는 이대로 잊혀 가는 채로 놔두자는 여문 각오를 해 온 탓인지, 별 말도 없이 쓴웃음만을 지어 보였다. 그리고 그는,

“근무 잘 하시고, 건강하세요!”

라는 한마디를 남기면서 가벼운 목례를 하고 돌아섰다.

그녀의 태도가 예전과는 많이 달라졌다는 생각을 하면서 극장 쪽으로 걸어갔다. 옆에 있던 동생이 그의 얼굴을 빤히 쳐다보더니만, ‘예쁘게 생겼는데—’라고 말했을 때, 그는 초점 잃은 눈을 가늘게 뜨면서 말없이 고개만을 끄덕거려 줬다.

몸과 맘을 180도로 바꾼다는 고된 장교 훈련 도중에 봄이 오고, 첫 면회와 기다리고 기다리던 첫 외출이 시작되면서, 삼대 독자라는 이유로 군 면제를 받은 민수를 포함해서 군에 안 간 대학 동기들이 대전엘 모두 내려와서 반갑게 만났다. 그런데 민수는 석이를 조용히 따로 부르더니,

“야, 이 새끼 봐라? 어떻게 신고도 없이, 우리 동네 색시를 그리 잘 알고 지냈지? 일 년 전 그때부터 잘 나갔던 거야? 그 색시가 내 여동생한테 전한 애기를 그대로 전해 줄게.”

하면서 ‘시간이 나시면, 연락을 해주세요’라는 말을 전해 줬다. 그러면서 자기는 그 말을 전달하는 의무는 끝났다 하면서 연신 고개를 갸우뚱하면서 실실 웃었다. 순간 석이는 다시 연락을 해볼까 하는 생각이 들었지만, 왠지 과거에 얽매이고 싶지 않다는 생각이 우선하였다. 그리고는 ‘잘 알았다’라는 애매한 대답을 해줬다. 타향에서 아무도 의지할 데도 없이 몸과 맘

이 괴롭고 피곤할 때, 서로 위하는 따뜻한 정을 나누며 꿋꿋이 살아가기를 바랬는데, '다 끝난 일이고 잊힌 일인데, 이제 와서, 뭘 어떻게—'라고 생각하며 그렇게 일축해 버리고 말았다. 오기도 생겼다. 술에 취에 비틀거리면서 가을이 물들어가는 자취집 뒷산에 올라가선 비통해 하던 자신의 모습을 떠올려 봤다. 속없는 놈. 뭐 하나 따뜻한 말 한마디 해준 적이 없는 여자에게 단지 얼굴이 잘생겼다는 이유 하나만으로 그렇게 맘을 주고 괴로워했지. '안 해! 죽어도 연락 안 해! 그딴 여자 없어도 잘 살 수 있어—. 남자가 출세하고 돈도 생긴 후에 찾는 여자들은 창녀와 다를 바가 없지' 하며 잊어 버리자고 별렀다. 그런데, 그는 항상 그런 고비를 넘지 못하고 지금까지 매번 헤어짐만 반복했었는지도 모를 일이라는 엉뚱한 생각도 해봤다.

정신없이 12주가 지나 8월 1일에 임관을 하고 소위 시절 삭막하기만 했던 대구기지에서 쫓기듯 군 생활을 시작하면서, 그녀에 대한 생각은 서서히 잊혀져 갔다. 그러나 한편으론 너무도 썰렁하게 비워진 맘을 채우지 못하는 공허한 맘이 커지면서, 틈만 나면 기지 외곽을 덮은 키를 넘는 갈대밭에 누워서 막연한 그리움을 허공에 뿌리며 외로움을 달래고 있었다.

그후로 세월이 많이 흘러, 자그마치 사 반세기나 흘러갔다. 그녀에 대한 추억이 때론 안타깝게 느껴지면서 산란해지는 맘을 억제치 못하고 있는 건, 요사이 한이 많은 어머니한테 드릴 책을 가필하는 과정에서 옛 추억을 온통 뒤져 본 탓이었나 보다. 석이는 이런 생각을 꼬리를 물고 생각해 봤다. '지금 선옥은 아직도 부안에 있을까? 그럴 리가 없겠지. 아니면 연고지인 E시 어느 고등학교에 있을는지? 아마도 다 고만두고, 이제 몸도 제법 불어난 50대 초반의 유부녀가 되어 남편과 애들 뒷바라지하는 평범한 전업 주부가 되었을지도 모르지.'

혹 만나 볼 수 있다면, 군사 훈련 중에 민수의 전갈을 받고, 왜 연락을 안 했는지 구차한 변명도 하고 싶다는 엉뚱한 생각도 해본다. 매년 고국 나들이를 하면서 이런 저런 생각이 나도 계획된 일정만 마치면, 서둘러 돌아오고 말았다. 제철소에서 근무한다는 민수를 만나면, 그때 무슨 말을 어찌 전해 줬는지 후일담이라도 듣고 싶은 생각을 해보면서 피식 웃어 본다. 왜 자꾸 쓸데없는 옛일에 미련을 두는 건가? 미련이 아니지. 그저 아쉬움이 있어 그런 거겠지. 파란만장한 과정 속에서 이루어진 세기의 사랑이라도, 세월이 흐르다 보면 더 이상 가슴이 뛰는 감정은 간데없고, 마치 연륜의 때가 묻은 장롱같이 저렇게 항시 그 자리에 남아 있으려니 하는 생각이 들 뿐이다. 그렇다고 애틋한 모습으로 사 반세기 전에 멈춰 버린 추억 속의 여자를 언제까지나 그리워할 수도 없는 노릇이니, 인간의 애정사는 모순투성이다. 그러나 그런 줄 알면서도, 막가는 청춘이 아쉬워서라도 또 한 번 뜨겁게 사랑하고픈 맘이 술렁이는 건 어찌 설명을 해야 할 것인가?

그런 생각은 여자들이 더 강할지도 모른다. 40이 넘어 하루하루 다르게 늘어나는 흰머리며 잔주름을 보면서, 덧없이 지나치는 청춘이 미치도록 아쉬워할지도. 인간이 50이 넘으면 여러 가지 면에서 포기가 따를 일이지만, 무엇보다도 아직 잠자리를 같이 할 수 있는 여력이 있을 때 뭔가를 저질러 보고 싶은 충동이 있을 것이다. 그리고 더 늙어서는 이제 추억에만 매달려 살아야 한다는 걸 잘 알게 될 터이고. 이런 일련의 상념은 인간이 4, 50대에 이르러 자동적으로 읽을 수 있도록 뇌수에 저장해 놓은 리드미(Readme) 파일에 쓰여 있다.

어느 여대생의 부탁

대학 4학년 때인 어느 늦가을 토요일 오후였나 보다. 신촌 E여대 앞에 있는 음악 감상실에서 석이는 같은 과 친구인 민수와 같이 잘 알지도 못하는 클래식을 안간힘을 다해서 감명 깊게 들으려고 노력하고 있었다.

민수는 고등학교 때에 클라리넷을 불었고, 부모가 고등교육을 받은 교육자 집안의 딸 넷 사이에 간신히 낀 삼대 독자였다. 그는 클래식에도 물론 조예가 깊어 틈나는 대로 같이 어울려 음악 감상을 하곤 했는데, 그날 자기 아버지는 '헝가리언 랩소디'를 들으면서 눈물을 주룩주룩 흘린다는 얘길하고 있었는데, 호리호리한 체구에 화장기도 없는 한 여대생이 다가와서 한참을 망설이더니, 부탁이 있다면서 좀 앉아도 되겠느냐고 물었다.

그 부탁인즉 오늘 저녁때 7시 신촌 로터리 예식장 지하 다방에서 약학과 3학년 종강 파티가 있는데, 파트너로 나와 줄 수 있느냐는 얘기를 하였다. 우리 둘 전부냐고 물었더니 조심스럽게 석이를 가리켰다. 그는 좀 멋쩍은 생각이 들어서 민수를 쳐다봤다. 민수는 한눈을 찡긋하면서 가보라고 눈치를 하였다. 그리고 잠시 자리를 옮겨서 대충 간단한 신상 파악을 하던 중에,

"그동안에 남자친구도 만들어 놓지 못했나 보죠?"

"사람이 칠칠하지 못해서요. 미안합니다."

그리고는 고개를 수그리며, 빙그레 웃었다.

"아니에요. 그게 아니고—, 정말 농담이에요,"

이런 식으로 어색한 만남에 대한 긴장감을 풀었다.

하필 여자 대학교 앞에 있는 음악실을 들락거리는 이유 중에는, 어떻게 맘에 드는 여학생한테 말을 걸어서 사귀어 볼까 하는 속셈이 없지 않았다. 얼마 후 그는 기꺼이 그 여대생의 제의를 받아 주기로 하였고 종강 파티가 시작될 때까지는 시간이 남아서 밖으로 나가서 바람이나 쏘이자고 하였다. 그런데 그녀는 잠시 망설이더니, 그전에 부탁이 있다고 하면서, 정장을 하고 가야 한다고 하였다. 그는 당시 양복 한 벌도 없는 가난한 학생이었기도 하지만, 그렇게 형식적인 모임이냐는 말로 반문을 하였다. 그녀는 그래도 그렇게 약속이 된 것이니 별수가 없다고 하였다.

그리고 6시까지 여기서 다시 만나기로 하고 헤어졌는데, 그때까지 대략 두 시간의 여유밖에 없었다. 생각 끝에 민수와 같이 신촌역 근처에서 하숙을 하는 성호네 하숙방엘 찾아갔다. 민수는 그하고 헤어진 후, 아직 하숙집에 들어오지 않았다. 초조한 맘으로 둘 중 하나를 기다리고 있는데, 마침 목욕을 갔다던 성호가 먼저 들어왔다. 급박한 사정 이야기를 하고 좀 헐렁한 그 친구의 양복을 빌려 입고서 6시가 훨씬 넘어서 허둥지둥 그 음악 감상실에 갔더니, 그녀는 기다리다 간다면서 6시 반까지는 약속 장소에 나오셔야 된다는 쪽지를 남겨 놨다.

그 길로 다시 약속 장소에 도착을 하였을 때는 7시가 다 되었다. 그리고 지금은 그녀의 이름은 잊었지만, 연회장 입구에서 들락날락하는 어느 학생한테 부탁을 하여 그녀를 찾았다.

잠시 후 그녀가 미안하다는 듯 고개를 수그리면서 나왔다. 그리고 잠시 밖으로 나왔다. 그녀의 표정을 보고 뭔가 분위기가 좀 이상해서, 석이가 어색하게 말을 꺼냈다.

"유효 시간이 지난 모양이네요?"

"미안해요, 그 음악 감상실에서 기다리다가 제시간 내에 오시지 못한다고 생각이 들자, 친구들이 조교 한 분을 연락해서 그분이 대신 나왔어요. 미안해서 어떡하죠?"

"괘, 괜찮습니다. 단지 오늘 일일 파트너가 되어 주기로 했잖아요."

"정말 죄송합니다."

그는 난처하고 기분도 우울해졌다. 맘속에는 이것도 인연인데 언제 다시 한 번 만날 약속을 하고픈 맘이 간절하였지만, 결국 기회만 생기면, 어떻게든지 꼬이려고 덤벼드는 남자들이라는 선입관이 작용할까 봐, 그만 말할 용기를 잃어 버렸는지 내색도 하지 못하였다.

결국 떨떠름한 기분으로 양복 한 벌 없었던 가난한 유학생의 비애를 씹으며 어두운 길을 거슬러 올라가다 잠시 뒤를 돌아봤다. 그녀는 그 자리에 아직도 서서, 어설프게 손을 흔들어 보였고, 그도 힘없이 답례로 두어 번 흔들어 줬다. 이미 땅거미가 내린 객지의 밤바람이 너무도 차가웠다.

제3부 군바리 시절

과거에 우는 여인

　사람들은 서로들 우연히 만나도 소위 인연이다 운명이다 하며 계속 만나다 보면, 정이 들어 친한 친구가 되기도 하며, 또 이성간에는 사랑하는 사이로 발전되기도 한다. 그러나 서로의 취향이 너무 틀리거나 도저히 이해가 안 되어 더 이상의 관계를 유지 못 할 일이 생기면, 싫으나 좋으나 서로 아는 사이 정도로 지내기도 하고, 연애나 결혼을 전제로 만난 경우라면 당연히 헤어질 일이다.

　애기는 이런 지극히 당연한 인연이라는 말이 다 쌍방간에 그 의미가 공이 통했을 때에는 필연적인 만남으로 간주되겠지만, 한쪽만 그렇다고 생각할 때는 아마도 맘 아픈 시련을 겪을 수밖에 없을 게다. 그런 인연은 어느 누구한테도 있겠지만, 다 필연의 만남이 되어 성사가 되는 것은 아니라는 말이다.

　어느 젊은 남자가 어느 미모의 젊은 여인을 길에서 처음 보고 인연을 만들어 보려고 무던히도 노력을 했다 하자. 물론 어디에서 어떻게 만났느냐가 선입관으로 작용해서 좋은 인연으로 갈 수도 있으나, 오다 가다가 만나 무턱대고 시도한다면, 아무리 그의 의도가 진실이었다 해도 좋은 인연으로 바뀔 확률이 지극히 적어질 게다. 자기 하고 싶은 대로 연애를 할 수 있는 시대에 살면서도, 매스컴 또한 분별없이 구미의 생활 태도를 여과 없이 전해 줘서 더 많은 부작용을 만들고 있다. 특히 한 사람의 능력보다 외모로 상대를 고르는 세태가 한심하다고 볼 수 있지만, 요사이는 더욱이 외모적으로 멋있게 생겨야만 관심의 대상이 되니 말이다.

직업을 밝히지 않는 몇 사람의 남자들 중에서 호감이 가는 남자를 고르는 기회가 주어질 때, 대다수의 여자들이 소위 외모에서 풍기는 이미지를 선택의 최우수 조건으로 택했다는 사실이고, 다음에 직업을 먼저 소개하고서 선을 보인 다른 그룹의 여자들도 역시 대동소이하게 외모 위주의 선택을 했다. 작고 못생긴 의사, 변호사 총각보다 건장하고 미남형의 노동판 막일노동을 하거나 카페에서 웨이터를 하고 있는 건달형이라도 더 사귀고 싶은 대상으로 조사가 되어 놀란 적이 있었다.

리처드 기어가 나오는 〈신사와 사관〉이라는 영화가 있다. 한국이나 미국이나 군 교육 부대가 있는 곳이면, 흔히 일어나는 젊은 남녀들의 애정 행각이 교육 기수를 따라서 연연히 희비가 엮어진다. 대전도 예외는 아니었다. 웃고 울고 가는 애증의 군 도시 대전에서 5개월의 기본 훈련과 특기 교육을 마치고 8월 1일부로 공군 소위로 임관을 하였어도, 교육 과정이 유난히 긴 특기 교육을 받기 위해 대전에서 약 2달 동안 영외에서 하숙을 해야 했다. 그 황금 기간이 지나면, 동기생들은 뿔뿔이 예하 부대로 흩어져 다시 만나기가 쉽지 않은 처지가 되어, 밤에는 술집이며 다방 등으로 어지간히 돌아다니며 아쉬운 시간을 보내야만 했었다.

당시 석이는 대학 동창이며 제일 절친한 만규와 같이 하숙을 하고 있었고, 으레 저녁을 먹고 나면 별로 할 일이 없는데도 시내 중심가를 돌아다니다가 분위기가 괜찮은 다방엘 들리곤 하였는데, 어느 날인지 지금은 기억도 없는 한 다방엘 들어갔었을 때, 한 레지 아가씨가 유난히 눈에 띄었

다. 경상도 억양을 쓰는 그 아가씨는 보기 드문 미모를 갖고 있었는데, 하
얀 얼굴에 반듯한 이마 그리고 시원한 큰 눈이며, 오뚝한 콧날, 두툼하면
서도 적당히 큰 입, 심지어 쪼르르 잘 박힌 옥수수 같은 이빨, 특히 그가
유난히 관심을 두는 귓불이 둥글고 소담스럽게 생긴 것까지 어디 한군데
모가 나는 데가 없이 보였다.

　사실 미모를 갖춘 여자들이 많은 곳은 미국 같으면 할리우드나 라스베
이거스라 얘기하겠고, 서울 같으면 강남에 다 모였다고 하는 얘기가 있지
않은가. 미모가 특출나면, 자기 자신들이 남보다 더 잘난 줄로 알고, 소위
얼굴값을 한다는 말이 있다. 그 외모를 최대로 이용하는 일을 하려고 발버
둥치다가 보면, 대부분은 막다른 골목에 이르러서는 그런 특정한 데로 모
이는 것이 아니겠는가? 하여튼 손님으로 만나 옆자리에 앉아서 얘기도 하
고 커피나 홍차보다 좀더 비싼 차를 같이 마시면서 서로 맘이 통하기 시작
하자, 이제 2주 정도만 지나면 어디로 갈지 모른다는 점을 내세워 좀 깊이
그녀를 이해하고픈 맘으로 거의 매일 들락거렸다. 그녀의 이름이 박혜정
이라고 했지만, 물론 가명이라고 생각했다.

　몇 해 전 선옥과의 만남이 좋은 인연이 되지 못한 후로 공허한 고독을
즐기는 입장이었기에, 그녀에 대한 집착이 점점 커져 가고 있었다. 성격상
여러 사람과 번갈아 어울리는 데이트는 할 수가 없었고, 누굴 사귀던 간에
가식 없이 진솔하게 대해줬는데, 그가 너무 진실하게 접근을 하니 그녀는
부담감을 느끼는 눈치였다. 문제는 이번에도 첫눈에 그녀의 미모에 반해
서 앞으로 무슨 난관에 처하더라도 무던히 이해하면서 사귀어 보겠다는
결심을 또 했다는 것이다. 그게 모든 희생을 각오하고 절대로 변치 않는
맘으로 필연의 만남을 이룩할 수가 있게 된다면 좋겠지만, 그 맘이 얼마나
유지가 될지는 아무도 모를 일이었다.

　어느 날 저녁 늦게 석이 혼자서 그 다방엘 들렀다. 그런데 혜정이 다방

한 구석 자리에서 술에 제법 취해 상체를 유난히 흔들며 흐느끼고 있는 모습이 눈에 띄었다. 그는 순간 묘한 맘이 들어 그녀 옆에 앉으며, 달래 주다가 연유를 물었다. 충혈된 큰 눈엔 아직도 눈물이 솟구치고 있었다. 그녀의 눈동자는 이미 풀려 있었고, 혀도 꼬부라져 있었다. 그녀는 그를 보자,

"미안합니다. 나는 예, 김 소위님을 정말로, 정말로 받아줄 입장이 못 됩니더. 모든 걸 알고 나면, 실망 또 실망할 겝니더. 절대로 안 되지 예―."

하면서 계속해서 흐느꼈다. 그는 그게 무슨 소리냐고 다그치면서 달래 주려고 부산을 떨었다. 설령 그게 사실이다 해도 그렇게 울면서 슬퍼하는데, 그래 알았다, 하고 떠나갈 사내가 어디 있겠는가?

그녀는 자세한 얘기를 피했지마는 대전으로 오기 전에 어떤 육군 장교와의 실연으로 인하여 맘의 행로가 시작된 것을 어렴풋이 알게 되었다. 어떤 친구이기에 혜정일 울리게 만들었는지 몹시 궁금했었지만, 자세히 물어볼 상황도 아녔고, 곧 다방문을 닫아야 할 때가 되어 그날은 그렇게 하숙집으로 되돌아갔다.

그리고 만규에게 오늘 있었던 일을 얘기하였는데,

"네가 그렇게 좋으면, 뭐 별다른 방법이라는 게 따로 있겠나? 이제 장기전을 치를 시간도 없고. 내일 저녁때 다방문 닫을 무렵에 기다리고 있다가 택시를 타고 가며 뒤를 쫓아가서, 차에서 내려갈 때 네가 알아서 하는 게 어떠냐?"

하며 그를 요동시켰다. 별로 내키지 않는 방법이었지만, 그렇게 하기로 했다. 물론 완력을 써서 그런 애정적인 문제를 해결하고 싶지 않았지만, 대전엘 머물 시일도 사나흘밖에 남지 않았기에, 다음날 저녁 그 다방 앞에서 만규하고 뒤쫓아갈 준비를 하였다. 밤이 늦어져 통금을 염두에 두고 전투복 차림의 장교 복장을 하기로 하였다. 그 당시 경찰들은 군 장교들에 대한 검문은 아예 피해 버렸다. 더욱이 신임 소위들은 걸핏하면 시비로 이어

지기 때문에 야간 업소에서 민간인들과의 시비가 생겨도 경찰들은 민간인들만 서둘러 소개시키고 아예 피해 버렸다.

이윽고 그녀가 나왔는데 동행이 있었다. 그들은 택시 정류장에서 택시를 타려는 것 같아 그들 뒤쪽으로 슬며시 다음 택시를 탈 수 있도록 계산을 하고 있었다. 그네들 탄 차가 떠나면서, 곧바로 다가온 택시를 잡았다.

"아저씨, 저 앞에 가는 택시 있죠. 놓치지 말고 따르세요."

기사 아저씨는 힐끗 백미러로 쳐다봤다. 전투복 차림의 두 장교가 심각한 얼굴로 앞차를 비장하게 쳐다보는 걸 보고 그는 비시시 웃으면서 감을 잡았다는 듯이 신바람이 나서,

"아, 예, 저 파란 차죠. 잘 알았습니다. 걱정 마십시오."

하면서, 계속해서 비시게 웃고 있었다. '참, 좋을 때다'라는 식의 표현이었다. 대전에서의 군인들이 벌이는 하루살이 애정 행각을 잘 알고 있을 터였으리라.

앞차는 시민관 사거리에서 좌회전을 하여 공설운동장을 지나 좌로 꺾어서 새로 들어선 아파트 단지 앞으로 가고 있었다. 기사 아저씨는 앞차를 따라가는 스릴이 제법 있었겠지만, 그들은 어떻게 일이 벌어질 건가에 몹시 초조했었다. 드디어 앞차가 새로 들어선 아파트촌으로 들어가는 길목에서 섰다. 혜정이가 좌측에서 혼자 내리는 순간, 그들이 탄 택시가 5~6미터 뒤에서 급히 서며 동시에 좌우로 그와 만규가 내려섰다. 이 어설픈 행동이 너무 생각 없는 졸작을 만들어 놓고 말았다. 순간 그녀는 잠시 놀라 허둥대는데, 안에서 동행인이 손짓을 하는 바람에 다시 타고서는 쏜살같이 어둠 속으로 사라져 버렸다.

결국 닭 쫓던 개가 된 셈이었다. 경황없이 너무 서둘렀던 결과였다. 멀찌감치 뒤에 서서 혼자든 둘이든 일단 내리는 걸 보고, 석이 혼자나 만규하고 같이 내리든지 결정해도 늦지 않았을 일이었는데, 이런 경험이 없다

보니 그런 어설픈 연기를 하고 말았다. 그런 일이 있고서는 시간도 없었지만, 미안한 맘이 들어 다음날 그 다방엘 얼굴을 들고 갈 수도 없었다. 혜정이가 뒤에서 비치는 헤드라이트 때문에 누군지 확실하게 알아차리기는 어려웠을 거라는 생각을 주로 해봤지만, 행여 그게 김 소위이었다는 걸 눈치챘을지도 모를 일이라는 생각이 들어서였다.

며칠 후 그는 작전사령부를 거쳐서 공군의 최전방기지인 대구 전투 비행대대로 배속을 받아 대전 생활을 훌훌 떨치고 떠나 버렸다. 그리고 새로운 전투 비행단 기지 생활에 적응하느라 바쁘고 고달픈 와중에도, 간혹 혜정이 생각이 났지만, 워낙 긴장된 생활이 되다 보니 이른 아침부터 초저녁까지 별 보기 운동을 하면서 세월이 흘렀다.

근 일 년이 지나고 비행단 생활에 익숙할 무렵, 모처럼 만규를 만나러 대전엘 올라왔다. 그런데 혜정에 대한 그 마음이 어느 정도 탈색된 자신을 보고 쓰게 웃었다. 적어도 사랑하는 맘을 앞세워 최선을 다하려 했던 자신에 대해 형식적이며 이기적인 면을 떠나 지극히 인간적인 면을 주장했던 그의 소신이 있었기에 아쉬운 맘이 그지없었고, 그녀의 큰 눈에 눈물이 가득한 모습을 생각하며, 후일담이라도 들을 모양으로 그 다방을 찾아갔다. 그러나 그녀의 흔적은 아무리 둘러봐도 보이지 않았다. 그녀는 반 년 전에 결혼을 하여 그 다방을 떠났고, 대전 어디에서 살림을 차렸다는 얘기를 들었다. 누가 되었든지 그녀의 과거를 따뜻하게 감싸주고 새로 시작하는 새 생활에 무한한 축복이 있기를 빌어 봤다.

정말 그가 모든 걸 버리고 혜정을 사랑하려고 했었을까? 혹 그런 미인이 무슨 연유에서 그토록 맘 아픈 과거에 몸부림치며 흐느끼는 걸 보고, 그냥 스쳐 지나가지 못하는 감상적인 충동이 연민의 정을 발동케 하지 아녔나 생각도 해봤다. 그러나 이성적인 생각을 떠나서, 사람이나 여느 동물들의 눈이라는 게 오감 중에 가장 원천적인 걸 느끼게 하는 도구이다. 누가 뭐라 해도 아름답다는 걸 느끼려면 먼저 눈으로 봐야할 일이다. 눈 먼 장님한테 그 어떤 아름다움을 아무리 설명해도 도저히 상상을 할 수가 없을 일이 아닌가 말이다. 눈에서 받은 신호가 화학 반응을 일으켜서 뇌리에 입력을 시켜 봐야만, 그 다음으로 성적 충동이나 연민, 사랑이라는 제2의 증후군을 덮어 씌워서, 오므라이스 같은 음식을 만들지 않나 생각한다.

그녀는 가고 없어도, 그 다방에는 여전히 많은 사람들이 들락거리고 으슥한 곳에서는 얼굴이 반지르르한 레지 아가씨들이 여전히 손님들과 더불어 히득거리며 위스키 더블을 마시고 있다. 다방 밖으로 나왔다. 이미 어두워진 거리는 불도 밝고, 수많은 인파들이 정겹게 오가고 있었다. 훈련 당시는 대전 쪽을 보고 소변도 안 한다고 하였는데, 일 년 만에 다시 와보니 그 맘은 이미 다 누그러지고 엷어져서, 그 어떤 포근한 고향 같은 기분까지 들었다.

'고향집'의 옥란이는

이용복의 노래말을 인용하면서, '잊으라면 잊겠어요, 당신이 잊으라시면…… . 옥란이는 술이 취해서 더 이상 편지를 쓸 수 없습니다 ……'라고 연필로 또박또박 쓴 편지를 받았다. 경상북도 아포에서 좀 더 내려가면 구미가 있고 다음에 왜관이 있다. 도저히 괴로워서 더 있을 수가 없어서, 왜관 삼거리 술집으로 떠나갔는데, 안 보면 잊으려니 했는데, 더욱 그리는 정이 살아나 편지라도 쓰지 않고는 미칠 것 같아 이리 보낸다고 하였다.

1973년 10월, 가을이 산야에 물들던 아포 파견대에 있었을 때다. 어느 시인의 말대로 새파란 물이 뚝뚝 떨어질 것 같은 쪽빛 하늘 아래 색색의 코스모스가 만발하고, 빨간 고추잠자리의 비상이 있는 파견대 생활은 외로움에 저며진 들뜬 맘을 가누기가 힘들었다. 외진 시골이다 보니 어디 갈 만한 데도 없고 비상 대기가 주된 업무인데 파견대장이라는 책임도 있어 그곳을 크게 벗어날 수가 없었다.

일과가 끝나면 자주 들락거리던 '고향집'이라는 색시집이 있었다. 워낙 시골이다 보니 선금을 주고 모셔온 아가씨들이 몇 달을 넘기지 못하고 철새 같이 떠나가 버린단다. 모처럼 술 한잔 먹을 요량으로 미닫이문을 열고 들어섰는데, 입이 대단히 나온 주모가 그를 보자마자 불평을 하는 소릴 한 쪽 귀로 들으면서 둘러보니 옥란이가 보이지 않았다.

"우째, 김 중위만 보면 애들이 사족을 몬 쓰나? 마, 크게 돈도 안 쓰면서 애들만 꼬시나. 낸, 손해가 억수로 많다! 옥란이 이 년도 한 달도 몬 채우고 또 안 간나~."

하며 돈을 잘 쓰든지 그렇지 않으면 자주 오지 말라고 반 농담조로 어깃장을 부렸다. 주모는 산전수전을 다 겪은 중년 여인인데, 상당히 거친 말투나 행동으로 봐서 젊어서는 접대부 노릇을 오랫동안 했던 가락이 있어 보였다.

대구기지에서 그곳 아포로 파견되어 오던 날, 역에 내리니 보름 정도 미리 부임해온 선임하사가 마중을 나왔는데, 점심을 먹기 위해 안내된 곳이 그곳 '고향집'이었다. 그곳은 그런 선술집이 두어 곳 있는데 다른 한 곳은 면사무소 앞에 있어서 면사무소 직원들이 주로 가고, 이쪽은 파견대를 위시해서 역 근처에서 장사를 하는 사람들이 들락거려 대충 손님들이 갈라서 다닌다고 귀띔을 해줬다. 면 소재지인데도 동네가 너무 한적했다. 국도를 따라 역 근처에 경찰서나 가게, 식당 및 시외버스 정류장이 다 모여 있고, 김천 쪽으로 조금 더 가면 면사무소와 초등학교가 있는데 그곳에도 그런 선술집이며, 가게들이 늘어서 있었다. 색시가 있다고 해도 기껏 한 둘이 있는 정도였다. 바닥이 좁다 보니 경기가 그리 좋을 리도 없고, 그래서 막걸리 한 주전자를 마시러 가도 한복으로 곱게 단장한 색시가 반가이 맞아 주고 합석을 했다.

처음에는 그래도 파견대장이라서 칙사 대접을 받았지만, 영내자들로 하여금 그 집에 자주 들러 술 많이 마시라 부추길 수도 없는 처지이고, 그로서도 번질나게 나다닐 수 없어서 발걸음이 뜸해지니 주모는 갈수록 홀대를 하는 기분이 들었다. 그래도 가끔 들르면, 혹 사병들이 볼까 우려하는

그의 체면을 생각해서 은밀히 뒷방에다 술상을 봐줬다. 그리고 일과 후에
도 선임하사나 고참 영내자들이 수시로 들락거리니, 초저녁에는 피해 주
고 점호가 끝난 저녁 9시 이후에나 조심스럽게 들르곤 하였다.

　파견대로 부임하고 몇 주가 지났을 무렵에는 대구에서 온 색시 하나가
있었다. 그런데 그녀는 내일 대구로 도로 간다고 귀띔을 해줬다. 그 아가
씨의 이름은 기억도 없지만, 대구에 오면 꼭 들르라고 술집 주소까지 적어
줬다. 몇 번 만나 풋정이 들어서인지 서운한 맘에, 어둠이 깔리기 시작한
역구내 측백나무가 길게 심어진 플랫폼으로 서둘러 올라가니 으슥한 곳에
여행가방 한 개를 들고 홀로 서 있었다. 가까이 다가서자마자 둘은 으스러
지게 껴안으면서 입을 맞추고 목덜미를 비비면서, 어쩔 줄 몰라 했다. 만
나는 동안 지극히 인간적으로 대해 주다 보니, 서로의 처지를 떠나서 발가
벗은 남녀가 되었을 뿐이었다. 장교와 접대부의 그런 하루살이 같은 관계
는 얼마 후 어둠을 비집고 다가온 열차에 올라 손을 흔들며 떠나가면서 끝
날 일이었다.

　그리고 한 주가 지났다. 시외 버스 정류장에 잠시 나왔다가, 파견대로
가려면 별수 없이 '고향집' 앞을 지나가야 하는데, 먼발치에서 보니 새로
부임 해온 몸매가 푸짐하게 생긴 한 아가씨가 짙은 화장에 검은 드레스를
입고 껌을 찌걱 찌걱 씹으면서 미닫이문에 비스듬히 서서 추파를 보낼 요
량으로 기다리고 있었다. 아니나 다를까, 그녀 앞을 지나치는데,

　"이보시오, 장교님! 좀 보입시더. 올 저녁에 꼭 좀 놀러 오이소~."
하면서 요염한 눈길을 흘기고 있었다. 그는 피식 웃으며 고개를 두어 번
끄덕거리며 스쳐 갔다.

　자대에서는 꿈도 꾸기 힘들지만, 이곳 파견대 영내자들도 석식 후 일석
점호 전까지 자유시간이 없으면 생난리가 난다. 정상 근무가 아닌 비상대
기를 하는 일이니 하루 종일 가둬 놓고 훈련만 시킬 수도 없는 일이기에

전례를 따라 당일 경비요원을 제외하고 몇 시간을 풀어 줄 수밖에 없었다. 또한 파견대장이라고 영내에서 갖는 회식 외에 선임하사는 물론 영내 선임자들과 더불어 영외에서 자주 술을 마실 수도 없었다. 술을 마시다 보면 당연히 상하체계가 쉽게 무너지고 엉뚱한 사건이 벌어지기 쉽기 때문이었다. 외진 곳에 있는 군부대 근처의 색시집에서는 장교서부터 영내자간에 시쳇말로 동서지간이 많다는 소문이 이해가 가는 일이다.

하여튼 파견대장이라도 개인적인 활동을 완전히 얽매여 놓기 때문에 근무 기간은 별로 길지는 않았지만, 미혼 초급 장교가 우선적으로 파견되었다. 특히 이곳은 실탄이 지급되는 경계 지역이라 긴장 속에서 지내야 하고, 비상 훈련 및 대원 관리가 주요 업무라서 근무 교대 무렵엔 도 닦을 자세로 떠나온다.

그가 몇 달 후 자대 복귀를 한 후에 총기 사고와 민간인과의 접촉 사고가 자주 일어나는 바람에 엄격한 관리체제로 전환되었다는 얘기도 들었지만, 근본적으로 몇 달 동안 갇혀 있다시피 하는 생활에 적응을 해야 하기 때문에, 너나없이 저녁 나절엔 술을 가까이하는 날들이 많았다.

얼마 전 '고향집' 미닫이문에 비스듬히 서서 추파를 보냈던 그녀의 이름은 옥란이라고 했다. 가명이겠지만 조선왕조 때 어느 기생 이름 같아 잊히지 않는다. 오랜 만에 술 한잔이라도 마시게 되는 늦은 저녁, 뒤채에 있는 그녀의 숙소에 자리를 잡고 마시며 노래하고 허접한 애길 쏟아 부으면서도, 될 수 있으면 한 여인으로서 살아가야 하는 팔자소관의 험한 길을 이해해 주면서 그녀를 위해 주었다. 당시 정인으로 그리워하는 사람이 없었던 것도 그녀들과 그렇게 어울리게 되는 큰 원인이 되었는지도 모를 일이었지만 말이다.

어느 늦은 저녁 나절, 업무 연락으로 자대에 들렀다가 파견대 숙소로 돌아오는 길에, 슬그머니 그녀와 같이 하룻밤의 사랑을 나누고픈 충동으로 밤늦게까지 머무적거렸는데, 주모는 수시로 들어와 훼방을 놨다.

"하나밖에 없는 색신데, 떼 돈 들여 장사해 주는 것도 아이고, 대장인지 소장한테만 매달리다 소문이라도 크게 나면, 장사고 뭐고 다 틀려 버린 기라. 뭐, 우리는 땅 파먹고 사는 줄 아나?"

하며, 옥란이를 물아붙이는 거였다. 결국, 술이 거나하게 오른 그는 숙소가 있는 벙커 쪽으로 비실대며 발길을 돌렸다.

잠시 후 그는 고개를 쳐들고 허공을 쳐다보며 대학 시절 몸과 맘이 고달팠던 그를 이해해 주지 못하고 훌훌 떠나 버린 여인네들 이름을 차례로 부르며, 욕도 하고 또 고래고래 소리도 질러댔다. 파견대 뒷산 위에 널려진 무수한 별들이 금방 쏟아져 내려오듯 흔들렸다. 그러다가 갑자기 오기가 생겨 비틀거리며 되돌아와서 '고향집' 뒤꼍 흙벽돌 담을 넘어가려고 양손으로 움켜쥔 후에 발을 올리려는 순간, 움켜쥐었던 벽돌장이 바스러지면서 담이 흔들거리는 바람에 기겁을 하고 되돌아갔다.

다음날 저녁 나절에 시치미를 뚝 떼고 잠시 들렀더니, 장난기가 잔득 낀 옥란이가 낮은 소리로 지껄이는 말이 걸작이었다.

"어젯밤, 뒷담 넘어오려고 용 썼지 예?"

하면서 히죽거리니 기가 찰 일이었다. 흙벽돌이 부서지면서 흙덩이가 장독대에 떨어지는 소리가 나기에, 도둑이라도 들었나, 하고 살그머니 살펴봤단다. 뒷문을 열어 주고 싶어도 유난히 삐거덕거리는 소리가 요란하게 나는지라, 엄두도 못 냈다 하면서 언제 기회를 잡아 보자고 넉살을 부렸다. 그리고 며칠이 지난 날 밤, 주모가 헤헤~ 할 정도로 짭짤하게 밑돈도 들여가며 밤늦도록 마시고 놀다가 한 번 회포를 풀고 갈 요량으로 분위기를 잡아 봤는데 가는 날이 장날이라고, 홍순경이 보초를 단단히 서고 있음을 직접 확인하고 투덜거리며 숙소로 돌아왔다.

상대하는 여인들이 많이 배웠든 적게 배웠든, 얼굴이 미색이든 그렇지 못하건 결코 차별을 두지 않았다. 험한 길을 가는 그네들을 결코 기만하지 않고, 이해해 주는 맘을 통하며 지내다 보니, 옥란이 맘속에 이루지 못할 풋사랑의 싹이 텄었나 보다. 아직 세파에 덜 시달려서 그랬는지, 어떤 사내한테도 정을 주지 않는다는 금기를 무너뜨린 탓이었을까? 옥란이는 사모의 정에 얼마 동안 괴로워하다가 그렇게 훌쩍 떠나가 버렸다. 불과 한 달이 채 못 되는 기간이었기에 주모가 펄펄 뛰는 건 당연했지만, 석이로서도 무척 서운하였다.

석이는 생각을 해봤다. 혹 현대를 사는 야누스같이 앞에서는 지극히 인간적인 면을 내세워 눈먼 정을 키우게 하고, 뒤에선 별수 없이 풍만한 몸매에 대한 육감적인 욕정의 노예가 되었는지는 몰라도, 적어도 가식으로 포장된 언행 뒤에 욕정을 키우지는 않았다고. 연민의 정일 거라 생각해 봤다. 책임도 지지 못할 녀석이 인간미를 운운하는 건, 역시 위선이다. 때로 모질게 세파에 씻긴 여인네들을 만나면, 인간미 운운함이 전혀 먹혀지지 않는 걸 보면 말이다. 이름도 고향도 묻지 말고 돈이나 듬뿍 주고 술을 먹든지, 오입을 하든지 할 일이다. 하지만 자주 들락거리다 보면, 어렵다가도 쉬어지는 것이 사람들이 어울려 사는 진짜 모습이 아닌가?

그녀에 대한 서운하면서도 미안한 맘이 얼마 동안 어우러져 있었다. 그녀의 편지를 받고 답장도 못해 줬지만, 술기운이라도 오른 날 밤엔, 그녀를 만나러 왜관 삼거리를 가고도 싶었으나, 야간에 부대를 이탈할 수도 없었고, 더욱이 자대 복귀를 하고 난 후에는 그저 한여름 밤의 꿈과 같이 아늑한 일로 흐려져 갔다.

니도 별수 없는 필부(匹夫)인기라

얘기는 다시 아포 파견대의 시절로 돌아간다. 고속도로 활주로 주변에 끝없이 핀 코스모스 행렬이 지나치는 차량의 후류로 인하여 심하게 몸부림하고, 숨가쁘게 달리는 차량들의 굉음이 밤낮으로 귀를 찌른다. 가을이 물든 파견대의 뜨락에서 배구를 하는 대원들을 바라보다가 푸르디 푸른 하늘을 쳐다보면서, 언제 자신한테 다가올지도 모르는 여인네의 얼굴을 그곳에 그려보는 순간, 실체도 없는 그리움이 불같이 일었다. 사람이 무척 그리웠다. 하숙을 같이 했었던 동료들과 매일 쏘다니다가 이토록 감금된 생활을 하니 영내자들의 기분도 알 만했다. 특히 감상적인 면이 많은 그로서는 가을은 유난히도 서글픈 낭만을 안겨 줬는데, 가을에 얽긴 추억이 많은 탓이라 생각했다.

주중에 공무가 있어 작업복 차림으로 대구엘 잠깐 나들이 나갔다가 본역에서 내려 우연히 시민관을 지나치는데, H여자대학 주최 시화전이 열리고 있었다. 학창 시절에 학교 행사의 일환으로 시화전을 주최해본 경험도 있어, 휙 한번 둘러볼 요령으로 전시장에 들어갔다. 별 의미도 없는 방명록에 이름 석 자를 채우고, 사실 작품 하나하나를 읽으면서 음미할 정도의 맘의 여유가 없어 대충 일별을 하면서도 주최 학생들이 모여 앉아 뭐라고 소곤거리는 모습들을 잠시 흘겨도 봤다.

그리곤 대충대충 흐름이나 간파하면서 지나치는데, 시제가 '가을은 —' 이라는 작품 앞에 와서 잠시 멈췄다. 내용을 대충 음미를 하고 나니 작가인 국문과 3학년 '이선옥'이라는 이름이 띄었다. 학창 시절 장선옥을 생각하며 '선옥'이라는 이름도 흔한 이름이라 생각하면서 피식 웃으며 밖으로 나왔다.

저녁 무렵 귀대를 하고 다시 적막이 감도는 숙소엘 돌아오니, 괜스레 막연한 그리움이 고개를 들었다. 앞으로 2주만 있으면, 자대로 돌아갈 입장이지만, 하루 저녁을 넘기기가 쉽지 않는 적막이 거의 매일 감싸 돌았다.

그런데 문득 시화전에서 본 얼굴도 모르는 그 아가씨 이름이 생각이 나면서, 이런 편지를 썼다. 그때 감상한 시에 대해서 나름의 소감을 적은 후, 얼마 안 가면 자대 복귀를 해야 한다는 촉박함을 얘기하고, 파견대의 애상 어린 적막을 피력하면서 답서를 쓸 생각이 있으면, 하루라도 빨리 쓰라고 적었다. 그리고 편지로나마 느끼고, 쓰고 싶은 것들을 부담 없이 주고받으면 어떻겠느냐는 제의를 하면서, '멋있게 생긴 이 공군 아저씨와 사귀는 기회를 놓치면 후회할 겁니다'라고 써서 보내는데, 뜻밖에도 일주일이 채 못 되어 그녀의 답서를 받았다. '자신이 멋진 공군 아저씨라고 자화자찬하는 말씀, 어쩌면 왜소하면서 지지리도 못생겼을 자신이 돈키호테 같은 기상을 부리는 것이 가상해서—'로 시작한 달필의 첫 편지를 받았다.

그후 자대 복귀를 하고 겨울을 맞았는데, 두 번째의 글을 받을 즈음엔, 대전 교육사령부로 전속을 가기 위해 분주하였다. 떠나기 전에 한 번이라도 만나 보고도 싶었지만 겨울 방학이 시작되어 기회를 갖지 못하고, 다음 해인 1974년 2월초, 1년 반의 말단 장교의 고달팠던 대구 생활을 청산하고 기술교관으로 전속을 가게 되었다. 그리고 얼마 동안은 대학 동기들의 하숙방을 전전하다가 전역할 때까지 있게 될 하숙집을 찾았고, 출퇴근이 일정한 교육사령부의 근무는, 별 보기 운동을 했었던 대구 생활에 비해서 천국과 같았다.

긴 겨울이 끝나고 3월이 되었지만, 날씨는 아직도 싸늘한 기운이 감돌아서, 멀고 가까운 산의 나무들이 회갈색 물감을 명암으로 휘휘 그려놓은 양, 그저 한 폭의 동양화같이 펼쳐져 있었다. 대전의 봄은 아름다웠다. 화원 유원지가 많고 유성을 지나 동학사로 가는 길은 그림처럼 더 아름다웠다. 그 무렵 그녀가 이제 졸업반이 되었다는 가정 하에 모처럼 학교로 편지를 썼는데, 겨우내 동면 속에서 기다렸다는 듯이 그녀의 답장은 곧바로 날아왔다.

그녀는 학교 문학지에 개재된 자신의 글을 정성껏 오려서 부치고, 주변 애기부터 문학적인 얘기까지 꼼꼼한 안목으로 열심히 편지를 보내 줬다. 그런데, 석이는 대전으로 전속 오기 바로 일주일 전에 여동생으로부터 대학 한 해 선배를 소개 받고서 두어 번의 편지가 오갈 무렵이기도 했었다. 처음으로 두 토끼를 쫓는 형국이 되었다. 그러나 조만간 대구 아가씨와 상봉을 한 후에 한 방향으로 결정지으리라 생각하고서, 아직도 완연한 봄기운이 들기 전인 4월 중순, 마치 전에 읽어 본 『사랑의 약속』과 같이 대구에서 극적인 만남을 시도하였다. 그리고 예전에 몇 차례 다녔던 시내 중앙동에 있는 한 다방에서 만날 것을 약속하고 고속버스에 올랐다. 그 다방에 들어서면서 약속대로 가슴의 명찰을 잘 보일 양 코트를 벗어들고 중간 자리에 앉았다. 얼마 후 한 아가씨가 그의 주변을 한 바퀴 돌아가더니만, 이내 되돌아서 석이 앞에 와서 웃음을 머금고 조심스레 고개를 조아리며 인사를 하였다. 선옥이라는 아가씨의 반 년 만에 극적인 상봉을 하는 순간이었다.

그러나 그토록 설레던 맘도 그녀가 자리를 같이하고 난 후 불과 1분도 안 되어서 대단한 실망으로 변하고 말았다. 그녀는 호리호리한 몸매에 키는 큰 편이었으나 얼굴은 박색이었다. 사귄 정이 깊었다면, 큰 문제가 되지는 않았을 것이지만, 반 년 동안의 서신 교환이 무색할 만큼 그녀의 얼굴에 무척 실망을 했으니 말이다. 그녀는 자주 웃었다. 그런데 더욱 실망한 것은 그녀의 치열 간격이 너무 불규칙하고, 더구나 벌어진 간격을 가리기 위해서 앞니 사이에는 금속이 끼워져 있었다. 물론 여자의 미라는 것이 형식적인 것이고 내면적인 미가 더욱 중요하다는 것을 잘 알고 있기에, 실망한 내색을 보이지 않으려고 노력은 했지만, 그녀는 눈치를 챘는지 시무룩한 표정을 줄곧 지어 보였다. 지금 같으면 그녀에게 맘의 상처를 주지 않고서 얼마든지 유쾌한 주말을 같이 보냈을 거라 생각해 봤다.

다방에서 나와서 그다지 멀지 않은 달성공원에서 산책을 하며 궁금했었던 애길 나눴지만, 결코 신바람이 나지는 못했다. 해가 나지 않은 날이었으나 아직 어두워지지는 않았다. 대전엘 가는 막차를 탈 때까지 두 시간 정도의 여유가 있어서 저녁 식사를 같이 하려 했으나 그녀가 굳이 생각이 없다 해서 그냥 중앙통의 복잡한 골목을 빠져 나왔다. 걷다 보니 버스 정류장을 지나는데 그녀가 주춤거리며 그곳에서 걸음을 멈췄다. 그리고 그냥 집에 가겠다는 얘기를 고집했다. 나는 몇 차례 다른 제의를 했지만, 완강한 그녀의 의견을 따랐다.

"댁이 어디신지 바래다 드리겠습니다."

"아니라예, 여기서 한 번만 타면, 금방입니더."

"그래도―."

"걱정 마시고 잘 가시소―."

"예, 그럼 또 연락드리겠습니다."

고속버스를 타고 돌아오는 길에 실망했던 마음에 고개를 좌우로 두어 번 저으며 생각했다. 『사랑의 약속』의 주인공들과 같은 만남이었지만, 그녀는 진짜 선옥이라는 여대생을 대신해서 그를 시험삼아 만나러 나온 심부름꾼은 아니었다. 또 박색의 아내가 훗날 남편의 진실을 알고 절세 미인으로 얼굴을 바꿨다는 옛 이야기도 결코 아닌 현실일 뿐이었다. 그동안 주고받은 편지글 속에서의 고상한 말장난은 이렇게 단 한 번의 만남으로 끝이 났기에, 결국 그는 겉모습에 눈이 먼 범부가 된 꼴이었다.

그후 몇 차례의 글을 받고도 답장을 쓰지 못하였다. 그대신 여동생한테 소개를 받은 간호사 아가씨와 데이트를 시작하면서, 한 마리 토끼를 쫓기로 맘을 고쳐 먹었다. 편지 쓰는 실력을 비교하면 대구 아가씨와는 비교가 안 되었지만, 그래도 그녀를 선택했던 걸 보면, 그 아가씨 얼굴이 보다 반반했던 모양이다.

그녀의 정성어린 편지가 눈에 선하였다. '할머니가 그라는데요, 선옥인 요새 색시가 아이다. 참하고 알뜰하고 나중에 시집가면, 살림도 잘하고 남편한테 잘할 끼라!'라는 글귀를 새삼 떠올려 봤다. 답장 없는 편지를 두어 차례 보내고 기다리는 맘과 실망하는 맘에 혼자 뇌까렸을, '김 중위 니도, 겉으로 말장난만 하는 필부인기라!'라는 그녀의 독백을 생각하면, 26여 년이 지난 지금도 너무 미안스런 맘이 든다. 얼굴을 먼저 보고, 맘 씀도 역시 아름다울 거라는 남자들의 자가 도취적인 흐린 판단을 다시 음미해 본다. 한두 번 속은 것도 아닌데, 수컷의 본능이 그런가? 그런데 유치원 가기 전 '프리 스쿨'에 다니는 너댓 살 먹은 애들까지도 얼굴이 예쁜 담임 선생님을 좋아하는 걸 보면, 또 그게 본능인가라는 엉뚱한 생각도 들지만, 역시 겉과 속이 다르지 않는 지성인이라면, 내면을 더욱 중요시할 일이다.

계룡산에서 만난 여인

석이가 대전에 온 지도 1년 반이 지나고 1975년 가을이 물들여진 11월 초 토요일 오후, 대학 동기이자 군 동기인 상수와 그가 교관으로 있었던 공군기술고등학교 졸업반 생도 둘과 같이 하룻밤을 지새우는 가을 나들이를 갔었다. 산비탈의 계곡에 흐르는 여울이며 그 주변의 경관이 겨울 준비를 시작한 때라, 이미 떨어진 색색의 낙엽들이 계곡에 가득하고, 골바람이라도 불면 어지러이 휘날리는 낙엽에 계곡은 장관을 이루고 있었다. 동학사를 지나 갑사로 가는 길목, 계룡산의 어느 으슥한 계곡에 진을 치고 젊음의 얘기는 꼬리를 물었다.

저녁이 되면서 온도가 내려가니, 아무리 모닥불을 피우고 술을 마셔도 한기가 들어 잠시라도 눈을 부칠 수가 없었다. 늦게까지 불을 피우니 경비대원들이 수시로 와서 자제할 것을 부탁하고 갔다. 민간인들 같으면 벌써 쫓겨 나갈 입장이었지만, 머리를 조아리며 신신당부를 하는 바람에 '이것만 다 타면 다시 지피지 않겠다'고 하며 두 차례나 돌려 보냈지만, 시간은 이제 겨우 새벽 1시가 넘어가고 있었다.

어쨌든 계곡 근처에서 일박을 하고 새벽에 계룡산을 넘고 갑사를 들러

버스를 타고 대전으로 돌아 나온다는 일정이었는데, 젊은 혈기만 믿고 준비가 미비하여 생고생을 자초하였다. 초저녁부터 갖고 온 와룡소주 됫병을 네 명이 거의 비웠다. 숯불이 된 모닥불에 아침 식사 때 찌개를 끓일 돼지고기까지 다 구워 먹을 수밖에 없었는데, 그 맛이야 평생 잊지 못할 기막힌 맛으로 기억될 일이었지만 말이다. 밤이 깊어 가면서 졸음도 밀려 와서 눈을 좀 부칠 요량으로 낙엽을 긁어 모아 텐트 바닥에 깔고 파카를 걸치고서 잠을 청했지만, 냉기가 뼛속까지 파고드는 바람에 도저히 잠을 잘 수가 없어 서너 시에 다시 불을 지피고 김빠진 소주를 마시면서 졸다 말다 하다가 새벽녘에 조금 눈을 부치고 일어나니 귀가 울고 머리도 아프고 현기증도 났다.

모두들 부스스한 얼굴로 겨우 일어나서 전열을 가다듬고 산을 오르기 시작했는데, 숨이 차고 땀이 나면서 그냥 도로 내려가자는 말도 나왔지만, 기를 쓰고 노래도 부르면서 산 중턱을 지나고 있었는데, 어딘선가 어느 여인네가 부르는 '보리밭'의 시원한 선율이 계곡에 울려 퍼지고 있었다. 잠시 후 앞서 가는 세 명의 일행을 따라가면서 보니, 맨 앞의 키가 크고, 후리후리한 몸매에 선글라스를 쓴 아가씨가 그 주인공이었다. 자연스레 칭찬의 말을 해줬고 그녀는 웃으면서 쉽게 응해 줬다.

산상에 오르니 저 멀리 펼쳐진 평지로부터 가속되어 올라오는 바람이 피곤을 다 씻어 줬다. 내려가는 길은 완만했고, 좌우로 누런 감들이 풍성하게 익은 고즈넉한 풍경을 즐기면서 갑사에 도착했다. 주변에 있는 나무들과 어우러져 늦가을 정취가 물씬 나는 사찰 경내를 잠시 살펴보고 버스 정류장으로 내려와서 근처 허름한 주막에 들러 간단히 요기를 했는데, 새벽까지 마신 술이 채 깨기도 전에 또 막걸리를 들이켰더니 금세 취기가 올랐다. 그런데 앞서거니 뒤서거니 하면서 얘기를 하고 오던 그 아가씨들 일행도 모두 대전으로 간다 하여 같이 어울려 차에 오르고, 석이는 의도적으로 그녀 옆에 앉았다.

그리고 얼마 후 그녀는 부대로 정성스런 편지를 보내 왔고, 겨울이 오기 전 어느 화창한 토요일 오후 서울에서 두 번째 만남도 있었다. 당시 석이는 여동생의 소개로 지난 2년 동안 사귀어온 그 간호사 아가씨와 어쩌면, 영영 헤어져야 할 최대의 위기를 맞고 있었다. 여름이 지나면서, 그녀는 무슨 이유에서 심한 맘의 갈등을 겪는 듯 어느 날 갑자기 더 이상 만나지 않는 게 좋을 것 같다는 말을 피식 던져 놓고는 석이 만나는 걸 고의적으로 피했다. 어렵사리 시외전화로 연결하여 겨우 통화가 되어도, 일방적인 몇 마디를 해대고 끊어 버려, 그는 울화통이 터진 나머지 이리저리 뛰다가 그날 초저녁 서울행 고속버스를 타고 올라가서 몇 시간 입씨름을 하고서, 부산행 마지막 열차를 타고 내려오곤 하였다.

그들은 지난 2년 동안 미운 정 고운 정이 듬뿍 들어서, 이제는 필연의 만남으로 이뤄진 사이라 생각하였기에 헤어진다는 생각일랑은 꿈도 꿔보지 못했는데, 그녀는 그 동안 키워주신 부모에게 출가하기 전에 조금이라도 보답을 하겠다는데 더 이상 고집을 피울 수가 없었다. 결국 그녀는 그와의 지난 추억일랑은 한여름 밤의 꿈으로 접어 버리고, 언제 다시 만날 기약도 할 수 없는 기술 이민을 준비하고 있었다.

그도 당장 전역을 하는 것도 아니었고 또 취직도 하고 몰락한 집안을 일으켜 놔야 할 책임도 있어, 언제 결혼을 하게 될지도 모를 일이었다. 더군다나 과년한 두 여동생이며 고등학교에 다니는 막둥이도 있어 앞으로 적어도 3~4년은 유학 준비나 결혼 따위는 꿈도 꿔 볼 처지가 아니었다. 앞으로 8개월 후면 전역도 할 터였지만, 별 희망 없이 해내야 할 일만 잔뜩 쌓인 미래에 대한 막연한 두려움이 항시 앞섰다.

가을이 깊어지면서 갈등이 심화되고 있었다. 언제가 될지 모르나 자기 입장만을 생각해서 기다려 달라는 말을 차마 하지 못하고 떠나려는 그녀를 생각하면, 금방이라도 달려가고픈 생각이 들었지만, 그런 대로 참고 지내던 중에, 계룡산에서 만난 그 아가씨를 그저 현실을 잊기 위해 가벼운 맘으로 만났다. 세 번째 만나던 어느 따뜻한 겨울날, 그렇게 붐비지 않은 남산에서 토요일 오후를 같이 보내고, 그는 그녀가 가자는 대로 오후 늦게 사촌 언니와 같이 자취를 한다는 그녀의 셋방엘 들렀다. 그런데 그 언니라는 사람은 집에 있지 않았다.

그녀가 정성껏 준비해 준 저녁 식사를 같이 하고, 10시쯤 집 방향으로 가는 버스를 타기 위해 부엌으로 나가는 방문에 걸터앉아 군화끈을 막 조이려 할 때, 그녀는 안절부절못하던 끝에 말문을 열었다.

"저, 꼭 가셔야 하나요? 이럴 줄 알았으면, 저도 친구집에 갔지요. 언니도 없는데 무서워서 어떻게 혼자 밤을 지내지요? 내일 아침 일찍 가시면 안 되나요?"

하면서 무척 아쉬워하는 거였다.

어찌되었건 그는 군화끈을 조이고 같이 밖으로 나와서 잠시 서성거렸다. 사실 별로 잘 알지도 못하는 여인네하고 밤을 지낸다는 게 께름칙한 면도 있지만, 또 한편 짜릿하게 흥분되는 일이기도 하였다. 결국 너무 아쉬워하는 그녀의 청을 들어 주기로 하고, 골목 입구에 있는 가게에 들러서 소주 한 병에 안주거리를 사가지고 도로 그녀의 자취방으로 돌아왔다. 그녀는 오래 사귄 낭군을 모시는 것같이 기뻐했다. 주거니 받거니 술잔이 오갔고, 애국가를 끝으로 텔레비전 방송도 끝이 나자, 그녀는 미군방송으로 채널을 바꿨다. 그곳도 한 시간 남직 후에 방송이 끝나 버렸다.

그가 부엌에서 대충 씻는 동안 그녀는 이부자리를 폈고, 그들은 나란히 누웠다. 석이는 흥분된 맘을 억누르고 태연해지려고 노력했다. 아예 직업여성이라면 맘도 편했을 터인데, 애매한 처지에서 훗날 곤욕을 치러야 할 후회를 남기지 않기 위해 함부로 대할 수도 없었다. 하지만 그의 손길은 어느덧 그녀의 마른 젖가슴을 쓸어내리고 있었고, 조그만 젖몽우리가 손바닥에 쏙 들어왔다. 그리고 그녀의 온몸이 서서히 전율하면서 언제였는지도 모르게 두 사람 모두 알몸이 되어 있었다. 그리고 그의 떨리는 손길은 어느덧 그녀의 은밀한 곳을 어루만지고 있었다. 그녀의 손길이 그의 몸에 접근해 오면서 둘은 모든 걸 잊어버린 본능의 화신이 되어서 서로 엉키려하는 순간, 이럴 수 없다는 생각이 불현듯 스치면서 그녀를 슬그머니 밀쳤다.

그녀의 행동으로 봐서 남자와의 잠자리가 결코 처음은 아니라고 직감했지만, 그 무엇보다도 머나먼 타국으로 단지 돈을 벌기 위해 떠나려고, 모질게 맘을 먹고 수속을 하는 간호사 아가씨 생각이 갑자기 맘 가운데 자리잡았다. 지난 2년 시공을 뛰어넘어 무수히 만나면서도 서로간에 확실치 않는 미래를 생각해 서로를 믿고 위해 주면서 순결을 지켜 왔었는데, 이럴 수는 없다는 생각이 노도같이 밀쳐 오면서 갑자기 죄를 짓는 생각이 들었다.

누운 채로 담배 한 대를 물었다. 천장을 향해서 길게 한숨 섞인 연기를 토해내면서, 나지막한 소리로 거짓 변명을 하였다.

"미안해요. 내가 당신을 받아 줄 수 없는 걸 이해하세요. 후회할 일을 만들고 싶지 않습니다. 사실 정혼자가 미국에서 밤낮으로 일하면서 간호사 자격 시험 공부하며 고생을 하고 있는데, 이렇게 단지 욕정의 노예가 된다는 것이 너무도 한심하게 생각됩니다. 이해해 주세요. 정말 미안합니다."

그녀는 한숨 섞인 어투로 나직이 말을 이었다.

"정말 세상일이 참 고르다고 하면 어패가 있을까요? 주변에서 많은 남자들이 좀 만나 달라고 했을 땐, 관심조차 보이지 않았었는데, 막상 제가 좋아지는 사람과는 이렇게 되고 마는군요."

그녀의 입장을 이해하기는 시간적으로 너무 짧았고, 전혀 그녀의 배경을 모르는 처지에서 함부로 처신을 할 수가 없었다. 몸가짐을 그리 함부로 하는 것 같지는 않아 보였지만 그렇다고 세 번 만나서 속도 모르는 남자를 기꺼이 받아 주려는 그녀를 이해하기가 힘들었다. 그리고 팔베개를 해준 상태에서 이런 저런 얘기를 하다가 피곤이 엄습하면서 잠깐 눈을 붙였고, 아직도 어두운 이른 새벽에 그녀의 방을 나왔다. 무슨 대단한 시험을 치르고 나온 느낌이었다. 새벽 공기가 몹시 상쾌했다.

그후 그녀는 더욱 정성이 담긴 편지를 부대로 보냈고, J시에 가는 길에 들렀다면서 퇴근 무렵 부대로 면회도 왔었다. 같이 시내에 나가 잠시 지내다가 고속버스를 타고 떠나가는 그녀의 아쉬워하는 모습을 바라보며 전송을 해줬다. 그리고도 두 차례 편지가 왔지만, 이루지 못할 관계라면 정리가 빠를수록 상처가 적을 거라 생각하고 더 이상 답서를 쓰지 않았다. 그녀도 꺼져 가는 모닥불같이 다시 불길이 피어 오르지 않을 거라고 생각하였는지 더 이상 연락하지 않았다. 아무리 첫눈에 서로가 좋아하는 맘이 생겨서 모든 걸 다 주고픈 생각을 했어도, 자기 몸을 그렇게 쉽게 던지려 하는 그녀의 심중을 이해하기가 쉽지 않았다.

너무도 미안했던 대전의 미스 리

1976년 여름의 막바지에서 공군 생활 4년 반을 총 결산하고 군문을 떠나는 7월 31일이었다. 기억하고도 싶지 않은 기본 군사 훈련 기간을 거치면서 서서히 관물이 되어 갔고, 중위 진급 후 일 년 후면 중간 정점이 되면서 그때부터 그 허물을 벗고 전역할 때가 되니 사물이 다 된 줄 알았는데, 막상 닥치고 보니 무척 서운해지는 이유는 뭔가? 미운 정 고운 정 다 할 것 없이 정은 어디까지나 정이었나 보다.

그날 사령부 근처에서 얼마 멀지 않은 곳에 있는 맥주집 아가씨들과도 '안녕'을 고해야 할 것 같아 이별주를 마시러 평소에 같이 잘 어울렸던 박 중위와 같이 들렀다. 이제 오늘밤이 지나면, 언제 다시 맘먹고 찾아올지도 기약이 없는 일이라서 저녁 회식이 끝나고 9시가 넘어 들렀는데, 그녀는 초미니 차림으로 호들갑스럽게 여느 때처럼 밤의 애인을 맞아 줬다.

유난히 얼굴엔 여드름이 많이 피었지만, 키도 크고 몸매가 잘 빠져 인기가 좋았던 미스 리는 다른 손님과 같이 있을 때는 눈치껏 양쪽을 번갈아 들락거리다가도 끝날 무렵에는 항시 그들이 갈 때까지 변함없이, 지난 반 년 동안 술좌석의 연인이 되어 줬었다. 그렇게 자주 가지는 못했어도 합석을 하는 동안은 정겨운 얘기를 많이 나누면서 재미있게 지냈다. 더욱이 노래방 시설이 없던 시절인지라, 노래말도 깔끔히 외워야 했던 그때, 그녀는 젓가락 장단에 맞춰 부르는 그의 '이별'이나 '긴 머리 소녀'를 무척 좋아했다. 매번 분위기가 무르익어도 막차를 타고 하숙집으로 기어들어 갔다. 때로 잠자리를 같이 할 맘도 없지 않아 있었겠지만, 맘가짐으로 보나 금전적인 면에서도 여유가 별로 없었고, 또 강제로 데리고 나갈 생각도 없었다.

그런데 전역을 앞두고 한동안 자주 들르지도 못하였고, 결코 많지 않는 팁을 건네 줘도 항시 반겨줬었는데, 그런 그녀하고도 어쩜 영원히 헤어지는 것도 서운한 일 중의 하나였다. 아마 그 당시 정인이 있거나 마누라가 있는 친구들이야 나름대로 기념 파티를 했겠지만, 홀로 지내던 동기생들은 대전에서의 마지막 하룻밤을 끼리끼리 어울려 지내고, 내일이면 뿔뿔이 헤어져 어디론가 떠나갈 일이었다.

영업시간이 끝나고 문을 닫을 시간이 되어 그는 이미 초저녁부터 마신 술로 거나하게 취했고, 그런 이별이 실감나지 않아 몹시 아쉬워하며 밖으로 나왔다. 다른 때 같으면, '김 중위님, 잘 가세요! 또 오세요' 했을 그녀인데, 이날은 그녀 스스로 앞장서서 따라 나섰다. 택시를 잡아 타고 시내로 가는 중에 하도 의아해서 물었다.

"아니, 괜찮아?"

"어때요, 내 맘이지요. 마지막 뵙는데 너무 서운하잖아요."

하면서 그녀는 그의 왼팔을 꼭 끼며 머리를 어깨에 기대어 왔다. 그녀의 향수 냄새가 전과 달리 그렇게 감미로울 수가 없었다.

그런데 아침에 택시값이나 목욕값이라도 있는 대로 다 내주려 했지만, 턱없이 수중에 돈이 부족했기에, 우선 허름한 여인숙엘 들어갔다. 방을 잡고 세면대에 나가서 씻고서, 맥주 두 병에 안주를 시킨 후 그녀와의 이별주를 또 마시고, 선풍기가 힘들게 돌아가는 좁은 방에서 그녀를 껴안았다.

술이 취하기도 했지만, 여드름이 활짝 핀 얼굴과는 달리, 생고무같이 튀는 몸매에 백옥 같은 속살을 내보이며 지그시 눈을 감고 있는 그녀의 모습이 너무도 사랑스러워 보였다. 둘은 이내 한몸이 되고 말았고, 몰아지경에 빠져들면서 정신이 몽롱해졌다. 빨간 전구빛에 비추인 그녀의 이마에는 진주 같은 땀이 송골송골 맺혀 있었다. 당시만 하더라도 여인네들을 다루는 솜씨라야 그저 그런 햇병아리 사내였으니, 상대의 기분에 관계없이 자기 본위로 관계를 했을 터였지만, 그녀를 사랑스런 맘으로 품어 주었다.

이른 아침이 되었다. 그녀가 깨기 전에 그는 깜짝 놀라고 말았다. 그가 입은 흰 속옷에 선혈로 얼룩이 지었는데, 앞쪽은 아예 붉게 염색이 되어 있었다. 완숙한 여인네로 탈바꿈하는 과정에서 난 선혈이기에는 그 양이 많은 것 같았다. 순간 수 년 전 아포의 옥란이를 생각했다. 홍순경이 보초를 선 게 분명하다고 생각을 하고 잠시 어쩔 줄을 모르다가, 그녀가 그걸 보고 괜히 민망해 할까 봐, 이미 바짝 말라버려 바지에 스며들지는 않을 것으로 생각하고 그냥 추켜 입었다.

잠시 후 그녀도 뒤척이더니 일어났고 조금은 겸연쩍은 분위기가 흘렀다. 잘 잤느냐고 인사를 해주면서 여드름이 만발한 그녀의 이마에 입맞춤을 해주고 꼭 껴안아줬다. 그리고 서로들 옷매무새를 고치고 밖으로 나왔다. 연인이나 부부 사이라면, 그렇게 서먹한 분위기는 아니었을 터였겠지만, 그녀한테 그렇게 미안한 생각이 들었는데도 금전적이나마 보상을 해주지 못했다. 정말 수중에 돈이 있었다면 다 주고픈 맘이었는데, 그나마 전날 다 써 버리고 수중에 남은 돈이란 500원짜리 한 장에 버스비 정도가 달랑거렸다.

돈이라도 듬뿍 줬으면 맘이 그토록 어설프고 서운하지 않을 터인데, 그날 아침 버스 정류장까지 같이 걸어 나오면서 지난밤과는 달리 내내 시무룩한 그녀의 표정을 보면서도 해장국이라도 먹고 가자는 청도 못하고, 미안한 맘에 몸 둘 바를 몰랐다. 그리고 마지막 남은 500원짜리 지폐 한 장을 죄지은 사람 모양 움츠려서 건네주며, 택시라도 타고 가라고 얘기를 했다.

"미안해, 이거 밖에 없어서. 조만간 꼭 내려올게. 그 클럽에 오랫동안 있어야 돼—."

그녀는 쓸쓸한 웃음을 지어 보이며 고개를 끄덕거렸다. 꼭 이해를 해줬으면 하는 바람이 가득했지만, 그렇게 내밀 수밖에 없었던 그의 손이 너무 부끄러웠으나 아쉽게 손을 흔들며 떨떠름하게 헤어져야만 했다.

기회가 주어지면, 꼭 한 번 내려와서 그날 못 해준 걸 수십 배로 갚아 줄 거라 별렀지만, 그후로는 바로 H건설 신입 사원 연수 교육으로 들어섰고, 교육이 끝나자마자 바로 별 보기 운동을 하는 건설 현장으로 파견이 되면서, 그 자신도 모르게 모든 걸 세월 속에 묻어 버렸다.

가끔 여드름 꽃이 활짝 핀 미스 리의 모습은 세월이 흘러도 그때 그 모습으로 눈에 아른거리지만, 500원짜리 지폐 한 장을 건네 주던 미안했던 맘이나 그 업소에 오래 있어 달라고 부탁한 그 말도 본의 아니게 탈색이 되어 버려, 지금도 그 지폐를 내밀던 큰 손을 쳐다보기가 미안하기 그지없다.

제4부 별 보기 운동하던 시절

시청 앞 백만인 연인 인옥이는 | 오빠, 가지 마세요! | 멍에가 돼버린 여인

시청 앞 백만인의 연인 인옥이는

전역 전에 다른 대학 동기들이 K항공으로 주로 입사를 했지만, 그렇게 틀에 박힌 기술직 업무를 하고픈 생각은 아예 처음부터 없었기에, 당시 국내에서 초봉도 제일 높고, 중동 특수로 하늘 높은 줄 모르고 인기가 좋았던 H건설 기계부로 발령을 받을 때까지, 수많은 관문을 통과해야 했었다. 그리고 기본 연수가 끝나자마자 우선 서울에 있는 한국전력의 비상 발전소 복원 공사에 첫 부임을 하여서 역시 소위 시절 전투비행장에서 하던 식으로 별 보기 운동을 하면서 바쁜 생활에 휩쓸리고 말았다.

사실 시도 때도 없이 너무 바쁘다 보니, 일과가 끝나는 의미가 없었지만, 단지 돈을 더 벌 수 있다는 면에서 그냥 다니기로 맘을 굳혔다. 정상 출퇴근이 된다면 토플 준비 학원도 다니려 했지만, 집안을 일으키는 유일한 희망인 그로서는 머나먼 우회를 하지 않을 수가 없었다. 현장근무를 하면 수당이 별도로 지급이 되니 월급은 고스란히 통장에 저축이 되기 때문에 금방금방 통장이 불어났다. 이렇게 저축을 한다면 2~3년이면 방이 두엇 딸린 단층집을 살 수 있다는 생각이 들었다. 하지만 공사현장을 따라 떠돌다 보면 섬세한 맘 자세보다는 순발력이나 요령이 더 필요해지고, 대인관계와 술자리가 많아지면서 공부와는 점점 멀어질 거라는 생각이 그를 괴롭혔다. 그렇지만 몇 년만 꾹 참고 해내자는 결심을 하고, 열심히 일에만 매달렸다. 서울 근교 현장에 있을 때는 꼭두새벽에 버스를 타고 현장에 나가서 밤 열두 시가 다 되어야 집에 들어왔지만, 지방 현장에 나가면 현장 숙소에 기거하거나 하숙을 해야만 했었다.

직장 선배들을 보면, 항시 객기가 몸에 배어 생활의 안정은 없는 듯 보였다. 그러나 그것도 습관이 되어 버리고 대신 금전적인 면에서 여유가 생기면서 세칭 '노가다 근성'에 마약같이 빠져 들어갔다. 몇 년을 그런 생활을 하다 보면, 넥타이 매고 하루 종일 사무실에 앉아서 근무를 하면 좀이 쑤셔서 죽을 맛이라고 했다.

서울 마장동에 있는 한국전력의 비상 발전소 복원 공사는 8월 중순에 입사 후 오류동 발전소에서 11월까지 신입 사원 기본 파견 근무를 거치고, 명실공히 기계 현장 담당 기사로서 11월부터 시작해서 그해를 넘기고 4월 말까지, 대형 디젤엔진 구동 발전기 복원에 따라 엔진 및 주변기기에 대한 기술이 요하는 일에 전념하면서 정신없이 뛰고 있었다. 매일 봉천동에서 마장동까지 출퇴근하는 일도 쉽지는 않았다. 교통 체증이 지금과 같지는 않고 시원스레 달려도 1시간 이상이 걸렸다. 잠도 부족하고 잦은 술좌석에 피곤이 항시 쌓여 갔다. 왕십리를 거쳐 동화동을 하루에 두 번씩 지나치면서도 대학 1학년 때 첫 정을 줬었던 숙이 생각을 별로 안 했던 걸 보면, 당시 그 맘속엔 '지난 일은 지난 채로 내버려 두자'라는 단단한 각오가 지배적이었나 보다.

그녀는 그때쯤 대학을 졸업하고 교편을 잡고 있을 시기였으리라. 지금 생각하면, 다시 연락을 시도치 못한 것이 좀 아쉽다는 생각도 들었지만, 손만 내밀면 현실로 다가오는 멋있는 아가씨들이 주위에 항시 있었고, '이왕이면' 하는 이기심도 팽배하고 있었으리라. 또 그동안 사귀던 간호사 아가씨가 뚜렷한 재회의 약속도 없이 미국으로 가버린 후, 그래도 막연히 믿음을 배반할 수가 없어서 한눈을 파는 걸 무의식적으로 피하며 지냈었을까? 그 대신에 틈만 나면 술과 밤의 여인들을 가까이 하게 되었다.

공사가 진척이 되면서 발주회사로부터 기성고를 타낼 무렵에는 의례 푸짐한 접대가 따랐기에 세칭 청진동 방석집이라는 곳을 자주 갈 수 있는 기회가 생겼었는데, 혹 맘에 드는 색시가 있어도 자기 돈 들여 가며 친구들 두엇이 갈 처지는 물론 안 되었다. 상 단위로 가격이 매겨지는데 한 상이 10만원 이상이니 한 달 실수령액을 웃도는 큰 돈인지라 꿈도 꿔볼 입장이 아녔다. 지금 단위로 따져 보면, 200만 원 이상의 큰 돈이었다. 그러면서 밤의 여인들이 풍기는 향수 냄새와 간드러지는 애교에 대한 유혹이 서서히 몸에 배면서 밤만 되면 그네들 품이 그리워지는 거였다.

그 무렵 D생명빌딩 내의 S그룹에 근무를 시작한 군 동기생 경구를 만나러 시청 앞 쪽을 지나고 덕수궁 입구에 있는 육교를 건너 큰길로 돌아가면 되는데도, 구태여 그 좁은 뒷골목으로 들어가 질러가는 버릇이 생겼다. 이젠 밤낮을 가리지 않는 밤의 꽃들이 호객을 하는데 말대꾸를 하면서 같이 희롱을 하고 싶어서였다. 어느 날인지 기억도 없는 따뜻한 햇살이 눈부신 오후, 광화문 본사엘 들렸다가 잠시 시간을 내어서 목욕도 하고 한숨 자고 싶다는 생각에서 적당한 여관을 찾다가 그만 그곳으로 지나가게 되었는데, 검은 투피스에 깜짝 놀랄 정도의 미모와 몸매를 가진 아가씨가 호객을 하는 여관 앞을 지나치게 되었다. 그녀는 자연스럽게 그의 팔짱을 끼면서 쉬었다 가라고 유혹을 했다. 그녀의 얼굴을 쳐다보니 사실 너무 안타까울 정도의 미인이었기에, 그의 끼 있는 연민이 물밀 듯이 밀어붙여 그녀를 따라서 조용한 방으로 안내가 되었다. 사실 그런 여관은 백만인의 연인들과 시시 때도 없이 몇십 분의 사랑을 불태우는 곳이지, 편하게 쉬어 가는 곳이 아니라는 것은 말할 필요도 없는 일이었다.

그는 느긋하게 세면대에 가서 손발을 씻고 따뜻한 방에 배를 깔고 엎드렸다. 그가 안내된 방은 이런 저런 장식을 해놓은 그녀의 방이 아녔고, 달력 한 장만이 덩그러니 걸린 여느 여관방과 같았다. 고기맛을 안 땡중처럼, 과부가 홀아비 냄새 맡고 못 잊어 목매고 기다리듯, 야릇한 흥분에 기다리는 기분이 무척 좋았다. 오후의 따스한 햇살이 서쪽으로 난 격자 창문의 창호지가 노랗게 빛나고 있었다. 잠시 동안 서류를 꺼내어서 정리도 하다가, 자재 현황을 적을 요량으로 사무용지에 일정 간격으로 줄을 긋고 있을 즈음에 그녀가 수줍은 웃음을 머금고 들어왔다. 그는 능청스럽게 줄을 계속 긋고 있었는데, 그녀가 옆에 다가와 무릎을 꿇으면서 하는 말이,

"뭐 제가 도와드릴 일이 있어요?"

"음, 줄 좀 이렇게 그을 수 있나? 한 번 해봐!"

하면서 연필과 자를 건네줬다. 그녀는 두어 줄을 그리더니만,

"이것도 쉽지가 않네—. 자꾸 간격이 커지고 또 작아지고 하네요."

"어디 봐. 에이 안 되겠다. 뭐 다른 일 할 게 없나?"

"정말 피곤해 보이시는데, 그럼 이렇게 어깨도 주물러 주고, 다리도 주물러 드릴게요."

그녀는 그렇게 잠시 주물러 주었다. 그런 가운데 그는 종이 따위를 한쪽으로 밀치고 쇼트타임 가격을 물었다. 5000원이라고 했다. 돈을 건네 주고 그녀를 사랑스런 맘으로 지긋이 껴안았다.

얼마 후 그 여관을 떠났고, 그후로는 종종 늦게 술좌석이 끝나서 택시 잡기가 어렵거나 기분이 우울할 때는 그녀를 찾아갔다. 때론 초등학교 시절 우유 배급 타는 순서를 기다리듯이, 그녀가 어디에서 한 차례의 거래를 끝내고 그녀의 방으로 건너올 때까지 담배를 꼬나 물고 기다렸다. 그럴 때는 이건 '동물왕국'이라는 생각이 들어 피식 웃었다. '제기랄, 무슨 상관이 있어? 중요한 건 내 앞에서 화사하게 웃는 그녀의 실체이지, 그 이상도 이

하도 아니다. 별로 신경을 쓸 필요도 없는 일이야. 백만인의 연인 인옥이
아닌가?' 하면서 술이 취해 게슴츠레하게 눈을 뜨고 고개를 끄덕거리며 비
스듬히 누워 있었다. 잠시 후 그녀는 방에 들어오면서 하는 말이, 그를 피
식 웃게 만들었다.

"우리 미남 자기, 많이 기다렸어? 벌써 시간이 이렇게 됐네ㅡ. 오늘은
자고 갈 거지? 나 깨끗이 씻었어! 다시 '아다라시'가 되었다구ㅡ."
하며, 그가 잠시 머무는 동안 이미 따뜻해진 자리에 끼어들었다.

그녀의 가명은 인옥이고, 완도가 고향이라 했다. 얼굴과 몸매가 빼어났
지만, 가난하여 크게 배우지도 못하고 연줄도 없어 모델이나 영화배우가
되겠다는 꿈은 이미 시궁창에 버린 지 오래였고, 결국 이렇게 되고 말았지
만, 이제는 모든 걸 훌훌 털고 날아가서 자길 이해해 주는 사람하고 결혼
하여 행복한 살림을 하고픈 게 꿈이라는 얘기를 들려줬다.

그녀의 소박한 꿈을 이해해 주고 격려해 주면서 결코 독하지 못한 그녀
를 위해 주고 싶어서, 그는 숨겨 논 작은마누라 찾듯 수시로 들락거렸다.
때론 그녀가 고향에 들르러 내려갔다는 말을 듣고서는 그냥 되돌아가기도
하고, 너무 늦어 차편이 끊긴 날 방이 없어 긴 밤손님 없이 혼자 자는 다른
아가씨와 별수 없이 더불어 잔 적도 있지마는 나름대로의 지조는 지켰다.

언젠가는 그녀가 출타 중일 때였는데, 그 집의 왕고참 격인 중년 아주머
니가 유혹하는데 고개를 좌우로 두어 번 가로저으며 거절을 하였다. 그랬
더니 그녀는 끈질기게 "비록 나이는 좀 들었어도, 솜씨는 기막히니 한 번
해봐~" 하며 짙은 유혹을 해왔지만, 정중히 거절하고 또 지조(?)를 지킨
적이 있었다. 이 모든 게 지난 초겨울부터 4~5개월 동안 일어난 일들이었
다. 그리고 5월이 되면서 울산 현장으로 장기 파견이 되는 바람에 그녀를
당분간 볼 수가 없었다.

그가 그렇게 지내는 데는 고달프고 외로웠다는 면을 떠나서, 지난 3년

동안 열애를 했었던 그 간호사 아가씨를 어느 면에서 잊으려 했었던 의도도 있었다. 방탕한 것 같았지만, 그 맘에는 항시 그가 해야 할 일로 카타르시스를 겪고 있었다. 그리고 봄, 여름이 지나고 무척 오랜 만에 광화문 본사로 돌아온 후이니까, 대충 9개월 정도가 지나갔다. 불현듯 인옥이가 보고 싶어서, 늦은 오후 오랜 만에 그 골목길을 찾아들었다. 예나 다름없이 그 골목 어귀서부터 잡히기 시작하는데, 몇 차례 변명을 해야만 했다.

"지금, 선약이 있어서 저 집에 만날 사람이 있어 가는 중이야."

"누군데요?"

"누구라면 알어? 인옥이다. 인옥이!"

하고 윽박지르면, 피식 웃으며 금방 팔짱을 풀어줬다. 뭣 모르고 지나가는 점잖은 사람들이나, 배낭을 멘 승려까지도 곤욕을 치르는 일을 많이 봤다.

오랜 만에 그 여관(女館)의 솟을대문에 들어섰다. 그러나 한참을 두리번거려도 그녀가 보이질 않아서 부산하게 지나치는 한 아가씨한테 물었더니, "얼마 전에 시집을 갔는데, 아마 석 달쯤 된 거 같아요"라는 말을 들려줬다. 첨에는 자기 생각만 하고 서운한 생각이 들었지만, 그 골목을 빠져나오면서, '이런 일도 젊어 한때이지. 잘됐군. 정말 잘 적응하여 살게 나—' 하면서 그녀의 행복을 빌어 봤다. 시청 방향으로 건너가는 육교에 올라와서 잠시 고개를 돌려 D생명 높은 빌딩을 치켜 올려보니, 퇴근 시간이 훨씬 지났는데도 층마다 불이 환하게 켜져 있었다. 그곳에서 일하는 사람들, 밤낮으로 호객을 하면서 뛰는 그 골목길의 사람들. 다 그렇게 엉켜서 돌아가는 게 사람 사는 세상이다.

오빠, 가지 마세요!

대학 3학년 때인 1970년 겨울 방학 동안 석이는 과외 지도에 얽매여 고향이라고 내려와도 일주일 남짓 주로 동생들하고 어울렸다. 어느 날 여동생은 제일 친하게 지내는 미선일 데리고 왔는데, 꼭 다문 도톰한 입술이 웃을 때는 너무도 화사하고 꾸밈없이 보여 무척 호감을 주었다. 붙임성도 좋아서 바로 오빠, 오빠 부르며 스스럼없이 지내게 되었고, 그가 머무는 동안 두어 차례 놀러 왔다. 그리고 눈발이 좀 휘날리던 오후, 당시 인기가 대단했던 〈러브 스토리〉를 셋이서 구경 갔다. 미선과 동생은 너무도 감격하여 눈이 살짝 온 어두운 밤길을 걸어오면서 시종 그 영화 얘기를 하며 집으로 돌아왔다.

일주일이 금세 지나고 그는 서울로 올라가 버렸고 그후 일 년 이상 만날 기회가 없었지만, 동생을 통해서 고등학교를 졸업하고 재수를 하는 동안, 가수 지망이라는 열병에 걸리면서 험난한 길로 뛰어들었는데, 결국 우여곡절을 겪고 포기할 수밖에 없었다는 얘길 들었다. 그도 대학을 졸업 후 3월 초 공군에 입대하여 20주 동안 기본 군사 훈련 및 기술 교육을 끝내고 소위로 임관하여 10월 말쯤 대구기지로 첫 배속을 받아 영외에서 동기생들과 같이 하숙을 하였지만, 전투기 정비대대에 소속된 그는 껌껌한 새벽에 출근을 하여, 마지막 비행기가 내리는 날엔 저녁 9시가 다 되어 퇴근을 하며 정신없이 지내고 있었다. 그런 와중에 기지 생활에 조금씩 익숙해지면서 해가 바뀌고 봄이 올 무렵, 뜻밖에도 미선한테서 편지가 날아왔다. 반가웠지만, 그녀가 동생의 절친한 친구라는 선입관 탓에 조심스럽고, 체면이 먼저 앞서 갔다.

그녀는 재수를 하는 동안, 석이 아버지가 퇴직 후 경험도 없이 벌린 교복 장사를 동생과 같이 거들면서 반년이 넘도록 고생만 실컷 하다가 그 사업이 결국 거덜나면서 금전적인 보상도 받지 못하고 서울로 올라갔다. 그런데 미선은 방석집 같은 야간 업소에서 노래를 하며 힘들게 지냈다는데, 넉넉지 못한 집안의 도움 없이, 자신이 해내는 생활을 위한 수단이니 아무도 탓할 자격이 없다고 생각했다. 그러면서도 미선은 대학을 꼭 마치겠다는 결심을 저버리지 않고, 언젠가부터 대전으로 내려와 C대학 국문과에 적을 두고, 기숙사에서 지내고 있었다.

그 첫 편지가 온 후로 석이는 몇 차례 대전엘 들리게 되었다. 아직도 싸늘한 겨울 기운이 드리워진 어느 주말 오후 다방에서 만났을 때, 미선은 엉뚱하게도 밝은 노란색의 소매가 긴 티셔츠에다, X자로 된 멜빵이 달린 몸에 착 달라붙는 짙은 감색 바지를 입고, 짙은 화장에 입술도 붉게 칠하고 나왔다. 게다가 그녀는 질이 좋지 않은 남학생들하고 잘 어울린다는 말을 하면서, 알고 보면 다 좋은 애들이라고 묻지도 않은 얘기를 해댔다.

석이는 그녀의 말을 잠시 들어주다가 슬그머니 감정이 격해지며 목소리를 높인 끝에, 컵 물을 그녀의 얼굴에 끼얹어 버렸다. 그녀는 "오빠가 무슨 자격으로 이러지요?"라고 맞섰고, 그는 "왜, 오빠가 그렇게 하면 안 되냐? 객지에서 살면서 몸가짐에 신경을 써야지. 그런 외모가 남들한테 주는 인상을 잘 알 텐데?" 하면서 계속 맞섰다. 다방에 있던 사람들이 연신 힐끗

거리며 쳐다보는 눈길이 따가워 밖으로 나왔다.

잠시 후 미선은 거기서 별로 멀지 않은 기숙사에 들러서 옷을 갈아 입고 나왔다. 조금은 쑥스럽게 된 분위기 속에서 그녀가 다니는 대학교 운동장 주변을 거닐었다. 오후가 되면서 우중충한 날씨로 변했다. 해묵은 플라타너스 나무가 도열해 있는 언덕바지에 나란히 앉으며 석이는 미안하다는 말을 했는데, 그녀는 "아녜요. 제가 잘못했지요" 하며, 케터린 지다 존스 같은 그녀 특유의 화사한 웃음을 지어 보였다. 미선은 어색한 분위기를 바꾸려고 수다를 떨었다. 감수성이 예민한 미선은 좋아하는 영화나 소설 속의 여주인공을 자기와 동일시하며, 〈바람과 함께 사라지다〉의 '비비안 리'에 매료가 된 듯 감명 깊었던 장면을 얘기하는 모습이 귀여워서 내내 웃으면서 들었다.

한 달 후에 다시 만날 때는, 미선은 청바지 차림의 수수한 옛 모습으로 나왔다. 옛날처럼 오빠, 오빠하며 호들갑을 떨면서 그들은 유성을 지나 동학사 계곡에 봄나들이를 나갔다. 그녀는 여전히 노래를 잘 불렀고, 석이는 잘 치지 못 하는 기타로 반주를 해주면서 근처 널찍한 바위에 정겨운 한 쌍의 연인들처럼 앉아 있었다. 봄기운이 완연하게 무르익어 가는 계곡에 여울져 흐르는 물소리는 언제까지 들어도 정겹기만 하였다. 한참 '새노야'를 비롯해서 '이별' 등을 메들리로 부르고 있는데, 위쪽에서 젊은 부부가 경청을 하더니만 그 남자가 슬그머니 일어서서 그들 주위를 천천히 맴돌았다. 그는 소형 녹음기를 틀어 보이면서 말을 걸어 왔다.

"이게 뭔지 들어 보세요."

"저건, 우리 노래 아냐?"

"예, 노래를 너무 잘하셔서 녹음을 좀 했습니다. 두 사람 정말 보기 좋습니다!"

뜻밖에 일어난 일이라, 잠시 당황하다가 웃고 말았다. 그녀는 목소리도 좋고 또 가창력도 무척 뛰어났다. 그냥 썩히기에는 무척 아깝다는 생각이 매번 들었지만, 모두 다 성공의 길로 들어서지는 못하는 세태가 안타까웠다.

봄, 여름이 지나고 8월 1일부로 석이는 고달팠던 소위 시절을 청산하고 중위 진급을 하였다. 그리고 대전에 있는 교육사령부 기술교관 요원으로 전속을 가기 위해서 동분서주하고 있을 즈음, 소사 집에 들렀는데 여동생이 심각하게 말을 꺼냈다.

"무슨 일이 있어도, 미선이 하고는 오빠 동생 이상의 관계로 진전이 되면 안 돼요."

"왜 그런데? 니 친구라서 그런지 모르지만, 거리는 좀 두고 있다."

"정말이죠? 기집애, 대전에서 자주 만난 일로 오빠가 저를 무척 좋아하고 있다는 말을 서슴없이 할 수 있는 애예요. 오빠 속마음은 잘 모르겠지만, 그 애하고는 좀―. 어느 누구보다 인정 많고, 활동적이고, 영리하고, 좋아하는 사람을 위해서라면, 친구는 물론 그 가족들한테까지 간이라도 빼줄 듯이 열성인 그 애를 잘 알지만―."

그러나 동생은 그 이상 애길 하지 않았다.

그런데 석이가 대전으로 전속 가기 전에 미선은 이미 서울로 올라와 있었고, 전에 다녔던 그런 업소에서 다시 노래를 하면서 힘겨운 생활을 하고 있었다. 그는 사실 동생 친구면 어떻고, 서로 좋으면 되는 거지, 무슨 대단한 비밀이 있는 것같이 쉬쉬하면서 다짐을 하는 데에 기분이 개운치가 않았지만, 얼마 동안 대전 생활에 적응하느라고 신경쓸 여지가 없었다.

한편 그는 전에 큰 여동생한테 선배들 중에 오빠하고 잘 어울릴 만한 사람 있으면, 눈여겨봤다가 소개 좀 해달라는 부탁을 지나치는 말로 하였었는데, 꼭 일 년이 지난 2월 초 한 선배를 소개받았고, 2월 말 졸업 전까지 두 번 만나게 되었다. 그런데 뜻밖에 누구한테 밀려서 부산으로 내려갔다는 얘기를 듣고서, 3월 초 그녀에게 첫 위로의 편지를 띄운 것이 계기가 되어 편지가 오갔고, 주말에는 부산, 대전을 오가면서 정들이기에 부심하였다.

반 년 남짓 지난, 초겨울 주말이었다. 부산에서 올라오는 그녀를 마중 나가러 막 하숙집 대문을 나가는데, 뜻밖에 미선이가 그를 만나러 왔다. 그녀는 이미 석이가 대전으로 전속을 오기 전에 휴학계를 내놨고, 인천에 있는 대학에 편입하려고 호적등본을 떼러 가는 길에 그냥 들렀다고 하였다. 오는 날이 장날이라면서, 그렇지 않아도 소문은 들었는데 꼭 언니를 한 번 만나 보고 싶었다고 조르는 바람에 같이 대전역으로 나갔다. 좀 어색한 자리지만 여동생하고 제일 친한 여고 동창생이라며 소개를 하였고, 중앙동에 있는 어느 경양식 겸 술을 파는 카페엘 갔는데, 미선은 시켜 논 식사는 거의 하지 않은 채 포도주만 들이켰다.

"식사도 하면서 마시는 게 좋을 것 같다. 좀 천천히 마시고—."

"이까짓, 포도주는 잘 마셔요. 걱정 마세요. 오빠!"

그러면서도 연거푸 마셨다. 결국 그녀는 취기가 오르면서 몸을 가누기 힘들어 하는 눈치였다.

지난 몇 해 동안 석이는 몸과 맘이 고달플 때, 만나면 즐거웠고, 아껴주고픈 맘도 가득했지만, 결국 어떤 이유로든 그들 사이에 가로막힌 벽을 넘지 못했기에, 맘속엔 씁쓰름한 여운이 남았었다. 미선은 그날 그들 앞에서 한없이 초라함과 좌절을 느꼈겠고, 그녀가 그곳에서 인사불성이 되어 쓰러지는 순간부터 모두들 긴 밤으로 이어졌다.

늦은 오후, 웨이터의 도움으로 축 늘어진 그녀를 업고 카페 밖으로 나왔다. 같이 뒤늦게 합석한 대학 동기인 이 중위는 이런 꼴을 보고는 창피하다고 뒷전에서 따라오다가 아무 말도 없이 사라져 버렸고, 당혹스런 부산 아가씨는 만감이 교차하는 혼란스런 표정을 지으며, 그녀의 가방과 구토로 젖은 코트를 들고 묵묵히 그를 따라오고 있었다. 수많은 인파들이 붐비는 주말, 중앙동에서 그런 일이 일어났으니, 무슨 대단한 구경거리라도 생긴 듯 사람들은 묘한 눈으로 쳐다보고 있었다.

생각해 보면 참 가관이었으리라. 미선이 입은 밑이 짧은 청바지 위로 허리 자락을 다 내보인 채, 축 늘어진 등치 큰 여자를 등에 업고 무거워서 휘청거리는 공군 장교 뒤에 웬 젊은 여자가 소지품을 들고 따라오는 모습을 생각하니 지금도 쓴웃음이 나온다. 창피하다고 줄행랑을 친 그 친구가 몹시 야속하였다.

"개시끼, 그렇게 인정머리 없는 놈이 뭐, 나중에 신부가 되겠다고? 우라질 시키—!"

석이는 늘어질 대로 늘어진 미선을 업고 힘들게 걸음을 재촉했다. 한 번 내려놓으면, 도움 없이는 다시 업기가 쉽지 않을 것 같아, 사력을 다해서 걸었지만, 수많은 인파가 오가는 중앙동 보도에서 결국 주저앉고 말았다. 사람들이 무슨 좋은 구경거리가 생겼다고 구름처럼 모였다. 다시 있는 힘을 다해서 간신히 치켜 업고 여관들이 보이는 골목으로 들어섰다. 그런 그의 모습을 쳐다보며 뒤따라오던 그 간호사 아가씨는 무슨 생각을 했을까?

근처 여관에 서둘러 들어가서 그녀를 눕혔다. 석이 허리는 두 동강이 나는 것같이 아팠고, 땀으로 군복이 흥건히 젖어 있었다. 그 간호사 아가씨는 대전에서 밤 12시 무렵에 서울에서 막차로 출발한 부산행 준급행을 타야만, 아침 7시부터 시작하는 오전 근무를 해야 하는데도 잠시 망설였다. 미선은 간간이 정신이 들어 "언니 미안해요. 저는 괜찮으니까 근무를 빠지면 안 되잖아요? 어서 내려가세요"라고 했지만, 결국 시외 전화로 대리 근무자를 찾아 부탁을 해두고, 새벽까지 밤새도록 치다꺼리를 하였다. 석이는 너무 미안하여 무슨 말로 변명을 해야 할지 모르고 멋쩍게 얼쩡거렸다가 벽에 몸을 기대면서 조는 듯 마는 듯 밤을 지새웠다.

그 간호사 아가씨는 병원 대신 여관방에서 구토가 나면 얼른 세숫대야를 받혀 주고 연신 닦아내면서 밤새도록 미선을 돌봐줬다. 이른 새벽이 되자 구토로 젖은 코트를 빨아서 세탁소에 맡기기까지 했다. 사실 힘든 결정을 해줬던 그녀에게 빚을 많이 졌다. 지나고 나서 하는 얘기지만, 그날 그녀가 부산엘 그냥 내려갔다면, 밀폐된 공간에서 미선과 석이가 그동안에 형식적으로 쌓아온 오누이라는 선을 쉽게 넘었을지도 모를 일이었다. 그때 그녀는 여관방에 둘만 남겨 놓고 내려갈 수도 없었지만, 또 같은 여자로서 왠지 측은한 생각이 들어서 발길을 뗄 수 없었다는 후일담이 있었다.

미선은 그후 E대학교 국문과로 편입을 하고 낮에는 학교로, 밤에는 야간 업소에서 노래를 부르면서 바쁘게 지내고 있었다. 석이는 그후로는 그 간호사 아가씨와의 관계가 날이 갈수록 무르익어 가고 있었지만, 한편 그녀는 정리되지 않은 맘의 갈등과, 출가 후의 집안에 대한 걱정까지 불거지면서, 그와의 장래에 대한 어떤 약속도 하지 못한 채, 그가 전역을 두 달 남겨 논 1976년 5월 초, 홀연히 미국으로 취업 이민의 길을 떠나갔다.

그후 석이는 전역을 하고 H건설에 입사를 하여 서울 현장 근무를 마친 뒤 다음해 울산에서 건설 현장 근무를 하고 있는 동안, 그녀의 부친이 운영하는 방앗간 기계를 고치던 중에 실족을 하여 머리를 다치는 치명적인 사고를 당하는 바람에, 그녀는 부랴부랴 일시 귀국을 하였다. 그렇게 다시 그 인연의 끈이 연결되면서, 일 년 후인 1978년 9월 13일에 결혼을 하였고, 그녀는 보름 만에 출국을 하였다. 그리고 석이는 비자가 나왔지만, 출국 전에 과년한 여동생을 출가시키는 문제나 마무리를 해야 할 집안일들이 산적하여 출국을 미루고 해를 넘겨 1월에 큰 여동생 결혼을 성사시키고, 3월 23일, 서로 헤어진 지 6개월 만에 떠날 준비를 하고 있었다.

3월 중순 어느 주말, 미선을 모처럼 만에 만났다. 떠나기 전에 인천 송도엘 가서 싸늘한 겨울바다를 보고 가라는 미선을 따라, 전철을 타고 또 시내버스를 바꿔 타고 유원지 입구에서 내렸다. 그리고 인기척이 별로 없는 쌀쌀한 바다 쪽으로 걸어 나갔다. 바다 쪽에서 찬바람이 몹시 불면서 고개를 옆으로 돌리며 몸을 움츠렸다. 순간 그녀는 석이의 왼팔을 두 손으로 꽉 끼고 머리를 가슴 깊숙이 기대면서 말했다.

"오빠, 가지 마세요! 네—?"

그는 갑작스런 상황에서 할 말을 잃었다. 그저 입술을 길게 다문 채 씁쓰름한 미소만 지었다. 그런 말을 해버린 그녀의 맘을 이해해 주고 싶었다.

겨울 바다가 주는 서글픈 낭만이 엄습해 왔지만, 결코 얼룩진 맘이 개운해질 수는 없었다. 여기 옆에 더 이상 어찌 해줄 수 없는 그녀와 같이 걷는 바닷가는 그날의 짙은 회색빛으로 짓내려깔린 하늘과 더불어 무척 어두워 보였다. 발밑까지 밀려온 차가운 바닷물에 손을 적시어 보면서, 태평양 건너 낯설은 타국에서 밤낮으로 고생하는 아내의 얼굴을 저 멀리 그려 보며 긴 한숨을 몰아쉬다가, 눈물이 글썽한 미선을 올려보면서 그녀의 손을 꼭 잡아 주었다.

그후로 유수와 같다는 세월이 흐르고, 자그마치 21년이 지나 2000년이 되었다. 10년 전부터 매년 들락거리는 고국이 되었지만, 그녀를 한 번도 만나지 못했다. 그녀는 어렵사리 대학 졸업 후 지방에 내려가서 교편도 잡았지만 오래 가진 못했고, 얼마 후 그녀를 무척 위해 줬던 오빠 친구하고 결혼을 하여 아들, 딸 둘을 키우면서 억척스럽게 잘 살고 있다고 하였다. 그러나 이제 40대 중반이 넘어 가는 나이에 아줌마가 된 모습을 보여주기가 싫은 모양인지, 몇 년 전에 들렀을 때 여동생과 통화를 하여 주말에 한 번 들린다고 말을 했다는데 종내 나타나지 않았다.

그후로도 석이는 간간이 고국 나들이를 나갈 때마다 여동생한테 미선의 소식을 물어 봤지만, 요사이는 서로 바빠서 연락도 못 하고 지낸다고 하였다. 그가 꼭 만나고 싶다는 얘기를 할 수는 없지만, 이왕이면 매년 늘어나는 흰머리에다 잔주름이 진 얼굴을 서로 쳐다보고 세월의 무심함을 탓하기 전에 한번이라도 만나, 옛 이야기도 하고 또 그동안 살아온 얘길 나누고 싶은데, 소식을 모른다고 하였다. 그런데 동생은 언제부터인지 알 수 없지만, 수 년 전에 조기 유학을 떠난 딸을 따라서 시애틀인지 뉴욕인지로 모두 건너가서 산다는 얘길 최근에 들었다고 하였다.

멍에가 돼버린 여인

1974년 1월이었나 보다. 대구기지에 근무할 때 휴가를 받아서 소사엘 다니러 왔다. 그동안에 여인네들 문제로 우여곡절이 많아서 여동생에겐 '오라버니는 야한 여자들만 좋아 하더라'는 소문이 나 있었지만, 아직도 변변하게 사귀는 사람은 없었다. 그 무렵 간호 대학에 다니면서 기숙사 생활을 하던 큰여동생이 주중에 그를 만나러 잠시 집엘 들렀는데, 농담 삼아서 얘기를 꺼냈다.

"애, 너희 학교는 나한테 소개시킬 만한 선배도 없냐?"

"음, 없어—. 오빠 성격을 잘 아는데, 안 되지. 몇 달 사귀다가 그만두면 서로들 입장만 곤란해질 텐데, 아마 그런 사람 찾기가 쉽지 않을걸?"

그렇게 지나친 일이었는데, 동생은 그동안 몇 선배들을 은밀히 관심 있게 보아 왔던 모양이었다.

그리고 근 일 년 만에 며칠 휴가를 내어 소사엘 들렀다. 여동생을 보자 갑자기 생각이 나서 다시 물었다.

"어떻게 된 거야? 그동안 적당한 사람 물색해 봤어?"

"사실 그게 쉽지가 않더라고요. 막상 오라버니 이미지에 맞춰서, 하나하

나 비교를 해보니까, 얼굴이 좀 반반하면 벌써 사귀는 사람이 있고, 또 성
격이 도대체 맞지 않을 것 같고, 못된 점만 자꾸 눈에 띄더라고요. 헌데 한
사람 있긴 있어. 애인은 없는 것 같은데, 운동을 좋아하고 무척 명랑한데,
성격이 직선적이거든. 미인만 좋아하는 오빠한텐 어떨 지 모르겠지만, 그
만하면 호감이 가는 얼굴일 거유."

"음 좋았어. 오빠 연애하면서 문학이나 인생을 논하고 싶지는 않거든.
그런데 혹 나와 전혀 어울리지 않는 경우는, 바로 고만 둬야 할 텐데. 네가
난처해지지 않겠니?"

"괜찮아. 상대 쪽에서 그렇게 나올 수도 있으니까, 어디까지나 나는 소
개를 시켜 주는 입장에서 끝나는 거지, 뭐. 그 다음은 당사자들 문제 아
냐?"

이렇게 해서 처음 그녀를 만났던 때가 1974년 2월 4일, 저녁 7시 서울역
앞 궁전 다방이었다. 동생은 그녀한테 부담감을 주지 않으려고, 오늘 자기
가 만나는 사람이 오빠와 같이 근무하는 공군 장교인데, 사람됨이 어떤지
얘기 좀 해달라는 부탁을 했다는 거였다. 하루 종일 수술실에서 있다가 나
와서 피곤하다는 얘기를 하면서 별로 나갈 맘이 내키지 않는다고 얘기했
지만, 동생의 설득으로 결국 나오게 되었다. 그는 그런 사실은 전혀 모른
채, 조금 일찍 나와서 입구에서 좀 멀리 떨어진 곳에서 입구 쪽에 등을 대
고 모자와 코트를 벗고 앉았다.

그 다방은 젊은이들 취향으로 꾸민 것도 아니고, 실내가 우중충하고 퀴
퀴한 냄새도 나는 곳으로, 물론 데이트로는 썩 좋은 장소는 아니었다. 단
지 전에 친구들하고 자주 만났던 곳이라 쉽게 정한 것뿐이었다. 서울역 앞
에 위치하고 또 주변엔 고속버스 터미널 등이 있어 그야말로 만남의 장소
였다.

7시가 조금 지나, 두 아가씨가 들어왔다. 물론 바로 그를 찾지 못하고 안

쪽으로 깊숙이 들어오더니만, 되돌아 나오면서 두리번거리고 있었다. 면전에서 이모저모 뜯어 보는 실례를 범하는 것보다, 멀리서부터 그녀를 잠시 동안이나마 훔쳐 볼 기회를 만들기 위한 거였다. 그녀는 제법 긴 머리를 풀어 제치고 좌우로 핀 침을 하여 뒤로 쏠리게 하였고, 체크 무늬의 반코트에 바지를 입었는데 큰 키는 아녔지만, 중간 높이의 구두에 그런 대로 아담하게 보였다. 앞쪽으로 돌아서 걸어올 때 얼굴을 보자 큰 눈과 짙은 눈썹이 강한 인상을 주었다. 잠시 후 여동생이 먼저 그를 보고 다가왔다.

그녀는 석이의 가슴에 단 명찰을 보는 순간 좀 당황한 모습을 보였다. 이름의 끝자가 동생의 것과 같은 걸 보고, 이게 다 그녀를 소개하는 자리임을 그제야 알았기 때문이었다. 치장도 안 하고 옷도 평상복으로 나왔다고 당황스러워했다. 화장품 대신 소독약 냄새가 잠시 스쳐 지나갔다. 수술실에서 나온 지 얼마 안 됐다며 빙그레 웃을 때, 양볼 보조개가 깊숙이 파지면서 매우 화사하게 웃으니 하얀 이가 쪼르르 빛났다. 그는 주로 웃기는 얘기를 하다가, 간간이 그녀의 고향이나, 학창 시절 따위를 얘기하다 보니 시간이 금세 9시가 넘어가고 있었다.

기숙사 생활을 하니까 너무 늦게까지 어디로 다닐 입장이 아니어서 밖으로 나왔다. 그리고 용산 방향으로 가는 버스 정류장을 가기 위해 지하도를 건너서 서울역 앞 광장 쪽으로 나왔다. 둘을 보내고 석이는 경인선 전철을 타고 소사로 돌아오고 있었다. 이번엔 왠지 싫지 않는 맘이 들면서 그녀의 타는 듯한 강한 눈빛이 떠올랐다.

다음날 오후에 동생이 흥분기를 감추지 못하고 방문을 들어서기가 무섭게 얘기를 꺼냈다.

"오라버닌 어제 좀 너무 했수."

"아니, 왜?"

"글쎄, 배는 고파 죽겠는데, 밥 먹자는 얘기도 안 하고, 또 헤어질 무렵에 아무리 맘에 안 들어도, 언제 만난다는 약속이라도 해야 하는 게, 기본 예의가 아니우? 좌우지간, 맘에는 좀 들었나요?"

"야, 그건 그렇다. 어째 그 생각을 못 했을까? 대단히 오해를 했겠군. 만나는 시간이 7시라서 식사할 생각은 꿈에도 안 했지. 기숙사에서는 5시면 저녁 식사를 하잖아? 그리고 다시 만나는 것도 너를 통해 또 약속을 하려 했고. 헌데 좀더 만나 봐야 하겠지만, 우선은 좋았다. 명랑하고, 슬슬 말 안 돌리는 직선적인 성격이 좋게 보이더구나."

"그럼, 일차로는 맘에 들었다는 얘긴가?"

하면서, 일단 안도의 기색을 보였다.

그날 병원 앞에서 내려 기숙사에 들어가기 전에 그녀는 기분이 썩 좋지 않았다는데, 우선 뭐 좀 먹자며, 근처 중국 식당에 들러서 자장면 한 그릇씩 먹고 들어갔다고 했다. 그래서 사과도 할 겸 이번에는 병원 근처에 있는 응접실 다방에서 다음날인 2월 6일 5시에 만나자고 전하라 했다.

다음날은 물론 저녁 식사도 하고, 많은 얘기를 나누면서 오가는 차량들의 수많은 불빛들이 홍수를 이룬 한강 다리를 걸어서 건너, 노량진 어느 북적대는 술집에 들러 술자리까지 같이 했다. 그녀는 곧 졸업식을 치르고 나면, 서울병원 아니면 부산병원으로 배치가 될 거라 하였다. 석이도 조만간 전속 명령이 나면, 대전으로 떠날 거라 하였는데, 이미 명령이 나 있어 2월 9일 아침에 대전기지에서 전입 신고를 하게 되어, 8일 밤에 올라와서 대학 친구인 만규의 자취방에서 하루를 지냈다.

공군 교육사령부에서 훈련받을 때는 하도 혼들이 나서 흔히 하는 얘기로 '대전 쪽을 향해서는 소변도 안 눈다'라는 말이 있지만, 그런 대전에서 다시 교관을 하면서 지내게 되었으니 세월이 약인가 보다. 몸과 맘이 고달팠던 전투비행단 생활을 하다가 이곳에 오니 여러 모로 편하였다. 출퇴근이 일정하여 평일에도 시간적인 여유도 있고, 토요일 오후부터 휴무가 되어, 서울 가는 시간 및 교통비 절약도 많이 되었다. 그것도 그가 올라 다니면서 차비를 쓰는 대신에, 여동생은 기차 편을 무료로 이용할 수가 있어서 매달 얼마 되지 않는 급여 일부를 생활비조로 가져갔다.

그가 서서히 대전 생활에 적응을 하고 있었던 2월 말, 동생한테서 엽서가 왔는데 그 선배가 돌연히 부산으로 발령이 나서 3월부터 근무를 시작한다는 내용이었다. 처음에 서울병원에서 근무하기로 되었었다는데, 실망이 컸을 거라 생각하고, 그녀에게 3월 2일 첫 편지를 썼다. 그가 쓴 편지가 삭막한 부산 생활을 시작하고 나서 최초로 날아온 소식이었기에, 그녀를 감동시키기에 충분했다. 그녀는 누군가한테 밀려서 마지못해 내려갔는데, 정이 가질 않는다면서 뜻밖에 날아온 군인 아저씨의 편지가 우울한 맘을 확 풀게 만들었다고 하였다. 그리고 언제 부산에 내려오시면, 한턱 멋있게 쏘겠다는 약조도 있었다. 그녀의 편지는 예전에 대구 아가씨로부터 받은 거하고는 극과 극을 이뤘다. 전의 글이 달필에 감상적인 긴 내용을 쓴 것이라면, 이번에는 악필에 직설적인 현실을 담고 있었지만, 그런 그녀한테 더욱 호감이 갔다.

4월 26일 토요일 오후 6시, 그녀를 처음 만난 지 거의 석 달 만에, 그의 생애에서 두 번째로 부산에 내려갔다. 대학 3학년 때 처음으로 해운대 해수욕장 근처에서 살고 있던 대학 친구 민수의 큰누이를 보러 서너 명이 우르르 몰려 갔었는데, 인천 앞바다에 비하면 물이 파랗다는 사실만으로도 이방인이 느끼는 정감은 설레기에 충분했었다.

그런 첫 만남이 더욱이 빗속에서 있었다는 사실이 아직도 기억이 생생하다. 삼일동에 있었던 병원에서 그녀를 만나서, 시내 중심가로 나왔다. 촉촉히 봄을 익히 우는 비 오는 저녁 나절의 남포동 거리는 차분하면서도 낭만이 가득 차 보였다. 그녀가 가지고 온 양산에 두 사람이 간신히 끼어들면서 자연스레 그녀의 왼쪽 허리를 슬며시 감싸 안았다.

사실 몇 달 만에 다시 만나니 좀 쑥스러웠지만, 분위기 탓으로 이미 정겨운 연인들같이 네온사인의 숲으로 스며들어갔다. 어느 전파상에서 틀어놓은 '보슬비 내리는 거리'가 애틋하게 흘러 나왔다. 그녀가 먼저 안내한 곳은 어느 불고기집이었고, 시장한 터에 2인분을 조심스럽게 먹어 치웠다. 그 다음 2차로 안내해 준 곳이 '777'이라는 규모가 큰 생맥주 홀이었는데, 얼마 후 어두워진 밖에 나오니 비가 계속해서 내리고 있었다. 이방인이 느끼는 설렘은 온몸에 짜릿하게 전율을 느끼게 하면서 지나는 시간이 아쉽기만 했다.

대학 졸업 후 3년 동안 만나지도 못한 동기생 규식이가 D공고에서 교편을 잡고 있었다. 그런데 학교 전화 번호만 가지고 왔다가 시간대를 놓쳐서 통화를 못 하였다. 그 친구가 학교 근처에서 하숙을 한다는 얘기만 듣고, 무작정 찾아나섰다. 다행히 학교는 그녀가 근무하는 병원을 조금 지나 해안 쪽에 있었는데, 무모하게 집을 찾기보다는 일단 학교로 가 보기로 했다. 당직 선생이라도 만나면, 쉽게 수소문이 될 것이라 믿고 학교를 향해 뒤꼍에서 올라가는데, 여간 험한 곳이 아니었다. 이곳은 시내의 잔잔한 빗줄기와는 달리 심한 폭풍우가 되어 몰아쳤다. 우산은 무용지물이 되고, 군복은 물론 그녀의 초록무늬 원피스며 긴 머리칼도 흠뻑 젖어 그 모습들이 볼 만했다. 그녀가 미끄러지면, 별 도리 없이 손과 허리를 마구 잡아당기며 겨우 올라갔다.

그런데 학교의 정문이라는 게 아파트 같은 건물의 중앙에 있는 큰 철문으로 돼 있어서 여러 차례 세게 두들겨도 반응이 없어 포기를 하였다. 근처 구멍가게엘 들러서 학교 선생들이 하숙하는 곳 아무 데나 알아보려 했지만, 비가 와서 그런지 몇 가게도 일찍 문을 닫았고 행인들도 보이지 않았다. 결국 터덜터덜 큰길로 나오면서, 갑자기 저지른 무모함을 사과하였다. 병원 근처로 돌아오는 택시에 탄 그녀와 석이는 물에 빠진 생쥐 꼴이 되었지만, 그녀는 시종 싱글벙글 웃으면서 신바람이 나 있었다. 그해 석이가 26, 그녀가 23살이었으니, 한참 젊은 나이에 뭘 해도 신바람 나는 때였으리라. 훗날 무모했지만 두고두고 '폭풍우 치는 언덕'을 생각하면서 너무도 멋진 저녁을 떠올렸다.

오랜 만에 그 친구를 만나 술도 하고 하룻밤 신세를 지려던 생각은 그렇게 수포로 돌아갔다. 석이는 근처 여관에서 묵고 아침에 만나자고 했는데, 그녀는 여기까지 와서 여관 신세는 말도 안 된다며 병원 내에 잠자리를 마련해 보겠다고 굳이 우기면서 안으로 들어갔다. 잠시 후 그녀는 수위실에 들러 뭐라고 하더니만 손바닥을 안으로 끌어당기는 신호를 하며, 빨리 들어오라는 신호를 보냈다. 수위가 어정쩡하니 허리를 굽히면서 비에 젖은 군인 아저씨를 의아하게 내다보고 있었다.

비바람 사납게 치는 토요일 밤, 병원은 조용했다. 2층 복도 남쪽 끝에 있는 빈 방으로 따라갔다. 수술 환자 대기실인데, 잘 쓰지 않아서 보통 때는 근무자들이 쉬는 곳으로 쓴다고 했다. 잠시 후 그녀는 환자복을 가지고 왔고 젖은 군복과 군화를 들고 나갔다. 대충 씻고 환자복으로 갈아 입은 다음, 침대에 걸터앉아 있으니, 〈무기여 잘 있거라〉의 록 허드슨이 생각났다. 그리고 제니퍼 존스가 그를 돌봐 주는 장면을 떠올랐다. 그녀는 새 침대커버를 끼우고 담요와 따뜻한 코코아 한 잔을 가져다 줬다. 지금도 비오는 날엔 큰 머그잔에 가득 찬 따끈한 그 맛이 생각난다.

비바람은 밤새도록 쳤고, 간혹 세차게 몰아칠 때는 빗물이 창틀 밑으로 흘러 들어왔다. 이른 아침, 그녀는 세면 도구와 수건 그리고 조간신문을 들고 잽싸게 올라왔다. 햇빛 가리개를 걷어 올리니 간밤과는 달리 맑게 갠 푸른 하늘에 태양이 눈부시게 빛나고 있었다. 그녀는 또 아침 식사를 쟁반에 담아 가져왔다. 침상에서 식사를 끝내니 완전히 환자 취급을 당한 기분이 들었다. 그리고 나중에 혹 결혼을 하면, 이런 식으로 황홀한 대접을 자주 받아 볼 수 있을까 하는 생각을 하면서 피식 웃었다.

일요일 아침 10시 무렵, 병원을 나서면서 그 폭풍우 치는 언덕을 얘기하며 웃었다. 그리고 정겨운 연인같이 자연스레 팔짱을 끼고, 사람들이 북적거리는 자갈치 시장을 지나면서 〈태양은 외로워〉의 아랑 드롱이 이런 시장을 어슬렁거리며 다니다가 생선을 사는 모습이 떠올랐다. 한동안 걷다가 어느 경양식집 스탠드바에서 점심을 먹고, 부산타워엘 올라가서 시원스레 터진 바다며 남북으로 길게 뻗은 시내를 내려다봤다. 그리고 해운대에 들렀다가 마침 집에 있던 친구 누이를 오랜 만에 만나서 인사도 했다.

이른 봄의 해변에는 사람들이 별로 없었다. 모래 위를 한참 걷다가 광안리에서 살고 있는 사촌언니 집엘 잠시 들렀는데, 아무도 없어서 다시 남포동으로 되돌아왔다. 저녁 식사를 하고, 젊은이들이 북적대는 음악 다방엘 가서 커피도 마시고, 탁구장에 들러서 몇 차례 게임도 했는데, 석이는 연거푸 지고 말았다.

하루 반 동안 정신없이 쏘다녔던 데이트가 아쉽게 끝나가는 늦은 밤, 역에서 헤어진다는 것이 서운하였다. 발차 벨이 울리자 서둘러서 개표를 하고 플랫폼으로 같이 나왔다. 그녀의 눈길에 아쉬움이 서리고, 안타까운 표정이 어우러지며 양 보조개가 깊어지는 화사한 웃음을 지었다. 그는 슬며시 손을 내밀어 악수를 하면서 말을 이었다.

"이번에 미안할 정도로 너무 재미있게 지냈어요. 언제 대전엘 오시면 멋지게 한턱 내죠!"

그후로 그들은 급속도로 가까워졌다. 그녀도 철도청 소속 병원에 근무하는 덕으로 열차 이용에 대한 혜택이 있어서, 비번이 되는 날에는 김천, 추풍령을 지나 충북 황간에 있는 그녀의 시골집에 자주 올라 다녔고, 대전이 가까우니 수시로 들러서 만났다. 그리고 주말 근무가 있어 만나 보지 못할 때는, 그리운 사연이 담긴 편지가 부산과 대전을 수시로 넘나들었다.

좋아하게 되는 사람을 그리워하고 만나는 꿈 같은 지난 6개월이 지나가면서 어느덧 성하의 막바지인 8월을 맞이했다. 전속을 온 후 첨 연차 휴가를 얻어서 같이 파란 바다, 흰 파도와 바람, 그리고 미끄러지듯 흐르는 흰 구름, 모래 사장과 기암 절벽이 어우러진 남해안을 돌아 보자는 계획을 세웠었는데, 그녀의 휴가가 확실치 못하였다.

그녀는 내색은 안 했지만, 아무리 믿어도 결혼 전에 같이 밤을 지새우는 여행을 간다는 자체가 그녀에게 큰 부담이 되는 건 잘 알지만, 그래도 손잡기도 망설여지는 이런 때에 가슴 설레며 같이 지내고 싶었다. 결국 그 계획은 무산이 되었지만, 그의 휴가는 계획대로 밀려와 어쨌든 토요일 오후에 부산으로 내려갔다. 그래서 남해안을 도는 대신 해운대 해수욕장을 들렀다가, 남부 순환열차를 타고 어둠이 깔리기 시작할 무렵 동해안을 끼고 올라가서 포항에 가 보기로 했다. 해안을 따라 펼쳐진 차창 밖 풍경은 아름다웠다. 밤늦게 포항 해수욕장 근처에 도착하여 어느 숙박 업소에 자리를 잡고 잠시 눈이라도 부치려 했지만, 사람들이 밤새 들락거리며 떠들어대는 바람에 포기하고 한밤중에 백사장을 거닐다가 새벽을 맞았다. 잔물결이 끝없이 밀리며 붉게 물들은 동녘 하늘은 한 폭의 그림으로 조각되어 지금도 눈에 선하다. 그날 오후, 부산으로 돌아오는 버스에서 서로 머리를 맞대고 깊은 잠에 떨어져 버렸다.

그 즈음 그녀와의 만남이 끝없이 이어졌다. 4월의 폭풍우 치는 D공고 언덕바지, 8월의 싱그러운 파도가 밀리는 해운대와 포항 앞바다, 10월의 내장사, 백양사로 넘어가는 긴 여로와 산 정상에서 행상들이 파는 막걸리를 되게 마시고 싶었다는 후일담, 힘들었던 계룡산 하이킹과 동학사의 가을, 초겨울 잿빛 하늘 밑에 벌거벗은 통도사의 숲, 하얗게 눈 덮인 금정산 정상에서의 눈장난, 아담한 대전 보문산의 산책로, 이렇게 시공을 초월해서 쏘다니며 꿈 같은 일 년이 지나갔다.

다음 해인 1975년 여름 휴가를 7월 10일부터 이틀 동안 그녀와 같이 남해를 다녀오기로 했었다. 지난 일 년 반 동안 사귀는 동안, 하룻밤을 지세우는 짧은 여행이 두 번 정도 있었지만 서로를 위하여 순결을 지켜 왔다. 확실치 않는 미래에 후회할 입장을 만들고 싶지 않았고, 짜릿한 기대와 전율을 느끼지 못하는 여행의 의미를 탈색시키고 싶지 않았다. 결혼한 부부가 아닌 좋아하는 사람을 옆에 두고 잔다는 것은 인내가 무척 필요로 했지만, 서로의 믿음으로만 가능한 일이었다.

부산에서 배를 타고 거제도로 가서 다시 조그마한 배로 해금강으로 들어갔다. 그 시절만 해도 상업화가 덜 되어서, 한산한 어촌과 섬의 분위기가 더욱 낭만적인 분위기를 자아냈다. 벼랑 위에 있는 어느 민가에 방을 구해 놓고 동백나무가 칙칙하게 담장을 이룬 언덕을 따라 섬에서 제일 높은 곳까지 올라가보니 주변의 아름다운 해안이 눈 아래 펼쳐졌다. 그리고 작은 배를 타고 기암절벽이 어우러져 있는 계곡에도 들어가 봤다. 파도가 치면 저편 동굴 입구의 바위에 부딪혀 물보라가 안개같이 일었다. 동굴 천장에서 떨어지는 물방울이 얼음물같이 차갑고, 장대로 밀면서 좁은 수로를 지나칠 때 깊이를 알 수 없는 푸른 물은 공포를 자아냈다.

매끼니 식탁은 물고기로 만든 반찬이 주종을 이뤘다. 생선구이로 시작해서 국, 찌개까지 모두 다 그러했다. 초저녁에 동백나무가 어우러진 해안을 걸으며 신혼여행의 기분이 이런걸까라는 생각도 해봤다. 민박집에 돌아와서도 많은 애기를 하다가 앞뒤 창을 다 열어 놓고 잠이 들었는데 오한이 들어서 한밤중에 일어나는 변도 생겼다. 저 밑으로 포구가 보이고 뒤꼍은 깎은 암벽인데 그 모든 정취 어린 풍물이 한 폭의 풍경화 같았다.

여행 중 내내 그녀의 우울한 표정으로 봐서 갈등이 많은 거 같아 보였다. 그녀의 오라버니가 있지마는 키워 주신 부모에게 시집가기 전 도움을 주고 싶다는 애길 간혹 털어놓았다. 그래서 간호사 취업 이민을 가면, 당분간 시집간다는 생각을 염두에 두지 못할 거라 했다. 물론 석이도 전역을 앞두고 고민이 많았다. 집안을 생각하면 한국에 머물러야 했고, 공부를 계속하려면 더 늦어지기 전에 해야겠지만, 지금은 어느 것도 결정할 수 없었다. 집안이 다시 일어서는 것은 이제 선두주자로 뛰어온 장남인 그에게 달린 일이기 때문이었다.

그해 가을이 되면서 그녀의 갈등이 표면화되기 시작했다. 만나자 해도 반응이 시큰둥해지는 때가 많아졌다. 장거리 전화를 해도 엉뚱한 얘기를 하면서 도중에 끊어 버리고, 주말에 병원을 찾아가도 일찍 어디로 나가 버리는 등 고의적으로 피했다. 날이 갈수록 묘한 분위기로 빠져들었다. 아무리 달래 줘도 그녀는 이미 혼자 떠날 맘만 굳히고 있는 듯하였다. 피차 그리 윤택치 못한 집안 살림에 대해서는 이해가 된다 해도, 혹 그동안 정리되지 않은 이성 문제 때문이 아닐까 하는 생각도 해봤다. 하도 답답하여 전에 가끔 같이 만났던 사촌언니한테 연락하여 오랜 만에 셋이서 자리를 같이했는데 그 사람이 과음을 하는 바람에 긴 밤으로 이어졌다. 며칠 후 석이는 일기에 이렇게 써 났다.

1975년 12월 2일

이 글을 쓰면서 맘 차분하게 하려고 무척 벼르고 있습니다. 요 근래 꿈속에까지도 안타까운 모습들이 나타나서 괴로움을 주고 있습니다. 보통 때 같으면 억지로 꾸고 싶어도 나타나지도 않았던 모습이, 무척이나 애달프고 괴로운 모습으로 나타납니다. 어찌 보면 지극히 거쳐야 할 과정이라고 믿고 싶지마는 하루하루를 보내는 것이 무척 괴롭습니다.

사랑을 한다는 것이 위선이 없는 일이라면, 자기 자신을 희생하면서 끝없이 주는 것임을 피부로 느꼈습니다. 그리고 사람의 맘이 그토록 변할 수가 있는가에 대해서 항시 의구심이 일었었지만, 그게 깊은 정이 들기까지의 생각이고, 모든 걸 다 얻은 것 같은 환희와 쓰디쓴 고뇌 속을 방황하던 수많은 과정을 겪은 후라면, 안개 속에서 옷이 서서히 젖듯, 정이라는 것이 나도 모르게 깊게 스며드는 거라 생각합니다.

지금까지 어느 한 곳에 맘을 주지 못하고 오랫동안 방황을 해온 나에게 스며온 정이 내 맘에 가득했을 무렵, 무슨 이유로 그 사람이 갑작스레 전혀 낯 모르는 타인 같다는 생각을 하게 되었습니다. 땀 젖은 머리카락이 이마에 엉켜 붙어 있고, 아직 채 마르지도 않은 그녀의 감은 눈을 내 눈 아래 바라보면서 연민보다는 사랑스러움을 느꼈습니다.

그녀는 과음으로 몸을 가누기가 힘들어 눈을 감은 채로 뒤척거리면서도 다른 사람의 이름을 계속해서 부르면서 계속 뭐라고 지껄이고 있었다. 옆에 자리를 같이 했던 그녀의 사촌 언니는,

"신경 쓰시지 않을 일예요. 그 친구는 제가 누구보다 잘 아는데, 그저 초등학교와 중학교 동창일 뿐예요. 순이가 그동안 무슨 특별한 감정을 그동안에 갖고 있었는지 모르지만, 제가 알기로는 정말 신경 쓰실 일이 아닙니다. 절 믿어 주세요. 석이 씨!"

하면서 나한테 쑥스런 위로의 말을 하고 있었다. 그녀가 완전히 잠이 들 때까지 그녀의 언니와 난 옆에서 그렇게 지켜 봐야만 했었다. 묘한 맘에 기분이 착잡했지만, 마음의 갈등이 곪아 터지는, 그녀가 꼭 거쳐야 할 과도기로 생각하기로 했다.

그녀의 꾸밈없는 직선적이고 발랄한 행동, 말을 앞세우지 않고, 자기가 옳고 좋다고 생각하면 무슨 일이라도 당당하게 하는 그 성격을 무척 좋아했기에, 그날 저녁의 일을 이해해 주기로 했고, 그녀의 헤진 맘을 최선으로 치유할 수 있도록 변치 않은 신념과 의지를 보여주고 싶었다.

그후로 그녀는 미국으로 가는 취업 이민 수속을 밟고 있는 것 같다고 동

생이 전해 줬다. 그리고 연말이 가까웠던 어느 쌀쌀한 주말, 병원 근처에 와서 동생들을 다 불러내어 모처럼 외식을 하다가 과음을 한 끝에 오라버니이며 형의 체면도 잊어 버리고, 그녀를 찾아 데려오라고 소리를 지른 어처구니없는 소동도 있었다. 결국 그런 과정을 거치면서 소원하게 되고 말았다. 그리고 4개월 동안 침묵이 흐르면서 그도 나름대로 평온을 찾아가고 있었는데, 4월 초 대전에서 고등학교를 다니는 그녀의 막둥이 동생이 하숙집으로 찾아와서, 누나가 곧 미국에 간다는 얘기를 전해 달라고 하여 들렸다고 했을 때, 다음날 그 동생 학교로 찾아가서, 누나한테 잘 가라고만 하더라는 얘기를 전해 주고 돌아왔다.

그런데 한 일주일 생각 끝에 그는 무슨 맘의 변화가 생겼는지 그녀의 시골집에 찾아갔다. 그날 찾아가지 않았으면 그들의 인연은 그렇게 끝이 날 일이었는데 그녀와의 인연의 고리는 다시 연결이 되었다. 그때 그 남동생은 시골집에 가서 시키는 대로 억지로 갔다가 괜스레 망신만 당했다는 후일담이 있었다.

그동안 수속이 진행이 되어 그녀는 조만간 떠나가야 했고, 1976년 5월 6일, 서울 친척집에서 환송 파티를 하던 날 밤, 그녀는 술에 취해서 부모 곁을 떠나는 슬픔과 막연한 두려움으로 오열을 하며 가기 싫다면서 흐느껴 울었다. 지난 반 년 동안, 그는 그 어떤 맘의 준비도, 장래에 대한 아무런 약속도 하지 못했기 때문에, 속수무책으로 울부짖는 그녀를 꼭 껴안아 주기만 하였다. 언제 다시 만날 기약도 없이 이역만리 타국에 큰딸을 떠나보내는 부모들과 친척들과의 마지막 밤을 보내고, 다음날 아침 석이는 그곳에서 작별을 하였다. 그녀는 정착되는 대로 연락을 하겠다며 푸석푸석한 눈에 또 눈물을 흘리며 여러 식구들과 함께 공항으로 나갔다. 그러나 그러한 이별이 그녀의 아버지와는 영원한 이별이 될 줄은 그 누가 짐작했을 것인가.

석이는 그해 7월 말에 전역을 하고, 당시 중동 건설 붐에 힘입어 잘 나가던 H건설에 입사를 하여 서울 근교 현장을 거쳐서 그 다음해 울산 현장으로 내려가서 구조물 공사가 한창 진행될 무렵인 6월 초, 가슴이 철렁 내려앉을 만한 전보를 받았다. '아버지 사망 급래'라는 짧은 내용이었는데, 맘의 준비를 할 요량으로 정신을 가다듬고 발신 지역을 살펴보니 충북 영동 우체국의 소인이 찍혀 있었다. 영동이면, 황간에서 멀지 않은 곳이고 그녀의 시골집이 있는 곳인데, 그녀의 아버지한테 무슨 변고가 일어난 게 틀림없었다.

그녀가 떠나고 일 년 동안 한 달에 한두 차례 편지가 오갔지만, 별 도리 없이 소원해지는 맘이 커 간 것도 사실이었다. 그러나 막상 이런 일이 닥치고 보니, 가만히 있을 수가 없어서 며칠의 말미를 얻어 황간으로 출발했다. 울산에서 황간까지는 서너 번 차를 바꿔 타야만 갈 수 있었다. 꽤나 어두워져서야 그곳에 도착했으나, 이미 입관이 끝난 후였고, 빈소에 가서 재배를 드리니 인생의 무상함을 느꼈다. 그녀가 미국에 들어가기 전에 서너 번 뵈었을 뿐이었지만, 말수가 적고 점잖으신 분이었다. 예전에 잘 모르는 석이를 반가이 맞으시며 매번 닭이나 토끼도 잡게 하여 푸짐한 술자리를 준비해 주셨고, 기분이 좋으신 듯 크게 웃는 소리가 멀리까지 들렸다고 하였다. 평소에 전혀 그러지 않기 때문에 식구들 모두가 별꼴이라고 수군거렸다는 애길 나중에 들었다. 그러나 그녀가 미국에 들어가고 전역 후엔 시간도 없을 뿐더러, 멀리 떨어진 지방 공사 현장에서 정신없이 뛰다 보니 단 한 번도 들르지 못했었다.

그녀의 아버지는 평생 철도 공무원을 하셨다가 조기 퇴직을 하고, 세월이 갈수록 꾸려 가기 힘든 정미소를 지키고 있었다. 방아기계에 무슨 고장이라도 나면 일하는 사람과 같이 수리를 해왔는데, 그날은 사다리에 올라가 방아축을 고치다가 실족을 하여, 고추 방아기계에 머리를 부딪치면서 크게 다치어 말 한마디 못 하고 의식을 잃은 채, 서둘러서 대전으로 옮겨 뇌수술을 받았다. 그러나 의식을 찾지 못하자 다시 서둘러 서울에 있는 큰 병원으로 옮겼지만, 손을 써 보기도 전에 유명을 달리하였다.

　먼 타국에 큰딸을 보내고 울적해 하며, 고된 방앗간 일이 끝나면 술을 자주 대했다는 얘길 들었다. 결혼이나 약혼이라도 하여 보냈다면, 그렇게 까지 술을 드시지 않았을 거라고 훗날 장모님이 말씀하셨다. 하여튼, 그분이 조금이나마 의식이 있어서 마지막 말씀을 하셨다면 '자네, 내 딸을 부탁하네―'라는 유언을 남겼을 거라 생각하고, 석이는 흰 띠로 칭칭 감아놓은 관을 어루만지며, 때가 되면 꼭 맏사위가 되겠노라고 약조를 하였다.

　빈소를 나와서 집 모퉁이를 돌아 나오는 그녀와 꼭 일 년 만에 마주쳤지만, 기뻐하지도 슬퍼하지도 못하는 어정쩡한 표정을 지었다. 이민 초기에 허름한 아파트에서 여럿이 지내던 '이민 햇병아리 에인슬리 처녀들'은 말도 잘 안 통하는 병원에서 윽박지르며 신경질 부리는 의사들과 씨름하고, 밤에는 미국 간호사 자격증을 따기 위해서 피곤한 몸을 이끌고 도서관엘 다니면서, 도서관, 병원, 아파트를 잇는 삼각지대를 돌고 돌면서 지냈다고 하였다. 그리고 늦은 저녁 식사로 불고기를 해먹으며 후라이팬 바닥에 남은 고기 조각과 양파가 버무려진 기름에 밥을 맛있게 비벼먹은 덕분에 허옇고 통통하게 살이 올라 있었다. 희멀건한 얼굴에 밤송이같이 부어 있는 눈덩이가 큰 눈을 다 가리고 있었는데, 마지못해 지은 미소는 불과 몇 초를 넘기지 못하였다. 그래도 반가움에 토실토실한 하얀 손을 조심스레 내밀어서 악수만을 하였다. 그리고 그는 오래 머물 수 있는 입장이 아니라, 마음이 좀 진정되면 연락하기로 하고, 다음날 아침 일찍 울산으로 내려갔다.

　그녀는 미국에서 나오면서 석 달의 휴가를 내었지만, 매일 망연자실한 슬픔에서 헤어나지 못하는 어머니를 달래면서 침통한 나날을 보내고 있었다.

졸지에 가장을 잃은 식구들의 슬픔이며, 머나먼 이국에서 그토록 그리워했던 아버지한테서 말 한마디 듣지 못하고 운명하는 모습만 지켜 봤으니, 그 슬픔의 칼날은 식구들의 가슴을 모두 후벼팠다.

그리고 떠나기 전에 석이는 그녀와 더불어 석이 어머니가 어린 시절을 수 년 동안 보냈던 대천 해수욕장 근처에 있는 친척집엘 들러 보기로 하였다. 그 친척집은 바로 해안 근처에 있었다. 어머니는 예전부터 평생 한으로 맺힌 외할아버지와 외할머니에 대한 무슨 흔적이라도 찾으려고 하였지만, 마지막 기대를 하였던 아저씨가 이미 세상을 뜬 후였기 때문에, 더 이상 새로운 사실을 알 수 없었다.

식사 후 둘은 바닷가로 나왔다. 맞바람에 파도가 세차게 밀려와 고운 모래가 펼쳐져 있는 해안에 하얗게 부서지고 있었다. 그동안 조금씩 같이 마셨던 술로 그녀는 이미 취해 있었다. 40년 전 어머니가 울부짖었을 그 바닷가에서 오늘은 또 하나의 여인이 하늘이 무너지는 슬픔을 안고서, "아빠, 아빠, 어디 계셔요? 네?" 하면서 쏴—쏴—, 하고 거대한 파도만이 밀려오는 검은 바다를 바라보며 한없이 울부짖고 있었다. 인생에서 즐거운 일보다 슬픈 일들이 더 많다지만, 죽음은 너무도 냉혹하게 꼭 필요한 사람마저 그토록 앗아가고, 살아 있는 이들한테 평생 피멍을 들게 한다. 그녀 아버지의 급작스런 죽음으로 그녀의 맘은 무척 여려져 있었다. 아빠와 딸의 관계는 하늘이 알아주는 거라지만, 더욱이 효심이 지극한 큰딸인 그녀의 입장은 유난하였다.

그녀는 그동안 미국에서의 생활이 무척 힘들었고, 고달픈 정도는 말로다 못 한다고 하였다. 월세와 생활비를 절약하기 위해서 서너 명이 같이 아파트를 얻어 분담하여 살면서도, 아직 말이 잘 통하지 않는 것이 제일 큰 고민거리고, 미국 정식 간호원 자격이 없으니 고생은 고생대로 하면서 급료는 낮다고 하였다. 그런 속사정도 모르고 한국에서는 미국 가면 금방

부자도 되고 영화에 나오는 그런 생활을 하는 것으로 알지만, 그건 어디까지나 영화 속 이야기라 했다.

낮이나 밤에 보조 간호사 일을 하며 간호사 면허 시험 준비를 하는 데는 단단한 결심과 인내가 요구되었다. 한 번에 전 과목 합격이 어려우니 과목 합격을 하면서 2~3년을 넘는 사람도 있고, 포기한 사람들도 많다고 하였다. 그렇게 공부하면 박사 논문도 몇 편 끝낼 정도로 인고의 세월을 보내며, 남긴 돈을 저축하고 송금도 한다고 하였다. 그런 고생을 하면서 자리 잡은 간호사들하고 결혼해서 뒤늦게 들어와 이민 초의 고생을 피한 남편님들은 많은 각성을 해야 한다는 생각이 들었다.

시카고에는 바다와 같은 '미시간 호수'가 있다. 시험 준비를 하느라 자주 다녔던 먼델라인 대학의 도서관이 바로 그 호숫가에 있다. 바람이 몹시 부는 날에는 파도가 거세게 일고, 그걸 보고 있노라면 태평양을 보고 있는 착각이 들어, 저 멀리 그리워하는 사람들을 생각하면서 무던히도 울었다고 하였다. 그런 시카고로 다시 들어갈 날은 다가오지만, 금방 결혼하여 같이 갈 수도 없는 일이고, 석이 또한 집안을 위해서라도 당장 해야 할 일이 많아 자신만을 위해서 결혼을 한다는 건 도저히 불가능하였다.

석이가 모처럼 주말에 집엘 들렸다가 울산 현장으로 내려가는 길에 그녀의 집엘 들렸다. 이번에 그냥 헤어지면 언제 다시 만날 기약도 없는데, 둘만의 언약을 다짐하기 위해서 커플링으로 맞춰 논 사파이어를 박은 금반지 두 개를 찾으러 대전엘 먼저 들렸고, 약혼을 의미하는 뜻으로 하나씩 나눠끼는 게 그들이 할 수 있는 전부였다.

그녀와는 떠나기 전에 한 번 더 만날 기회를 잡아 보겠다 하고, 울산까지는 세 번 버스를 갈아타야 했기에 작별 인사를 하고 한길로 나왔다. 김천 가는 버스를 기다리고 있는데 그녀가 대문 밖으로 뛰어나왔다. 거의 동시에 버스가 왔다. 차에 올라서 잠시만 기다리라 부탁을 한 뒤에 차창으로 바라보니, 그녀가 뭐라고 어머니한테 얘기를 하더니만, 느닷없이 뒤따라 올라탔다. 차가 좀 지체했다는 듯이 달리기 시작했고, 얼마 동안 손을 흔드는 그녀 어머니의 손이 힘없이 허공에서 내려지는 걸 보면서 순간 아쉬운 기색이 엿보였다. '마지막 일주일까지 같이 지내다가 슬픔이나 삭히고 들어갔으면 좋으련만, 다 키워 놓으니 그래도 좋은 사람 따라가고 마는 구나'라는 그 서운한 표정을 족히 읽을 수가 있었다.

사실 그녀는 수 주 전부터 좌절과 한탄만 하는 어머니와 같이 사찰엘 가서 예불도 하고 스님 말씀도 들으며 며칠 동안 다녀오자고 말씀드리려 온 터였지만, 맨날 울기만 하였단다. 두 달 이상을 옆에서 그렇게 같이 지냈더니 자신이 더 견디기가 힘이 들었다고 하였다. 어쨌든 우석인 기분이 좋았다. 사실 대천엘 다녀온 후로 만날 기회를 만들기도 어려웠는데, 이렇게 장시간 동안 동행한다는 게 무척 신이 났다.

김천, 대구에서 연신 버스를 갈아타고 내려가니 어두워서 울산에 도착했다. 먼저 저녁 식사를 한 뒤, 깨끗한 장급 여관을 잡아 놓고, 큰 거리로 나왔다. 그리고 조용한 음악이 흐르는 어느 카페에서 솔잎 냄새나는 드라이진 한 병을 나눠 마시며, 그동안 밀린 얘기 실컷 하고, 미래를 위하여 노력하자고 다짐도 했다. 사랑의 성공이 결혼만은 아니라 생각하지만, 좋아하는 사람과 오랫동안, 아니 평생 동안 해로를 다짐하면서, 단지 자신들만의 사랑으로만 살지 않을 것이며, 2세가 생기면 그들의 새로운 생명을 위해서, 그 사랑이 쪼개져도 모든 역경을 이기며 연륜으로 살 것을 맹세하였다. 그리고 1974년 2월 이후로 4년 반 만에 처음 같이하는 밤을 지냈다.

다음날 석이는 이른 새벽에 현장엘 나가면서 그녀한테는 경주엘 들러 아버지를 위해 명복도 빌 겸 다녀오라 했다. 그리고 저녁때 숙소에서 만나기로 하고 헤어졌다. 지금도 8월 16일 불국사 앞에서 혼자 울쩍하게 찍은 폴라로이드 사진 한 장이 긴 세월을 타며 앨범에 끼여 있다.

그녀는 8월 26일 미국으로 출국하였는데, 로스앤젤레스 도착이 늦어 시카고로 향하는 비행기를 갈아타지 못했다. 그녀가 그곳 어느 호텔에서 잠들기 힘든 하룻밤을 지내며 쓴 엽서를 나는 9월 초에 받아 봤다. 이번에 그렇게 귀국한 뒤로는 수시로 편지를 주고받았고, 지금도 그때부터 그가 미국에 들어 갈 때까지 주고받았던 한 묶음의 편지가 이젠 누렇게 색이 바랜 채 서랍을 지키고 있다.

석이는 내년 9월쯤 결혼식을 올리겠다는 말을 꺼냈지만, 모두 다 막다른 골목에 이르렀고 둘째 여동생이 8월에 결혼을 하였을 뿐, 걸리는 문제가 한두 가지가 아니었다. 결혼식을 올리기 전에 그래도 방이 두 개 있는 전셋집으로 옮겨야 했기에, 내년 이맘때 만기가 되는 적금을 다 써 버리고나면, 결혼에 따른 비용은 도저히 마련할 길이 없어 보였다. 그녀의 부친에게 그런 유고만 없었다면 혼기가 더 늦어지고, 유학 또한 미뤄져도, 집안을 생각해서 2~3년 동안 중동 현장엘 갔을지도 모르는 일이었다. 당시 부모님들도 은연중에 그러길 바라는 눈치였고, 그로서도 막 일어나려다 주춤하는 가세를 생각하면 그게 최선이라는 생각도 하였는데, 상황이 급변하여 무리가 따르는 결혼을 강행하기로 하고, 일 년 후 9월 3일 그녀가 귀국을 했다.

결혼 준비를 하는데, 집안에 필요한 물품부터 양복, 한복, 신혼 여행에 따른 경비를 총 계산을 해보니 대충 120만원이 필요했다. 그것도 예물에 쓸 비용은 제외한 금액이었는데, 당시 석이의 월급 20만원을 최대한으로 저축을 해도 1년은 걸릴 금액이었다. 그때 적어 놨던 메모며, 예식장 계약서, 비행기 표, 제주나 부산에서 지낸 호텔 영수증 등을 다 간직하고 있어서, 우연히 그 꾸러미를 열어 보면 쓴웃음이 나온다.

어쨌든 모험으로 치를 수밖에 없었다. 우선 회사에서 매달 공제를 하며 사원들한테 빌려 주는 가불 형식으로 20만원을 빌려서 어머니로 하여금 집안 정리를 하시게 하였다. 그리고 군 동료이자 직장 동료인 동욱이한테 9월 상여금으로 갚겠다 하고 20만원을 빌리고, 만규한테서 20만원, 적금 해약을 하니 10여만 원 정도가 되어 70만 원이 모아졌는데, 나머지는 도저히 채울 수가 없었다. 물론 부모님한테서는 땡전 한 잎 바랄 수도 없는 처지였다.

그가 예물로 줄 반지도 미국에서 그녀의 친구한테 빌려서 사게 했는데 한국의 식구들이 조만간 갚아 주는 조건이었다. 기록을 보니 한화로 30만 원 정도의 금액이었다. 결국 마지막 차액은 얼마가 들어올지 모르는 부조금으로 해결하는 길밖에 없었다. 어쨌든 집안 정리에 20만원을 쓰고 양복에 기본 예물 및 한복, 양장 심지어 가방, 운동복, 파자마 따위까지 준비를 하니 40여만 원이 들어갔다. 결혼식을 치르는 날 1978년 9월 13일 수요일 오후 1시, 중구 남산동에 있는 퍼시픽 호텔의 예식장에서 결혼식을 올릴 즈음에 그의 호주머니에는 불과 만 원짜리 너댓 장밖에 없었다.

축의금으로 처리해야 할 일들이 너무 많았다. 너무 오랜 된 일이라 기억이 없지만, 역으로 계산해서 대략 60만 원 정도였었는데, 그래도 대기업에서 근무한 덕에 제법 많은 액수였다. 이런 우여곡절 끝에 식이 끝나고 치러 줘야 할 사진, 화환, 및 예식장 임대 잔금 등이 대략 13만원, 그리고 만규를 통해 주례를 해주셨던 대학 은사 및 하객 접대로 얼마를 건네줬다. 마지막으로 신혼 여행 떠나면서 경비 걱정을 하는 것이 참 쑥스러운 일이었지만, 나머지 30만 원 정도를 가지고 갔다가, 제주도에서의 일정을 줄여 10만 원만 쓰고, 20만 원짜리 자기앞 수표 한 장을 남겨 와서 몇 차례 있을 회식 준비를 하시라고 어머니께 드렸다.

그리고 한 보름 남짓한 한국에서의 신혼 살림을 끝으로, 집사람은 10월 1일 미국으로 들어갔고, 반 년이 지났다. 그동안 혼기가 늦어진 큰여동생의 혼사가 원만하게 끝났지만 끝도 없는 집안일 때문에 언제까지나 머물

수는 없었다. 결코 혼자만 살려고 떠나려는 것도 아녔고, 모든 게 애매한 상태에서 언제 공부도 끝내고 돈도 많이 벌 줄 모르지만, 우선 만인이 가고 싶어 했던 희망의 나라로 간다는 맘에 철없이 꿈에 부풀었던 것도 사실이었다. 그리고 1979년 3월 23일 노스웨스트 오리엔트 008편으로 오후 2시 40분, 우선은 마치 마누라 따라 도망치듯 국외선 탑승 출구를 빠져나가는 석이의 맘은 왠지 모를 자책감 때문에 무척 무거웠다.

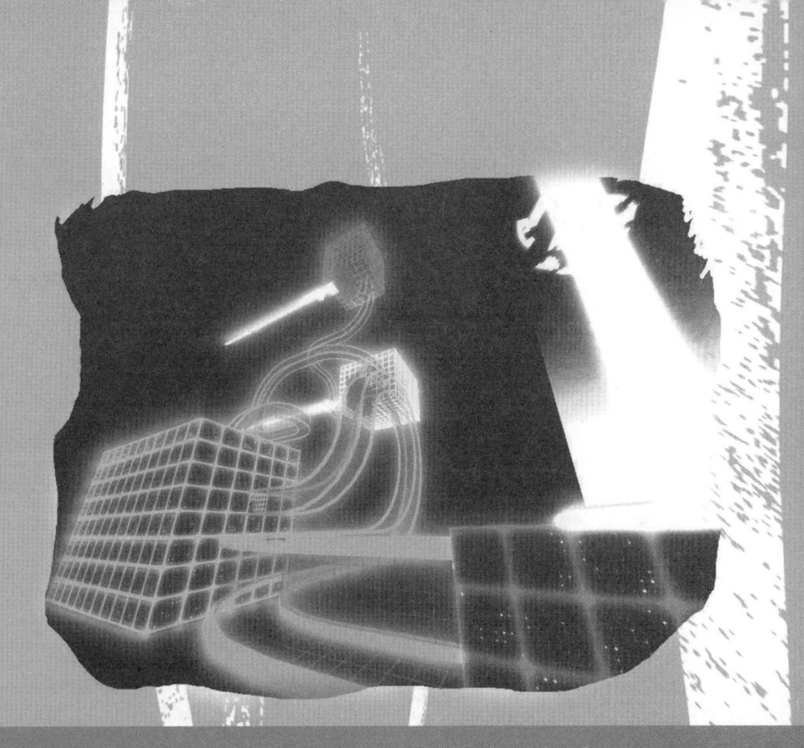

제5부 사이버 공간에서 만난 여인들

뉴욕의 젊은 여자 | 2000년 세밑 6주간의 열정(제1막)

2000년 세밑 6주간의 열정(제2막) | 뉴욕의 K기자

뉴욕의 젊은 여자

1996년 가을, 석이는 서울에 있는 친구에게 30여 년 전 추억 속의 한 여인의 행방을 좀 알아보라는 부탁을 했었는데, 두 달 후에 그녀의 고등학교나 대학 동문회에는 무려 20여 년 전부터 '해외거주'라는 네 글자만이 남아 있다는 소식을 접했다. 그동안 막연하게 서편 저 멀리 고국의 하늘 아래 어디에서 잘 살고 있으리라는 생각을 해온 터라 허무하기 짝이 없었다. 그러던 어느 날, 인터넷을 통하여 한국에 있는 사이트에 이름을 조회해 보니 불과 네 명밖에 검색되지 않았다. 그리고 그 중 나이가 비슷한 사람에게 메시지를 띄워 봤다. 그녀는 P대학에서 교편을 잡고 있었는데 역시 동명이인이었다.

사실 구미 지역에서 살고 결혼도 했다면, 성과 이름이 몽땅 바뀌기 십상이고, 전문직에 종사하면 몰라도 가정주부가 자신의 이메일 주소를 갖는다는 게 흔치 않을 거라고 생각했다. 다시 미국에서 검색해 보니 두 명밖에 없었는데, 하나는 이제 대학 4학년의 학생이었고, 다른 하나는 뉴욕시에 살고 있었다. 석이는 헛일삼아 메시지를 또 보냈는데 그녀는, '사연이 많으신 모양인데, 꼭 만나시길 바랍니다.'라는 영어로 쓴 답장을 보내 왔다. 그러나 그녀가 석이가 찾는 사람이 아녀도, 친절하게 답장까지 해준 성의에 고맙다는 인사와 더불어 메일이나 주고받자는 제의를 했었는데 흔쾌히 받아 줬고, 그로부터 4년이 넘도록 사이버 공간에서만 끊어졌다가 다시 이어지는 우여곡절을 겪는 교신을 하면서, 그는 메마른 이국 생활에서 지금까지 느껴 보지 못한 신선한 자극을 만끽하게 되었다. 막가는 청춘의 하한선에 이르러 얼굴도 모르는 한 여인과의 설레는 밀어는 시공을 초월하여, 지난 20여 년 동안 뇌수 깊숙이 잠재웠던 감성이 되살아났다. 이제는 화끈하게 달아오를 필요도 없고, 안타깝게 미련을 둘 필요도 없다고 생각하였다. 그녀의 생활이 있을 거고, 그의 생활이 있으니, 어쩌다가 생각나면 잔잔한 강물과 같은 대화를 하고 싶었다.

그녀는 부유한 부모덕에 아버지의 근무처를 따라 세계 여러 곳을 다니다가 남미에서 어린 시절을 보냈다는데, 한국에서는 채 2년도 살지 않아서 한국말을 좀 듣기는 하지만, 거의 못 한다고 하였다. 고등학교와 대학을 미국에서 나왔고, 재작년에 대학원을 뒤늦게 끝내고 반 년 동안 새로운 직장을 찾는데 고심을 하다가 일 년 전부터 라틴계 텔레비전 방송국에 근무를 하고 있는 20대 후반의 미혼 여성이었다.

그런데, 인터넷에 문외한인 집사람이 우연히 서재에서 발견한 수십 페이지에 달하는 사연을 모아 논 카피를 발견하고서 발파용 도화선에 불길이 당겨졌다. 그동안 넌더리가 나도록 참아 왔던 집사람마저 꿈만 먹고 사는 인생의 낙오자니 뭐니—잔뜩 험담을 해대더니만, 뉴욕의 젊은 년하고 잘해 보라며 주섬주섬 봇짐을 챙겨 나갔다. 딸 얘기만 듣고서 험한 욕설을 퍼대는 장모의 화난 모습이 눈에 선하였다. 그게 아니라고 나름대로 변명을 수차 피력하였지만, 너무도 뚜렷한 증거가 있어서 발목이 잡혀 버렸다. 가련한 사람. 미안하이. 조금만 기다리고 참아 달라는 말로 지금까지 수없이 달래 왔었지만, 이제는 그 옛날에 열심히 쌓아 놓은 사랑의 정열은 마르다 못해 얼굴만 봐도 지겨운 화상이 되었다는데, 더 붙들 명분이 없었다. 어차피 훗날 가슴 아픈 영원의 이별을 할 사람이 일찍 없어졌다는 자위를 하면서도, 미안할 따름이라 생각했다. 늦게나마 그를 떠나는 그녀가 행복하길 빌어 본다지만, 어처구니없는 일이었다.

별거는 이혼으로 가는 첩경이라는데, 앞으로는 절대 성질도 안 부리고, 욕도 안 하고, 금방 후려쳐서 잡아먹을 듯이 눈을 곱뜨지도 않을 거며, 그동안 고상하게 하이테크를 한다고 뜬구름만 잡고 있던 미련을 싹 버리고, 벼룩시장에 쭈그리고 앉아서 장사라도 하겠다는 각서를 내보이며 싹싹 빌었어야 했나 하는 생각도 들었다. 그러다가, '참으려면, 좀 더 참지. 마지막 남은 자존심까지 꼴아 박으며 내 속을 까바치길 바랐단 말인가? 그동안 어려운 고비는 다 넘기고서 이제 와서 어찌 하잔 말이냐고—!' 하며 혀를 찼다.

그는 집사람이 모르게 그런 관계를 유지해온 사실에 대해서 죄스럽게 생각을 하였지만, 서로 은밀히 만나서 놀아난 적도 없고, 또 사랑한다느니, 보고 싶다느니 하는 감성적인 애길 결코 한 적도 없다 하였다. 그래서 그는 나름대로 아내가 있는 남자로서 최소한의 양심적인 예의를 지켜 왔다고 강변하였다. 그러나 아내의 생각은 전혀 달랐다. 결혼 후 지금까지 자기를 뼈 빠지도록 일만 하게 만들어 놓고도 수고한다는 말 대신에 성질만 부리더니, 이 판국에 가장으로서 책임감도 없이 한가하게 숨겨 논 여자와 정신적인 간음을 했다는 얘기다. 그리고 그보다 더한 것은 전혀 죄의식이 없는 그의 태도에 환멸을 느꼈다는 것이었다.

그러나 그는 지금까지 돈으로 목욕을 시켜 주지는 못했지만, 허름해도 방이 넷 딸린 집에 살면서 그리 쪼들린 적도 없었고, 학자금 융자 받게 하여 애들 대학 공부를 시킨 것도 아녔다는 자위를 해왔었다. 더구나, 어떤 놈같이 땡전 한 잎도 못 버는 주제에 비자카드나 긁어대어 술이나 퍼먹으면서, 애 딸린 젊은 이혼녀 하나 꼬여서 살림 차려 놓고, 생쥐같이 들락거리는 것도 아녔는데, 젠장 돈 독이 머리끝까지 올라 은퇴 후 생활이 어쩌고저쩌고 하며 유난히 안달을 부린다고 생각했다. 사실 그런 숨통 조이는 생활에서 맘의 여유를 갖고 싶어 우연히 저질러진 일이 그렇게 크게 번질 줄은 예측을 못 하였다.

직선적이고 단순한 집사람이 좋았다. 지금도 그게 좋다고 생각한다. 어쨌든 20년 이상을 같이 살아오면서 마치 연륜의 손때가 덕지덕지 붙은 장롱 같은 아내를 배반할 생각은 추호도 없었다. 단지 그런 집사람에 비해서세상일에 밝고, 맘이 넓은 그녀와의 은밀한 교신은 답답한 숨통을 조금이나마 터주는 조그만 공기 구멍이었을 뿐이라고 생각하였다.

집사람과 별거를 한 지 두 달이 되어가는 지난 달 말, 언제 헤어져도 좋으니 더 세월이 가기 전에 얼굴이나 한 번 보게 해달라는 메일을 보내 놓고, 가부에 대한 메시지를 받지도 않은 채, 뉴욕행 비행기에 몸을 실었다.그리고 저녁 7시에 약속을 한 A호텔 라비 라운지에서 무작정 그녀를 기다렸다. 그는 두어 차례 그의 사진과 가족사진을 보낸 적이 있어서 그녀는그를 알아볼 수 있을 터였지만, 그는 그러하지 못하였다. 초점이 좀 어긋난 사진이라도 보내 달라고 수 차례 부탁하였지만 매번 엉뚱한 화제로 말을 돌리면서 보내 주지 않았다.

비까지 내리는 거리는 이미 어두워졌고, 오가는 차량들의 불빛이 이리저리 비치면서 가뜩이나 초조한 그를 심난하게 만들었다. 교통이 매우 혼잡하니 좀 지체가 될 수도 있겠다고 생각하였지만, 20여 분이 지나는데도그한테 말을 거는 동양 여자는 나타나지 않았다. 동양 여자 같은 낌새도보이지 않았다. 그러나 그녀는 자신의 모습을 드러내는 대신에 후론트 데스크에 부탁하여 메시지를 전달하는 방법을 택하였다. 1904호로 올라오라는 전갈을 받았을 때 그는 너무도 뜻밖에 반전된 상황이라서 더욱 긴장이 되어 한참을 망설였다.

엘리베이터로 가기 전에 용변을 하고 싶지 않은데도 화장실에 들러서 거울 속에 비친 자신의 얼굴을 이모저모로 쳐다봤다. 입도 벌려서 혀도 내어 보고 앞 이빨이 깔끔하게 보이는 모습도 지어 보고 옆모습도 번갈아 비쳐 본 후, 좀 흐트러진 머리도 다시 잘 쓸어 넘겼다. 그가 아무리 젊게 보인다 해도 30대로 보일 리는 없고, 그녀와는 아무리 따져 봐도 20년 정도 나이 차이가 난다. 얼굴이 좀 못생겨도 젊은 애인 하나쯤 있으면 하는 것이 중년 남자들 대부분이 바라는 거라지? 젊은 친구들이 이런 사실을 알면, 늙은 주제에 사내라고 계집 보는 눈은 있어서—라는 모욕적인 말을 들을 수도 있다는 생각을 떨치지 못하였다.

무슨 텔레비전 인터뷰에서 70이 넘은 크린트 이스트 우드한테, 지금 본인은 몇 살이나 된 것 같으냐고 물었더니 40대 같은 느낌이라고 하였다. 그런 생각이 날 때마다 그도 거울을 쳐다보며 나는 그래도 그렇게 늙게 보이지는 않겠지? 하며 연신 손가락 빗질을 하였다.

방문 앞에 서서 잠시 망설였다. 이 나이에도 첫데이트를 하려고 다방 문을 들어서던 때보다 더욱더 설레었다. 숨을 크게 한 번 몰아쉬고 천천히 노크를 하였다. 잠시 후에 그가 누구임이 확인되었는지 들어오라는 여인네 목소리가 흘러 나왔다. 문을 열고 들어서자마자, 맨해튼의 야경이 시원스럽게 보이는 큰 창문을 뒤에 두고 서 있던 그녀는 뮤지컬의 디바(diva)같이 화사한 미소를 지으며 문 쪽으로 다가와서 정중하게 머리를 숙이면서 서툰 한국말로 첨 뵙겠다는 인사를 하였다. 그도 동시에 고개를 수그리며, 구시렁거리는 말로 대꾸를 하고, 잠시 어찌할 바 모르고 서 있었다. 소파 옆에 쇼비뇽 블랑이라는 불란서 백포도주를 얼음에 채워둔 서빙카트가 보였고, 목이 긴 화병에는 연분홍 장미 한 송이가 꽂혀 있었다.

그들은 전에 두 차례 만날 기회가 있었다. 스튜어디스를 하는 여자 친구의 초청으로 하루 저녁을 미시건 호수가 보이는 시카고 다운 타운의 고층 아파트에서 지내고 돌아갔었다. 혹 여유가 생기면 전화를 하라고 사무실 번호를 알려줬는데 여유가 없었다며, 바다 같은 호수가 보이는 환상적인 밤 풍경을 다시 보고 싶다 했다. 또 그녀가 나파 벨리의 북서쪽 소노마 카운티에 있는 겔로 와인어리에서 일하는 친구를 만나러 샌프란시스코에 들렀을 때, 또 한 번의 기회가 있었지만, 맘의 준비가 되지 않았다. 아니, 정확히 말해서 휴가 중에까지 집사람을 속이면서 만나고 싶지 않았다.

이제 여기 평생 맘에 걸리는 첫사랑과 같은 이름을 가진 한 여인이 앉아 있다. 그는 그제야 그녀의 얼굴을 바로 볼 수가 있었다. 눈동자가 약간 위로 뜬 탤런트 성현아의 눈을 닮았다는 생각이 들다가, 말하는 입이 사뭇 한쪽으로 쏠리는 모습이 김청의 도톰한 입술을 떠올리게 하였다. 그녀가 서빙 카트 쪽으로 몸을 움직이는 순간, 그는 벌떡 자리에서 일어나 거들었다. 다시 앉아 있기가 민망하여 카트를 사이에 두고 마주 섰다. 그가 코르크를 따내어 그녀의 잔을 채우고 그의 잔을 채운 후 역사적인 첫 만남을 위하여 건배를 하였다. 첫 잔을 조심스레 입술에 댈 때 그녀의 입술을 쳐다보는 순간, 그의 입술이 바르르 전율하였다.

젊어서 한때를 제외하고는 겉 얼굴이 중요하다고 생각한 적은 별로 없었지만, 단 한 번이라도 만나 보고 싶었다. 그러나 성적인 충동만으로 젊은 그녀를 만나지는 않을 거라 별러 왔다. 수도 없이 주고받는 메일 끝에 매번 몸조심하라는 형식적인 인사가 유난히 마음에 닿았었다. 아내가 있고 다 큰 자식들이 있다는 선입관이 항시 따라다녔지만, 위해 주고 싶고, 아껴주고픈 생각을 하면서도, 사랑하는 맘이 갈라진다는 생각은 아예 들지도 않았다. 21세기가 내일 모레인 마당에 웬 사이버 순애보? 그렇게 비아냥거려도 좋다 했다.

빗살이 세어지며 유리창을 얼룩지게 만들면서, 불 밝은 맨해튼의 건물들이 흐려지고 색색의 모자이크가 되어 현란한 빛을 발하고 있었다. 한국말을 거의 못 하는 그녀와 영어로 하는 대화가 속 시원할 리는 없었지만, 바르르 떠는 그녀를 껴안는 순간 그녀의 뼛속까지 저며진 외로움이 젖어들었다. 가슴이 터져 나가는 것 같은 심장 박동에 골수 자체가 비어져 버렸는지 아무런 생각도 들지 않았고, 여기 한 고독한 여인만을 으스러지게 껴안고 있을 뿐이었다. 그녀의 긴 손톱이 등허리를 파고들었다.

다음날 그녀는 공항까지 따라나왔다. 아득한 옛날 눈이 펑펑 오던 날 교외선 어느 간이역에서 한 여학생을 전송하던 것처럼, 오늘 동명이인의 여인이 손을 흔들며 그를 전송하고 있다. 그게 마지막 만남이 될 거라고는 예나 지금이나 깨닫지 못하였다. 그녀는 그날의 처음이자 마지막의 만남을 위하여 마치 긴 세월을 기다렸다는 듯이 그후로는 아무런 연락을 하지 않았다. 그녀의 이메일 주소는 바뀌어 더 이상 전할 수 없다는 에러 메시지만 연거푸 떴다. 가느다란 전화선이 이어 줬던 사이버 공간은 우주보다도 더 넓어 보였고, 그 신호가 단절이 되니 그는 사이버 공간을 헤매는 미아가 되어 버렸다.

그는 어둠 속에서 희미한 빛을 발하는 희망의 불씨가 몸에서 이탈돼버린 허탈감에 빠져서, 만취한 날 밤에는 게슴츠레한 눈을 연신 껌벅이면서 구시렁거렸다.

"참 독한 사람. 4년이 넘도록 쌓은 깊은 정을 하루 저녁에 그리 깔끔하게 씻어 버리려고 했단 말인가? 물론 내가 자네 인생의 반려자가 되기엔 너무 늦게 만난 사람이라는 건, 서로가 잘 알고 있었던 게지만. 정말 매정한 사람!"

이젠 풍장 치는 소음 뒤에 오는 적막만이 그의 벗이 되었다. 외로움이 밤이면 밤대로 낮이면 낮대로 색깔을 달리하며 그의 주변을 감돌았다. 잠 못 이룬 밤에는 인터넷 성인 사이트에 들어가서 그림의 떡 같은 야한 풍경들을 헤집고 나왔다. 이번 주말에는 라스베이거스 교외에 있는 성인 클럽에 가서 단돈 50불 들여 드라이 섹스나 하고 올까 하는 생각을 해봤다. 전라(全裸)에 쥐(G) 스트링만을 걸친 육체파 아가씨가, 있는 대로 딱 달라붙은 청바지를 입고 양손을 옆으로 벌린 채 소파에 비스듬히 걸터앉은 사내의 사타구니를 엉덩이로 짓눌러 가며 교태를 부리는 건 정말 죽여 주는 일이었다. 만약 손으로 그네들을 건드리는 날이면, 킹콩 같은 보디가드들이 총알같이 들이닥치면서 당장 길바닥에 패대기쳐 버린다. 제기랄, 요지경 세상이지—. 그러나 그것도 술이나 취해야 드는 생각일 뿐이었다.

거의 매일 새벽 두어 시까지 잠을 잘 수가 없다. 아침이 되면 간신히 일어나 9시쯤 샤워하고 커피를 내려 머그잔에 담아 홀짝거리며 서둘러야 한다. 엔지니어로 일할 직장을 수 년 동안 찾았었다. 그러나 나이 때문인지 매번 막판에서 미끄러졌다. 흙 속에 묻힌 진주를 운운하며 혼자 발악을 했지만 결국 포기할 수밖에 없었고, 이제는 6개월째 나가는 '베스트 바이'라는 전자 제품을 파는 대형 스토어의 세일즈맨 일을 하고 있다. 박사 학위를 가진 자가 세탁소를 하고, 잡화상을 하는 게 이민 사회다. 속 썩지 않고 겉으로 예써, 예써—, 하며 시간당 10불짜리 세일즈맨 일을 하고 있는 지금이 편하다고 생각한다. 한참 나이 어린 상사한테 꾸지람도 들으며, 시키는 대로 쫓아다니고, 아르바이트하는 고등학교 학생들이 '헤이, 헤이' 하고 부르면 알았다니까 하는 손사래를 치며 정신없이 뛰어다닌다. 공사 현장에서 신출내기 토목기사들이 아버지뻘 되는 인부들한테 막무가내로 '이씨—, 박씨—' 하며 불러대는 거하고 다를 게 없다.

대학에 간 자식들은 간간이 빈 둥지를 찾아 몰려들면서 지들 엄마 얘길 꺼내지만, 시간을 조금 더 달라면서 일축하였다. 그냥 이렇게 세월을 타보자는 생각을 해본다. 그러다가 다시 혼자가 되어 버리면 사람 냄새가 그리웠다. 연속극에 나오는 예진이나 비안이 같은 여인들이 허준이나 정약용의 주변에서 어쩔 수 없이 사모하는 맘을 조이며 맴도는 걸 보면서 속없이 부러워했다. 극에서는 그들이 품고 싶은 욕정을 참는지 마는지 전혀 보여 주지도 않고 초연한 도사 같은 면모만 보여줬다. 그는 어깃장이 나서 '요 즘 사회에서 찾기 힘든 의인을 만들려고 하는 모양인데, 인간다운 맛은 없 네 그려. 제기랄, 그렇게 떠내 보내기가 안타까우면, 뒤채에 들여 앉히지 그래!' 하며 불퉁거렸다.

사랑이 주는 기쁨을 찾아 헤맸던 고독한 버트란드 러셀을 흉내내는 건 아녔다. 그러나 그도 진솔한 사랑이 필요했다. 어느 날 갑자기 그 뉴욕의 고독한 여자나 장롱 같은 집사람이 남자 냄새나 고리타분한 서방 냄새가 그리워 슬며시 찾아오길 기다려 본다. 그래서 올 가을이 깊어지는 것이 두 려웠다. 비바람치는 창 밖에 산란하게 흩어지는 낙엽을 보면 수십 년 동안 쌓여온 막연한 그리움과 허무가 저며 든 가슴이 터져 나가다 못해, 미친 듯이 날 뛰었다. 세월이 흘러감에 따라 자신과의 싸움이 처절하게 계속될 거라 생각했다.

그의 존재에 대한 인식도 날로 예리해졌다. 새삼스러운 일은 아니지만 불가에서 말하는 적멸(寂滅)을 간혹 생각해 봤다. 그게 과연 기뻐하여야 할 일인가? 스스로의 의지 없이 태어난 몸에 자신에 대한 인식이 주어지고 과정만을 산다. 그리고 그 생의 말년이 가까우면 포기라는 인식의 파일이 자연히 찾아든다. 스스로 삶의 허무를 느끼고 자진을 한다기보다, 구차한 삶을 산다는 게 의미가 없을 때를 생각했다. 몇 달 전 그랜드 캐넌 북편의 호젓한 벼랑을 또 찾아가 봤고, 샌프란시스코 북편의 해안가를 따라 이어 지는 하이웨이 1번 주위의 천길 만길 되는 절벽도 두 차례 들러봤다. 아무 런 족적을 남기지 않고 사라지는 걸 생각해 봤지만, 그를 떠나 버린 집사 람은 그렇다 치고, 적어도 이제 인생의 발돋움을 막 시작한 자식들한테만 은 평생 한을 심어 줄 수는 없었다.

월남전에서 실종이 된 아버지나 남편이 십중팔구 전사를 했을 거라는 통보를 받고도 유품이나마 확인하지 못하면, 혹 살아 있을 수도 있다는 미련을 버리지 못한 가족들에게는 평생의 멍에를 갖게 한다. 유서가 있다 해도 시신을 찾지 못하면 그 역시 부질없는 미련을 두게 한다. 그렇다고 생명이 떠난 망가진 몸을 자식들한테 거추장스럽고 추하게 보여주고 싶지 않았다. 물에 빠져 죽은 사람의 살이 물먹은 비누같이 온통 부풀어진 모습을 본 적이 있었다. 더구나 벼랑에서 떨어지는 동안 바위에 육신이 깨지고 찢겨진 험한 몰골은 제아무리 사랑했던 사람이라도 시각적으로 혐오스러워할 것이다. 이 몸이 첨부터 아예 없었던 걸로 하고 싶지만, 그동안 걸쳐온 이 헌 옷을 어찌하랴. 하지만 아침 햇살이 또 떠오르면, 살아 있는 동안 크게 아프지 않고 지내야 한다고 벼르며 비쩍 마른 몸을 추슬렀다.

그의 허름한 단층집 뒤뜰에는 수 년 전 조경업자들을 도와 집사람과 같이 열심히 만든 작은 못이 있다. 그리고 인공으로 만든 여울물이 이끼 긴 돌멩이 사이를 쫄쫄거리면서 수련과 창포가 어우러진 못으로 흘러든다. 여울 주변의 철쭉이나 진달래는 이미 후박한 겨울옷 단장을 해논 터이지만, 아직 물이 들지 않은 단풍나무의 잎새들이 하늘거린다. 연시매최(年矢每催)며 희휘낭요(羲暉朗曜)라는 말을 뇌까리며, 사파이어보다 더 짙푸른 하늘 속에 나부끼는 색깔의 대비는 그 이상의 것이 없을 거라 생각했다.

어린 단풍잎은 검붉은 색을 띠더니만, 한 여름에는 초록으로 변하고, 늦가을에는 선혈의 빛깔로 변신한다. 하기야 새 소리, 풀벌레 소리, 매미 소리, 붉은 꽃, 노란 꽃, 진초록 잎, 연초록 잎, 붉은 낙엽, 노란 낙엽, 푸른 하늘, 붉게 타오르는 저녁 노을 그 모두 다 나름의 이유가 있는 거지. 그 자연 현상을 아름답다고 생각하는 건 인간들뿐일 게야. 다 까발려 보면, 그냥 필연으로 일어나는 제 현상일 뿐인데. 그래도 짙푸르게 보일 수밖에 없는 저 하늘을 보고 뭉게구름 두둥실 떠가는 모습을 보면, 맘이 편해지는 것은 어찌할 수 없는가 보다.

기온이 뚝 떨어지니, 이제는 매미 소리도 멈춰 버렸다. 한 여름의 생애를 모두 마감한 모양이다. 사람들은 그 한 달의 삶이 허무하다고 말하지만, 10년 이상을 애벌레로 지내면서 나무 뿌리에 눌러 붙어 무위도식을 하며 전성기를 보내다가, 우리가 인생의 마지막을 맞이하듯, 잠깐 바깥 세상에 나온 뒤, 나름의 마무리를 하고 찬바람이 나면 일제히 스러져 간 거라 생각한다.

나뭇가지를 올려다보니 여기저기에 매미의 허물이 많이 보인다. 한 개를 조심스레 떼어서 들여다봤다. 주인이 빠져나간 빈집이랄까? 입적(入寂)한 선사(禪師)들의 헌 옷이라 할까? 종족 번식을 위한 마지막 몸부림을 치러 어디론지 가 버렸다가 이제 절규도 몸도 모두 버리고 그렇게 갈 길을 간 게다. 언제부터인가 한여름의 매미 소리가 시원스럽게 들렸던 것만은 아녔다.

갑자기 막차를 탄 매미 한 마리의 절박한 울음이 멀리서 들려왔다. 어디론가 홀연히 떠나 버린 매미의 헌 옷을 다시 만지작거리며 유별난 입적을 시도한 고집쟁이 선사들을 생각해 본다. 속가를 버렸고, 불가도 부처도 다 버리고 떠나는 맘에 과연 즐거움만 가득했을까? 산은 산이고 물은 물이라고 뒤늦게 깨닫고 통한의 후회를 한들 무슨 소용이 있으리.

이제 어느 쪽의 양보 없이 세월만 축낸다면 결국 파경으로 치달을 거고, 그러면 이 집에서도 그리 오래 머물지 못할 거라 생각하며, 매번 먹이를 주면서 커피 한 잔을 비우던 등걸에 걸터앉았다. 애지중지하던 새끼 금잉어들이 우르르 모여들면서 잔물결이 일었다. 순간 건너편 단풍 나뭇가지 사이로 잠시 어른거렸던 사람의 얼굴 모양이 여지없이 뭉개졌다. 집사람의 얼굴이었다.

2000년 세밑, 6주간의 열정(제1막)

　1997년 10월 초, 우연히 시카고 시내에 있는 한 서점에 들러서 몇 권의 단편소설집을 살펴보다가, 한 여류 작가가 쓴 산문집을 집어들었다. 그리고 겉표지 앞날개에 써진 작가의 프로필을 읽어 보면서 싱긋이 웃었다. 물론 출판사에서 호객을 하는 냄새가 물씬 났지마는, 그게 유난히도 맘에 닿았다. 그리고 그 옆에 있는 그녀의 흑백사진을 유심히 내려다봤다. 그것도 제일 잘된 걸로 내놨을 거라는 생각을 하면서도, 갸름한 얼굴에 총기 있게 보였다. 여자 얼굴을 보면, 이 잡 듯이 훑어보다가 이렇고 저렇고 토 달기를 좋아하는 석이였지만, 호감이 가는 얼굴이라 생각하였다.

　그리고 그 작가에 대해서 호기심을 가지고 덤으로 샀다. 미국에 살면서 그가 하는 일의 성격상, 한인 사회와 큰 교류를 하지 않고 지내며 기계 설계와 새로운 자동제어 프로그래밍 개발을 주로 하고 있다. 한국 신문을 정기적으로 구독을 한 게 언제였는지 기억도 나질 않는다. 그러다 보니 한국 소식은 짬나는 대로 인터넷으로 대략 보기 때문에 자세한 뒷골목 얘기는 알 수 없지만; 적어도 정치와 경제 문제에 대해서는 항시 큰 관심을 두고 있었다. 한국이 제대로 풀려 나가야만, 멀리 떨어져 사는 부모님이나 우리들이 덜 걱정할 터인데. 결혼해서 지금까지 밥 먹고, 자식들 키웠다 하나, 아직도 영세성을 벗어나지 못하는 사업을 하는 여동생 내외가 항시 맘에 걸리기 때문이기도 하였다.

3년 전 IMF의 긴급 구제금으로 수혈을 해야 했던 한국 경제가 수많은 기업과 보통 사람들을 파산시켰고, 1990년 이래로 매년, 중소기업진흥공단을 통한 기술자문으로 방한을 하던 길도 사실상 막혀 버리게 되었다. 그리고 2년이라는 세월이 더 지나가면서, 그 책이나 작가에 대한 생각도 까마득하게 잊고 있었고, 그동안 그녀가 왕성한 활동으로 이미 유명한 여류 인사가 되었다는 사실도 모르고 있었다.

2000년, 한국에서야 새천년을 21세기로 간주하고 이미 기분들을 다 내어 버렸지만, 사실 올해가 20세기의 마지막 해이다. 그리고 11월이 되면서 서재 밖에는 낙엽들이 거의 다 지고 스산한 갈바람에 빗줄기가 날리며, 미처 떨어지지 못하고 말라 비틀어져 버린 나무 잎새를 사정없이 후려치고 있었다. 석이는 이런 날을 너무도 좋아하면서도, 어쩔 수 없이 노도같이 밀려오는 회상의 파도 때문에 심한 몸살을 겪어야 했다. 리처드 클라이더먼의 '야생화'나 '강가에서'를 연속으로 틀어 놓고, 짙은 암갈색의 멜로 레드 와인 잔을 기울이고 있는데, 순간 뭔가가 불현듯 스치는 생각이 떠올랐다.

"아, 그 여자 작가? 늦가을에서 초겨울로 넘어서는 계절을 운운하던, 그 여류 작가? 벌써 3년이나 지났는데, 아니지 그 책이 나온 해를 따지면, 6년쯤 됐는데, 지금은 뭘 할꼬?"

그런 호기심에서 그는 인터넷에서 그녀의 이름을 검색해 보았다. 그리고 그녀가 쓴 칼럼도 두루 읽어 보면서 이메일 주소 같은 게 없나 하고 뒤져봤다. 며칠 후 다시 지난 칼럼들을 살펴보던 중, 맨 밑에 이메일 주소가 눈에 띄었다. 소식이 끊겨진 애인한테 온 편지를 보는 것같이 기뻐서, 비바람이 유난히 몰아치던 11월 10일 늦은 밤, 지난 여름 휴가로 샌프란시스코에 다녀왔던 그 설렌 기분을 되새기며, 첫 메시지를 띄웠다.

Subject: A Letter From Overseas(1)
Date: Fri, 10 Nov 2000 01: 05: 47-0600
From: M Kim

『일본은 우리의 역할 모델인가?』라는 책을 1994년 가을에 내셨는데, 한
국경제가 위기의 먹구름이 덮칠 무렵인 1997년도 가을에서야 대하게 되었
습니다. 3년이 지나고 읽어보는데도 색다른 의미가 있었지요.

그리고 그 무렵 일본에 관해서 더욱 관심을 가지면서 정치, 역사, 경제,
문화 외에 없다, 있다, 좋다, 나쁘다 내지는 따라잡는다, 못 잡는다, 등 많은
책들을 봤습니다. 그리고 그해 드라마를 보면, 대략 그 사회의 흐름을 파악
할 수 있다는 견지에서 〈輝く季節の中で〉와 〈ひとつ 屋根の下〉를 효시로
하여 〈青い鳥〉, 〈신데렐라〉, 〈도쿄 러브스토리〉, 〈Beach Boys〉, 〈北の 國
から98年 時代〉, 〈러브레터〉, 〈역무원〉 등을 포함해서 대략 100여 편의 일
본 드라마를 선별해서 봤습니다. 느낀 점이 많지만, 다음 기회로 미루지요.

저는 40대 막바지 세대로써 일본을 보는 눈이 결코 곱지 않지만, 다각도
로 편견 없이 일본을 보고 싶었지요. 오늘 새삼스러이 일본에 대해서 얘길
하려고 이 글을 드리는 건 아닙니다. 요사이는 모두들 한국과 일본의 입장
을 잘 알고 있더군요. 여하튼 90년대 후반에 이르러 피차에 멍이 많이 들었
으니 말입니다.

미국에서 살아온 지도 사 반세기가 가까워집니다. 그것도 여기 시카고 근
교에서만. 한국 소식은 인터넷을 통하여 보고 있으나, 뒷골목의 아기자기한
얘기는 잘 알지 못합니다. 고국을 떠나온 뒤 11년 만에 경제 위기가 오기 전
인 1996년 여름까지, 7년 동안 매년 한 두 차례의 방한이 있었지요. 당시 중

소기업진흥공단의 해외기술자문을 위한 정책에 따라서 기계 설계 컨설팅을 하였습니다. 그 옛날 새로운 곳에서 새 희망을 찾아 떠나왔기에, 한국은 항시 서편 바다 건너 저 멀리에 있는 내가 태어나고 자란 고국으로서만 치부를 했지요. 지금에 와서 미련은 없습니다. 미련을 가지면 안 되지요. 그저 바라는 게 있다면, 복잡한 이 시대를 바로 보고, 남을 배려하며, 자기가 하는 일에 고집을 부리는 쟁이의 기질을 갖고 지금의 어려움을 극복하길 바란답니다.

며칠 전 우연히 이 책, 저 책을 뒤지다가 여기 첨부된 글귀가 새삼 맘에 닿아서 불현듯 뭔가를 써 보고픈 생각이 들었습니다. 허나, 연락할 방법이 없더군요. 그러다가 엊그저께 인터넷을 통하여 우연히 기사 검색으로 근황을 알았습니다.

지금 창 밖에는 늦가을 비바람이 미쳐 떨어지지 않은 갈잎을 후려치고, 맘속엔 세월이 흐를수록 짙어만 가는 회상이 몰아칩니다. 장충단 공원에서 기약한 젊은 날의 연인들의 약속은 그저 낙엽따라 가 버린 것인지. 늦은 가을에서 겨울로 넘어가는 이 계절에, 그 옛날의 지켜지지 못한 언약을 생각하며, 멜로의 검붉은 와인이 담긴 잔의 가느다란 스템(stem)을 잡은 손이 바르르 전율합니다.

일본인들이 호들갑을 떨면서 좋아하는 와인이 심장 질환에 효험이 없다 해도, 유일하게 알칼리로 우리 몸에 작용하여 피로를 풀어 주고, 바닷가재 요리나 Crab Cioppino 같은 해물요리와 더불어 마시는 그 맛의 궁합을 잊기는 힘들 겁니다. 늦은 오후, 태평양에서 불어오는 바닷바람에 낮은 구름이 밀려오면서 가릴 듯 말 듯 보이는 Golden Gate와 은빛으로 빛나는 바다 가운데 떠 있는 듯한 San Francisco Fisherman's Wharf의 선착장 옆 Alioto이라는 이탈리안 레스토랑. 하루 종일 조금씩 마신 잔술로 이미 얼큰하게 취하여 서브를 하는 초로의 웨이터가 골라준 겔로 샤도네이와 연인과의 밀애? 그러면 더 좋았겠지만, 지난 여름 휴가 때 집사람과 대학생 아들과 어울린 자리였지요.

꼭 이렇게 한 번 쓰고 싶었습니다. 좋은 글 많이 쓰시고, 포도주 계속 좋아하세요. 분위기를 우선하면, 알코올 중독은 안 될 겁니다. 아르바이트로 몸과 맘이 여유를 가지지 못하고 지낸 서울 생활이었지만, 친구들과의 술좌석이며 밤을 지새우는 끝없는 대화가 있었던 분위기가 제일 그립습니다.

여유가 닿으면 연락 주세요.

2000년 11월 10일
김우석

Subject: 진유경입니다

Date: Sun, 12 Nov 2000 21:08:06 +0900 (KST)

From: Zalea

안녕하세요? 김 선생님 ―

아주 오랜 만에 인상 깊은 메일을 받았습니다. 그리고 태어나서 이렇게 복잡한 주소도 처음 봤고요. 재미있군요. 김 선생님의 아주 섬세하고 독특하고 그리고 이야기가 많은 메일도 인상 깊었지만 그때의 제 모습도 함께 했기에 더욱 그랬습니다.

제가 그 책을 낸 것은 꼭 6년 전이죠. 저는 인생에서 도전장을 내고 뭐랄까― 일종의 무모한 도박을 한 거나 마찬가지였죠. 그렇지만 후회하지 않을 것이고, 또 그 길밖에 없었던 시절이었어요. 제게 보내 주신 제 소개글은 그 와중에 제가 치기(?)를 부려본 거죠. 그렇게 한가하거나 장난끼를 부릴 때가 아니었지만, 저는 아주 힘들고 그럴 때 외려 농담을 하는 버릇이 있어요. 편집자가 한밤중에 저와 전화를 하면서 제게 좋아하는 것들을 물어와 장난스럽게 이야기했던 기억이 새롭군요. 김 선생님이 저의 옛 모습을 되돌아보게 했습니다. 제가 생각해도 그땐 괜찮았네요. 눈이 빛나고 배가 고프고 그리고 주먹을 꼭 쥐고 있었으니까요. 아마 김 선생님 같은 분은 저를 이해하시리라 믿어요. 아주 특별한 편지를 주셨으니까요.

김 선생님이 보신 일본의 드라마는 제가 다 본 것이네요. 참 일본인들은—. 그런 분이 '엔지니어'라는 점이 언뜻 이해가 안 되네요. 제가 잘못 알았나요?

김 선생님의 편지로 제가 무척 즐겁고 행복했습니다. 김 선생님께도 제가 오늘 맛본 행복과 유사한 기쁨이 있기를 바랍니다. 가령 샌프란시스코의 골드코스트에서 '근사한 애인'과 감미로운 와인을 마시는 그런 기쁨 말이죠.

감사드리며

Zalea 드림

Subject: A Letter From Overseas(2)

Date: Mon, 13 Nov 2000

From: M Kim

제가 보내드린 첫 글을 쓸 때는 즐거움보다, 설렘이 한참 앞섰지요. 그리고 뜻밖에 주신 답장을 열어 봤을 때는, 그 설렘이 야후—하는 즐거움으로 바뀌었습니다. 가느다란 전화선이 연결해 주는 사이버 공간 시대의 힘이 역시 크군요. 공적인 입장을 떠나 한글로 쓴 메일을 받아보는 것도 너무 오랜만의 일이었는데, 그쪽에서 느꼈던 즐거움을 저 역시 흠뻑 느끼면서, 그 기쁨과 잔잔한 흥분이 수없이 교차합니다. 아줌마, 아저씨의 입장을 떠나 가장 순수한 감정의 발로가 아녔나 생각하고요.

상대방을 잘 알고 있을 때는 글 쓰는 동안 바로 앞에서 얘기하듯 쓰겠지만, 저는 6년 전 그 책표지에 게재된 흑백 사진의 이미지만을 떠올립니다. 개인적인 생각이지만, 헤어스타일이 너무 잘 어울린다고 생각했습니다.

이곳에서는 한인 사회와 거의 관련이 없이 지내다 보면, 자연히 고국 소식은 겉으로 보기 마련이군요. 그후로 최근의 모습은 뵌 적이 없으니 말예요. 그리고 오기가 서린 장난끼 있는 치기를 누구보다도 잘 이해합니다. 초록은 동색인 것 같네요. 좋으면 끝없이 좋고, 싫으면, 머리가 깨져도 No!를 하는 고집을 아시죠? 하여튼 누가 뭐라 해도, 가는 길을 가세요. 엄연한 현실만을 다룬 르포만을 썼다면, 많은 독자들을 후리지는 못하였을 겁니다. 과격하게 단정을 짓듯 운을 떼어 놓으면, 일부 연륜이 있다는 지성인이라는 부류들은 쉽게 열을 받지요. 말대꾸할 여지가 자연히 생기는 거 아닙니까?

저는 20여 년 전 한국에서 모은 조그만 부(富)는 다 물려주고 500불 꿔 가지고 떠나왔지요. 그리고 기계 설계 분야에서 처음 제도사로 시작하여 엔지니어링 디렉터까지 두어 직장을 10여 년 다니면서 일리노이 공대에서 불혹의 나이에 기계공학 석사를 끝내고, Ph. D. 논문을 목전에 두고 있으나, 매번 개인 컨설팅을 크게 일궈 큰 사무실에서 열심히 일하는 제 모습을 그려 보느라, 형식적인 학위는 미뤄만 왔습니다. 유학이 아닌 이민의 길을 택하였기에, 머리에 든 것도 없이 후닥닥 학위나 끝내고 한국에 돌아가서 영어도 제대로 할 줄 모르는 돌팔이 교수의 길을 접었지요. 이왕 너도나도 노력의 대가를 받는다는 아메리카에서 성공을 다짐했습니다.

그러나 강산이 두 차례나 바꿔질 만한 세월이 흘렀는데도, 애들밖에 키운 것이 없고, 동양계 이민자들이 알게 모르게 괄시를 받는 이 풍토에서 대다수 이민 1세들이 먹고살기 위한 수단으로 한국식 3D에 매달려 열심히 일하고 있을 때, 저는 하이테크를 한답시고 큰돈도 못 벌면서 고집스레 매달리고 있습니다.

대학 2학년 때 롬부로조의 『천재론』에서 읽은 '고의로 노력하지 않으면

단 1000명의 아테네 시민들에게도 이름이 알려지지 않는다'라는 말을 염두
에 두면서, 입신 양명을 꿈꿔 왔지요. 그러나 코가 깨지고서야, 한방 얻어
맞았다는 인식이 들는지는 모르겠습니다. 저 자신 역시 치기인 줄 몰라도,
아직 흙탕물 속에서 떠오르는 공이고, 흙 속에 묻혀 있는 진주라 생각을 해
왔습니다. 그러나 안타깝게도 별수 없이 세월이 여지없이 굴러갑니다만,
아직도 골치만 아픈 로봇 제어에 대한 R&D에 목을 매면서 고집을 부리고
있지요.

　그리고 형이하학적인 학문에 평생 매달리다 보니, 자연히 반대급부적인
면에 자연스레 관심을 더 많이 두게 되었지만, 철학적이나, 종교, 문학적인
애기나 드라마 애기는 천상 다음기회로 미뤄야겠습니다. 우선 이렇게 해서
저에 대한 소개와 생각을 일부 전해 드렸네요.
　답장 주신 거 너무 좋았습니다. 그럼—.

우석 드림

Subject: A Letter From Overseas(3)

Date: Fri, 17 Nov 2000

From: M Kim

The CD title: The Music of The Grand Canyon

Title of Song: Four Worlds

Music by: Nicholas Gunn

　작열하던 태양이 서편 그랜드 캐넌(Grand Canyon) 너머로 지면서 저녁
노을이 검붉게 타고 있다. 모닥불이 지펴지고 갈색 바탕에 나바호족의 특유
문장이 새겨진 가죽옷을 걸치고 머리띠를 동여맨, 매력적인 나바호
(Navajo) 아가씨 쥰(June)과 같이, 양팔을 독수리같이 쭉 펴고, 탄—탄—

탄—, 탄—탄—탄—하는 드럼 비트에 맞추어 한 발씩 교대로 껑충거리며
프레리 닭(Prairie Hen) 춤을 춘다. 구리 빛으로 거슬린 그녀의 얼굴, 유난
히 검은 눈과 하얀 이빨이 몸을 돌릴 때마다 빛이 난다. 그녀의 손끝이 가끔
씩 나의 손끝을 스치고 지나칠 때마다 온몸에 사랑의 전율이 흐른다.

　환상적인 인디언 플루트(Flute)의 선율과 시종 최면을 거는 듯한 드럼 비
트 그리고 1500년경, 스페인 정복자들이 결코 점령하지 못한 강인함을 나타
내면서 훌라밍고 기타(Flamenco Guitar)의 매혹적인 선율이 지나고, 광야
를 흔드는 천둥 소리, 은은한 인디언 합창(Indian chorus)이 들려옵니다.
　수년 전 그랜드 캐넌을 답사하고 우리와 같은 뿌리를 가진 몽골의 후예라
는 생각에서 해질 무렵에 나바호족들이 모여 사는 보호 지역으로 들어갔습
니다.
　긴 머리를 땋은 색시들이 눈웃음을 지으며 반기고, 같은 형제라며 두 손
을 잡아 주던 남정네들이 남 같지 않게 보였습니다. 내가 뭔가를 할 수도 있
다는 솟구침이 있었지요. 인디언 특유의 드럼 비트가 너무 좋아서 그만 인
디언 뮤직에 푹 빠져 버리면서 그런 상상을 해봤죠. 좋아하시면, 전곡을 보
내드리겠지만. 어떤 마음의 부담도 가지지 마시고, 여기 미국에 사는 멋있
는 E-mail 친구 하나 사귄다 하고 생각하세요.

Subject: 고독한 Runner를 위해서
Date: Mon, 20 Nov 2000 02:33:10 -0600
From: M Kim

　며칠 전 모처럼 시카고 시내에 나갔다가, 올해에 출판한 그 책의 여분이
있나 하고 한국 서점에 들러 봤지요. 구하진 못했습니다만, 얼마만 기다리

면 오더를 해주겠다고 하면서, 한국에서 온 지 얼마 안 된 서점 주인 여자의 수다를 들어야 했었습니다.

"옛날 진유경 씨는 예쁘고 날씬했는데, 몸이 많이 불은 것 같아요―."

저야 아는 바가 없으니, "그렇습니까?"라고 대답을 하였습니다.

―이건 저의 집사람에 대한 생생한 기록입니다.

예전엔 대부분의 다른 여자들같이 날씬했지요. 결혼 후 생활이 안정되면서 몸과 맘이 느슨해진 이유도 있겠지만, 가장 큰 이유는 아무리 바쁘고 피곤하게 살아도, 체중이 늘어난다면, 식생활에 문제가 있다는 얘깁니다. 운동도 안 하면서, 아무리 먹어도 체중이 늘지 않는 비정상적인 사람들 얘긴 뺍시다. 보통 몸 생각해서 아침과 점심을 대충 하더라도 저녁 식사가 항상 문제가 되지요. 오후 6시에 집에 오면 정신없이 맛있게 먹고, 3~4시간 내에 잠자리에 들거나, 밤에 주로 글을 쓰거나 일을 하는 사람들은 밤참도 하고, 한잔도 하고, 군것질도 하지요. 체중이 느는 건 당연합니다.

고독한 달리기로 5Km를 뛰어도 300칼로리밖에 소모를 못 하는데, 혹 맥주나 설탕이 들어 있는 탄산음료라도 마시면 그야말로 '꽝'일 뿐더러, 40대 이후에는 발목, 무릎 부상은 물론 장기들의 충돌을 피하는 게 더 중요한 이슈입니다. 그래서 '속보'를 하라는 얘기도 있지요. 달리기를 해서 소모하는 열량이 하루에 필요한 것에 비하면 1/10 정도이니, 달리기를 해서 감량을 한다기보다, 심장, 근육 등을 튼튼하게 하는 데 의미를 둔다고 합시다.

하여튼 저의 집사람은 워낙 식성이 좋다 보니 마지막 영양분까지 '쪽쪽―' 하며 흡수가 되는 소리가 들릴 지경이지요. 지금까지 여러 차례 요요 현상을 겪다가 여기 시카고의 '오프라 윈프리'같이 포기도 해버렸지요. 그래도 날씬한 몸매를 운운하는 저의 성화(?)도 있었지만, 지난 8월 1일부터 몇 가지 남편과의 약속과 협조를 전제로 '건강한 삶을 위하여'라는 모토 하에 다시 도전을 했습니다.

〈전제 조건〉

1. 이것도 먹고 싶고, 저것도 먹고 싶다는 투정을 일절 삼갈 것(협박에 가까움).

2. 옛날같이 분위기 살리려고 초장에 멍게, 불오징어에 혀가 말릴 때까시 마시는 둘만의 맥주 파티는 근절(자주 있었던 일도 아닌데 좀 서운했음).

3. 운동이나 기타 문제에 대해 적극적으로 도와줄 것.

〈과정〉

1. 아침, 점심은 야채와 과일로 철저하게 때웠다. 영화배우 '수잔 소머즈'의 다이어트 강의대로, 감량을 하는 동안 체내지방으로 열량을 소모시키므로 빵이나 밥은 안 먹어도 산다. 올리브, 생선 등의 기름을 먹으면 열량으로 소모가 됨으로, 콜레스톨만 조심하면서 필요한 기름기는 취해도 된다.

2. 저녁 식사량도 반으로 줄였다. 빵이나 밥도 1/3로 하고, 채소나 김치찌개, 미역국, 생선찌개를 들지만 과도한 단백질도 결국 체내지방으로 변하므로 적게 먹는다. 6시 무렵에 식사를 하고는 1시간 동안 러닝머신에서 5Km를 속보로 끝내고, 나의 옛 공군 간부 후보생 동기의 사업을 돕는다고 사둔, 간이 저온 사우나에 들어가 30분 동안 땀을 또 빼고 나서는 물만 마셨다.

3. 저녁 식사 후에 군것질 금지(정 참기 힘들면 과일 정도만 든다).

4. 식욕을 참는 데는 정말 힘이 들어, 부작용이 없는 식욕억제 알약을 복용했다.

〈결과〉

1. 넉 달 만에 숫자적으로 25#(11.35 Kg) 감량을 하였다.

2. 당장 Size를 몇 단계 내려서 옷을 입어야 했기에 수백 불이 옷값으로 날아갔다.

3. 채소는 소화가 전혀 안 되지만, 비타민이나 무기질을 빼 먹고 내장청소

에 도움이 된다니까 좋고, 양이 많아 포만감을 준다. 그러나 채소 위주 식사를 많이 하면서, 샐러드 드레싱을 많이 넣으면 헛일이다. 상추에 불고기나 된장을 곁들여서 먹는 습관이 들었다.

솔직히, 두 번째 답장을 맘 설레는 소년같이 기다렸습니다. 서로를 결코 믿을 수 없는 상태에서 여러 가지 예기치 않은 상황이 일어날 수 있는 시나리오를 결코 모르는 건 아닙니다. 저로서도 이제 장롱 같은 집사람에 대해서는 무너질 수 없는 마음의 태산이 들어앉아 있다고 생각이 들지만요. 그러나 저의 궤변인지도 모르겠지만, 사랑하는 맘이 갈라진다고는 생각하지 않았습니다. 결혼 후로는 집사람에게 죄 짓는 일은 안 했다고 자부하지요. 이곳에 이민 온 주부들은 미국에 오길 잘했다는 얘길 자주 합니다. 남편들이 밖에서 술이나 여자를 접할 기회가 없어서 좋다나요?
자신이 있으면 연락 주시고. 그럼—.

2000년 겨울의 문턱에 서서

우석

Subject: [답장]고독한 Runner를 위해서
Date: Wed, 22 Nov 2000 03:58:58 +0900 (KST)
From: Zalea

재미있는 편지를 쓰는, 아주 재미있는 분이군요. 나바호 인디언 음악은 귓가를 하루 종일 울렸습니다. 이상할 정도로—. 또 오늘 받아본 편지는 내내 웃게 만들었고— 유머러스한 작은 표현들 때문에 고개를 갸웃하게 했고—. 진짜 자연과학을 한 분일까? 그리고 감동했어요! 와— 그렇게 많이, 11.5킬로라니! 슈퍼 모델과 함께 동거중이시겠네요. 또 크크크 웃게 했죠?

자신 있으면 답장하라는 말에서요.

우선 결론을 드리자면 '자신 있어요'.

좋은 편지 친구를 갖는 것은 제 인생에 100% 도움 될 일이지 않겠어요?

그렇다면 그동안 왜 답장을 못 드렸느냐면

1. 6년 만에 집을 이사했어요. 엄청난 책 더미에서 아직도 카오스 상태죠.

2. 지방 강연이 너무 많아 그 와중에 파김치가 됐고,

3. 저희 회사도 이사를 가야 해서 사무실을 보러 다녔어요.

4. 정기적으로 쓰는 원고 3꼭지 해결, 이 정도면 절 위해 눈물을 흘려 주실 법한데―

5. 제가 지금 공부를 하고 있는데(대학원에서) 프로젝트 2건에 논문이 겹쳤어요.

'내가 왜 이렇게 살지' 했어요. 절 이해하시죠? 지금은 한국 시간으로 오전 4시 17분인데 지금까지 내일 학교에 낼 숙제를 했어요. 그래도 다 해냈지 뭐예요. 못 할 줄 알았는데―. 스스로 대견해 하고 있는 제 모습이 보이세요?

Zalea

Subject: For the vigorous feminist

Date: Wed, 22 Nov 2000 00:00:22 -0600

From: M Kim

Zalea?

영어 단어같이 보이는데, 무슨 꽃과 연관된 사연이 있습니까? 제일 먼저, 그런 엄청 바쁜 일들이 겹친 줄을 제가 어떻게 상상이나 하였겠습니까? 대답 없는 메아리로 끝날 일이라 한번 씩―웃고, 이젠 조용히 접어야지 하고

생각했었지요.

일생에서 한꺼번에 두 건의 이사까지 모이기도 힘든 일인데, 5가지 일 중에서 부군께서 도와줄 일은 첫 번째 뿐이었겠네요? 누가 좀 도와준다 해도 집안일을 꾸리기만 하는데도 전업 주부의 일일 터인데, 대단하십니다. 공치사가 아니라 가히 대단한 여성 운동가(Feminist)라 인정이 됩니다.

전에 직장을 다니면서 대학원 공부를 할 때 저도 비슷한 경험을 했지요. 월요일 아침 8시까지 출근을 해야 되는데, 여명의 새 소리가 들리기 시작하는 데도 숙제를 다 끝내지 못했던 참담한 기억이 떠오릅니다. 이사 때마다 책들이 제일 문제가 될 겁니다. 돌같이 무거운 데다 옮겨 놓고도 제자리 찾아가는데 시간이 걸리지요. 그러나 아직 뒷동 아파트가 보여도, 좀더 널찍한 나만의 공간이 확보만 된다면 모든 걸 감수해야지요. 혹 근처에 미국식으로 꾸며진 개인주택으로 이사 가는 건 아닙니까? 하여튼 축하합니다.

내일은 추수 감사절입니다. 학교 기숙사에 갔던 애들이 다시 빈 둥지로 날아들어 모처럼 북적거립니다. 올 여름에 떠나간 딸내미가 더 보고 싶었지요. 기숙사의 불어터진 스파게티 얘기는 씁쓸한 미소를 짓게 했답니다. 어제는 통감자, 오늘은 자른 감자, 내일은 으깬 감자! 아, 지긋지긋하게 물린답니다. 차에서 내리는 딸내미, 아들 녀석을 껴안으며, 'Welcome home, guys!' 이런 게 살아가는 잔재미겠지요?

애들을 미국식으로 키우면서, 어려서부터 한국식 교회에 노출시키지 않고, 자기 사고력의 보편적인 사고력을 스스로 느끼게 해줬습니다. 자기들의 의지가 성숙되기 전에 밑도 끝도 없는 종교가 편협하게 인생의 폭이 좁게 왜곡되어지는 건 막고 싶었거든요.

그 옛날 영국에서 조실부모한 버트란트 러셀은 철저한 무신론자의 부모로부터 많은 영향을 받았습니다. 부모들은 죽기 전에 유언장에다 양부모까지 무신론자를 선택해 놨지요. 그리고 양육권이 조모 조부한테로 옮겨진 후에는 스코틀랜드 장로교의 엄격한 교육을 받게 되었지만, 그는 결국 그 굴레를 스스로 벗어 던졌지요.

요즘 한국에서 신학대학의 문턱까지 갔다 온 김용옥 씨가 물의를 일으킨 건 사실이지만, 개인적으로도 지역 종교의 특성에 유난히도 한국인이 그 근본을 잘 이해치 못하고 설치는 문제는 저도 심각하게 생각하고 있답니다. 혹, 기독교인이 아니신지요? 오늘은 종교나 철학적인 얘기로 잔가지는 치지 않으려 합니다.

여하튼, 저는 자연과학을 한 사람으로 사람은 죽으면 모든 게 끝이다는 철저한 실존을 먼저 배우게 되었습니다. 고등학교를 졸업할 무렵에는 에누리 없이 미국식 실용주의(American Pragmatism)에 젖게 되었지만, 그래도 남을 위한 배려도 많고, 가고자 하는 길을 우선은 가고 있으니, 맘이 통하는 얘길 할 수 있답니다. 꼭 잘 살기 위해서, 순간의 행복을 위하여 살지는 않으나, 열심히 노력하여 성공을 하고 싶어 합니다.

죽으면 없어질 몸이니 중용의 길을 가자는 동양의 포괄적 삶 대신, 열심히 살라 했습니다. 왜냐면, 우리 인생은 그렇게 선택되게 만들어진 고귀한 존재는 아니라고 느끼고, 또 그렇게 느낍니다. 우리는 드라마같이 기승전결을 사는 게 아니고 과정만을 살다 갑니다. 그래서 순간을 열심히 살면, 과거도, 현재의 내가 없어져도 내가 살 미래도 열심히 살았을 거라는 명제가 선다고 얘기를 해줬지요. 얼마 전 이런 얘길 운전 중에 들었습니다. 베토벤 탄생 기념일 라디오에서 나온 얘기인데요,

―He composed the music then, but he is decomposed now!

(그때 그는 작곡을 하였지만, 지금은 죽어 화학적인 분해를 하고 있다!는 얘기인데요, 얘기의 초점은 여기선 composed와 decomposed를 대비시킨 겁니다.) 좀 심했지요?

이곳에서 애들이 태어난 것이 잘했는가, 못했는가는 지금 단계에서는 애

들이 아직 어리니 무슨 얘기를 할 수는 없습니다. 단지 뿌리를 잃게 하고 싶지는 않아서 주말 한글 학교를 6년을 다니게 한 끝에 한글은 깨우쳤습니다. 읽고 쓰기도 하고 적어도 할머니, 할아버지와는 한국말이 통하지요. 우리들 먹는 대로 된장찌개, 김치찌개는 물론 생선회도 잘 먹지만, 양식을 물론 좋아합니다.

그리고 이제 집사람도 20#(9 Kg)짜리 칠면조를 굽는 실력이 수준급이 되면서, 우리 부모님까지 매년 쌀쌀한 이때를 기다리지요. 이 날은 모든 음식이 양식입니다. 포도주까지 포함해서 말입니다. 그쪽은 칠면조 고기에 큰 매력이 없지요? 그게 입맛이 들려면, 적어도 20년은 먹어 봐야 할 겁니다. 냉장고에 넣어 두었다가 꺼낸 닭고기도 싫은데, 이건 더 하지요.

이것저것 뒤숭숭하겠습니다. 할 일이 많지요? 바쁘게 사는 건 좋지요. 그러나 너무 바쁘게 지내면, 나이 먹는 줄도 모르고, 허무하고 슬퍼집니다. 자주 뒤를 돌아보세요. 여기의 보통 사람들이 그렇게 삽니다. 시간 나면, 가족들과 같이 무조건 여행이라도 떠나 보세요. '잠 못 이루는 시애틀'이 아니라, 잠 못 자는 캠핑도 좋더군요. 도토리 떨어지는 소리, 음식 냄새 맡고 모여드는 오소리, 너구리 끄르륵대는 소리 때문에 잠이 잘 안 와서 술을 좀더 마시고, 푹 자고 싶은데, 자주 일어나는 번거로움이 또 다른 문제가 됩디다.

답장은 시간 나는 대로 쓰시고. 연인들끼리라면 소식이 안 오면, 불안하지만, 친구지간의 편지는 수 년 만에 몇 줄 쓰면서도 '야, 격조했다' 하면, '아, 자식하곤—' 하며 끝나지요. 자, 그렇게 편하게 씁시다.

우석

Subject: [답장] For the vigorous feminist
Date: Tue, 28 Nov 2000 11:40:20+0900 (KST)
From: Zalea

좋은 친구가 생겨서 기쁩니다. 저하고 아주 많이 닮은 분이군요. 특히 무신론자라는 점에서—.

저는 종교에 대해 어릴 때부터 유달리 관심이 많았습니다. 아이들이 과자와 떡에 유인돼 교회에 가지만 저는 정말이지 신의 존재가 있는가가 궁금했습니다. 그렇지만 가는 교회마다 실망했고—. 한때는 천주교에 영세를 하기도 했지만 수사나 수녀들은 괜찮아도 신부들이 싫었죠. 또 가톨릭 교리도, 역사도 알면 알수록 싫더군요.

저는 여자대학을 다녔는데 그곳은 아주 자유로운 신앙이 있었죠. 제가 아주 존경했던 기독과학과의 한 교수님(버트란드 러셀 같은 분이셨죠. 여러 모로)에게서 성경공부를 한 2년 했는데 항상 "넌 재미 삼아 공부하는구나" 하고 제 핵심을 찔렀죠. 저는 그냥 궁금했지 발목 잡히는 것은 질색이었죠.

지금은 저는 진화론에 매료 되어 있고, 버트란드 러셀을 더욱 존경하고 있죠. 제가 오래 살고 싶다는 '역할 모델'이 된 사람이죠. 참 훌륭한 사람이고—.

무엇보다 얼마 전 『자녀교육론』(읽어 보셨나요? 제가 이렇게 좋은 엄마랍니다)을 읽었는데 그 책에서 러셀은 만일 아이가 '난 죽으면 천당으로 가나요? 지옥으로 가나요?'라고 물으면 이렇게 대답하라고 하죠. '그런 일은 네가 생각하지 않을 정도로 먼 후일의 일이니까 걱정할 필요 없다'고 대답하라고 했죠. 만족했어요.

저는 저를 믿어요. 똑바로 정신 차리고 살고 있고 제가 어떤 인간적인 실수를 하거나 충동적인 일을 저지르고 싶을 때는 제 자신에게 묻죠? '너 혼자 처리할 수 있냐?' 'YES'라고 나오면 GO지요. 제가 다른 사람보다 더 실수하거나 충동적인 일을 많이 저지를 것 같죠? 그것은 김 선생님 상상에 맡기죠.

저는 신이 인간을 만든 것이 아니라 인간이 신을 만들었다고 믿죠. 더구나 아담의 갈비뼈가 이브가 아니라 원래 인간은 여성이지 않습니까? XX가 XY보다 오리진(Origin)이잖아요.

참 할 이야기가 많군요. 저는 개인적으로 저 자신을 '이야기가 많은 인간'으로 키우고 싶어했습니다. 선생님도 그렇군요. 밤새 이야기를 할 수 있는 남자겠어요. ^_^ .

우선 궁금증부터 풀어드리죠.

1. Zalea는 말씀하신 대로예요. 진달래인 Azalea에서 A를 뺐습니다. 어감이 좋아서요. 싸늘한 봄날 유난히 그 멋있는 자태를 맘껏 과시를 하는 영산홍과 같이 되고파서.

2. 저는 칠면조 고기를 무척이나 좋아한답니다. 제가 아주 친한 선배가 미국 외교관하고 결혼해서 4년 동안 이곳에 있을 때는 매해 초대받아 잘 먹었어요. 그리고 음―그 펌킨 파이도 눈물 날 만큼 그립군요. 저는 먹는 것을 너무나 좋아해요. 미식가예요. 자타가 공인하는― 실력과 열정을 넘치게 갖고 있죠.

3. 그리고 여전히 심한 감기를 앓고 있어요. 그래서 제 회사 친구에게 오늘 아침 신경질을 내서 지금까지 가슴이 아프네요. 저는 지금은 학교 때 친구들과 인터넷 콘텐츠에 관련되는 일을 하는 회사를 하고 있어요. 재미는 있는데 걱정이에요. 한국 경기가 안 좋아서 얼마를 버틸지―너무나 괜찮은 회사인데, 다음에 자세히 알려드리죠.

4. 제가 페미니스트라고요? 아니죠. 저는 여자인 저에게 관심이 많고 동정심이 많아 핍박받는 계층에 관심이 많아요. 넓은 의미에서 휴머니스트라고 할 수 있죠. 하지만 페미니스트인 남자들은 좋아하죠. 속까지 그런 남자인 경우에―

이번에는 제 질문(!)이자 요구사항(?)

1. 스캐너로 사진 한 장 읽어 보내 주실래요?

2. 나이나 뭐 그런 것 좀 대충 감 잡을 만한 걸로 보내주실 수 있어요? 정 힘드시면 이력서도 좋아요. 저는 대충 감 잡는 것을 좋아하거든요. 제 사진도 보셨고 제 경력도 아니까 두 성의 '평등'을 위해서 말이죠. 제가 그만큼 친구에 대해 궁금해졌다 그렇게 편안하게 생각하시면 되요.

Zalea

Subject: 두 성의 평등을 위해서
Date: Wed, 29 Nov 2000 16:58:13 -0600
From: M Kim

지난 봄에 어느 일간지 기행 칼럼에서 수백 년 묵은 '영산홍'이 흐드러지게 핀, 대전 근교 어디어디 하면서 화보까지 나온 게 있었죠. 여기서도 철쭉 내지는 통상 진달래라고 하여 많이 팔고 있습니다. 물 빠짐이 좋고, 그래도 혹독한 추위가 없어야 하는지 몇 그루 심어서 한 철 감상을 하였는데, 겨우 살이를 못하고 죽어 버렸더군요.

Zalea 보세요.

결혼과 연애, 흔히들 하는 얘기이죠. 비슷한 성격에 기호를 갖은 사람들보다, 부족한 면을 보충하면서 살아가는 게, 더 좋을 거라는 얘기 말입니다. 부부로 살아가면서 철학, 종교, 문학을 논하기보다는 내일을 바라보며 오늘을 살아가는 생활인이 되어 버리지요. 그러다 보니, 사람들은 자신들만의 공간이나, 숨통을 트게 하는 작은 공기 구멍을 찾으려 하는지도 모르겠습니다.

말씀하신 대로, 자신을 믿는 일이 중요합니다. 무슨 일이든지 저지르지 않으면 실수도 없고, 얻는 것도 없을 터이니 하는 데까지 열심히 하세요. 개인적으로도 이것 저것 하려고 청사진을 만들어 봤지만, 너무 앞뒤를 재다보니 항시 안 되는 방향으로 결정이 되면서 실기를 하고, 또 실수가 없으니 발전도 없더군요.

버트란드 러셀은 그의 인생에서 3가지의 열정을 가지고 산다고 했습니다.

1. 사랑에 대한 갈망(그는 심지어 불과 몇 시간 동안의 사랑의 기쁨을 위해서 그의 전 인생을 걸 수도 있다 했습니다. 1925년 *What I believe*와 1929년 *Manners and Morals*를 내면서, 일찌감치 간통(Adultery)이나 성의 자유(Sexual freedom)를 옹호하는 바람에 당시 New Yok의 City college에서 교수 생활을 금지당하기도 하였지요).

2. 지식에 대한 갈망(철학뿐만 아니라, 1950년에는 노벨 문학상도 탔고, 1차 세계대전에 대한 쌍방의 비방으로 수감되면서 『수학의 기초』를 집필한 수학자이기도 하였습니다. 대다수의 그리스 철학자들이고 또한 기하학 학자였다는 사실이 현대에서도 재현?).

3. 고통받는 인류에 대한 참을 수 없는 연민.(굶는 아이들, 학대받는 사람들, 무력한 노인, 고독, 빈곤에 대한 그리고 89세에도 반핵운동까지 하다가 감옥도 갔다지요)

고등학교 때, 『시사영어 연구』라는 잡지에 나온, 그에 대한 인터뷰 기사를 통해서 그의 존재를 처음 알았지만 거의 관심을 두지 않다가, 최근 몇 년 동안 그에 대해 접할 기회가 있었습니다. 그리고 그의 사상이 Zalea에게도 많은 영향을 준 것 같군요. 저도 지극히 인간적인 면을 좋아합니다. 한국에 있을 때 물론 결혼 전이지만, 어느 처지에 있던 여자들이든 간에, 지극히 인간적으로 대해 줬습니다. 그게 휴머니스트(Humanist)인지 페미니스트(Feminist)인지는 좀 생각을 해봐야 하겠는데요?

결혼도 마찬가지였지요. 목적이 있는 사랑, 결혼은 생각할 수도 없었죠.

만나면 즐거웠어요. 철학, 문학, 종교 얘기는 잘 몰라도, 자연의 아름다움을 알고 싹싹하고, 진솔하며 바지런한, 충청도 시골 정미소집 첫째 딸 얘기도 다음 기회에—.

그리고 자식은 지식으로 키우기보다는 지혜로 키워야 한다고 생각해요. 우리들의 부모님들이나 할아버지 할머니는 못 살고, 못 배웠어도 요사이 젊은이들보다 잘들 키웠잖아요? 욕심이 애들을 버려놓는 것 같습니다. 새벽에 미화원을 하는 아버지를 돕고 학교에 나가는 고3 아들의 얘기와 부족함이 없는 애들. 도올의 노자 얘기 중에는 〈빈 잔의 얘기〉도 있었죠. 비어 있어야 그걸 채우려 하는 욕망이 생긴다고.

다음에는 그쪽 진화론 얘기를 듣고 싶습니다. 꼭 무신론자의 입장을 떠나서 왜 우리가 이 땅에 떨어졌을까, 또한 어떻게 우리가 지금의 모습을 하고, 우리의 미래는 어떻게 되는지에 대한 명제도 나름대로 정리를 해두는 것도 중요하다고 생각합니다. 한국에서도 잘 알려진 스티븐 호킹(Stephen Hawking)의 *A Brief History of Time*를 혹 읽어 보셨나요? 인간의 존재는 항시 대단치 못 하다는 저의 생각이지만, 그 사람을 보면 어쩐지 행복한 고민을 하고 있지 않나 하는 생각도 듭니다.

감기는 누구나 걸리는 것이지만, 하루 정도 만사 제끼고 바깥양반 시중 한번 받아 보시지 그랬어요. 엄마가 잘해 주니까 자주 아팠으면 좋겠다고 하는 애들처럼. 강한 사람은 항상 그러려니 하는 것이 우리들 맘입니다.

그럼 다음에—.

우석

Subject: 〔답장〕두 성의 평등을 위해서
Date: Sat, 02 Dec 2000 00:45:32 +0900 (KST)
From: Zalea

아주 재—미—있—게 생기셨네요. 앞으로의 시리즈 기대하겠어요. 저는 남자의 외모는 별로 따지진 않지만 이른바 인상이라는 것은 중요하게 여기죠. 사람의 이름도 보면 그 사람과 닮았어요. 우석이란 이름이 어울리는 얼굴이군요. 보기에 전혀 부담 안 가는 얼굴이네요. 호호호—. 제 요구 사항을 100% 수용해 주셔서 감사드립니다. 별로 어려운 주문은 아니었지만, 그래도 즐겁고 기뻤답니다.

그런데 저 역시 어떻게 불러야 할지 모르겠네요. 저는 아주 친한 사람은 그냥 이름을 불러요. 씨니 뭐 그런 것 안 붙이고 정말로 가까운 친구들은 그냥 '김우석' 이렇게 불러요. 저와 지금 회사를 같이 하고 있는 친구는 제 대학 때 남자 친구(그러니까 boy friend가 아니고 friend boy인)인데 '허진호' 그냥 이렇게 부르죠. 하지만 '김우석'이라고 부르기엔 그동안 쌓은 실적(?)이 없군요. 저 역시 가까운 이들이 저를 부를 때 그냥 '진유경' 이렇게 부르는 것을 좋아해요. 단순하고 담백하고 그리고 뭐 이것저것 붙지 않아 좋아요.

저는 성격이 좀 그래요. 단순 명쾌하죠. 그리고 이름이란 부르는 사람 편한 대로 부르는 것도 괜찮죠. 사실 사람한테 성도 필요 없죠. 그냥 유경이도 괜찮고. Zalea도 좋아요. 지금처럼, 부르고 싶은 대로 하세요. 저는 관대하기까지 하거든요.

김우석의 편지를 읽어 보니—실례가 아니길—. 엔지니어링을 전공했다는 것이 도저히 믿어지지 않는군요. 다시 한 번 말하지만, 왜 공대를 갔나요? 제가 보기엔 인류학이나 철학 혹은 사회학 같은 핵심 과학(Core Science)을 했다면, 더 어울렸을 것도 같은데—. 하지만 재미있군요. 이과적 성격과 문과적 성격이 한 사람에 다 있다는 것은 참 멋진 일이죠. 가끔 그런 사람들이 있어요. 마치 여성성과 남성성을 멋지게 조화시켜 갖고 있는 사람들이 있듯이. 제가 동성연애자에 대해 편견을 갖고 있는 것은 아니지만 동성애자와는 다른 의미로 말입니다.

저는 버트란드 러셀의 생명성을 존경하죠. 오래 살았고 그는 많은 일을 했지요. 그가 1916년에 발표한 〈결혼과 모럴〉에 대한 언급은 지금 생각해도 멋지고 감탄스럽죠. 가령 결혼과 임신 출산은 별개로 이뤄져야 한다든 가—. 젊은 날의 제 피를 펄펄 끓게도 만들었죠.

안드레아 드워킨—공격적인(?) 페미니스트죠. 결혼제도를 '강간의 유사제도'라고도 했는데 아마 김우석은 맘에 들어 하지 않겠으나 진유경은 공감하기도 했지요. 간통이라는 것도 자신의 본성을 배반하며 사는 인간의 탈출구이기도 하니까요.

진화론자라고 절 소개했던가요? 저는 근거와 증빙을 좋아하는 사람이죠. 인간에 대해 가장 신뢰할 만한 답을 저는 진화론에서 발견했어요. 리처드 도킨스나 데드몬드 모리스 같은 이들이 말했던 '인간은 동물이다'라는 명제를 가장 좋아하지요. 인간이 만물의 영장이라는 표현은 남성은 여성보다 우월하다는 쇼 비니스트의 말처럼 무식하고 무지해 보이지 않나요?

신의 영역이라고 알고 있는 두려움에 도전하는 인간을 저는 존경합니다. 다윈이나 그 모든 '사실에 입각한 진실을 파헤친' 과학자들을 저는 존경합니다.

얼마 전에는 베르베르의 『아버지들의 아버지』라는 소설을 재미있게 읽었어요. 'Missing rink'에 대한 것이었는데 제가 몹시 흥미 있어 하는 분야였거든요.

제가 요즘 들어 많이 읽는 책은 과학책이랍니다. 저는 중학교 남자 아이처럼 『과학 동아』를 정기구독하고 있어요. 그리고 인류학과 심리학에 대한 책을 요즘은 많이 읽어요. 재미삼아 읽는 책들이고— 일을 위해서는 경영 서적을 비롯한 잡서를 마구잡이로 무식하게 읽고 있지요. 먹고 살려면 그렇게 해야 하거든요.

김우석은 '엔지니어'고 진유경은 '지식 노동자'죠. 그쪽이 훨씬 멋있어 보이는데—. 저는 하루살이 지식 노동자에서 벗어나 전문직 지식 노동자가 되는 것이 꿈이에요. 그런데 하는 일이 몹시 재미있어 보이는군요. 무식한 제가 잘 알아듣게 너그럽게 설명해 주세요. 궁금해요.

저의 감기는 다 나아가고 있어요. 다행이죠? 오늘 회사는 이사했는데 기분이 좋아요. 집에서 가까워져 길에 허비하는 시간이 줄어들었으니까요. 삼겹살과 첫 편지에서 썼던 멜로 같은 와인과 함께 했으면 하는 기분 좋은 날이었죠. —저의 선배, 지금 미국 간 대학 선배와—그러니까 우리는 삼겹살과 레드 와인처럼 잘 맞는 음식과 술은 없다고 강조하곤 했어요. 그 선배가 그립군요. 그 선배는 지금 50에 가까운데도 아주 멋진 여자죠.

오늘도 많은 일이 있어 피곤했지만 우석의 편지와 그 선배 생각을 하니 좀 피곤이 풀렸어요. 감사드리며—.

진유경

Subject: 호칭의 벽을 허물면서

Date: Fri, 30 Nov 2000 15:10:34 -0600

From: M Kim

기분 좋은 토요일 아침에 메일을 열어볼 거라 생각됩니다. 주말에는 연말 파티 등으로 바쁠 것 같아, 보낸 글 읽자 마자 서둘러 씁니다. On-line 채팅은 아니지만, Off-line 채팅이라는 생각이 드는군요. 할 말이 많고, 대답을 빨리 하고 싶은데, 느낌이 탈색되기 전에, 배경음악으로 리처드 클라이더먼(Richard Clayderman)의 피아노곡 중, 'I Do It For You'와 'Radio Heart'를 깔고서 쓰고 있습니다.

유경이 보세요. (호칭에 관대하시다니, 이렇게 부르는 것이 젤 마음에 듭니다만) 저의 경우도 별로 개의치 않습니다.

그리고 보낸 사진 중 둘이 포개서 찍은 사진 중에서 '돌팔이 교수'는 내 앞에 앉아 있는 녀석입니다. 보내놓고 사진 설명을 읽어 보니 누가 누군지 명백하지 않았는데, 제대로 알아봤습니까? 저의 나이에 대해서 '감 잡기'는 이미 시작을 했겠지요. 사진에 연도가 있어서 힌트가 많을 겁니다. 그냥 몇 살이다 하면 되는 건데, 재미있네요.

편지가 길어지는 이유는 한마디 할 것을 길게 풀어야 하고, 앞뒤 설명을 자세히 해야 하니 별 수가 없죠? 만나서 얘기할 때는 눈빛으로, 또 표정이나 몸짓으로 적어도 반은 커버가 될 것 같은데. 하지만 좋은 점은 확실치 않는 얘기는 쓸 수가 없는 일이고, 두고두고 읽어볼 수 있어서 좋긴 하지요. 매번 만날 때, 녹음기를 들고 다닐 수는 없는 노릇이네요. 옛날같이 편지로 얘기할 때는, 더욱이 해외에 있는 사람하고는, 바로 답장을 써 줘도 한 달에 한 번 주고받기도 어려우니, 꼭 듣고 싶은 얘길 기다리려면, 복창이 터져 나가겠습니다.

내리 파는 전공이 아니니 깊은 지식은 없지만, 현대에 이르러 자연과학의 발달에 힘입어 이전 서양철학의 절대가치나 진리(Absolute values or truth)의 추구에 대한 절대부정 단계인 허무주의(Nihilism)나 몰이성주의(Irrationality)의 중간 노선을 가면서, 모든 가치관에 대한 테스트를 통하여 재조명을 하는 실용주의(Pragmatism)가 이제는 미국에서 만연하게 되었습니다. 그 〈미국식 실용주의〉에 힘입어 미국 내에서는 기독교의 몰락이 성해졌고, 자연과학도 자연스레 발전되어 첨단을 달리고 있습니다.

제가 붙든 전자―기계 분야의 종합예술인 로봇 공학을 하면서, 우리 인간이 뭔가를 해보려고 바둥거리는 미미한 존재라는 걸 느낍니다. 자연과학의 발달이 더 그렇잖아요. 새로운 연구랍시고 혹을 계속 부쳐 가니, 나중에 하는 사람이 제일 골치 아프지요.

　─우리 사람이 어떤 물건을 집으려는 의도가 생기면, 우선 눈으로 그걸 보고, 얼마나 크고, 무거울 건가를 거의 무의식적으로 인지를 한 다음, 손이 나가서 집어서, 마시고, 두드리고, 돌리고 하지요. 바보나 어린애가 아닌 이상, 물이 가득 찬 양동이를 커피잔 가지러가듯 손을 길게 뻗지는 않을 겁니다. 여하튼 우리는 그 커피잔을 단순히 손을 뻗어서 가져다 마시면 되는데, 그걸 전자, 기계적으로 하려니, 얼마나 코멘드(Command)가 많겠습니까? 크기, 팔 길이, 카메라, 영상 인식, 모터 선택, 각도 조절, 속도 조절, 가속도 조절 등, 수십 가지가 필요하니, 그걸 우리가 부드럽게 마시듯 가상작동(Simulation)하는 것도 무진장으로 복잡해진다는 얘기지요. 그래서 새로운 프로그래밍 언어인 신경조직망(Neural Network)을 써서 어떻게든 우리가 하는 식으로 근접하게 해보겠다는 발버둥이지요. 그럴 때마다, 그 한계를 느낍니다. '에이, 속 편하게 글이나 쓰면 좋겠다!'라는 생각이 드는 이유지요. 우주공학을 해도, 생명공학을 하여도, 어떻게 수백억 년 동안 쌓아온 그 모든 내력을 이해하겠어요?

　35억 년 전에 처음 생명체가 생겼고, 인간도 500만 년의 진화를 했다는데. 동굴 속의 벽화로 추정된, 인류의 기록이 시작된 3만 년 역사 중, 불과 수천 년의 역사 속에서 뭐가 얼마나 밝혀지겠습니까? 이삭 뉴턴의 얘기대로 바닷가에서 모래 장난하는 어린이에 비한 이 거대함에 대한 도전은 너무도 무모하여, 영원히 피조물이라는 인식의 딱지가 붙어 다닐 지도 모릅니다.

　UC Berkely의 현대 물리학자인 카프라는 그의 *The Tao of Physics*에서 도학(Taoism)에 빠져버리고, '공즉시색, 색즉시공'에 더 관심을 갖게 되었습니다. 모든 물질의 근원을 파다 보니, 실험의 조건에 따라 있다가도 없어지고, 없다가도 생기게 되니 그런 얘기가 나왔습니다. 호킹도 이 우주를 통괄해서 정의할 수 있는 수식을 만들려고 하지만, 언제 누가 그걸 할런지. 그걸 유도해내면, 그리고 그때 자신의 '신의 존재'에 대한 입장도 밝히겠다고 했지만. 한편 근본이나 과정은 몰라도 삼라만상 제 현상을 보고 그에 순응하는 동양식 사고 방식이 서양식보다 한수 위라는 생각을 하게 되었지요. 그런 자연과학을 하면서도, 야만적인 생활을 하던 유럽인들이 동양의 풍물을 가져다가 지정학적인 복합성 때문에 생존 경쟁에서 살아남기 위해서, 부수적으로 과학 문명이 발달되었는데, 결국 맥심 건(Maxim Gun)의 총부리를 이리저리 돌린 서구인들(러셀이 강하게 주장). 가깝게는 한국에서 가져간 걸로 좀 키워 놨다고, 이제 또 수시로 우리를 넘보는 일본인들 생각이 꼬리를 뭅니다.

　얘기가 길어지니, 각설하고 고민 많은 엔지니어, 김우석을 너무 부러워마세요. 하루살이 '지식 노동자'를 탈피하는 일은 대학 교편이라도 잡으면, 좀 나아질 건가요? 책 쓰는 사람들의 저력이 부러워요. 잘 해내리라 생각합니다.

　정말로 삼겹살에 소주 대신, 레드 와인의 궁합이 잘 맞습니까? 그럴 듯하네요. 조만간 시도를 해봐야겠습니다. 오늘은 갑자기 북적거리는 한국의 술집 분위기가 그립군요(이렇게 잔가질 치면 얘기가 길어지지요). 유경이도 주말 잘 지내세요. 어감이 괜찮습니까?

김우석

Subject: 〔답장〕 호칭의 벽을 허물면서
Date: Sun, 03 Dec 2000 22:43:52 +0900 (KST)
From: 진유경

　Upgrade한 용모이군요. 하기는 나이가 들면서 괜찮아지는 남자도 있군요. 흔히 여성은 외모에 의해, 남성은 그가 가진 것에 의해—명예, 지식,

부, 권력— 가치가 평가되기 때문에 여자는 나이가 들면 늙고 초라하고, 남자는 멋지게 된다고 했지만 편견의 해석이죠. 여자가 더 그렇죠. 그런데 김우석도 그렇군요.

재미있고 얻는 것이 많은 편지였어요. 저는 로봇 공학에 대해서는 잘 모르지만 인공지능과 그 테크닉이 결합되면 멋질 것이라는 생각은 해왔죠. 저는 20대에는 엔지니어나 과학자, 혹은 경제학을 공부하는 사람들을 좀 우습게 봤어요. 단순히 공돌이라고 생각했고, 의대 애들은 왜 조선시대에 그들이 중인 계급이었는지 알아야 할 것이라고 생각했고(실은 지금도 이 점은 같군요. 한국의 의사 파업은 정말 실망스러웠어요), 경제학을 공부하는 사람들은 이즘이 없는 〈샤일록〉 같은 인간들이라고 보았죠. 지금은 아주 많이 바뀌었어요. 특히 과학자나 엔지니어에 대한 생각이 바뀌었어요. 결국 세상을 변화시킨 것은 합리성과 신의 영역에 도전했던 과학자들이라고 생각하니까요.

그런 점에서 김우석은 아주 운이 좋군요. 옛날에 만났다면 저의 짓궂은 독설과 궤변에 다른 남자들처럼 분개하고 괴로워하고 씩씩거렸을 거예요. 다행이네요. 서로에게— 지금 하는 연구는 어떤 변화를 세상에 가져오나요? 그리고 김우석 본인에게는 무엇을 가져다 주나요? 오로지 성취감인가요? 다른 사람이 딛고 갈 발판을 만들었다는 성취감 같은 것 말이죠. 저는 아주 실용적인 사람인 척하고 사느라고 그런 것에 그렇게 가치를 두지 않으려 하지만 어쨌든 그 가치는 알고 있는 사람입니다만—.

일본의 가수나 연예계—한국의 사정까지도 환하시네요. 원래 그런데 관심이 많은가요? 참 재미있군요. 저도 그렇죠. 제가 좋아하는 일본 가수는 이노우에 요우스(천재라고 생각해요. 반면 마약 중독자죠), 야마구치 모모에, 그리고 제가 제일 좋아하는 노래로 이시하라 유지로의 '요끼리요, 공야모아리가도우'라는 노래예요. 일종의 불륜을 묘사한 노래인데 기가 막히게 멋지죠. 아주 옛날 노래인데 꼭 들어보세요. 가사가 품위가 있어요. 대개 세상 일에 호기심이 많은 인간들이 쇼 비즈니스 세계에도 관심이 많지요.

그리고 제가 김우석을 부러워한 것은 뭔가 구체적인 일을 하기 때문에 그래요. 눈에 보이는 로봇하고 씨름을 하는 그 단순성과 명확성이 부럽다는 말이죠. 제가 말한 '하루살이 지식 노동자'란 좀 복잡한 개념이죠. 대학 교수는 될 생각도 없고, 제가 이 세상에서 아주 우습게 보는 직업 가운데 하나예요. 저는 말이죠. 제 말과 글이 '사회적 구체성'과 '실체적인 권위'를 갖기를 바라지요. 그 점에서 제 갈 길이 멀다는 겁니다. 더 많이 공부하고 쓰고 생각하고 읽어야 하니까요. 아주 많이 노력해야 하고 이것은 제가 선택한 삶의 경로지요. 온실에서 있기보다는 비바람치고 눈보라치는 벌판에 서 있는 것이 훨씬 보람 있죠. 오로지 일회성의 인생인데 어떻게 온실에서 완상용 식물, 꽃이 되겠어요.

이 글을 쓰다 보니 올해 제가 참 게을렀고 노력이 부진했다는 반성이 뼛속 깊이 스며드는군요. 저는 이렇게 겸손한 사람이랍니다. ^_* (wink의 표시라는 것은 물론 아시죠?)

내일부터 또 부지런히 뛰어야 할 월요일이군요. 저는 월요일이 좋아요. 시작할 수 있으니까요. 무엇이든지—.

꼭 삼겹살과 〈멜로〉를 시도해 보세요. 〈카버네이 쇼비뇽〉도 참 좋아요. 하기는 한국의 술집은 영어 표현 그대로 Hyper하죠. 사실 김우석과 진유경은 술친구하기에 딱 좋은 상대인데—. 그 점 몹시 안타깝군요.

진유경

Subject: Readme Text File

Date: Mon, 03 Dec 2000 15:54:08 -0600

From: M Kim

첨부: Readme. wav

남달리 유별했던 꿈 많던 소녀의 호기심은 세월이 흐르면서, 끝없는 지식에 대한 열정으로 탈바꿈하여, 지금의 유경으로 자리매김을 하게 했습니다. 살아 숨쉬는 이 기쁨과 새로운 걸 만나는 기쁨을 만끽하면서도, 과정만을 살다가는 유한한 외길 인생을 살아야 하는 허무와 고독의 계곡은 그걸 채우려는 노력만큼 깊어만 갑니다.

500만 년의 길고 긴 인간의 역사를 통해서, 현재를 사는 모든 인간에게 때가 되면 슬며시 찾아오는 포기와 체념을 가르쳐 주는 Readme File! 고왔던 내 청춘의 얼굴에 잔주름이 늘어가고 아직도 과정에 서 있는 나를 생각하면서, 그 야속한 파일을 받아 줍니다.

첨 뵙겠습니다. 저 김우석입니다. 이렇게 간접적으로나마 만나서 반갑고요. 인생이 살아 갈 가치가 있는 줄은 아직 잘 모르겠습니다마는 비관하지는 않습니다. 지난번 그 선배—얘기대로 열심히 살고 있다는 증거라고 한 말이 생각납니다. 내가 겪는 모든 일도 나의 소중한 삶이라 생각하시고, 그 외로움을 당연하게 즐기시길 바랍니다. 오늘은 여기서 줄이겠고요. 건강하시기 바랍니다.

Subject: 〔답장〕 Readme Text File
Date: Wed, 06 Dec 2000 16:03:53 +0900 (KST)
From: 진유경

목소리와 얼굴이 일치되는군요. 좋은 목소리를 가졌네요. 음, 설교(?) 내용은 그런 대로 감동적이나 아무개 목사님 같군요. 사람들 앞에서 이야기를 많이 해보셨나봐요? 교회를 사교삼아(대개 우리 교포들이 그러하듯이) 다니시나요? 언제나 전 질문이 많죠? 1분 40초 즐거웠습니다.

진유경

Subject: 질문에 대답하기(1)

Date: Thu, 07 Dec 2000 01:26:37-0600

From: M Kim

유경이 보세요.

예, 질문이 참 많아요. 허나 좋습니다.

십 년 지기 친구같이 "김우석!, 유경이!"라고 부르려면, 질질 끌 여유가 없으니, 빠른 시일 내에 대가를 치러야 하지요. 돌팔이 교수 만규하고, 30년 지기라 하지만, 처음 몇 달 만에 친구가 되었고, 더 좁히자면, 대학 1학년 여름 방학 전, 어느 날 밤늦게까지 등나무 밑에서 많은 애길 나누고 난 후부터이니까, 첨에 맘이 통했다는 얘깁니다.

가난뱅이 집안에서 태어나서, 매일 아침 툇마루에서 동해의 해가 떠올라도, 아름답다는 생각보다 어떻게 이곳을 탈출해야 하느냐라는 독한 맘을 키웠다지요. 강원도 시골 고등학교에서 1등을 계속하였어도, 재수를 하면 끝이다는 강박관념 때문에, S공대 화공과 진학을 맘속에 접고, 당시 수업료 면제에 국립 특차인 항공대학에 흘러 왔지요. 남들은 녀석이 욕심이 너무 많고, 대단한 떠버리라 싫어해서 친구가 없었지만, 어릴 때부터 명태를 말리면서 가난한 집안을 돕던 그 녀석을 이해하고, 친구를 하기로 했었답니다.

어느 날 저녁 도서관에서 공부하다 말고, 막걸리 두어 주전자를 같이 비웠으니, 머리가 금이 간 녀석은, 도서관 뒤꼍 소나무 밭에서 나한테 기대고 겨우 은신을 하면서 흐느끼는 말로,

"야, 우석아, 넌 참, 별난 녀석이다. 나이도 나하고 같은 놈이 내 인생에서 정신적인 지주가 될 수 있느냐? 난, 전라도 새끼들을 아주 싫어했는데, 지금부터, 너만은 예외다!"

라고 떠벌렸습니다. 처음 서로 호기심이 많을 때가 제일 좋은 거예요. 그러나 그런 친구도 20년 이상은 그저 세월만 지난 거죠. 친구나 친척은, 자주 만나 싸우기도 하지만, 그러면서 더 정이 드는 거라 생각합니다.

자, 이제는 편지글 읽을 때, 제 목소리가 머릿속에 더빙(Dubbing)이 되었지요? 아무개 목사 같은 인상을 주었다니, 알 만합니다. 설교하는 목사들의 모습을 별로 본 적이 없지만, 가끔 일요일 저녁에 한국 TV 방송에서 중계를 하던 걸 무의식중에 카피를 한 모양입니다. 그리고 짧은 시간 내에 끝내려다보니 말도 빨랐지요. 그나마도 자꾸 혀가 말리어서 서너 번 한 겁니다. 영어를 할 때는 혀의 운동이 별로 없는데, 한국말을 할 때는 이 혀가 생발광을 하니까, 외국인들한테는 발음이 쉽지 않은 모양입니다. 남들 앞에서의 강의는 공군에서 교관 생활 2년 반 동안 했던 실력뿐이죠 뭐.

2000년 11월 10일 역사적인 편지의 만남을 계기로, 지난 한 달 동안 이렇게 많은 얘기가 오간 적이 없었습니다. 저는 얘기중에 잔가지를 잘 치거든요. 엊그제 신문에서 읽은 건데, 여자의 센서가 그렇게 예민하다면서요? 혹 집사람이 '요새, 저이가 뭐가 좋아서 전과 달리 얼굴 표정이 좀 환해 보이지?' 하면서 다그치면 어떡하죠? 농담입니다. 유경이는 하도 많은 사람들을 만나니 큰 염려가 없을 것 같은데요.

이제부터는 그동안의 질문에 응하는 겁니다. 오늘은 두 가지만 하겠습니다.

1. 지금의 연구가, 이 세상이나 김우석 자신에게 무엇을 가져다 주나요?

일차적으로, 물론 아직도 잘 안 풀어지는 분야에서 뭔가 해냈다는 성취감도 느끼고 싶고, 또 하나는 지극히 감정적인 얘기인데, 로봇 공학의 왕국인 일본인들의 콧대를 꺾어야겠다는 한국계 미국인의 욕심이 포함되어 있습니다. 그러나 제일 중요한 점에 대해서는, 큰 보람을 느끼지는 못할 겁니다. 거시적으로는 고통받는 인류를 위하여 하등 도움이 안 된다는 점을 알고 있습니다. 그런 의미에서 유경이 얘기한 '사회적 구체성'과 '실체적 권위'에 대해서는 더 공감을 하고 있습니다. 제가 전에 돌팔이 교수를 운운해 놓고, 온실에서의 관상용 같은 길을 택하려 하는 게 아니냐고 간접적으로 얘길 한 격이 되고 말았네요. "미안합니다. 평가 절하해서—."

사실, 천체물리학을 했더라면, 하는 생각은 들었지만 인문계는 솔직히 어려서 '미술대학'을 갈까 해서 해본 생각 말고는 한 적이 없었습니다. 비행기를 너무 좋아해서 항공대학을 염두에 뒀지만, 배우는 내용이 너무 시스템에 치중이 되어 실망을 했지요. 대학을 잘못 왔나 하는 생각도 잠시 했지만, 대학에서 배운 실력으로는 어디를 가나 설계를 하기에는 불가능하니, 대학원을 꼭 미국에서 끝낼 거라는 결심을 한 계기를 주었습니다.

그런데, 갑자기 곁다리 얘기가 떠올랐습니다. 60년대 말에 유경인 어디에 있었어요? 삐삐 마른 장발 학생 아저씨가 뺑뺑이를 치고 다니는 걸 혹시 못 보았나요? 아, 초등학교에 다녔겠구나. 이제 이렇게 알고 지내게 되니, 사람 운명이라는 게 묘한 겁니다. 마치 어딘가에 이미 써놓은 시나리오대로 움직이는 것 같지 않습니까? 그러나 그걸 본 사람이 없으니까, 내가 하는 일이 모두 잘 될 거라 써 있다고 믿어도 될 겁니다.

2. 전공과 비전공이 좌우충돌하게 섞어진 이유

어려서부터 그림을 잘 그렸지요. 초등학교를 거쳐 중학교까지는 열심히 하였는데, 환쟁이를 하여 밥을 먹을 생각을 하지는 못했습니다. 부모님들도 그렇게 생각했고. 그래서 고등학교에 가서는 아예 접어 버렸습니다. 그러나 자연을 아름답게 보는 눈을 갖게 된 게 다행스럽다는 생각을 해봅니다. 어려서 꿈은 미술가나 발명가였지요. 특히 초등학교 때는 그야말로 정중와였습니다. 경쟁도 모르고, 우리가 제일 부자고, 공부도, 그림도, 만들기도, 놀기도 거의 모두 다 내가 최고인 줄 알았지요. 사시사철 방과 후에는 뒷동산이나 앞 논밭, 개천에서 살았고, 여름에는 미역을 감으로 십리나 떨어진 금강 상류까지 수시로 다니느라, 신발에 물이 마를 날이 없었는데, 덕분에 일찌감치 무좀을 얻었죠.

6학년 때는 반장을 하면서 제일 예쁜 부반장과 연애한다는 소문에 곤욕을 치렀지만, 또 공부도 잘하고, 얼굴이 예쁜 피난민촌에 살던 민애라는 아주 가난한 애가 더 좋았답니다. 하도 가난하여 중학교도 못 갔지요. 훗날 고등학교에 다닐 때, 우연히 방직공장에 밤일하러 가는 걸 먼저 보고, 교복 입은 내 모습을 보이고 싶지 않아서, 방천 밑으로 숨어 버렸지요. 그런데 서울로 유학 가는 날 열차 안에서 우연히 만났지요. 옛날 얘길 잠시 나눴지만, 그때 숨어 버린 얘기는 할 수가 없었습니다. 영등포역에서 내려서 가는 그 애의 뒷모습을 보며, 너무 맘이 아팠답니다. 그걸 배려라 할 수 있을 일이었는지.

각설하고, 자연과학을 더 좋아했지만, 인문과학과의 경계선을 그을 수는 없잖아요. 지난번에 얘기한 대로, 근원이 무엇인가를 알아 보면, 모두 연결이 되니 말입니다. 좌뇌가 논리적이고 수리적인 면을, 우뇌가 인문계통을 관장한다는데, 사람 몸을 좋게 하는 베타 엔도르핀(Beta-endorphin)을 만들어 주는 우뇌의 발달이 더 중요하다지요? 물론 균형을 맞추기 위해서 골고루 쓰면 좋겠지요. 뇌세포가 150~180억이 있다고 하는데, 평균 하루 10만 개씩 죽는답니다. 안타깝지만 어쩔 도리가 없지요. 10살 이후로 70년 x 365 x 100,000을 하면, 26억쯤 되네요. 그래도 1/6 정도밖에 안 없어지니까, 큰 걱정 안 해도 되겠지만, 과음하거나, 약물 같은 거 하면, 곱빼기로 죽어 간답니다.(97년 KBS 특집, 하루야마 시게오의 '뇌내혁명'에서). 그런데 제 생각인데요. 컴퓨터를 많이 쓰다 보니까, 생각이 난 얘기인데, 일단 HD에 입력을 하면, 언제고 그걸 꺼내 보듯이, 기억이란 입력이 주어진 뇌세포는 죽지 않거든요. 나이가 들어서 기억이 안 나는 것은 기억을 꺼내는 길이 잘못된 경우가 더 많다는 얘깁니다. 그러니 가능하면 유경이같이 다독도 많이 하면 좋은 머리를 오랫동안 유지를 할 겁니다. 아직도 할 일이 많다고 생각하는 사람들한테는 그 방법이 최고이겠지요?

얘기가 너무 길어지는 것 같습니다. 못 다한 얘기는 다음에 또 하겠습니다. 건강하시고요. 그럼 다음에—.

김우석

Subject: 〔답장〕 질문에 대답하기(1)
Date: Mon, 11 Dec 2000 23:35:30 +0900 (KST)
From: 진유경

김우석에게

잘 있었어요? 재미있고 항상 배우는 것이 있는(진심이에요) 편지 잘 받았어요. 무엇보다 유머러스해서 저처럼 건조하게 사는 사람에게 가습기 같군요. 김우석의 메일은—.

그 만규란 친구—실은 사진에서 처음에 혼동했죠. 얼마나 억울했겠어요? 좋은 분 같군요. 하지만 우리나라 모든 이들이 갖고 있는 지역 감정이란 참 지겹고 징그럽죠?

실은 저도 그 만규 같은 발언을 한 적이 있어요. 부끄럽게 생각해요. 저는 대학 때는 전혀 지역 감정이나 그런 것조차 몰랐어요. 그런데 사회에 나오니 전라도 경상도 사람들이 정말 대단하더군요. 저는 사실 경상도 지방 사람들을 싫어했어요. 함께 일했던 상사 중에 경상도 사람이 있었는데, 지금도 그 사람 생각을 하면 치가 떨릴 정도예요. 아주 비열한 남자였지요. 거의 공통적으로 어떤 권력 앞에 비굴한 그런 면을 지닌 사람이었죠. 반면에 전라도 사람들은 너무나 똘똘 뭉쳐 몰려다니며 다 봐주고 난리도 아니죠.

그래서 실수했어요. 저와 가장 친한 친구는 성미예요. 우수한 두뇌와 자존심을 지녔고 제게는 아주 따뜻해요. 그 친구는 미국 유학을 해서 경제학 박사 학위를 받았어요. 왜, 대리투사란 말 아시죠? 제가 박사 학위 받은 것처럼 기뻤어요. 저와 그 친구는 이것저것 책 많이 읽은 공통점으로 친해졌어요. 그런데 저는 처음에 그 애의 칼칼한 태도를 보고 서울 출신이겠거니ー, 아니 별로 생각도 안 했죠. 그러다가 무슨 이야기를 하다가 어떤 인물을 표현하면서 제가 무심코 이랬어요. '왜 전형적인 전라도 사람 기질 있잖아. 좀 끈끈하고 그런 말이야'라고 하는 순간 그 애의 표정이 경직(?)되었어요. 저는 순간 참으로 치명적인 실수를 깨닫고 기어들어가는 소리로 '자기도 그럼ー전라도야?' 하고 물었죠. 그때 그 친구가 말했어요. 그렇다고 그렇지만 전라도 사람들에게 그런 기질이 있기도 하다며 그냥 웃었어요.

사실은 제 인생에 그렇게 부끄러웠던 적은 없었어요. 제가 배운 사람이고 대학을 나온 사람이라는 것도 부끄러웠죠. 그 뒤로 저는 편견을 갖지 않으려고 노력해요. 김우석의 그 친구 이야길 들으니 다시 한 번 얼굴이 붉어졌어요. 지금 제 친구와 저는 '운명공동체' 비슷해요. 그 친구는 경제학을 해서 돈에 관심이 아주 많고 저도 그 세뇌(?)를 받아 '빨리 벌어 조기 은퇴하자'가 우리의 슬로건이죠. 그리고 바하마로 여행 다니고 책만 실컷 읽고, 싫은 일은 절대로 안 하고ー아주 소박한 꿈이죠. 제게는 가장 중요한 친구이고 이 담에 옆집에 살자고ー슬리퍼 신고 왔다 갔다 할 수 있는 가까운 거리에 살자고 하죠. 제 친구는 싱글인데 참 부러워요. 저는 결혼했고 아이가 하나 있어요.

아이는 정말 경이롭죠. 제 자신 다음으로 그 애를 사랑해요. 솔직히 삶에 굉장한 변화를 주었지만 글쎄 전 솔직히 결혼 생활에 맞지 않는 사람이라 제 남편이 고생하고 있어요.

연말이라 피곤하고 바쁘군요. 회사도 요즘 한국 경제가 안 좋아서 어려워져 걱정이고, 제 개인 일은 원고 쓰기로 정신없고ㅡ. 오늘도 일 때문에 지방에 갔다 왔는데 피곤하군요. 좀 지쳤고요. 삶이 좀 단순해져야 하는데ㅡ. 지나친 욕심을 부린다는 생각이 드는군요. 하기는 요 몇 년 새 일과 관련되지 않은 사람은 만난 적이 없어요. 그럼 안 되는데ㅡ.

건강 조심하세요. 연말이니까 참 아쉽죠. 21세기 스타트를 허술하게 끊은 것도 같고 말이죠.

참, 아메리테크라는 회사. 그러고 보니 많이 들어 봤어요. 아주 큰 회사 아닌가요? 지난번 편지에 말한 이야기 가운데 많은 사람들이 주변에 있다는 말 맞기도 하지만 틀리기도 해요. 제가 사람한테 까다로워요. 독자와 이렇게 깊고 긴 이-메일을 교환한 것은 전례 없는 일이죠. 특별한 독자도 아마 없을 것이라고 봐요. 특별한 사람을 좋아하는데, 세상의 남자들은 제가 그동안 봐온 결과 평범하더군요. 김우석이 보낸 이메일이, 또 그 에너지가 삶의 기쁨을 준다는 점 알려드리고 싶군요.

진유경

Subject: 폭설이 내린 날에
Date: Tue, 12 Dec 2000 14:57:57 -0600
From: M Kim

유경이 봐요.

12일 오후예요. 서울도 춥다고 하던데. 여긴 결국 20cm가 넘는 폭설이 내리고, 강추위가 몰아붙였습니다. 오늘 새벽 5시 반에 찻길을 내느라 눈을 치러 나갔더니 엊그제 보름을 넘긴 달이 서편으로 기울어져 가는데, 파르스름한 눈빛과 더불어 신비스럽도록 아름다웠습니다.

어제 아침에는 서재에 나와서 블라인드를 걷어 올리고, 밖을 보니, 전날 저녁부터 내리던 눈이 계속해서 옵디다. 잠시 밖에 나가서 눈 오는 하늘을 올려다 봤습니다. 이 와중에 러브레터의 나카야마가 오열을 하는 모습이 생각나니, 사람의 두뇌에 때로 무의지로 박히는 선입관이라는 게 무섭다는 생각도 듭니다.

시카고의 눈은 알아 줍니다. 위도로는 북위 42도여서 청진과 맞닿는 위치에 있어서인지, 겨울도 길고 춥습니다. 남한이 쑥 빠진다는 미시건 호수가 옆에 있어 때로 호수 영향(Lake effect)으로 눈도 많이 오고요. 대충 재어 보니 16cm가 넘어 가고 있었습니다. 며칠 전 첫 눈은 그래도 함박눈과 비슷하게, 덩이 눈이 왔습니다만, 많은 눈이 내릴 때는, 멋도 없게 떡가루 뿌리듯 쏟아 붓는답니다. 제일 큰 걱정은 하루 왕복 80km를 통근하는 집사람의 안전 문제이고, 그 다음은 한길에서 차고까지 들어오는 앞마당 겸 진입로의 눈을 깔끔히 치우려면, 2시간 정도가 걸릴 일이라서.

컴퓨터를 켜고, 메일을 체크하는데, 메일 박스의 빨간 깃대가 흔들리고 있었습니다. 수없이 들어오는 정크메일 아니면, 한국에서 왔겠지 하면서 열어봤습니다. 그런데, 무슨 선입관이 작용을 하였는지, 메일을 쓰는 유경의 기분이 전반적으로 우울한 기분이라는 생각이 들었습니다. 아마도, 건조하고 피곤하게 사는— 한국 경제가—, 고생하는 남편— 등의 주요 검색어가 머릿속에 하이라이트로 입력이 된 탓이라 생각합니다. 잘 되지 않는 일에 미련 없이 'Forget it!' 하면서, 빨리 정리를 하고, 결정을 하지요? 그리고 다혈질이라면서요?

여하튼, 어려워져가는 현실에 잘 버티시리라 믿습니다만. 자기 자신을 떠나서 주변에 있는 사랑하는 사람들을 위해서라도 건강해야지요? 전 내 몸이 내 것이 아니라고 생각하며 삽니다. 아직도 크~게 될 우리 장남이라 기대를 하는 어머니나 집사람을 위해서라도.

　3년 반을 아르바이트로 몸과 맘이 여유를 가지지 못하고, 대학을 졸업하면서, 맘에 걸리는 일이 많았었습니다. 그 중 대학 3년 1학기에 처음 만나서 단지 외형적인 이유만으로, 어떤 미모의 미대생(리즈 테일러를 닮았다고 생각했음)한테 반하여 끝없이 구애를 했는데, 받아주지 않더라고요. 술 먹고, 밤새가 쩍―쩍― 우는 자취집 뒷동산에 올라가 절규를 하면서 악을 썼지요. '지금의 힘든 날 붙잡아다오. 내가 성공하고, 돈이 있을 때, 따르는 여자는 창녀나 마찬가지다―!' 하면서. 그리고 그후로도 여러 번 학교 앞으로 찾아가서 쪽지를 전해 주면, 만나는 주면서도 맘을 열지 않습디다. 너무 성급했었던 것 같기도 했네요.

　결국 마지막으로 3학년 겨울 방학 중에 그녀의 집으로 마지막 담판을 지으러 찾아가서 저녁 늦게까지 설득을 하였지만, '저는 친구의 도움도, 더욱이 남자 친구의 필요성도 느끼지 않으니, 잊어 주세요' 하는 겁니다. 나는 그녀가 분명 순진했다고 생각했습니다. 다른 사귀는 사람이 있는 것도 아녔던 것 같았는데, 남자라는 게 두려웠던 모양입니다. 결국 저는 4학년 성적을 망칠 수는 없었기에, 그날로 포기를 해버리고 밤기차를 타고 J시로 향했지요. 사실 3학년 말 시험이고 뭐고 다 걷어 버렸으니, 몇 과목은 추가시험을 봐서 기본 학점을 채우다 보니까, 4학년 점수가 올 에이(All A)가 되더라도, 졸업식 때 상을 받기에는 역부족이었습니다. '와, 유학 간다는 놈이 그나마 짜기로 유명한 이놈의 대학 학점을 어떻게 해야 하나?'라는 후회를 하였지만, 한 번 몰두를 하면, 끝장을 내는 성격이라 어찌합니까? 그리고 더한 건, 상도 못 받는 졸업식에 참석을 안 하는 건 나의 결정이었지만, 어머니는 눈물을 글썽이면서, "내가 별로 도움을 주지 못하여 미안하지만, 그래도 사각모 쓴 네 모습을 보고 싶었는데―." 하시는 거였습니다. 나는 어머니의 손을 잡고, '언젠가가 될지는 모르지만, 미국에서 학위를 받을 때, 꼭 모시겠습니다.'라며 위로를 해드렸지요.

그 후로 먼 우회의 길을 거쳐, 무려 17년 뒤인 1989년 일리노이 공대 대학원 졸업 때, 어머니한테 가운과 사각모를 씌어 드렸습니다. 어머니는 고등학교 이래로 나의 지독한 왕고집을 믿어 왔고, 지금도 그걸 믿고 있습니다. 나는 그걸 부담으로 받은 적이 없습니다. 그런 어머니나 집사람을 위해서, 또 나를 위해서 이룩하려고 노력해 왔을 따름입니다.

아. 그런데 한 가지, 그때 날 받아 주지 않았던 그녀는 만 1년 후, 제 동창을 통해 전갈을 보내 왔습니다. 그 친구는 3대 독자라서 군에 안 가고 이리에 살고 있었는데, 대전에서 기본 훈련이 끝나고, 특박이 있던 날 만났지요. 그녀가 그에게 부탁한 말은, '시간이 나시면, 연락을 해주세요'였습니다. 난 웃었습니다.

실연의 상처를 잊는 데는 1년이면 족하다고 했지요? 난 웃으면서 담담하게 "다, 끝난 일인데 이제 와서—"라고 말했습니다. 혼자 어딘가로 걸어가면서 맘속엔 시큰한 눈물이 주룩 흐름을 느꼈습니다. '안 해, 죽어도 연락 안 해, 내가 외로워도 안 해. 그 지난 애닳던 시간들이 아까워서라도 안 해. 시골 여자중고등학교 미술 선생으로 발령받아 가 보니까, 괜찮게 생긴 남자 냄새(?)가 이제 와서 그리웠던 모양이지? 제기랄.' 임관을 하고, 새벽별을 보고 출근하고 다시 저녁별을 보며 퇴근하면서 지낸 소위 시절의 바쁘고, 고독한 생활 속에서 다시 연락을 해볼까 하는 유혹이 한동안 날 괴롭혔지요. 그런 상처를 치유하는 빠른 길은 다시 괜찮은 사람을 만나는 겁니다.

지난번에 소개를 해준 가수의 곡은 아직 구입을 못 했으나, 1년 전에 쓰신 책은 12월 11일 토요일 오후에 드디어 사 가지고, 일요일 저녁 무렵부터 밤 늦게까지 다 봤습니다. 오늘의 억압된 삶을 사는 많은 사람들에게 훌륭한 지침이 되리라 굳게 믿습니다. 그러고 보니까, 올 초에 서점에서 표지가 눈에 퍼뜩 띄었던 기억이 납니다. 흑백으로 비쩍 마른 미모의 일본 여자로 생각했던 그게 유경이었다는 사실은 꿈에도 몰랐지마는. 참 재미있군요.

맘에 드는 글을 쓰고 읽거나, 연구를 하는 동안 무슨 중간 결론이 나올 때는 가슴이 벅찬 보람을 느끼지만, 또 이렇게 실존하여 살아 숨쉬는 유경일 저물어 가는 20세기 말에 알게 되어, 세상만사 얘길 마음껏 터놓는 메일을 주고받는 일도 어쩜 인생에 있어서 제일 큰 기쁨 중에 하나일 거라 생각합니다.

건강하길 바라며.

2000년 12월 11일,

우석

Subject: 〔답장〕폭설이 내린 날에

Date: Wed, 13 Dec 2000 12:40:00 +0900 (KST)

From: 진유경

김우석에게

서울에도 첫눈이 왔어요. 근데 아주 쪼끔 왔어요. 근데 전 눈을 싫어해요. 어렸을 때 빙판에서 미끄러져서 기절한 일이 있는데 그 이후론 눈 오는 날이면 악몽을 꾸거든요.

아들이 아주 멋지군요. 지금은 더욱 멋진 청년이 되었겠어요. 언제 한번 볼 수 있으면 좋겠군요. 아이란 참 대단한 존재죠? 힘을 마구 나게 하죠. 아마도 남자들이 가장이고, 아이들을 먹여 살려야 한다는 의무감이 있던 지난 세기가 사실은, 남자들을 강인하고 의지에 넘치는 인간으로 성숙시켰다고 전 보고 있어요.

지난번 민애 이야기는 참 아름답더군요. 한편의 소설 같아요. 여성적인 정서를 느꼈어요. 그러나 이번 불발의 연애 건은 참으로 남성적이군요. 왜 그런 말 있잖아요. 여성은 오븐이고 남성은 가스 불 같다는 말—. 그녀의 감성이 익길 기다릴 시간이 없었다기보다는 스스로 누군가에게 사랑을 쏟고 그를 통해 에너지를 얻고 싶었던 것이겠죠. 아마 그 여자는 그런 김우석이 무서웠을 거예요. 저는 남녀 관계는 글쎄 코드가 맞기보다는 안 맞는 경우가 많더군요. 저는 남자에 굉장히 관심이 많고 그랬는데—.

지금도 그렇지만, 글쎄요. 모든 남자가 너무 어리고 의존적이란 생각이 들어요. 그래서 언젠가 제가 점을 봤는데, 아주 이상적인 남자가 제 나이 50에 나타난다는 거예요. 기다리고 있어요. 어서 50이 되기를—.

저는 좀 피곤이 가셨어요. 어떻게 다 쓸까 걱정했던 원고도 마무리했고. 물론 또 끝없이 남았지만, 휴—하는 심정 있잖아요. 실은 저는 '일중독자'인지도 모르겠어요. 참 사진 보니 미남이군요. 멋져 보여요. 사진에는—.

진유경

Subject: 질문에 대답하기
Date: Wed, 13 Dec 2000 17:03:34 -0600
From: M Kim

유경에게

눈이 또 옵니다. 아, 미치겠네. 아직 어깨, 팔, 허리가 풀어지지도 않았는데. 눈이나 빙판에 대한 공포를 어떻게 해소할까요? 적어도 10대 애들이 있는 40대 아줌마라면, 좀더 쉬울 터인데. 우리들은 애들 등살에 별수 없이 타러 다녔으니까요. 그래도 정면 돌파가 제일 좋을 것 같습니다. 스키 타는 걸 배워서 경사가 제일 완만한 슬로프(slope)에서 타 보면 어떨지. 하기야 40이 넘으면 골절 부상을 조심하라 했는데, 헬멧 쓰고 식구 모두 눈썰매를 타는 건 어떻습니까?

얼마 전 저녁 뉴스에서 이번 선거에서 힐러리를 위시하여 16명의 상원의

원 당선자들이 모인 가운데, 제일 나이가 많은 사람이 앞으로 84명만 추가
되면, 상원의원은 모두 여자가 된다는 얘길 듣고 웃었습니다. 4년 후면 힐러
리가 대선에 도전을 한다는 얘기도 벌써부터 나돌고 있지요. 그리고 며칠
후에 ABC의 20/20에서 여성들이 9주 동안 남자들과 같이 받는 군사 훈련
에서 체력적인 열세와 적응 능력에 대한 애로 사항을 보여줬습니다.

어쨌든, 저는 이곳에 온 지가 제법 오래 되다 보니, 이곳 분위기에 물들어
서, 기본적으로 남녀 평등에 대해서는 이미 젖어 버렸습니다만. 아직도 성
별에 대한 차별 의식, 체력으로 윽박지르는 가부장적인 전통 의식, 직장에
서 능력의 인정, 급료나 승진에 대한 차별로부터의 평균화는 당연히 이뤄져
야 할 일이라 생각합니다. 그러나 신체적인 조건에 의해서 서로가 할 수 있
는 일의 구분은 인류가 지속되는 한 그렇게 유지가 돼야겠지요?

이런 얘기 한 번 재미로 들어보세요. 왜 남자는 코털이 있고, 여자는 그게
없느냐는 얘기 말입니다. 남자는 흙먼지 나는 밖에서 사냥을 하고, 싸우는
일 같은 굵직한 일을 하고, 여자는 집안에서 허드렛일이나 하도록 되어 있
어서 심한 흙먼지를 걸러낼 필요가 없다는 얘기지요. 거울 한 번 보고, 동료
것하고 비교 한 번 해보세요. 그건 이제 막창자 꼬리 같은 유산이겠고, 가끔
씩 다듬기도 귀찮은 건데. 서구인들이 더 심해서 삐쳐 나온 모양은 보기에
도 역겨운데 말이죠.

남녀 성을 불문하고 21세기를 이끌고 갈 한국의 정신적인 지주가 되겠다
해도, 말리지 않을 뿐더러 강력히 밀어 주겠습니다. 저도 그 문제를 오랫동
안 생각을 해보지 않은 건 아닙니다. 적어도 앞으로의 시류에 맞는 이즘
(Ism)이라는 생각이 듭니다. 그것은 아전인수하는 작금의 정치인들의 몫도
아니고, 자기 밥그릇을 위해 세 치 혀를 값싸게 놀리는 지금의 종교 지도자
의 몫도, 허구적인 글을 쓰는 문인이나, 동서사상을 비교 검토나 하는 사상
가로써는 수천만의 정서를 이끌 수도 없습니다. 전에 이문열의 『사람의 아

들』은 그의 종교적인 소견을 잘 피력했지만, 역시 계층의 한계가 있는 글이라고 생각합니다.

그러므로 사회 전반에 걸친 서민들의 정서를 책임질 '펜의 힘'을 가진 자가 해야 할 몫인데. 일례로 고전음악을 좋아하면서, 트로트를 진정한 마음으로 좋아하는 사람, 대학을 나온 인텔리 여성이나 청량리에서 어쩔 수 없이 몸을 파는 여인들을 똑같은 수평선에서 보는 눈을 가진 사람의 몫이라는 얘깁니다.

지난 주말에는 동서와 한잔을 하는데, 집사람이 모처럼 말참견을 하면서 끼어들더니, 부침개, 생선회와 족발 사린 걸 주로 먹으면서, 멜로, 카버네이쇼비뇽, 샤도네이 등 3병에 맥주 8병이 날아가고, 막판에 어묵국도 끓여 주고, 매우 기분이 좋아져 대단히 명랑해진 것까지는 좋았는데, 체중 감량으로 알코올 흡수가 예전과 같지 않아서 그런지 무진장 혼났지요. 다행히 동서네 식구를 다 보낸 직후이고, 체내에 알코올이 모두 다 흡수되기 전에 억지로 구토를 시켜서 회복이 빨랐습니다. 취하지도 않은 상태에서 속이 거북해지니, 보기가 딱하더라고요. 경험이 많은 노련한 솜씨로 치다꺼리를 해주는데, "내가 미쳤지—"만을 반복합디다. 연말 연시에 과음 조심하시고, 실수 마시길.

우석

Subject: 〔답장〕질문에 대답하기
Date: Thu, 14 Dec 2000 13:12:48 +0900 (KST)
From: 진유경

김우석의 편지는 재미있어 좋아요. 요즘 저의 즐거움이랍니다. 눈이 와서 큰일이군요. 글쎄 지금 미국에 있는 저의 선배가 발 수술을 받았대요. 제가 보기엔 뛰다가 인대가 늘어난 것을 아닌가 싶어요. 아까 핫메일의 메신저 서비스로 들어와서 잠깐 채팅을 했는데 가슴 아프군요. 나이 들어 아프면 얼마나 그렇다고요.

오늘 주신 편지 내용에 동감합니다. 저는 변화에 관심이 크죠. 관찰하기도 좋아하지만, 그것은 제가 힘이 빠졌을 때도 대개는 파고들어 가고 참여하고 그리고 무엇보다 영향력을 주는 것을 좋아해요. 저의 파워를 측정하는 그런 영향력 말고 세상을 변화시키고 사람들이 달라져야겠다 하고 느끼게 만드는 그런 영향력 말이죠ㅡ. 김우석도 그렇죠?

저는 어제 학교에서 하루 종일 강의를 들었어요. 참 대학교수도 될 생각 없는데 왜 그럴까 남들은 이해 못 하지만. 저는 미국은 물론이지만, 중국, 일본에 대해서도 분해하고 싶을 정도로 알고 싶어요. 그들이 어떻게 될 것인가, 그 미래 예측도 정확하게 하고 싶고ㅡ. 그래서 공부하는 것인데 물론 쉽지는 않네요.

어제 밤늦게까지 공부하다 동양 정치 사상을 10시까지 했어요. 참 지금 도가사상에 대해 배우는데 너무나 멋진 말을 교수님이 하시던데요. 도가사상의 핵심은 바로 ‘絶學無憂’라고 한대요. 직역을 하자면 ‘학문을 하지 않으면 근심이 없다’라는 것인데 저와 선생님은 그 멋진 레토릭에 감동했습니다. 그 선생님은 글씨 잘 쓰는 사람에게 언젠가 그 글을 받아 액자에 걸어놓을 거래요. 아이들은 ‘선생님 저희가 지금 그런 상탭니다’라고 농담을 했고. 제 느낌 충분히 이해하시죠? 김우석도 아마 그 묘한 레토릭에 휘말린 순간이 일생에 순간순간 있었을 거예요. 제가 아주 아끼는 일본 친구가 있는데 그 친구가 글씨를 엄청 잘 써요. 언제 그 구절을 받으려고요. 제가 두 장 받아서 원하신다면 김우석에게 보내 드릴게요.

연말이고 오늘은 회사 행사가 있어 저의 자문 교수단이 대거 옵니다. 전 교수들을 싫어하지만 이들은 그런 대로 상대할 만한, 비즈니스를 할 만한 인간들입니다. 인격적으로 괜찮고요. 저는 학교 교수들이 싫은 이유가 그들이 생산성이 적어서 싫어요. 답답하지요. 하지만 그들 중에 똘똘한 이들이 한 연구가 사회에 한 디딤돌이 되는 것을 부정하지는 않지요.

그리고 혹시 '첨밀밀'이란 홍콩 영화 봤나요? 사무실에 사람들이 몰려 옵니다. 또 봐요.

진유경

Subject: 〔답장〕질문에 대답하기
Date: Thu, 14 Dec 2000 13:14:53 +0900 (KST)
From: 진유경

참 그런데, 김우석—.

공간 능력 뛰어나다는 테스트 결과, 진짜 맞아요? 제가 보긴 아닌 것 같은데—. 어머님의 보쌈, 거꾸로 보낸 사진인 것 아세요? 위아래가 바뀌었답니다. ^_^

진유경

Subject: 덤으로 쓰는 얘기
Date: Thu, 14 Dec 2000 00:50:29 -0600
From: M Kim

너무 우스워서, 혼자 참기가 힘들어서 덤으로 씁니다.

바로 보낸 두 번째 메시지를 읽고, 무슨 얘기인지 한참 감을 못 잡았다가, 혹시 내가 스캔을 할 때 사진을 잘못 놨나만 생각하고, 보고 또 봤는데도, 아직도 감이 안 오더라고요. 파란 펜으로 97년에 써 놓은 그것만 보고, 또 삼겹살이나 배추 속만 본 거예요. 초장인지 뭔지를 담았던 파이렉스 종지가 이제껏 눈에 안 들어온 겁니다. 아, 둔하다. 참! 그걸 보고, 혼자 얼마나 낄낄거렸는지 눈물이 다 났습니다. 선입관이라는 게 참 무섭네요. 그런데, 어떻게 알아 봤나요? 공간 지각이 나보다 한수 위인 모양입니다.

그 선배 말이군요. 정말 안됐습니다. 지난번 11월 20일에 보내 드린 '고독한 러너(Runner)를 위해서'에서 40대 이후의 발목, 무릎 부상이 많아 뛰는 것은 조심하여야 한다는 얘길 했었지요? 다 아는 얘기지만. 시간이 좀 걸려도 나을 수 있으면 다행입니다.

저는 공군에 있을 때, 테니스나 축구 같은 걸 한꺼번에 너무 무리를 해서 그런지, 오른쪽 발목의 조인트가 손상이 되어서 가끔 무리하게 운동하면, 아프답니다. 여기 의사들이 X선 사진의 손상된 부분을 가리키며, 이제는 시기를 놓쳐서 손을 쓸 수 없다 하면서, 원상 회복이 안 되니 무리하지 말라는데, 기분이 그렇더라고요.

농구 선수, 축구 선수, 미식 풋볼 선수, 마라토너, 태권도 등 많이 한 사람들 모두 성한 사람이 없습니다. 제일 좋은 방법은, 덜 먹고, 기분 좋게 슬슬이 생각 저 생각 하면서, 30분 이상 산보하는 거라 합니다.

절학무우(絶學無憂)란 말, 공감할 때가 많았죠. 그 말 자체를 떠올리지는 않았지만, '이거, 뒤늦게 왜 생고생을 사서 하는지 모르겠네?'라는 말은 수없이 했지요. 물론 돈을 많이 버는 것도 쉽지는 않겠지만, 그래도 단순하게 비즈니스를 하면서 사는데, 고상한 학문한답시고, 머리만 일찌감치 희어졌다고 말입니다.

네, 기회가 닿으면, 받아 놓으세요. 집에 '반야심경' 사본 표구한 것 옆에다 걸어 놓겠습니다. 그럼, 다음에 쓸게요.

우석

Subject: 첨밀밀에 따른 얘기
Date: Fri, 15 Dec 2000 13:01:43 -0600
From: M Kim

홍콩. Love is many splendid things. 윌리엄 홀덴. 제니퍼 존스. 그녀의 이미지를 풍기는 이교. '찬스'에서 나왔던 '혼조'의 옛날 여자 친구와 닮은 갸름한 눈매. 또 앞모습의 이미지가 어쩜 유경의 이미지를 풍긴다 할까? 살아남기 위해서 발버둥치는 그 모습도 또한 유경을 닮았다고 할까? '여소군'을 기다리는 '소정'에 대한 배려, 그러나 사랑의 흐름은 거역할 수 없다. 왠지, 유경의 빨간 입술이 그 '이교'의 것과 오버랩이 되는 생각을 떨칠 수 없었다.

페이드인(Fade in). 페이드아웃(Fade out)을 통해서, 세월이 흐르는 연도를 보여주며, 지난 일을 파노라마같이 전개한다. 일본 드라마의 구성과 많은 유사점이 있다. 그리고 운명적으로 스치는 연인들. 그런 우연이 필연으로 되어야 영화의 플롯이 된다. '박하사탕'이 이런 유사한 구성을 빌려 온 것 같다는 느낌을 배제할 수가 없다.

왜 갑자기 '첨밀밀' 얘길 하였습니까? 제목이 생각 안 나서, 어제 다시 빌려서 봤어요. 아, 하! 하면서도 잘 봤습니다만, 무슨 연관된 얘기가 있습니까?

오늘은 금요일 오후입니다. 눈도 그치고, 기온도 올라가면서, 처마 밑에 물방울이 떨어지더니, 밤새 고드름으로 변하여, 햇살에 눈이 부시도록 빛납니다.

엄청 바쁘게 지내는데, 자신을 돌아볼 시간이 있습니까? 어느 날 거울 속의 나를 보고, 섬뜩하게 놀랄 일은 없겠지요? 한국적인 특성을 잘 이해합니다. 한 번 뜬 사람에 대해서, 처음 얼마 동안 끝없이 쏟아지는 관심. 실질적인 건더기(천한 표현인가?)가 있으면, 그래도 다행이겠지만.

사랑이라는 열병에 눈이 멀어서, 주저앉은 수많은 엘리트 여성의 얘기를 하였었지요? 그래요. 남자도 여자도 그 어떤 휴머니티(Humanity)가 따른 굴레를 벗어나지 못할 수가 있습니다.

즐거운 주말이 되길 빕니다. 그럼 다음에 ―.

이 빛나는 계절에,

우석

Subject: 침묵보다는 해명과 모색의 길을
Date: Tue, 26 Dec 2000 18:45:49 -0600
From: M Kim

그동안 잘 지냈습니까?

'첨밀밀' 얘기 후로 무슨 일이 일어났는지는 모르지만, 내가 무슨 큰 실수라도, 혹 주위에 무슨 변화라도 생겼는지, 알 수가 없는 노릇이니, 그저 답답할 따름입니다.

그 무슨 계기가 있어서 메시지를 쓰지 않는 것은 유경 씨 의도이니, 내가 무슨 말을 할 수가 없군요. 한참 재미있게 보던 영화의 필름이 중도에서 잘려진 느낌이고, 강물이 흐르다가 그냥 멈춰진 느낌일 뿐.

2000년 세밑에서 나름대로 벗을 것은 벗고, 입을 것은 입는 맘가짐도 모르는 건 아니지만, 이렇게 극과 극으로 급변해 버린 걸 어찌 해석해야 합니까? 전에 '두 성의 평등을 위해서'나 '호칭의 벽을 허물면서'를 통해서 다짐을 했고, 메마르게 사는 현실 생활에 가습기 같은 메시지로 즐거움을 주고받으면서, 어느 누구보다도 폭넓은 인생의 의미를 논하고 싶다는 말이 이리 쉽게 탈색되어 버린 건가요? 하지만, 이제 더 이상 뭘 묻고 바라겠습니까?

　　언제고, 누런 봉투에 꼬깃꼬깃하게 싼 멜로— 한 병 들고 나타나서, 자연
스럽게 만날 날이 있길~.

우석

　　그후로 닷새가 지나는 데도, 여전히 답장이 없었다. 결국 지난 가을에
이어 연거푸 사이버 스페이스를 떠도는 미아가 또다시 되어 버릴지도 모
른다는 사실이 현실로 다가서고 말았다. 그래서 2000년이 가기 전에 어떻
게든지 연락을 하고 싶어서 국내 인터넷 신문 등을 뒤져서 무슨 연락을 취
할 주소나 전화번호를 찾아봤지만, 모두 오래된 자료들이라 전혀 도움이
되지 못하였다. 아직 살아 있는 것은 그녀의 이메일 주소뿐이었지만, 연거
푸 보내는 메시지는 탈색될 수도 있다는 생각이 들자 더 이상 쓰고 싶지
않았다. 마치 전에 그림을 그릴 때, 좀더 돋보이게 할 요령으로 붓을 대면
댈수록, 결국 색상이 어두워지면서 처음에 붓을 대지 않았던 때보다 망가
지는 것과 같이 말이다.

　처음 몇 통의 메일로 그들은 너무 쉽게 달아올랐다. 마치 수십 년 동안
헤어졌던 서로의 반쪽을 운명적으로 만난 듯이 너무 희열에 벅찬 나머지,
자신들의 처지를 망각해 버렸다. 이틀이 멀다고 메시지를 보내고, 받았다.
그래서 지난해 11월 10일부터, 크리스마스 직전까지 약 6주 동안 30통 이
상의 메일을 주고받으면서, 겉으로 지적인 도움을 주는 친구간이라는 말
로 혹 속마음을 속이지나 않았나 하는 느낌도 들었다.

　메일을 보내는 빈도가 잦아지고, 그 내용도 진지해져 갔지만, 서로의 흉
금을 죄다 터놨거나, 서로를 잘 이해한다는 감정적인 말은 할 수가 없었
다. 단지 지금의 나를 내보이는 전초전을 거치면서, 뭔가 대의를 위해서
구체적인 책임 의식과 사명감을 갖는 데 공감을 하였을 뿐이었다. 그러면
서, 정신적인 반려자로서 자연과학과 인문과학에 대한 한계를 넘어, 퍼부

었던 그의 이야기는 그녀에게 메마른 삶에 가습기라 하였고, 기쁨을 주는 에너지라 하였다. 그 역시 그녀가 얘기한 '사회적 구체성'과 '실체적인 권위'에 대해서 난생 첨으로 거는 기대가 컸었고, 너무 즐거운 기분에 휘말렸다. 그러던 어느 날, 하루가 멀다 하고 오던 메일이 끊겨 버렸다. 뭔가 잘못됐다는 걸 직감하고 몇 차례 연거푸 썼지만, 결코 답장은 더 이상 들어오지 않았다. 졸지에 머리를 둔기로 한 대 얻어맞은 느낌이라 할까? 뭐가 뭔지 가늠을 잡을 수 없었다. 마치 흐르던 강물이 멈추고, 클라이맥스로 막 올라가던 영화 필름이 잘려지듯, 얼굴 한 번도 못 본 처지에서 그녀는 할 얘기가 분명 많을 터인데도 이렇듯 침묵을 지키고 있었다.

그녀가 가까이 있었다면, 자초지종을 알고 싶어서 무슨 수를 써서라도 만나 봤을지도 모르지만, 이역만리에서 뭘 어떻게 할 것인가? 결국 그녀의 입장에 서서 이해를 하자는 맘으로 기울어져 갔다. 가만히 있었던 사람, 현실을 열심히 사는 사람의 숨겨졌던 감성을 일깨우게 해놓고, 또 그걸 받아들이는 그녀의 행복한 모습을 바라보며, 자기 도취에 빠져서 구름 위를 걷다가 추락한 기분이었다.

유경은 지극히 남성 위주의 한국이라는 사회에서 성차별받았던 지난 세기의 여성들한테 어쩌면 하나의 역할 모델(Role Model)이 되고 싶었는데, 그녀가 앞서가는 사고 방식을 가지고 행동을 한다 해도 결혼의 모순을 얘기하고, 결혼을 하였으니 이혼도 할 수 있다는 얘길 내세우면서도, 현실적으로 가정이란 한 기초 단위를 등한시하며 자기 맘에 맞는 이성과 100% 도움을 주는 친구라는 미명하에 개인의 정신적인 기쁨만을 얻기 위해서 떳떳치 못하게 숨겨진 관계를 유지한다면, 그것 또한 분명 표리부동한 휴머니스트나 페미니스트라고 손가락질을 받을 일이다. 그리고 그러한 사실이 말 많은 사회에 흘러 들어간다면, 어떻게든지 '끌어내리기'를 하려는 수많은 적들은 그녀를 매장시키기 위해서 기를 쓸 거라는 생각까지 들었다.

그러나 또 만나보기는 커녕, 전화 통화 한 번도 하지 않았는데, 단지 뭔지는 모르겠지만, 우석이 보낸 메시지의 색깔이 자신의 것과 좀 달리 보였다하여 기분이 그토록 상해져서, 지금까지 보낸 메시지의 총체적인 진의를 탈색시켰다면, 그도 실망하는 맘이 너무 클 거라는 생각도 해봤다.

결국 끝없이 꼬리를 무는 생각을 하여도 혼자서는 결코 해답을 얻을 수 없기에 대망의 21세기의 문턱을 넘을 무렵, 정리할 것은 정리해야 한다는 맘으로 그녀로부터 다시 메시지가 올 거라는 어설픈 기대는 접어 버렸다. 그렇게 맘을 정하는 것이 꼭 의도하는 바는 아니지만, 이제는 더 이상 친구라는 미명 아래 자신을 속이고 싶지 않았고, 또 그런 관계를 만들려고 지금 그의 모든 걸 희생하면서까지 매달릴 수도 없는 일이라고 생각하였다.

아무리 행복한 결혼 생활을 하고 있는 사람이라도, 때로는 현실의 멍에를 훌훌 벗어 버리고, 벌거벗은 나 자신이 되고 싶을 때가 있을 것이다. 혹자의 말대로 마지막으로 향하는 청춘이 아쉬워 발버둥치는 일인지도 모르겠지만, 더 늦기 전에 시공을 초월하여 뭐랄까? 꼭 심각한 관계가 아니더라도, 가끔은 흉금을 털어놓는 감성적인 대화를 하고픈 사람을 찾고 싶은 생각이 항시 맘 저변에 웅크리고 있겠지. 그것은 마치 답답한 현실이라는 어두운 감방에 조그만 숨구멍 같은 것을 뚫는 수단이라고 생각하고 말이다. 그렇게 생각하는 자체가 불륜을 저지르는 처사라면, 그 비난의 화살을 달게 받겠다는 생각도 들었다.

그는 이렇게 모든 전말을 다시 정리해 본다. 어느 회상이 몰아치는 늦은 가을밤. 만추를 어루만지는 듯한 부드러운 달빛이 창가에 어른거리고 있었다. 결국 잠을 이루지 못하고 슬며시 뒤뜰에 나가 한참을 거닐고 들어와서, 깊은 잠을 자고 있는 아내 곁에 아무 일도 없던 것같이 슬며시 다시 누웠다. 그러나 그 자신도 모르는 사이에 잠옷은 밤이슬에 촉촉이 젖어 있었다고.

2000년 세밑, 6주간의 열정(제2막)

그런데 21세기의 첫 해를 맞이하고, 불과 며칠이 못 되어 그 자신이 나름대로 내린 결론 자체를 도저히 인정할 수가 없었다. 그렇다고 메아리 없는 이메일을 또다시 쓸 수가 없어서, 생각 끝에 회사 전화번호라도 알아내려고 주요 일간지의 인물정보 서비스를 이용해서 검색해 봤는데, 뜻밖에 서로 다른 두 군데의 회사 전화번호를 찾아냈다. 먼저 영등포에 있다는 회사의 전화번호를 눌렀더니, 결번이라는 메시지만 떴다. 그래서 두 번째 강남에 있다는 회사에 전화를 하려다가, 그 주소에 그런 회사가 입주되어 있는가를 조회해 봤는데, 그런 회사가 없다고 하였다. 그래도 전화를 걸어 볼까 하다가 이미 바뀌었을 거라 생각하고, 아예 걸지도 않았다. 분명, 사무실이 여의도에 있다고 했는데, 그러면 지난해 12월 말에 강남으로 이사를 갔다가 또 바로 옮겨 갔다는 결론을 내렸다.

다시 막막해졌다. 더 이상 연락할 방법이 없는 것 같아서 헛일삼아 두 번째 전화번호를 돌려 봤다. 신호가 한참 가는 걸 보니 무슨 메시지가 뜨는 모양이다 생각하고 막 수화기를 내려놓으려고 하였는데, 녹음으로 된 여자 목소리가 들려 왔다. "안녕하세요, 진유경입니다. 남겨 놀 말씀이 있으면—." 깜짝 놀라서 전화를 끊었다. 처음 듣는 그녀의 목소리는 아주 야무지게 들려 왔다. 죽었다 살아온 애인을 만난 듯 반가웠다. 그 전화번호는 그녀의 핸드폰 번호였다. 이제는 언제든지 맘만 먹으면 걸 수가 있었지만, 일과가 끝난 후에는 피하는 게 좋겠다는 생각이 들었다. 행여 식구들과 같이 있을 때 당혹스런 분위기를 주고 싶지 않기 때문이기도 하였다.

유경이 얘기했던 대로, 자기 자신도 그렇다는 암시로 한 말인지는 모르겠으나, '여자는 오븐이고, 남자는 불꽃'이라 했는데, 뭔가 혼자서 나름대로 생각을 해볼 수 있도록 당분간 놔둬야 된다는 생각도 해보다가, 또 실기를 하지 않나 하는 생각이 수없이 교차하면서, 며칠이 지났다. 그런데 어느 날 모처럼 작년 말에 눈이 많이 왔었던 이후로 처음으로 영상 온도가 되면서, 눈이 녹고 있었다.

미국 시간으로 아침 10시 반, 한국 시간 새벽 1시 반인데, 우석은 그저 녹음된 목소리만이라도 듣고 싶어서 전화번호를 눌러 봤는데, 몇 번 벨이 울리더니 뜻밖에 전화를 받았다. 그녀는 "여보세요—?, 여보세요—?"만을 반복하였는데, 그는 잠시 듣기만 하다가 슬며시 수화기를 내려놓았다. 그렇게 목소리가 쩽쩽한 걸 보니 멀쩡하게 잘 지내는 것 같은데, 왜 연락을 하지 않았나 생각하니 어이가 없었다. 그녀는 새벽 1시 반에 걸려온 전화는 국내에서 온 전화는 아녔을 거라고 짐작하고 행여 그게 우석한테서 온 거라 여겼을지도 모를 일이라 생각해 봤다. 그대로 앉아 있기가 답답하여 그는 재킷을 걸치고 슬며시 밖으로 나갔다. 달빛이 차가운 날 밤, 앙상한 가지에 걸린 파리한 반달을 바라보다가 깊은 한숨을 토해냈다.

며칠이 지났다. 얼마 전 한국 사이트에서 기사 검색을 하던 중에 바이러스에 감염이 되어 일주일 동안 컴퓨터를 사용 못 하는 바람에 계약한 기계 설계일이 중단되는 일이 벌어졌다. 맡겼던 컴퓨터를 찾아와서 먼저 인터넷을 깔고, 그동안 밀린 메일을 체크하고 보내면서 다시 설계일을 시작하였다. 그런데 전날 밤잠을 설친 탓인지 좀 피곤하였다. 응접실 소파에 좀 누웠는데 사르르 막 잠이 들려고 하는 순간, 엊그제 그녀에게 전화를 걸어 놓고도 아무 말도 하지 못하고 끊어 버린 일이 아무래도 맘에 걸려서 다시 걸어 보려고 서재로 들어왔다. 한국 시간으로 오전 10시 10분쯤 되었는데, 신호음이 제법 오래 울렸다.

“네, 여보세요?”

목소리가 좀 전과 틀리다는 생각이 들어서,

“진유경 씨 좀 부탁합니다.”

“제가 진유경인데요.”

“아, 예―. 여기 미국입니다.”

그녀는 마구 웃어댔다. 대답 대신에 계속해서 웃었다.

“놀라셨죠? 그런데, 무슨 일이 생긴 건 아니죠?”

“아녜요. 한국이 어렵지만 우선은 그냥 그래요.”

“아니, 여의도로 이사를 하셨다고 했는데, 전화도 안 되고.”

“여의도가 어딘지 아시나요? 사무실 옮기고, 일간지 사이트에는 업데이트를 일부러 안 했어요. 쓸데없는 전화도 많이 오고 해서요.”

“다행이네요. 별일이 없으시다니. 갑자기 메일이 끊기니까, 별 생각을 다 했지요. 그런데 왜 갑자기 메일을 안 썼는지 궁금했고, 참 답답했어요. 그렇다고 무작정 메일을 보낼 수도 없고―.”

“사실, 서로 알았던 연륜도 그렇게 길지도 않은데, 나중에 보내신 메일의 쇼비니스틱(Chauvinistic)한 내용이 너무 기분 나빴어요.”

“미안합니다. 좀 오버를 한 것 같네요.”

그녀는 말 대신 또 웃었다. 왜 그렇게 웃느냐고 물었더니, 원래 잘 웃는다고 하였다.

“호호호―, 메일 다시 쓸게요.”

"얼마 전 제 컴퓨터 시스템이 한국 사이트를 검색하던 중에 바이러스에 감염되어서, 지난 이 주 동안 큰 홍역을 치렀거든요. 다시 시스템이 정상으로 가동되면, 나도 쓰겠습니다."

기분이 야릇하면서도 항시 자기 혼자만의 생각은 위험한 거라 생각하면서 고개를 살살 저었다. 하여튼, 끊어진 실 가닥을 천신만고 끝에 겨우 찾아서 다시 이어 놓은 느낌이었다.

그녀가 괴팍하다는 생각이 들었다. 그녀의 얘기대로 주변에서 좀 까다롭게 본다는 얘기가 생각났다. 어떤 사람들은 그동안에 쌓인 정을 봐서 웃어 넘기기도 하겠지만, 자기 싫은 건 그렇게 칼로 무 자르듯이, 언제 핑크빛 대화를 하였느냐 하는 태도를 보였으니 말이다. 그녀로부터 마지막 메일을 작년 12월 13일에 받고, 연거푸 메일을 보냈었다. 그리고 3주가 지난 1월 17일에 일어난 일이었다. 물론 그동안에 자기도 나름대로 느낀 게 있었던 모양이다. 전혀, 생각지도 않았던 그 전화는 수십 통의 메일보다 효과가 더욱 컸었다. 그리고 사흘 뒤에 메일을 띄웠다.

Subject: How's Everything Going On With You?
Date: Sunday, January 21, 2001 2:31 AM
From: M Kim

유경에게

1월 18일 아침 10시 반 무렵, 불쑥 전화를 해서 매우 놀랐지요?

뭐랄까? 단적으로 얘기하자면, 오해를 받고 싶지도 않았지만, 단지 안타까운 맘에서, 무슨 말을 해야 할지 전혀 생각지도 못한 채, 행여나 하고 다이얼을 돌렸는데, 유경의 음성을 들으니 믿어지지가 않더군요. 그때까지 내 머릿속에는 실제 목소리가 더빙이 안 되었었잖아요. 첫 느낌은 대단히 깐깐

하다는 거였고, 어색한 분위기에서 그렇게 웃어 주니 그래도 맘이 편해졌습니다.

주요 일간지 인물정보에서 검색한 주소와 전화번호가 업그레이드한 것인 줄만 알고, 지난해 12월 20일 무렵에 전화를 해봤는데, 사용하지 않는 번호라는 메시지가 나오기에, 여의도로 새로 옮긴 회사를 15일 만에 다시 다른 데로 옮기면서, 대표 전화도 서비스가 중단된 줄 알았지요.

잘못된 정보는 확실히 위험한 거군요. 하여튼 어려운 시기에 살아남게 되면, 큰 빛을 볼 날도 있으리라 믿습니다. 얼마 전에 PC 하이테크(주) 이성길 사장의 〈성공시대〉에 대한 비디오를 봤는데, 피나는 실천도 없이 생각만 하면서, 쓸데없는 자만심만 가지고, 안주하는 사람들에게 좋은 교훈을 주더군요(나를 포함해서).

한 달 남짓 연락을 못하고 지냈지만, 무척 오래된 것 같습니다. 나한테는 그동안 많은 일들이 일어났습니다. 거긴 어떻습니까?

1. 2000년 세밑: 어쨌든 미안합니다. 전에 그림을 그릴 때, 좀더 멋있게 그리려고 붓질을 계속하면, 종내는 색상이 점점 어두워지면서 그나마 원상 복귀도 안 되는 경험을 많이 하였었지요. 그 덕분에 오해가 좀 되더라도, 발버둥치지 말고, 인내심을 가지고 그런 대로 놔두고 세월을 보내 보자라는 교훈을 터득했지만.

2. 2001년 1월 3일: 10여 년 전에 근무를 하였던 MY라는 회사에서 이제 그룹 회장이 된 당시 사장, Bill이라는 친구가 절 찾으라는 명령(?)을 내려서, 여비서가 오랫동안 수소문을 했다면서 메시지를 보내왔지요. 처음 그 회사를 시작할 때, 연봉을 많이 주는 대신 빠른 시일 내에 신제품 설계를 하는 것이 첫 프로젝트였는데, 지금껏 회사 역사상 최단 시간 동안 〈From Idea to Implementation〉를 하였었고, 지금도 그 제품이 인기가 좋아, 단

일 제품으로는 최고 수익을 올린다고 하였습니다. 다른 사무기기 제조업체에서 유사하게 복제를 하는 문제가 생겨서, 새로운 모델 설계 의뢰를 해왔지요.

3. 2001년 1월 6일(토): 시카고 오헤어 공항 근처 호텔에서 아침 7시부터 장장 4시간 동안 식사를 하며 마라톤식 미팅을 하고, 향후 신제품 설계 및 성능 개선에 대한 독점 계약을 하였답니다.

4. 전에도 1년 반 걸린 설계를 해줬는데, 올해는 로봇 제어 연구 개발(Robot Control R&D)을 하면서도 설계일을 극대화를 해야 될 일이 있어서. 그렇지 않아도 인디애나(Indiana) 촌구석까지 찾아가려 했는데, 정초에 먼저 연락을 해올 줄 어떻게 짐작을 했겠어요. 시종일관 열심히 해준 덕택에 아직도 기억을 하고 찾아줬으니, 더욱 열심히 해줘야지요. 사실은 집 사람한테 사 준다던 다이아몬드 반지가 해를 거듭함에 따라 자꾸 커지는 바람에, 그걸 사 주려면 부지런히 벌어야 한답니다.

5. 2001년 1월 6일 오후 4시, 인터넷으로 지난 기사를 검색 중 스파이럴이라는 바이러스 영상이 옮겨 붙었지요. 그걸 없애려는 과정에서 하드 드라이브가 망가지고, 중요 파일들이 죄다 구제불능이 되어서 암담해졌습니다. 다행히 보조 하드 드라이브에 한글이나 그동안 연구해온 파일이 살아서 절 살려줬습니다. 어쩐지 그 전부터 Operating System이 있는 Drive와 Data file을 저장하는 HD는 따로 구분하고 싶어서 거의 대부분을 옮겨 놨었는데, 우째 그런 일이—. 하여튼, 인터넷 설치 파일은 망가졌지만, 이메일에 대한 파일은 따로 저장을 하여 대형 사고를 면하였지요. 그동안 메시지 주고받은 것도 다 날려 보낼 뻔하였답니다.

이곳 시카고는 거듭 내리는 눈과 강추위로 홍역을 앓았는데, 올해 들어 한국도 폭설과 한파가 몰아치면서 피해가 많은 걸 봤어요. 지구 전체에 일어나는 재앙인 것 같습니다.

지금이 일요일 새벽 2시가 넘어가는데 내일 늦잠을 자도 될 것 같아서 끝까지 씁니다. 남은 주말 잘 지내고, 또 열심히 돈도 벌어야지요. 아, 그런데 지난 주에 부르고네이(Bourgogne) 한 병을 샀지요. 사실 피노 노아(Pinot Noir)는 잘 마시지 않는데, 자축을 하는 의미로 지금 따서 맛을 봅니다. 다 그런 건 아니지만, 주정이 좀 약하지요? 빈테지가 1998년인데, 14불 줬습니다. 한국에서는 연도에 따라 틀리겠지만, 얼마나 합니까? 포도주 잔은 1mm 정도의 얇은 잔에 마셔야 촉감이 제대로 나더군요. 첨 쓸 때보다는 여러 가지 이유로 기분이 한결 좋아졌습니다. 자, 그럼—.

김우석

Subject: (Re)How's Everything Going On With You?
Date: Sunday, January 28, 2001 11:06 PM
From: 진유경

안녕하세요?

그동안 정말 많은 일이 있었군요. 하지만 모두 좋은 일—또 새로운 시도와 도전을 할 일이니 그보다 더 좋을 수는 없겠군요. 저도 정신없이 바빴어요. 새해가 시작되니 해야 할 일도 많고 그동안 받아 놓은 선인세(책 쓸 때 받는 계약금) 때문에 급히 넘겨 줘야 할 원고도 많아서요.

한국은 그동안 눈이 많이 왔고 아주 추웠어요. 그래도 저는 꿋꿋하게 잘 지냈지요. 전화까지 해주셔서 많이 놀랐어요. 저는 생각도 못 했거든요. 새해에 좋은 성과가 많이 있기를 바라겠어요.

진유경

Subject: So Busy Days!

Date: Thursday, February 1, 2001 8:56 PM

From: 김우석

유경에게

금요일 아침 나절에 열어 보는 반가운 글이 되었으면 하는 바램입니다.

지난 늦은 가을 처음 답장 받았을 때, 가슴 설레며 기뻐했었던 기억을 새삼 떠올리면서, 모니터 앞에 앉았습니다.

크리스천들은 내가 하는 일이 잘 되든 못 되든, 하늘의 뜻으로 돌리는데, 무신론자는 자기 운명을 어떻게 받아들이는 것이 가장 자신한테 이로울까요? 어쨌든 운명이라는 걸 얘기할 때는 자기한테 닥치는 범사를 긍정적으로 해석을 하기 위함인데, 이왕이면, 맘이 편하게 받아들이는 태도가 좋겠지요. 사형에 처해 있는 죄수도 그게 내 운명인데 생각하고 잠시만 참으면 될 일인데, 발광할 필요도 없겠지요? '지금 내가 떨고 있냐?'라는 말은 정말 대단한 거예요.

이렇게 다시 유경에게 글을 쓴다는 게 다 운명이라고 생각하면 덜 기쁘겠지만, 사실 우리는 쉽게 격해지는 감정이 있어서 누가 뭐라고 해도 무척 기쁩니다.

이왕 '운명'이라는 얘기가 나왔으니 몇 마디만 하겠어요. 전부터 무신론자로써 살아가는 인생길에 대해서 많이 생각했었고, 유경이 또한 무신론자이니, 오늘날까지도 그렇게 믿고 사는 생각을 정리해 봅니다. 그게 사실 유전학적인 요소와 우발론적인 얘기인지라 형이상학적인 견해는 완전히 배제를 한 얘깁니다.

1. 기질(Character)

우리는 모두 그 어떤 가문의 혈통에 따라 숨겨진 기질을 가지고 태어납니다. 나는 집안 내력인지 술을 아주 잘해요. 우리 어머니는 전부터 경주 김씨 여자들은 다들 남자보다 거세다고 얘기합니다. 글쎄 신빙성이 없는 얘기지만, 그런 것 같기도 하군요. 또 지능과 소질도 어느 정도 내리받음을 할 겁니다. 지난번 타계를 한 운보와 이북에 있는 동생을 보면, 그런 기질을 물려받았나 하는 생각도 들다가, 아인슈타인과 그 자녀들을 보면 또 그렇지 않을 수도 있다는 생각도 들지만. 이런 저런 관점에서 '기질'은 그 사람의 운명을 좌우하겠지요. 타인의 운명을 좌우하게 만드는 것도 자신의 기질 탓입니다. 강한 자석에 약한 자석이나 쇠붙이가 끌려와 붙듯이.

2. 환경(Environments)

다음은 후천적인 노력과 자라는 환경을 빠트릴 수는 없겠지요. 얼마 전에 방영된 TV 드라마 〈황금시대〉의 광철이는 머리도 좋고 공부도 잘했는데 그렇게 갈 수밖에 없었던 건 주어진 환경 때문입니다. 무기력한 어린 시절에 전혀 선택의 여지가 없이 환경이라는 거대한 굴레에 억눌릴 수밖에 없었고, 어른이 된다 해도 끝없이 우리가 사는 인생을 너무도 확고히 장악하는 문제는 자세한 얘기를 할 필요성도 없으리라 생각합니다.

3. 우발 선택(Random Access)

우리가 잘 아는 얘깁니다. 장난삼아 던진 돌멩이로 연못에 노는 수많은 개구리 중에서 한 마리가 죽는 얘길 아시죠? 우화에서는 그 돌이 개구리에게는 생사의 기로를 가르는 심각한 문제가 된다는 것이지만, 얻어맞는 개구리의 입장을 보거나, 또 전장에서 여럿이 줄지어 가는 병사들 중에서 저격병에게 사살을 당하는 선택은 어떻게 생각합니까? 이왕이면 장교를, 니가 제일 못생겨서, 니가 제일 잘나서 또는 니 같은 인상은 내가 제일 싫어해서 따위로 적이라는 이유 하나만으로 한 사람이 우선적으로 당하지요.

어제는 이곳 뉴스에서 40살 먹은 어느 세 아이의 엄마가 강도가 쏜 총에 목숨을 잃었습니다. 10년 동안 주울(Jewel)이라는 슈퍼마켓에서 장기 근무를 하고 얼마 전 승급을 하여, 새로운 동네로 발령을 받아 근무 중 대낮인 오후 1시경에 들어 온 강도한테 당했지요. 뉴스에서는 이렇게 얘길 합니다. '잘못된 시간에 잘못된 장소'라는 말로,

'Wrong time, wrong place!'

그게 우발적 선택이라 생각됩니다. 구정 때 시골집에도 못 가고 고속도로에서 중앙선을 넘어 오는 차한테 당하는 그런 우발적인 선택 말입니다. 도리가 없는 일이지요. 운명으로 받아줄 수밖에는. 자기가 아무리 운전을 잘 해도, 아무리 살려고 해도 안 되는 건 안 되는 거지요. 이 모든 걸 단지 획일적이며 수동적인 자세로, 단지 전지전능하다는 주님의 뜻으로 돌리기에는 너무 다원적이 아닙니까? 결론적으로 우발의 선택도 기꺼이 받아주고, 가는 데까지 할 수 있는 데까지 최선으로 가는 겁니다. 그게 제일 속 편하게 만듭니다.

각설하고, 요사이는 여러 가지 시작으로 많이 바쁘겠지요? 새로운 책 쓰는 일도 시작했습니까? 그리고 지금 개발하고 있는 콘텐츠 프로그램은 곧 빛을 보게 되길 간절히 바랍니다. 이리 뛰고 저리 뛰는 모습을 막연히 그려 봅니다.

1월 31일, 새 프로젝트에 대한 설명회가 있어서 며칠 동안 밤잠을 설치면서 준비를 하였고, 아침 8시경에 300km 떨어진 그 회사엘 3시간 반 가까이 드라이브를 가서 1시간 미팅으로 알차게 끝내 버리고, 어둡기 전에 다시 집으로 돌아오니 오후 5시가 되었습니다. 다행히도 그동안 생각해온 대로 상세 설계를 하기로 하고, 서류로 정식 계약 체결도 했습니다. 그런데, 전화나 이메일을 사용해서 일부 업무를 처리해도 매월 임원회의에 참석을 해야 하는 것을 감수해야 한답니다. 그 회장이 워낙 요구 사항이 많은 사람이라는 건, 이미 전부터 잘 아는 처지이고, 나 또한 그러한 편이니, 해줄 것 해주고 받을 걸 받는다는 면에서 맘은 더 편합니다.

음, 요사이 꼬맹이 왕자님과 지내는 재미는 어떠합니까? 나는 다 잊어버린 것 같아요. 지금 그런 애가 있다면, 우선은 어휴—! 소리가 먼저 나오네요. 그러나 시행 착오를 다 겪은 후이니 잘 키울 것 같다는 생각도 들지만, 그때는 나이도 어리고 또 직장을 다니면서 오랫동안 학교를 다녔으니 맘의 여유도, 경제적인 여유도 없었답니다. 거기에다 성격상 애들은 대범하게 길러야 한다면서 잔정을 흠뻑 주지 못한 내 자신도 후회가 되고요. 다 크고 보니까 애들이 사근사근한 맛이 좀 없답니다. 그것도 집안 내력인지 뭔지 잘 모르겠지만.

예전에 동네에서 일어난 소동 얘길 읽어 봤는데, 한국은 어영부영하는 것 때문에 제일 큰일이에요. 유경이는 평소 바람대로 양면성 있게, 강하면서 한편 감성 있게 잘 키우리라 생각이 되네요. 동생이 있으면 더 좋겠지만. 어른들 위주가 아니라 혼자는 외롭다는 선입관이 있어서 하는 얘깁니다.

자, 그러면 다음에 쓸게요.

주말 재미있게 지내고, 건강하시기 바랍니다.

김우석

Subject: 진달래꽃이 피면

Date: Monday, February 12, 2001 09:55 AM

From: 김우석

유경이 보세요.

그동안 잘 있었습니까?

무척 바쁜 모양이네요. 여기도 마찬가지입니다만.

밥을 먹을 때도 텔레비전을 볼 때도 구체적인 설계 개념을 잡기에 항시 종이와 연필이 따라다닌답니다. 그리고는 모니터 앞에서 왼종일 CAD를 하고 있어요. 3월 16일까지 시제품을 만들어서 설계 개념이 제대로 되었는지를 보여줘야 하는 부담감이 가득하답니다.

오늘이 2월 12일이네요. 세월이 잘도 흘러갑니다. 작년에는 눈도 많이 왔었고, 매우 춥기도 하였지요. 헌데, 올해 들어서는, 아직은 눈이 와도 덩이 눈이 풀풀 날리면서 옛날 어려서 느꼈던 정취를 느끼게 할 정도로 살짝 옵니다. 조만간 우리 집 뜰에는 박태기나무 꽃이 피지요. 바짝 마른 나뭇가지에 그렇게 예쁜 꽃들이 제일 먼저 피는 그 깊은 뜻을 어떻게 알 수 있을까마는, 그걸 바라보는 즐거움이 대단하답니다.

그리고 Azalea(진달래)의 시절이 머지않아 오겠지요. 혹독한 추위를 감내하고 난 끝에, 의연하면서도 그 화려한 자태를 맘껏 뽐내는 그 모습이 천지에 가득하겠습니다. 그런 과정 때문에 유경이 Zalea가 된 거지요? 올해는 그 화려한 자태를 색다른 눈으로 바라볼 것 같습니다.

김우석

Subject: Re: Did You Get My Mail?

Date: Sunday, March 04, 2001 9:15 9M

From: 유경

네. 이번에는 멜 잘 받았어요. 그런데 제 답장이 너무 늦었군요. 정신없이 바쁘다 보니. 그리고 시간 날 때 여유롭게 쓰려다 보니 이렇게 되었습니다. 역시 정신없이 다다닥 쓰는 것밖에는 저 같은 사람에게는 방법이 없군요. 여기는 봄기운이 완연하고 춥고 찬바람은 불지만 계절은 약속한 듯 어김없이 힘을 발휘하고 있답니다.

저는 잘 지내고 있어요. 유치원에 다니는 저희 아이가 별님 반에서 달님 반이 되었고 발군의 어휘력을 자랑하는 것이 기쁨이죠. 그리고 영화도 밤

시간을 이용해 많이 봤어요. 말씀하신 영화 〈와호장룡〉(원제?)도 봤어요. 아주 매혹적인 영화지요? 서양 사람들이 볼 때는 신비로울 거예요. 여주인 공인 '양자경'이 멋졌어요.

그런데 요즘 제가 본 영화 가운데 가장 좋았던 것은 〈어둠 속의 댄서〉였 어요. '비요크'란 아일랜드계 가수 출신 여배우와 '카트린느 드뇌브'가 나왔 는데 작년 칸에서 그랑프리를 받은 영화죠. 아주 특이한 영화이고 너무나 많은 인생의 주제를 솜씨 좋게(그리 어울리는 표현은 절대로 아닌데) 담아 냈어요. 보고 나면 인생에 대해 다시 생각하게 되요. 계절이 바뀐다는 것 자 체가 절 기쁘게 하네요.

Zalea

Subject: Spring Has Come

Date: Wed, March 07, 2001 11:33 AM

From: M Kim

유경이 보세요.

북풍한설이 몰아치던 긴 동면에서 깨어나서 모든 생물들이 용트림을 하 는 시절이고, 더욱이 유경인 대단히 바쁠 거라 생각하였습니다. 여기도 예 외는 아니네요. 하필 부모님 집의 부엌을 리모델링(Remodeling)하는 일이 가장 중요한 시기에 동시 진행이 되어, 더욱 그렇답니다.

오늘이 3월 7일 아침, 쓰디쓴 블랙 커피 한 모금을 마시면서, 모니터를 켜 고 남쪽으로 난 창의 블라인드를 걷어 올렸습니다. 눈이 부시는 햇살이 천 지에 가득합니다. 아직은 좀 쌀쌀한 기운이 있지마는 지난번 유경의 얘기대 로 봄이라는 계절은 어김없이 밀려온 것 같습니다.

그런데 시카고 날씨는 아직도, 아직이지요. 때론 5월 초까지도 눈이 옵니다. 수선화, 튤립, 히아신스 따위가 만발하였는데, 하얀 눈이 수북이 덮인 적도 있어요. 그런데, 옛날에 대전에 있는 공군 교육사령부에 겨울이 막 가시던 3월 초에 입교를 하여, 바짝 쫄은 후보생들에게 생지랄(?)을 하던 짙은 썬글라스를 쓴 소위님들이 생각납니다. 영외에는 꽃이 피고, 젊은 처자들이 저토록 행복하게 오가고, 기지 내에도 나무가 많아 목련, 복사꽃, 벚꽃은 피어대는데, 이건 우리 모두 쌀쌀한 겨울을 지내고 있으니 말입니다. 임관까지는 20주가 걸릴 터이니, 봄이 가고 녹음이 우거지면서 임관을 기다리면서, 이제 조금씩 농땡이가 붙을 무렵, 교관들이 하는 얘기가 그렇습니다.

"야 이놈들아, 꿈 깨라. 아직도 아직이다!"

하지만, 왠지 그 시절이 그립습니다. 다시 한번쯤, 눈이 빛나다 못해 닳아 없어질 지경으로 긴장하고 바짝 조여지고 싶다는 얘깁니다. 요사이 미국에서는 Survival game(생존 게임)이 유행하지요. 뭐, 지옥 훈련 같은 거 말입니다.

세월이 잘 갑니다. 작년 11월 10일의 설레던 첫 메일 받고 벌써 4개월이 되어 갑니다. 지난번에 '운보'에 대한 〈일요스페셜〉을 봤었지요. 어눌한 목소리로 "세월은 너무 빨리 가는데, 제대로 한 게 없어—!" 하더라고요. 일을 많이 하면 할수록, 맘은 항시 부족을 느끼고 앞서 갑니다. 밑도 끝도 없는 인간의 욕심이지요.

애들이 똘똘하게 보이는 것이 재미있고, 그토록 보람된 일이 없을 겁니다. 미국에서도 그렇지만, 어린애들한테 일단 '풍부한 어휘'를 구사해 주고, '상상력을 극대화'할 수 있는 분위기에 노출시켜 주는 일이 대단히 중요할 것 같군요. 옛날 김웅용같이 부모들의 성화로, 단지 숙달로 익힌 미적분을 잘 푼다 하여 천재라고는 할 수 없는 일입니다.

3월 16일까지 시제품을 만들어야 하기 때문에 맘이 다급하여서, 눈이 몹시 피로해도 엄청난 시간을 소모해 CAD를 해서 시제품 제작소에 끝나는

대로 전해 주고 있답니다. 유경이 말대로, 편하게 쓰려고 하다가는 수주가
지날 것 같아 아침에 한 시간 정도 짬을 내 보았습니다. 주말 잘 지내요.

봄의 문턱에 서서,
김우석

Subject: On Rainy Day
Date: Wednesday, March 28, 2001 10: 27PM
From: 유경

안녕하세요? 오랜 만이죠?
일본에 일이 있어 다녀왔어요.
　한 열흘쯤 만에 오니까 정신없이 일이 돌아가는군요. 게다가 일본에 있는
아끼는 후배가 갑자기 들어와 라식 수술을 하는 바람에 그 아가씨 옆에 있
어 주느라 더 정신이 없었어요. 저는 근시인데 라식 수술이 너무도 신기해
서 그 아가씨처럼 감동하고 또 감동했답니다. 저도 해볼까 하는 강력한 유
혹을 느끼고 있습니다.
　주말에는 저는 오래 자요. 어떤 때는 12시까지도 몰아서 잠을 자죠. 그리
고 맛있는 것을 먹고 혹은 요리하고(취미 차원에서), 책을 읽고 비디오도 보
고 그렇게 보내죠. 때로는 여행을 가고 —.
　일본은 곧 후진국이 되는 것 아닐까 할 정도로 정보화가 지체되었어요.
대학에서 이번에 강의도 했는데 아이들은 진짜 멍청하고 남의 나라 일인데
도 걱정되는군요. 한국은 봄이지만 쌀쌀하군요. 하지만 햇빛이 근사해요.
그곳은 어떤지요?

진유경

Subject: Spring is just around the corner!

Date: Thu, March 30, 2001 01: 27 AM

From: M Kim

유경에게

날씨가 많이 풀어졌지만, 아직도 낮 최고 기온이 섭씨로 7~10도 정도입
니다. 요사이는 화창한 것 같으면서도 싸늘하지요. 양지바른 곳에는 수선화
가 막 봉우리를 터뜨리고, 작약의 불그스레한 속순이 많이 나왔습니다. 시
카고는 위도 상으로 42도 부근에 위치하여 봄은 늦게 오고, 또 갑자기 기온
이 올라가 수많은 꽃들이 일시에 만개를 합니다. 이제 한 달 내로 목련, 라
일락이 피면서 꽃사과나무의 하얗거나, 연분홍, 붉은 꽃들이 천지에 가득할
겁니다. 과히 무릉도원을 연상케 하지요. 혼자 보기는 아까우니 사진 찍어
서 보내 주겠습니다. 우리 집 앞뒤에 눈이 부시는 흰꽃이 피지요. 그런데,
나는 봄철 알레르기로 두 달 동안 고생을 한답니다. 아무리 건강해도 한 지
역에 오래 살면, 신체 조건이 적응이 되어서인지 콧물, 눈물이 줄줄, 또 연
거푸 해대는 재채기까지. 빨리 여름이 오길 기다리지요.

정말, 오래간만이네요. 바쁘다 보니 세월도 바쁘게 흐르는 것 같습니다.

일본에 다녀왔다고요? 80년대 일본식 경제가 히트를 쳤지만, 잃어버린
90년대에 지금은 많은 문제점이 나타나는군요. 일본에 대해서는 잘은 모르
지만, 자동차업계의 Toyota와 Nissan과 같은 양면성이 철저하게 존재하는
데, 후자의 경우 같은 고집스런 엘리트 의식과 수직적으로 거쳐야 할 결재
자가 너무 많은 체제가 망하게 하는 요소가 된 것 같습니다. 최고 기술을 가
지고 있어도, 결정이 느리고 문제점을 고치는 휘드백이 제때에 반영이 안
되면 뒤지고 말겠지요.

그리고 4월 말에는 봄이 가기 전에 어머니가 간곡히 방한을 원하시어서,

아무래도 모시고 나가야 할 것 같습니다. 어머니는 한 달 이상 계시면서, 전에 못 가보신 곳을 두루두루 들리시겠다는데, 나는 설계 일정 때문에 일 주일 정도 머물다가 급히 돌아와야 한답니다. 아무래도 여동생 내외가 수 발을 들어야 할 것 같고. 그런데 전에 울산 건설현장에서 같이 찍은 그 유 니폼을 입고 있던 남동생은 가족들과 같이 차세대 사업건으로 두 번째 3년 파견을 Texas로 왔지만, 근 한 달이 되어 가는데 아직 만나볼 기회도 없었 답니다.

여긴 밤 1시 반이 다 되어 갑니다. 음, 거긴 지금 오후 4시 반이 되겠습니 다. 아직도 사무실에 있나요? 사무실이 여의도 어디에 있습니까? 전에 중소 기업 진흥공단에는 매년 들러 봤지만, 다른 데는 대충 차 타고 다니면서 일 별(一瞥)한 정도입니다. 화창한 주말이 되면 식구들과 같이 나들이하기에 좋겠습니다.

김우석

Subject: (Re)Spring Is Just Around Corner!
Date: Tuesday, April 17, 2001 02:35 AM
From: Yukyoung Jin

별일 없으셨어요? 저는 그동안 아주 정신없이 살았답니다. 실은 회사 일— 한국 경제가 어려운 고로 자금문제—에 예기치 않은 일이 생겨 여기 저기 불 끄느라고 정신이 없었어요. 그래서 메일을 드렸다고 생각했는데 체 크해 보니 답장을 안 드렸군요. 저보다 정신없이 더 바쁘시죠? 일도 여러 모 로 진척되고 있고—.

저희 회사 일은 진척은 잘 되지만 한국 경제 전반적인 침체로 어려움을 겪고 있습니다. 그렇지만 다들 힘을 모아 이 난국을 헤쳐 가자고 다짐하고 있습니다. 어렵군요. 하지만 제가 어렵고 힘든 일이 있다는 것은 에너지를 집중하게 만들기도 합니다. 하지만 그래도 아주 편안히 사는, 스트레스 안 받고 사는 주변 친구들을 보며 내가 왜? 하는 유혹에 빠지기도 하지만 그래도 지금의 길을 선택했을 거라고 생각합니다.

한국은 지금 여름이에요. 봄이 실종되었다고나 할까요. 이번 여름이 이글이글 타오를 것 같군요. 겨울이 워낙 추웠기 때문에요.

진유경 드림

Subject: Spring is just around the corner!

Date: Friday, April 22, 2001 10:50 AM

From: M Kim

유경에게

422가 특별한 날인 것 같은데, 양력으로 쓴다면 오늘이 생일이 되겠네요. 내 경우에는 음력이지만, 애들이 음력으로 따지질 못하니, 그냥 그 날짜의 양력으로 지낸답니다. 대충 한 달 땅겨서 지내는 거죠. 양력이든 음력이든 생일 축하합니다!

사무실 주소를 알면, Comic한 카드라도 한 장 띄우겠지만요.

의미 있는 고생을 하시니, 힘은 들지만 보람된 일이라 생각합니다. 가까이 있으면, 술 한 잔이라도 같이 나누고 싶은 심정이네요. 유경의 말대로 외길 인생을 살면서 완상용 식물보다는 비바람 맞는 야생화 같은 삶의 실천이고, 자기가 가는 일이나, 믿고 따라주는 동료에 대한 책임, 의리가 있는 일입니다. 금방 아니 또 꼭 눈에 보이는 결실이 없다 해도, 힘들게 어울리는 과정에 때때로 찾아오는 가슴 찡하게 하는 순간을 느낀다면 더없는 보람으로 생각할 겁니다.

　노자의 『도덕경』에서 말한 비어 있는 상태가 더 삶의 의미를 준다는 얘기가 생각납니다. 비어 있음으로 해서 그걸 채우려는 욕망, 어려운 처지에서 그걸 헤쳐 나가려는 욕망은 무한한 에너지를 만들어 줄 것으로 굳게 믿습니다. 잘 해내리라 믿습니다.

　네, 여기는 여전히 바쁘고요. 지금 진행 중인 프로젝트는 시제품을 테스트하는 과정에서 항시 생기는 자잘한 문제를 보강하는데 고심을 하고 있었는데, 며칠 전에 한동안 당황하게 만들었던 설계상의 문제가 깨끗하게 해결이 났답니다. 기계나 자연계 제 현상은 거짓을 말하지 않지요. 확실한 접근만 할 수 있다면, 해답은 항시 거기에 있습니다. 전에 다룬 얘기와 같은 맥락이 있지요? 단순성과 명확성이 있다는 얘기 말입니다. 한동안 고심을 했지만, 다시 원인을 분석하고 기본 개념도(Layout)를 재검토하여 문제점을 찾았지요. 그러나 완전무결하게 하려면, 밑도 끝도 없는 일이고, 출시의 타이밍을 놓칠 수가 있어서, 생산 단가와 마케팅 일정에 따라 선을 그어야 합니다. 이번에는 탁상용으로 용지를 자동으로 3겹이나, 반으로 접는 기계인데, 한국에 나가기 전까지 시제품을 보여줘야 하므로 4월 24일에 본사에 다녀와야 한답니다.

　실망과 좌절을 해도, 잠시 쉬고 난 다음에 포도주 좀 마시고, 알딸딸한 기분으로 텔레비전을 보다가 소파에서 잠이 들었는데, 눈을 뜨니 새벽 2시였지요. 세면을 하고 침실로 들어와서 잠을 청했는데, 잠이 안 오기에, 다시 모니터를 켜고 기본 개념도를 보는 순간, 문제점이 팍 들어오더라고요. 그래도 내가 하는 일은 정신 바짝 차리고, 끈질긴 집념으로 해결 방안을 찾을 수 있는데, 인문학에서는 그게 잘 안 되지요? 손자한테서도 배운다는 말이 있듯이, 별 인기 없는 연속극에서도 가끔 명언을 듣습니다. 다른 게 아니고, 자기 스스로 위로하는 수단으로 쓰는 얘기 말입니다. 드라마 〈순자〉에서 편집병적인 화가 '정보석'이 한 말인데요. "성공이 있기 전에는 모든 힘든 일을 단지 성공을 하기 위한 과정으로 생각하는 거야!" 라고 합디다. 분명 좌절을 할 일이지만, 이왕이면 맘이라도 편하게 갖자는 거 아닙니까?

　며칠 전에는 눈발이 날렸지요. 이번 주는 싸늘하였지만, 주말부터 화창한 날이 계속되면, 이제야 온갖 꽃들이 만개를 할 것 같고, 나 역시 재채기가 그치질 않을 겁니다. 어서 6월이 왔으면, 하는데 이 아름다운 봄철에 겪는 비극이지요.

　자, 오늘은 이만 줄입니다. 건강하세요.

우석

Subject: (Re)A Happy Birthday!
Date: Saturday, April 21, 2001 04:58 AM
From: Yukyoung Jin

　정말 감사합니다.

　근데, 주소 가르쳐 드릴게요―. 영등포구 여의도동 15-5 성우빌딩 #1005예요. 웃기는 카드 센 걸로 보내 주세요. 호호 제가 이럴 줄 몰랐죠?

　저도 정보석의 말을 유념하고 꿋꿋하게 나아가겠습니다. 제가 봐도 감동적이군요. 또다시 멜 쓰죠.

진유경

Subject: Did You Get An Express Mail?
Date: Wednesday, April 25, 2001 5:57PM
To: Yukyoung Jin

　유경에게

예, 4월 24일 미팅 때문에 전후로 몹시 바빴습니다. 겨울에 다닐 때는 차라리 분위기가 좋았는데, 이번 나들이 때는 유난히 날씨가 화창하다 보니, 졸음도 오고, 지루하였답니다. 다녀와서는 좀 피곤하기도 하고요.

지난번 사무실 주소를 받아 보고, 당일로 후닥닥 속달로 우편물을 발송하였는데, 잘 들어갔는지요? 4~5일 내로 들어간다고 하였는데 말입니다. 주말이 끼어서 늦어지나 봅니다.

'만두'라는 친구는 내 속으로 하는 욕 좀 먹게 생겼습니다. 왜냐하면, 시간적으로 너무도 절박한 시기에 오게 되었으니 말입니다. 두 달 전에 약속을 한 일이라 별 도리가 없는 일이군요. 문제는 4월 30일까지 설계도면을 Updating하여서 시제품 제작 업체에게 2차 시제품 제작을 하도록 건네 줘야 하는데, 4월 25일 저녁부터 4월 27일 오후까지 같이 해야 하니 말예요. 주말에 밤샘을 하게 생겼습니다.

그리고 사무실 주소를 좀더 일찍 알았다면, 좀더 재미있는 착상을 할 수 있었을 터인데. 하여튼, 잘 받아 보길 바라고요.

유경 씨는 봄철 알레르기는 없는가요? 주말에 여유가 생기면 다시 쓰겠고요. 오늘은 이만 줄이고 즐거운 주말이 되길 바랍니다.

김우석

Subject: Schedule

Date: Monday, April 30, 2001 2:19 AM

From: M Kim

유경에게

잘 지냈습니까?

음, 오늘이 4월 30일 새벽 2시입니다. 거긴 4시가 되겠네요? 예상대로 설계도면 Updating 때문에 수난의 시간을 즐기고 있습니다. 내가 가는 길이 꼭 내가 의도하는 대로 간다면, 재미가 없겠지요? 좀 지겹다는 생각이 들어서, 방한하기 전에 잠시 쉴 겸 몇 자 적어 봅니다.

내일은 5월 1일인데, 초파일이군요. 거긴 공휴일입니까? 5월 5일 연휴도 끼어서 이번 주가 좀 번거롭게 생겼군요. 그걸 미리 감안했으면, 방한 스케줄을 일주일 뒤로부터 잡았을 터인데 말입니다. 어쨌든, 5월 1일 출발하여 5월 15일 돌아올 일정인데, 말 많았던 인천 공항으로 입성을 하겠군요.

정신없게 돌아가는 계획인데, 여기에서 할 일이 2주가 미뤄지니, 맘 편한 여행은 되지 못할 일이고요. 모친과 같이 하는 여행은 강원도와 제주도행이랍니다. 여동생 내외가 동행을 할 것이지요.

그래서 5월 12일(토)에 겨우 시간이 나는데, 몇 시에 어디에서 만나지요? 어떻게든, 오후 시간은 비워 두겠습니다. 거기 스케줄이 어떤지도 모르고요. 허름한 객주에서 잠시 만나도 좋아요. 헌데, 삼겹살에 와인? 좀 칼로리가 많겠지요? 소주에 낙지도 좋고, 막걸리에 김치도 좋고요. 분위기만 좋다면야 가릴 게 없지만. 좋은 아이디어가 없습니까? 떠나기 전에 연락이 안 되면, 방한 후 연락하겠습니다. 그럼, 다음에 —.

우석

방한은 예정대로 진행되었고, 짧은 기간 동안에 강행군을 한 여행 끝이라 긴장이 풀어져서 그런지 몹시 피곤하였다. 그러나 아직 할 일이 남아 있었다. 13일 저녁에 집사람의 큰오라버니 집에서 장인어른 23주기 제사가 있어 모두들 만나기로 하였고, 12일 밤은 이번 여행 일정에 따라서 예약을 하느라 수고를 해준 막내처남 집에서 머물면서 호텔, 비행기나 기차표 등 경비를 정산도 하고 사는 모습도 보기로 하였다.

집사람은 출국 전에 쇼핑을 할 수 있는 날이 오늘뿐이라 조카와 같이 서울로 나갔다가 오후 4시 무렵에 돌아왔다. 석이는 그동안에 병든 닭처럼 모처럼 졸다 마다 하며 한가하게 쉬고 있었다. 그리고 처남이 초저녁 엄청나게 교통이 막히는 바람에 약속 시간보다 한 시간 이상 늦게 인천에 왔고, 모두들 다시 서울에 있는 그의 아파트로 옮겨 갔다.

오늘은 7일 부산 태종대에서 전화로 유경을 만나기로 한 날이라 가슴이 한껏 부풀어져 있었다. 집사람한테는 그냥 친구를 만난다고 하였다. 처남이 여의도에 있는 동방생명에 근무를 하니 KBS 별관의 위치는 알고 있다 하여 게양 아파트에서 한 20분 걸려 후문 근처에 왔는데, 약속 장소인 코코스를 찾느라고 한 10분을 헤맸다. 결국 8시 5분 전쯤 찾아간 곳은, 그 흔한 카페 같은 곳도 아니었다. 실내 장식이나 조명이 차분하거나 인상적으로 꾸며져 있고, 피아노 음악이 잔잔히 흐르는 그런 분위기도 아닌 그저 맥도널드 같은 삭막한 분위기였다. 아무리 편하게 만난다는 그녀의 의도를 읽기가 쉽지 않았다. 식당 안은 거의 비어 있었고, 반원꼴의 의자에 잠시 앉았다가 석이 옆으로 앉는 자리가 불편할 것 같아, 서로 마주보고 앉는 자리로 옮기면서 입구를 향해서 앉았다.

8시 10여 분이 지나서, 눈에 익은 모습의 그녀가 나타났다. 다부진 얼굴에 여전히 붉은 입술을 한 모습으로 말이다. 2년 전에 쓴 책표지의 마른 얼굴에 호리호리한 몸집을 상상하고 있었는데, 짙은 감색 투피스를 입은 몸매는 상상 외로 여윈 몸매는 아니었다. 그녀가 이쪽으로 발을 돌리는 순간, 석이는 자리에서 일어나 인사를 하고 악수를 하였다. 잠시 멋쩍은 순간이 흘렀다. 저녁 식사 얘기를 했지만, 오후 늦게 먹은 오리 로스구이 탓에 생각이 없어서, 500cc 맥주 두 잔을 놓고 마주앉았다. 그녀는 감기 몸살이 겹쳐서, 일본 출장도 미뤄 놨다고 하였지만, 그렇게 심하게 아픈 기색은 보이지 않았다. 그리고 만나는 날짜가 선택의 여지가 없어서 이렇게밖에 대접을 못 한다는 얘길 하였다.

첨 만나는 서먹서먹한 분위기를 깨기 위하여, 예전에 얘기한 대학친구 만규의 안내로 2박 3일 동안 백담사를 거쳐, 화진포, 속초, 설악산, 하조대를 둘러보고, 영주까지 내려가서 난생 첨으로 부석사를 들렀다가, 목사가 되어 어렵게 개척교회를 이끄는 그 친구의 막둥이 동생 식구와 노모를 만났는데, 집사람이 교인이 아닌데도 사정이 너무 딱해서 헌금을 했다는 얘기를 들려 줬다. 그리고 며칠 후 2박 3일 동안 제주도를 둘러보면서 중문 단지 앞에서 모두들 난생 첨으로 맛있게 즐겼던 갈치구이 얘기 끝에, 천지연 폭포에서 본 '살아서 가슴으로 사랑을 하자. 죽어서도 그 사랑을 담을 가슴이 있을까?'라고 돛에 쓴 '시인의 배' 얘길 하였다. 가끔씩 시계를 내려다보는 그녀는 좀 햏쑥하게 보였지만, 석이가 얘길 하는 동안 당혹스럽게 그의 얼굴에서 시선을 줄곧 놓치지 않았다. 차분한 인상이 좋았고, 가끔 조심스럽게 웃으니, 재작년에 출판된 수필집의 표지에 흑백으로 확대된 얼굴에서 본 하얀 앞니가 쪼르르 보였다.

그리고 배우자와는 골치 아픈 인생을 논하고 싶은 남자는 없을 거라는 말을 한 끝에, 유경은 어떻게 집사람을 만났느냐고 물었다. 결혼 전 첨으로 두 토끼를 쫓다가 그래도 얼굴이 좀 반반한 편인 집사람을 택하였다고 하였다. 유치원에 다니는 어린애들까지도 예쁜 선생을 좋아하는 걸 보면, 그게 우리 인간의 본성일지도 모른다는 얘기 끝에, 문학에 재질이 많았던 그 대구 아가씨가 '김중위, 니도 말장난이나 하는 필부인기라'라는 맘 아픈 독백을 했을지도 모르겠다고 하였더니, 그녀는 피식 웃으면서 법정에서도 얼굴이 험하게 생긴 사람이 형량을 더 받는다고 하였다.

또 연로한 부모에게 발목 잡힌 얘길 하다가, 거동이 부실한 어머니의 잦은 사고로 늦어진 대학원 공부 얘기며, 물에 젖은 꽁초를 까서 다시 말아 피우는 자신의 참담한 꼬락서니에 실망을 하고 그날로 끊어 버렸다고 하니까, 그녀의 부군은 아직도 골초라고 하였다. 그리고 작년 말에 이사를 간 집이 개인 주택이 아니냐고 물었더니, 아직은 전보다 서재가 좀 넓은 아파트에 산다는 얘기를 하면서, 뭐니뭐니해도 책 쓰는 게 제일 행복하고 보람된 일이라고 하였다.

또 인종적 편견이 있는 미국에서 살아가는 법은 실력이 있어야 한다고 얘기한 끝에, 별건 아니지만 아들이 섬세하게 주문을 하여 웨이터를 긴장하게 했다는 말에 의외로 공감을 해줬다. 마침 가져간 몇 장의 사진을 보여줬더니 눈썹이랑 꼭 아빠를 닮았다 하며, 언제 기회가 되어 만나 보면 좋겠다고 하였다.

10시쯤 영업이 끝나기 때문에 아쉽지만 자리에서 일어섰다. 유경은 이번엔 자기가 계산한다면서 생맥주 2잔 값을 치르고 나왔다. 짧은 만남 동안 두서없이 많은 애길 나눈 것 같은데, 꼭 묻고 싶은 얘기는 하지도 못했다. 왜 작년 말에 뜬금없이 '첨밀밀' 애길 하였었는지, 작년에 보낸 CD, 생일 카드의 얘기도 못 했다. 한 번 만나서 모두 다 털어놓을 수는 없는 일이었다. 그녀는 "할 얘기가 참 많지요?" 하며 웃어줬다. 그리고 밖에 나와서 처남한테 전화를 하는 동안 그녀는 옆에서 지켜 보고 있었다. 통화가 끝나고 이 근처에서 좀 기다리기로 하였으니 걱정 말고 들어가라고 하였다. 우석은 그녀가 차를 댄 골목길로 걸어가는 뒷모습을 한동안 바라봤다. 다음번엔 선택의 여유가 있게 약속을 하자고 하였지만, 언제 다시 한국에 올지 기약이 없으니 쓴웃음이 나왔다. 그런데 무엇보다 그를 우울하게 만든 것은, 이성으로서 만나면 안 되는 사람, 단지 서로 도움을 주는 동지로서만 남아야 할 사람이라는 생각 때문이었다.

두 시간이 채 못 되는 만남. 한계가 있는 만남이었다. 왜 이렇게 보고 싶어 했을까? 할 얘기는 얼마든지 메일로 할 수 있는 거지만, 살아 숨쉬는 유경의 참모습을 보고 싶었다. 마치 그의 얼굴을 스캐닝을 하듯 빤히 쳐다보던 그녀의 눈길이 맘에 닿았다. 도대체 이 남자가 어떻게 생겼기에 처음 얼마 동안 자기를 그렇게 흔들어 놨나 하는 이유를 찾기 위한 것처럼. 이미 거리의 불빛이 밝아진 토요일 저녁 스산한 거리를 바라보며 뜨거운 숨을 길게 토해냈다.

Subject: So Nice To See You
Date: Friday, May 18, 2001 7:27 PM
From: M Kim

유경에게

감기 몸살은 좀 나아졌습니까? 그리고 일본 출장은 다녀왔고요? 일은 잘 되었습니까?

돌아와서 바로 쓰려고 하였는데, 무리를 한 탓도 있고 긴장도 풀어져서 그런지, 파김치가 되어 버렸습니다. 모니터 앞에 앉기도 힘이 들더라고요. 전에도 그렇고, 다른 이들도 그러하고, 어디 멀리 갔다가 집에 오면, 후유증이 더 심하답니다. 시간당 1000km로 13시간을 날아오니 멀긴 먼가 봅니다. 하지만 밀린 일이 있어서 여러 날을 쉴 처지가 못 되어, 이틀 쉬고 이제 겨우 평상심을 찾았습니다.

그동안 세끼 다부지게 먹고 술과 안주를 자주 대했으니, 아무리 많이 걷고 분방했지만, 감량을 많이 해야 할 처지인데, 되려 2주 동안에 체중이 2kg은 늘은 것 같습니다. 헌데 집사람은 작년 8월 이후로 13kg이 빠진 상태를 독하게 유지하고 있답니다.

겨우 그리 만나 봤군요. 사진보다 훨씬 미인입니다. 그리고 유경의 말대로 선택의 여지가 있게 약속을 하고 시간적으로 좀 넉넉하게 만났으면 좋았었지만, 아마 그렇게 만나기는 어려울 것 같다는 생각이 드는군요. 더욱이 이제 언제 다시 만나게 될지 알 수도 없는 노릇이기도 하고. 하지만, 그렇게라도 만나 봐서 무척 기뻤습니다. 자주라고 해야 몇 년에 한두 번밖에 더 만 날 수 있겠어요?

할 얘기야 항시 많아 메일로도 할 수 있지마는 앞에서 묻고 싶었던 얘기도 좀 있었는데―. 하지만 시간이 많아도, 아쉬운 건 마찬가지였을 겁니다. 언젠가가 될 지는 모르겠지만, 다음번엔 내가 주로 들어줄 겁니다. 빤히 바라보던 유경의 눈총이 몹시 따가웠습니다.

방한 중 2주가 언제 지나가나 우려했지만, 역시 세월은 유수 같습니다. 오늘 새벽에 일어나서 오전 중에 그동안에 찍은 비디오 120분용 8mm 테이프 2개를 정리하여 VHS로 편집을 해놓았답니다. 여러 사람한테 카피를 해줄 입장이라서. 맡겨 논 4통 필름 현상도 끝나서 사진도 찾아놓고. 코닥 필름을 한국에서 뽑으니, 색상이 좋지 않고, 사이즈도 적게 해놔서. 한국은 후지필름 색상에 맞춰서 사진을 현상하는 모양입니다. 전에 찍은 사진도 희뿌옇게 나와서 여기에 와서 다시 맡겼답니다. 집 앞에 핀 흰 꽃 사진도 그렇고. 하늘이 파랬는데, 그저 희뿌옇게 나와 버려서 말입니다.

그런데 이번 방한 중에 하이라이트라면, 첫 메일이 오가고 만 6개월 만에 어렵사리 유경이를 만난 일도 그 중 하나입니다. 그리고 물론 어머니에게 설악산이나 제주도 관광을 해드린 것도 보람된 일이었지만, 속초 항구 근처 활어장에서 생선회를 먹다 말고 디스코 템포로 메들리로 부르는 트로트 모음(누이, 꽃을 든 남자, 다함께 차차차, 사랑은 아무나 하나 등등)을 파는 품바와 함께 한길에서 춤을 추면서 세일즈를 해준 일입니다. 어머니도 배꼽이 빠질 정도로 웃으셨지만, 집사람은 한 술 더 떠서, 여비 떨어져도 걱정은 안 하겠다는 말을 했지요. 하여튼, 우리도 그 테이프 3개를 10,000원 주고 샀는데, 한참 후에 우리들 앞을 지나가다가 불쑥 들어와서 1,000원을 사례금으로 가져다 주더라고요.

손사래를 치며 안 받으려 했는데, 끝까지 고집을 피우며 놓고 갔습니다.

그런데 매제가 그걸 비디오로 찍어 놓는 바람에 확실한 물증이 잡혀 버렸지요. 날이 궂지도 않았고, 취기도 별로 없었는데, 노랫가락에 그만 끼가 발동이 되었나 봅니다. 고상하게 들리는 피아노 곡이나 바이올린 곡도 그런 분위기에서는 트로트만 못합디다.

자, 오늘은 이만 줄입니다. 건강하길 바라고, 하는 일 잘 풀어 나가길 바랍니다.

우석

Subject: Oops!
Date: Tuesday, June 05, 2001 1:09 AM
From: M Kim

유경에게

전화 통화를 하자마자, 갑자기 내 서재에 집사람이 들어오는 바람에, 별 수 없이 주저주저하면서 말꼬리를 내리고 말았습니다. 미안해요.

저녁 내내 근 3시간 동안 미중서부협회 회계를 맡고 있는 집사람이 결산 보고서를 작성해야 한다고 해서 한글 워드 프로세싱을 하고 있었습니다. 내일 총회가 있다고 합니다. 평소에는 잘 들어오지도 않았는데, 가는 날이 장날이었군요.

잘못 배달이 될 리는 없었겠지만, 행여나 하고 전화를 드렸지요. 장미는 월요일 오후에 배달을 하였다는 연락을 받았습니다. 싱싱하게 받아 봤으면 했는데, 그렇게 감기 몸살이 심하게 들어서 사무실을 들리지 못하였군요.

음, 꽃 보낸 목적을 바꿉시다. 일본 출장 스케줄까지 바꾸고, 몸 컨디션도 별로 좋지 않은데도 불구하고 선택의 여지가 없는 약속을 해준 데 대한 답례이었지만, 이런 때를 감안(?)해서 백지로 메시지를 보냈지요. 그게 이제 빨리 쾌차하길 바라는 뜻이 되는 겁니다.

김우석

Subject: Re: So Nice To See You

Date: Monday, June 11, 2001 9:56 AM

From: 진유경

배려와 관심 그리고 격려어린 편지 참 반가웠어요.

사실은 너무 예쁜 장미꽃에 감사를 할 여유가 없었습니다. 편지에 썼다시피 지난번 칼럼 때문에 명예 훼손으로 고소를 당해 스트레스를 받았어요. 저는 엘리트랍시고 사는 이들의 오만함이 싫어요. 한 사회에 막중한 책임과 의무를 동시에 갖은 자들이 자기네들의 밥그릇이 행여 적어질까 기를 쓰고 아전인수하는 작태를 제대로 눈을 뜨고 사는 사람이라면 누구라도 참을 수 없을 일인데 말입니다.

사실은 이런 사회에 그런 인간들과 산다는 것이 아주 슬퍼요. 그리고 짜증나고 지겨워요. 저는 소수의 힘없는 이들과 함께 하고 싶을 뿐이지 그들에게 한풀이를 하거나 할 생각은 없어요. 저는 사실 사람들과 싸우는 것을 싫어하고, 또 30대의 헝그리했던 모습을 좋게 이야기해 주셨지만, 지금은 조금 지치기도 했어요. 왜 이런 인간들과 싸워야 하나 싶기도 하고. 하지만 이제 어떻게 할 수가 없어요. 저 자신을 방어해야 하니까요. 그리고 저는 변호사는 선임하지 않기로 했어요. 수임료도 턱없이 비싸거니와 저는 변호사의 자질 또한 믿지 않아요. 그래서 제 스스로 저를 변호할 생각이에요. 저는 당하거나 혹은 잘 돼야 무혐의일 것이겠지만.

글쎄 지금 제게 필요한 것은 일종의 일본말로 하면 야루키(Yaruki)가 필요하겠죠. 그런데 저도 지쳤는지 싸울 정신력이 생기질 않는군요. 예전에는 주체할 수 없을 정도여서 골치 아팠는데—.

어쨌든 김우석의 편지가 몹시 기뻤고 고마웠다는 것을 전하고 싶군요. 참 카드와 CD도 고마웠는데—. 제가 표시를 잘 못 하죠? 이런 제게 익숙해질 거예요. 원래 그래요—.

하지만 오늘 메일은 참 고마웠어요.

Zalea

Subject: Have You been To Japan?
Date: Monday, June 18, 2001 10:04 PM
From: M Kim

유경이 보세요.

요사이는 어떻게 지냈습니까? 15일에 일본을 다니러 간다고 하였는데, 아직도 출장 중인지 이미 잘 다녀왔는지 모르겠습니다. 하고자 하는 일은 잘 풀려 나갑니까?

지난번에 법적 소송을 걸어 온 일이 마무리가 되려면 제법 시일이 걸리겠지요? 실질적인 도움을 주지 못하는 입장이다 보니 기분이 그렇습니다만 모든 상황으로 볼 때, 절대적 승산이 있을 것으로 봅니다. 이번 기회에 아전인수하는 그 몰상식한 무리들에게 뭔가를 확실히 보여줄 수도 있겠네요. 잘 할 것으로 믿습니다.

나는 6월 12일 인디애나에 잘 다녀왔지요. 이제 마지막으로 점검하고서 설계도면을 넘겨 주고 본격적인 생산 전에 4대 정도 만들고 나면, 생산을 타이완에서 하기로 되어 있어서 거기에도 출장을 나가 봐야 할 것 같습니다. 처음 설계서부터 정상적인 생산이 진행될 때까지 모든 문제점을 해결해 줘야 하지요. 첫 생산해서 출고 예정이 12월 중순이랍니다. 대형 프로젝트도 아닌데도 꼬박 일 년이 걸리는 일이네요.

어쨌든 나로 봐서도 지금의 설계 계약을 한 회사는 이런 때에 물론 경기가 좋아지지는 않지만, 대신 반품을 극소로 줄이고, 저렴하면서 성능이 좋은 기계를 만들려고 안간힘을 쓰고 있답니다. 나도 최선으로 노력해서 평판이 좋은 기계를 만들어 주면 더욱 좋겠지요. 로봇 공학 같은 하이테크도 좋지만, 지금 같으면 일반 상품설계를 하는 것도 괜찮네요.

그리고 작년 말 이후로 '김우석의 편지'와 같이 이름을 불러 주니 기분이 참 좋았답니다. 근데, 지난 5월 10일 제주도에서 아침 나절에 전화를 하였을 때, 갑자기 나를 선생님―, 이라고 불렀을 때는 기분이 묘했지요. 작년 말 6주 동안의 버블이 빠지면서, 이제 다시 처음 유경이 메일에서 불렀듯이, 김우석이 다시 선생님이 되었나 보다라는 생각이 들었답니다. 메일에서 쉽게 써도 실제로 통화할 때 그리 쉽게 호칭이 되는 건 물론 어렵지요.

자, 부군을 포함해서 주변의 여러 친구나 지인들이 격려를 많이 해주는데 기운을 내어, 투혼을 다시 가다듬길 바랍니다. 일단 시작만 하면, 끝내는 저력이 있지 않습니까?

김우석

Subject: Ah, I Got It!

Date: Thursday, July 26, 2001 2:33 AM

From: M Kim

유경에게

여러 가지 일로 바쁘지요?

유경이가 요사이 감성적인 맘의 여유를 갖기보다는 생활인의 입장에서 자신을 열심히 채찍질하면서 뛰어가고 있는 것 같아서 공진(共振)이 되지 못하는 얘길 삼가해 왔지요. 세계 경제가 곤두박질하면서, 한국이 점점 더 어려워지고, 하는 일도 쉽지 않다는 선입관이 항시 듭니다. 송사건으로 스트레스를 받아 심사가 어지러운 때이기도 하니 말입니다.

올해 들어서는 자주 쓰지도 않는 메일을 보내면서 항시 인사말만 하고 끝냈잖아요? 사실 할 얘기야 많지만, 언제 또 만나서 하고픈 말 마구 다 해버릴 기회를 갖기도 막연하고. 느긋하게 부담 없이 한 잔씩 걸치고, 노래방에 가서 실컷 부르고 싶은 노래도 부르면서 말입니다. 혹시 내 노래 듣고 싶지 않아요? 나는 노래할 때는 목소리가 무지하게 낮아요. 그래서 옛날 가수인 배호, 박일남 노래를 많이 불렀어요. 이거 기회가 없으니 실력 발휘를 하지 못하는 게 유감입니다. 유경인 누구 노래 부르기를 좋아합니까? 레퍼토리는 많아요?

지난번 통화를 하고 바로 쓰려고 했다가 차일피일 미뤘었는데, 지난번 California 여행 때 식구들하고 같이 했었습니까? SF에서 LA를 갈 때도 Highway 1번을 타고 숨이 멈출 것 같은 풍경을 즐기면서도, 옆자리에 사랑하는 사람이나 아끼는 사람이 같이하고, 피아노나 바이올린의 낭만적인 선율이 흘렀다면, 그 정감은 수십 배로 튀었을 겁니다. 어떤 영화가 살아나는 데는 배경음악이 큰 역할을 하듯이 말입니다. 그게 등장인물의 표정이나 말을 무한정으로 대신해 주지요. 그래서 나도 멋있는 풍경을 찍을 때는 꼭 배경음악을 틀어 논답니다. 클래식에서부터 컨트리 뮤직까지. 때론 김연자 메들리라도 말입니다.

오늘은 오랜 만에 덤으로 감성적인 글을 써 봅니다. 유경인 어떻게 생각할지는 모르지만, 일기가 아닌 메일로 특정 인물에게 내 맘의 흐름을 쓸 수 있다는 것이 훨씬 살아 있는 글이 되는 것 같아 기쁩니다. 아무리 멋있게 만든 조화보다는 생명력이 있게 들녘에 핀 한 송이 데이지나 엉겅퀴 꽃의 향기와 비교하겠습니까?

조금 전에 포도주 몇 잔을 계속해서 들이켰더니 술기운도 조금 올라와 있고, 밖의 온도도 한참 내려간 것 같아서 창문을 비스듬히 열어 놨더니 시원한 바람이 달궈진 얼굴을 섬섬옥수로 간지럽게 비벼 줍니다. 어제 저녁 내린 폭우로 지열이 식어 버렸는데, 캐나다에서 발달한 고기압이 습한 기운을 확 밀어내 버린 덕이지요. 이대로 가을이 오는 건 아니겠지만. 낮엔 매미 소리가 들리고 지금은 풀벌레 소리가 가냘프게 들립니다. 계절의 전령 따위로 미화를 하지만, 사실 매미 소리나, 여치 소리, 귀뚜라미 소리, 지렁이 우는 소리가 우리 인간들 듣기 좋게 불러대는 소리는 아니지요. 이 계절이 가기 전에 짝 지으려고 기를 쓰고 부르는 Love call이 아닙니까? 그렇게만 생각하니 세상만사가 너무 정이 없게 보입니다.

특히 나 같은 공돌이의 눈으로 보는 세상은 모든 게 이유와 과정, 그리고 결과가 따르는 제 현상으로 보여, 될 수 있으면 아름답게 보려고 노력하지요. 노자의 말대로 '천지불인'이지요. 세상만사 제 현상이 우리하고는 전혀 관련이 없는 겁니다. 다 아전인수하는 거지요. 푸른 하늘의 흰 구름장 날리는 모습을 보고, 붉고 노랗게 물들여진 가을 나무를 보고, 흰눈이 온 천지를 하얗게 덮거나, 배꽃 복사꽃 구비구비 물결치는 고향 뒷동산의 과수원의 꽃물결 파도가 쳐도, 우리하고는 관계가 전혀 없는 거라 생각을 해봅시다. 그러나 눈물이 나도록 아름답게 보이는데 어떡합니까? 우리의 눈은, 우리의 머리는 근본도 생각하면서, 제 눈에 안경 격인 풍요로운 감성을 우리도 모르게 선험적으로 느끼게 한다는 겁니다. 여기 미국에서 범죄율이 높은 지역에 빠른 템포의 랩보다는 차분한 클래식을 틀어 놨더니 범죄율이 급감했다는 기사를 봤지요. 우리도 운전할 때, 틀어 놓은 음악에 따라 운전 방식이 틀려지듯이 말예요. 다 생각 나름이지요.

그런데 지독한 사랑을 해봤다는 유경의 글이 생각나지만, 그게 성공적인 사랑이었는지, 가슴을 갈기갈기 찢어 놓은 안타까운 비련이었는지에 따라,

지금 맘에 무엇이 걸러졌는지가 극과 극으로 틀려질 겁니다. 지금은 어느 하늘 밑에서 숨을 쉬면서 살아가는 그 사람을 생각하면서 어찌할 수 없는 입장에서 안타까운 맘에, 죄지은 맘에 몸부림친다면, 그게 비극인지 감성의 맘을 풍성하게 해준 고마울 일인지 알 수 없는 노릇입니다. 비련을 맛보는 이들이 더 깊은 사랑의 의미를 음미하고, 문학적으로 더 풍요로운 감성의 글을 쓸 수 있고요.

아, 작년 말에 유경이가 '첨밀밀' 봤냐고 물었었지요? 네, 그 의미를 얼마 전에 알아냈지요. 맞아요. 정말 맞아요. 진실한 사랑이 여물면, 그건 너무도 아름다운 거지요. 살아 있는 가슴으로 느끼는 사랑인데, 싸구려 뒷골목 후진 여관방이면 어떠합니까? 빨간 전등 아래 선풍기가 숨 가쁘게 드르륵 대면서 돌아가는 좁은 여인숙 방이면 어떠합니까? 그 좋아하는 맘을 뭣하고 바꾸겠습니까?

음, 여기 시간이 늦어집니다. 그럼 다음에.

우석

Subject: 안녕하세요?
Date: Tuesday, July 31, 2001 1:00 AM
From: Yukyoung Jin

김우석에게

그곳은 날씨가 어떤가요? 이곳 서울은 대단하네요. 밤새 폭풍우에 천둥번개가 치고 있어요. 낮에도 역시 마찬가지고요. 마치 제 인생 같다는 생각을 하면서 나름대로 즐기고 있어요. 목소리를 들으니 즐겁고 의욕 있게 살고 계신 것 같더군요.

저는 그동안 너무도 지쳤었는데 요즘 조금씩 회복해 가고 있어요. 사실 그때 제가 전화 받았을 때 —어제 말고 지난번에— 일본에 가기 위해 공항 라운지에서 인터넷 하던 중이었어요. 너무 정신없이 살지요?

게다가 제 친한 친구 아버님이 돌아가셨어요. 선약된 중요한 일이 있어서 가지는 못했지만 가슴이 아팠어요. 그리고 말씀하신 그 송사건으로 인해 경찰서에 가서 일차 조사와 글쎄 대질 심문까지 받았어요. 이 사회의 엘리트라는 사람들이 하는 소릴 들어 보니 정말이지 시시하더군요. 기가 막힐 정도로 노화하고 밥맛 없는 인간이 나와서 제 속을 뒤집어 놓았어요.

말씀드린 문항 개발에 따른 초안은 다 완성했습니다. 그런데 분량이 조금 됩니다. 번역 작업을 하시려면 한 사나흘은 걸릴 것 같은데, 괜찮으시겠어요? 제가 어떻게 보답을 할지 생각을 열심히 해볼 게요.

또 편지 드리지요.

추신: 참 제 멜 주소를 바꿨어요. 하도 스팸메일이 많아서요.

진유경 올림

Subject: Nothing Lasts Forever!

Date: Tuesday, July 31, 2001 6:27 PM

From: M Kim

유경에게

아침에 이메일 잘 받아 봤고요. 오늘 출근해서 받아 볼 수 있도록 서둘러서 한 통 씁니다. 전화로 대충은 얘길 들었지만, 많은 일들이 있었네요. 경찰서까지 가서 대질 심문까지 받고 말입니다. 잘 풀려질 거라 믿어요. 뒤로 넘어져도 코가 깨지는 억샌 불운도 평생 두 번씩 일어나는 일은 없을 겁니다. 'Nothing lasts forever, not even your troubles'라는 말도 있지요. 그런데, 뒷부분을 not even love로 바꾸면 좀 심한 건가?

전에 얘기한 그 친한 친구분의 부친상이었군요. 사람이 스트레스를 받는데 있어서 가장 큰 것이 배우자 사망이고, 다음으로 부모형제에 대한 거라는데 그 충격이 대단할 것 같습니다. 우리 모두가 다 가는 길이니 너무 슬퍼하지 말라고 할 수도 없으니, 참 뭐라고 위로를 해야 될지 말이 막히죠? 얼마 전에 일 때문에 지난 10여 년을 그런 대로 알고 지내는 내 또래의 지인이 있었는데, 무슨 이유에서 한쪽 다리의 무릎 이하를 절단하였습니다. 다른 사람을 통해서 얘길 들었는데, 선뜻 전화도 못 하였고, 찾아가지도 못 했답니다. 아직 그 엄청난 좌절을 극복하려면, 상당히 많은 시일이 걸릴 거라 생각을 하였지요. 아주 친한 사이라면 또 몰라도 말입니다.

제주도는 휴가로 갔었습니까? 제주산 갈치구이 맛 좀 봤나요? 우리들은 별로 붐비지 않았던 5월에 가길 잘했다는 생각이 듭니다만, 한여름엔 북새통이었을 터인데. 그때도 공항은 정말 남대문 시장 같더군요. 좀 쉬면서 일 합시다. 열심히 일만 해도 아프지 않으면 좋은데, 그게 그렇게 안 되지요?

나는 8월 10일 미팅엘 갑니다. 한 달에 한 번 꼴로 가는데, 밥 먹듯이 돌아오는 것 같아요. 왕복 8시간 운전이 너무 지루해서 그렇지요. 이번에 생산 모델 4대를 넘겨 주러 가는데, 9일 남았네요. 기계는 별 문제가 없어서 반복으로 작동 테스트만 하면 되어서 그렇게 바쁘진 않습니다. 인디애나에 가서 다음 Project로 기능이 많아지는 모델을 결정하면 9월 중에 시제품을 준비하면 됩니다. 더구나 내가 거래하는 시제품 제작 업체도 8월에 3주씩 공장을 아예 닫고 쉬지요.

하여튼, 아무리 바빠도 짬을 낼 터이니(or 낼 수밖에 없으니), 번역할 내용 바로 정리하여서 보내요. 분량을 봐서 가능한 한 빨리 해보도록 하겠습니다. 그럼 또 연락하기로 하지요. 건강하시고.

김우석

Subject: 회사소개서

Date: Wednesday, August 08, 2001 5:24 AM

From: Yukyoung Jin

김우석에게

안녕하세요? 너무 덥군요. 한국은—.

저의 회사의 테스트 자료는 10일쯤 보내드리고요. 부탁이 더 있어 메일 드리는데 들어주실 거죠? 저의 회사 소개서 좀 영역해 주실래요? 일역은 되어 있는데 영어본이 시원찮아서요.

이번에 어떤 미국에 있는 어느 동포분이 경영하는 창업 투자사에 보낼 투자 제안서 거든요. 보내드린 첨부 파일 중에 회사 소개서만 해주시면 됩니다. 받으시면 메일 주세요.

진유경

Subject: PPT File

Date: Wednesday, August 08, 2001 6:50 PM

From: M Kim

유경에게

한국과 마찬가지로 이곳도 요사이는 대단히 덥습니다. 서부연안 일부를 제외하고는 미국 전역이 용광로이지요. 한국같이 오랫동안 계속되는 열대야는 없지만, 어제 저녁은 좀 더웠습니다. 그래도 8월 7일이 입추였고, 8월 23일은 처서라는데. 분견(?)은 짖어도 세월은 간다지요? 가을이 물드는 계절이 절로 오면 뭐합니까? 단지, 안타까운 것은 무슨 보람된 일을 하지 못하고 세월이 간다는 사실일 겁니다. 열심히 산다는 것만으로는 부족할 것 같

아요. 365 x 0 = 0인데 반하여, 적어도 365 x 1= 365가 되는 것이 아닐는
지.

네, 보내준 첨부는 잘 받았어요. 그런데 다른 파일은 Excel이나 MS
Word를 사용하여 열어 보는데 문제가 없지만, 하필 영역을 해야 할 〈회사
소개서〉는 MS Power Point로 편집을 해야 하는데, 지금은 Quick View로
만 열어 볼 수밖에 없답니다. 하여튼, 어려운 시기에 정도를 걸으며 열심히
살고, 또 내가 꼭 도움을 주고 싶은 사람들에 대한 나의 조그만 성의로 생각
하시고, 부담감 갖지 마세요.

8월 10일(금)은 Indiana에 다녀옵니다. 틈나는 대로 마무리가 되면 바로
보내 주겠고, 자료도 받아 보는 대로 검토를 할 게요. 모든 게 시기에 맞게
잘 물려 나갔으면 하는 바램입니다. 그럼, 나중에 ─.

김우석

Subject: Are You In Hurry?

Date: Tuesday, August 14, 2001 12:50 AM

From: M Kim

유경이 보세요.

이곳은 갑자기 기온이 떨어지는 바람에 지내기는 좋습니다. 여름이 바야
흐로 물러갈 때가 된 것 같군요.

그리고 전에 얘기한 반짝반짝 빛나는 그 선배는 지금 완쾌가 되었겠지
요? 그리고 지난번에 얘기한 한쪽 다리를 잃었다는 그 친구는 얼마 전에
결국 유명을 달리 하였답니다. 결혼도 늦게 하여 애들이 아직 어린데 말입
니다. 청상이었던 노모와 10년 연하인 아내의 슬픔은 어찌하고요. 죽으면
모든 게 끝이라고 생각하지만, 역시 우리는 그 이후를 끝없이 미련을 두게

만듭니다. 그렇게 친한 사이는 아녔더라도, 간간이 눈에 걸립니다. 어디로 갔을까? 그렇게 죽어 땅에 묻히면 물방울이 땅에 부딪쳐 퍽—하고 터지듯, 모든 게 끝나고 말았을까요? 역시 덧없는 인생입니다. 새삼 사는 동안 모든 면에서 열심히 사는 게 최선이구나— 하는 생각을 더욱 굳혔습니다. 위해 주고, 격려하고, 사랑하고, 어느 누구한테나 맘에 대못 박히는 험담이나 행동은 하지 말아야지 하는 생각도 해봤답니다.

토요일 전화 통화를 하였는데 매우 오래된 느낌입니다. 유경이 목소리도 항시 힘에 차 있어 듣는 이로 하여금 힘을 받게 하네요. 그런데 그 회사 소개서 번역 건은 여기서 볼 수 있는 데까지는 다 해놨습니다만, 검토를 아직 완전하게 못 했습니다. 그것도 시간이 좀 걸리더군요. A4로 프린트를 할 수 있도록 해놨는데, 파일이 깨져서 그런지, 문장이 엉킨 곳도 있었고, 문맥이 통하지 않는 것도 있었는데, 또 아예 안 보이거나, 너무 작거나, 또 해독이 전혀 안 된 것도 있었지만, 큰 문제는 없었습니다.

그런데 전에 얘기를 했었지요? 시간이 나면 자세히 설명을 해준다고 했었는데, 영역 한 번하고 나니 이제 진짜로 뭘 하는지 100% 이해가 갑니다. 시대 조류에 맞게 잘 풀려나갈 것 같은데. 하려고 하는 사업이 대단히 재미가 있더군요. 그리고 또 여담이지만, 회사소개에 있는 허진호 씨는 어떤 타입입니까? 내가 전기 작가라도 된 기분입니다만. 심각한 편입니까? 허허하는 편입니까? 술도 잘하고 노래도 잘하고, 여자도 잘 후립니까? 나처럼? (이건 농담!)

사실, 일요일까지 다 끝내어서 보내려 했는데, 12일은 딸애가 소로리티(Sorority)라고, 여학생들만의 특정 클럽에 속해 있어서 일주일 일찍 기숙사에 들어가는 바람에, 한 짐 싸 가지고 학교에 데려다 주느라 일요일이 다 갔습니다. 일 년에 한 차례 민족 대이동이 시작됩니다. 기숙사를 여름 동안에 비우고, 다시 들어가든 다른 데로 가든지, 이사를 해야 하니 미전역 대학

촌이 벌집 쑤셔 놓은 것 같답니다. 우리들같이 아파트나 집에서 학교엘 다니는 건 얼마나 다행인지 모르죠. 그런데 또 한 달 전에 유학을 왔다는 조카가 이곳 저의 모교인 일리노이 공대에서 어학연수 4주를 끝내고, Iowa 주립대학으로 입학이 되어 스케줄을 다시 점검해 보니 8월 15일에 인터내셔널 학생들 오리엔테이션을 참석해야 한다기에 부랴부랴 8월 14일 한 4시간 걸쳐서 Iowa City에 가야 합니다. 금요일부터 무슨 역마살이 끼었는지 연방 돌아다니기만 하네요.

헌데 얘기는 하루라도 급할 것이니 우선 보내드리겠으니, 참고를 하세요. 의문이 있으면 바로 연락을 해주고요. 사실 좀 여유가 있으면 8월 16일 저녁에 검토를 끝내고 보내려 했지만. 그리고 설문지 문항도 가능하면, 이번 주 내에 보내 주면 내 일정에는 큰 지장이 없을 듯합니다.

추신: 영역 중에 인명이나 고유명사, 또 대문자 사용을 필요로 하는 것은 확인하여 정정을 하기 바랍니다.

우석

Subject: 안녕하세요?
Date: Sunday, August 19, 2001 7:05 PM
From: Yukyoung Jin

김우석에게

너무 덥군요. 더위는 그런 대로 잘 참는 편인데 요즘 같아서는 비명이 나올 정도네요. 그곳은 어떤지요? 우선 몹시 감사드린다는 이야기하고 싶군요. 고생 많이 하셨어요. 저희 회사 일이 잘 풀렸으면 하는 동지애(同志愛)적 발상에서 해준다고 해놓고는 혹시 후회하신 것 아닐까 생각했습니다. 어쨌든 참 어려운 일을 해주셨어요. 저희 회사는 몇 가지 여건이 맞아 주면 잘 풀릴 것이라고 보고 있어요. 지금부터가 어렵군요.

　미국은 자동차 여행이 많긴 하지만, 그렇게 장거리라면 비행기를 타고 가는 것이 낫지 않나 싶군요. 힘들다 하면서도 운전하는 것을 유달리 즐기는 것은 아닌지요? 사람들에게는 바로 그런 묘한 심리가 분명히 있거든요. 저도 제 생활의 그런 모순을 발견합니다. 힘들다고 하면서도 일중독 상태를 즐기는 것이라던가—.

　제 친구 부분은 참 웃기네요. 그는 아주 성숙한 사람이지요. 겉으로 보기엔 소년 같은데 머리가 매우 우수하고 성정이 곧고 타인을 위해 항상 배려하는 사람이에요. 그의 부인은 자기 남편은 '선비 같은 사람'이라고 했는데 부인에게 이런 말을 듣는 사람이면 알 만하죠? 회사가 어려운 일이 많을 때, —주로 자금난이죠— 그에게 신경질을 내다가도 하도 착하게 나와 "내가 나쁜 사람이 분명해"라고 결론을 내리니 그가 어떤지 아시겠죠? 대학 때부터 친구인데 예전에는 호기심도 강하고 약간의 치기도 슬쩍 보였으나(다른 사람은 몰랐을 거예요) 세월이 지난 지금은 제가 보기엔 도사같이 되어 버렸어요. 워낙 겪은 일이 많아서 그런지. 대단히 재능 있는 사람인데 한국 사회의 역사적 현실이 그와 같은 인재를 쓰지 못한 점이 안타까워 이 비즈니스를 한다 해도 그리 틀린 말은 아니죠.

　더욱 건강하시고, 또 메일 띄울게요.

진유경

Subject: What Else Are You Enjoying?

Date: Tuesday, August 21, 2001 8:22 PM

From: M Kim

　유경에게

여긴 이제 그렇게 덥지는 않습니다. 비도 자주 오고, 기온도 많이 내려갔습니다. 밤에 잘 때는 한기를 느껴서 두터운 이불이 생각날 정도입니다. 이번 주는 비도 자주 오고, 기온이 좀 오른다 하나 뭐 이제는 더위도 물러갈 때가 되었나 봅니다. 막판에 지지는 듯한 더위를 여기서는 인디언 서머(Indian Summer)라고 해요. 비정상적으로 덥거나 추우면 그렇게 인디언을 물고 늘어지는군요.

그리고 전에 얘기한 대로 이제 여름 동안 문 닫았던 공장들도 다시 일을 시작하니, 기본 설계가 끝나면, 다시 두 번째 프로젝트의 시제품을 만들어 볼 때가 되었으나, 설문지의 영역은 이미 약속을 한 일이니, 지난번 영역된 글이 영—맘에 들지 않으면 몰라도, 부담감은 느끼지 말고 준비되는 대로 첨부로 보내세요.

한 시대를 살아가면서, 그 수많은 사람들 중에서 몇 되지 않는 사람들을 사귀면서 살아갑니다. 우연은 결코 아녔고, 내가 고의적으로 다가서서 이뤄진 인연 아닙니까? 하여튼 해주고 싶어서 하는 일인데—. 허지만 정— 부담감 느끼고 싶으면 느끼세요.

음, 다음에 언제가 될 줄은 모르겠으나, 찬바람이 얼굴을 스치는 늦가을이나 초겨울이면 좋겠지만, 또 만나게 되면, 내가 부담감이 안 되는 범위 내에서 뼈다귀 국물 푹 우려낸 얼큰한 감자탕에 소주 한 잔 마시고, 노래방에 잠시 들르면 되는 아주 소시민적인 바람이 있긴 하지만. 전에 H건설 본사가 광화문 사거리에 있었지요. 거기 기다란 뒷골목을 쑤시고 다니면서 열심히 즐겼었는데. 헌데, 무슨 장르의 노랠 좋아합니까?

그 친구되는 허진호 씨 귀가 대단히 간지러웠겠습니다. 회사일이 잘 풀리면, 다 잘 될 일이겠지요. 그리고 그 회사가 있는 인디애나의 조그만 타운에는 공항이 없어서 두어 시간 걸리는 큰 도시까지 가야 하는데, 배보다 배꼽이 더 크지요. 오로지 자동차만 이용해야 되거든요.

지금이 화요일 오후 8시 무렵인데, 거긴 수요일 오전 10시가 지나가겠습니다. 밖이 어두워지면서, 멀리서 지나가는 천둥 소리가 들리더니, 비가 조금 뿌리고 말았습니다. 이제 방학이 끝나고 애들이 다시 학교로 돌아가고 다시 빈 둥지(Empty Nest)가 되어 버리니, 조용하여 좋긴 좋은데, 시원섭섭하다는 표현 그대로입니다. 긴 여름 방학이 시작되면서 애들이 들이닥치면, 어른들 사생활은 전혀 없어지고, 생활의 리듬이 완전히 깨지지요. 녀석들은 낮에 아르바이트를 하니 늦은 오후부터 새벽 2~3시까지 수시로 들락거리면서도, 무슨 영화다 무슨 운동 중계를 본다며 죽치고들 있으니 녀석들 판이지만, 그게 사는 재미이겠지요? 헌데, 유경인 일 말고, 요사이 무슨 재미를 즐기며 지냅니까?

건강하길 바라면서, 오늘은 이만 줄입니다.

우석

Subject: 김우석에게

Date: Sat, 25 Aug 2001 08:44:54 +0900 (KST)

From: Yukyoung Jin

다시 한 번 지난번 일 고맙다는 말씀 드리고 싶네요. 저희 회사는 지금 막바지 작업이 정신이 없어요. 저는 개발에는 관여하지 않지만 정신적으로 아주 고달프네요. 요즘 무슨 재미로 사나—. 사실은 재미가 없어요. 태어나서 처음으로 집에서 하루 종일 음악 듣고 백화점 쇼핑 가고 느긋하게 사는 전업주부도 참 실속 있는 직업(?)이라고 느낄 정도로요.

노래방에 가서 부르는 노래라—. 사실은 노래방에 안 가요. 회사 사람들과 어울려 가본 지가 한 일 년 되었나요? 좋아서 간 적은 한 번도 없어요. 하지만 노래 듣는 것은 아주 좋아해요. 허스키한 목소리로 부르는 임재범의 발라드 풍의 노래도 좋아하죠.

너무 건조한 여자 같죠? 20대, 30대는 노래방과 술집에서 매우 적극적으로 놀았으나 지금은 솔직히 흥미가 없어요. 어제 제 여자 후배와 채팅을 했는데 그 친구는 지금 한성일보 워싱턴 특파원으로 있어요. 일류대 나오고 뛰어난 여성이죠. 한편으로는 많은 것을 당연히 누리기도 해 걱정도 했었어요. 좋은 브랜드의 옷(남편이 돈을 잘 벌거든요), 사람들의 선망, 뛰어난 지적 능력―. 그런데 어제는 자신은 이제 옷도 백도 좋은 자동차도 흥미가 없대요. 돈도 책 사고 밥 먹는 데 외에 쓸 데가 없대요. 다만 제대로 인생을 살고 싶대요. 그리고 휴가 때 남편이 와서 시계를 사주겠다고 했는데, 예전같이 카르티에(Cartier) 시계를 사줄 것이고. 하지만 이제는 그런 것들이 아무 가치 없어서 나이키에 가서 방수 시계를 샀대요.

저는 참 기뻤어요. 그리고 그 애가 진짜 발전하고 있다고 생각했죠. 솔직하게 살고 싶다고 한마디를 했는데, 참 무서운 말이라는 생각이 들었죠. 솔직하게 내가 진정으로 원하는 것을 부인하지 않고 인정하고 그 방향으로 가는 것을 대부분의 사람들은 두려워하지요. 저도 그런 점이 있어요. 저는 '너는 내가 그렇게 평소에 갈망하던 나이키 방수 시계를 갖고 감히 내 앞에서 도 닦은 척하냐'고 농담했죠. 나이키 방수 시계는 수영장에서 운동할 때 참 좋은데 한국에는 없거든요.

참 부탁이 있어요. 나이키 시계 사달라는 것은 절대 아니고요. 안심하시고 저 좀 도와주세요. 여기 첨부한 투자 유치 설명서의 번역도 부탁드립니다. 미안해요. 귀찮은 것만 주문해서―.

어쨌든 한국에 오시면 제가 그리 좋아하지 않는 노래방에 함께 가서 재미있게 놀죠. 가끔 끼가 동하면 아주 잘 놀기는 해요. 옛날의 놀아 본 가락이 있어서―.

진유경

Subject: 괜찮아요.

Date: Sunday, August 26, 2001 3:44 AM

From: M Kim

유경에게

금요일 저녁 8시에 지금 1차 프로젝트의 모터제어 설계를 도와주고 있는 친구가 집에 들렀습니다. 고객이 작동 사양을 이랬다 저랬다 하는 바람에 나도 수시로 이 친구를 불러서 변경 내용을 적용하였는데, 이날은 최종 사양을 맞춰 온 기판 시험을 끝냈지요. 그래서 오늘 토요일 오전 중에 월요일 아침 나절 받아볼 수 있게끔, 속달로 보내줬지요. 이제 내 손을 떠났습니다.

여긴 더위가 한풀 꺾인 것 같고, 비도 자주 옵니다. 며칠 전에는 천둥번개와 더불어 폭우가 쏟아지는 바람에 한 6시간 동안 정전이 되니 지독하게 답답하고, 아무것도 할 수가 없는 거 있지요? 8월 23일이 절기로 봐서는 처서였지요? 갈 건 가고, 올 건 여지없이 옵니다.

워싱턴에 파견 나온 후배에 대한 얘긴 재미가 있습니다. 단편적인 얘기지만, 돈 얘긴 하도 미묘한 대비가 많은 것이라서. 가난을 겪은 사람과, 그 과정을 겪지 않은 사람이 훗날 부를 쌓았을 때, 느끼는 감정이 우선 틀릴 것이라 봐요. 처음부터 돈에 대해서 초연해질 수는 없는 것 같습니다. 이미 풍족하다 보니, 그에 대한 느낌이 느슨해질 수 있고, 어쩌다 궁핍하게 되면, 또 풍요롭던 시절이 그리워질 일이 아닐는지. 버나드 쇼(Bernard Shaw)의 어록 중에는, 'Lack of money is the root of all evil(돈이 부족한 것은 불행의 씨앗이다)'이라는 말도 있더라고요. 궁핍할 때는 마음도 위축이 될 터이고, 또 그같이 어려운 시절을 보내고 나면, 반심이 생겨 공산주의 식으로 '사유재산 몰수'를 주장할 수도 있겠습니다. 그러나 물질의 풍요가 정신적 행복을 전적으로 유지시켜 주지 못한다는 것도 사실이지요.

사실 나도 지금까지 싸구려 디지털 방수 시계만 차고 다닙니다. 기계 테스트할 때 꼭 필요한 타이머도 있고, 이것저것 편한 게 많아서 이것만 고집해서 차고 다니는데, 집사람은 지난번에 한국 나갈 때도 그걸 차고 나가는 날 못마땅하게 생각했지요. 혹, 자기 혼자 결정해서 좀 비싼 시계를 사올까봐, "만약에 쓸데없이 사오면, 자네 눈앞에서 망치로 깨버리겠으니 알아서 해—"하면서, 그런데 쓸 거라면 자선을 하겠다고 하였더니, 두 손 들고 항복했지요.

절대적으로 필요한 입장이라면 아무리 비싸도 살 수 있지만, 체면, 과시 따위의 형식적인 면이 포함된다면 관심조차도 두지 않지요. 지난번 칼럼에서 인터넷을 통한 명품에 대한 맹목적인 기호를 얘기했었지요? 한국은 일본 따라서 그렇게 별 걸 다 따라하는 모양이지요? 미국은 역시 미국식 실용주의적인 사고방식 덕에 형식적인 치레는 그래도 안 하는 편입니다. 애들 치장만 봐도 차이가 납니다.

그런데 나도 막상 굉장한 부를 갖게 되면, 그 후배의 남편과 조금은 같은 마음에서 이것저것 좋은 것 사주고픈 맘은 들 거예요. 경우에 따라 차이가 나는 일이지만, 어느 의미로 단순하게 허영을 부리고 싶은 맘을, 머리는 정말 텅—비어 있으면서 겉치장만 하면 뭐 하노? 하면서 딱 자르고 싶지는 않습니다. 내가 또 머리가 차면 얼마나 찼겠느냐라는 자격지심도 있고요. 사랑하는 아내가 좀더 예뻐 보이고 싶고(이건 단지 어느 정도를 얘기하는 겁니다), 10~20년 만에 만나는 동창들한테 기본적으로 체면을 좀 지키고 싶다는데 말예요—.

노래방 얘기, 그래도 동참을 해준다니 고마워요. 내가 노래를 아주 잘한다는 얘기보다, 그 흥을 즐기는 거지요. 여기 미국도 한인 타운에 노래방이 있지만, 집에서 노래방 기기를 즐기는 동포들이 많지요. 연말 연시나 모임 파티에는 여전히 한국에서처럼 즐긴답니다.

시간이 너무 늦어집니다. 내일은 음력 7월 칠석 다음날로 우리 아버님 생신날이라, 아침에 같이 식사를 하려면, 눈 좀 붙여야 하겠지요? 83살이나 드셨는데, 아직은 매우 건강해요. 집사람이 미역국을 끓여 놨지요. 어제 나가서 선물도 사고 꽃, 카드, 9불짜리 대형 풍선도 샀지요. 노년의 일 년이라는 세월이 짧다 하지만, 앞으로 몇 번의 생신을 맞을지 해가 갈수록 색다른 감회가 듭니다.

잃었던 혼을 다시 불러서 정말 재미나고 신명나는 일을 찾아봐요. 너무 일에만 묻혀, 뭔가를 잊고 살면, 후회할 터인데. 자, 건강하게 잘 지네요—.

추신: 투자 유치 설명서의 번역은 부담감 갖지 말고요. 내일까지 보내 주겠습니다.

우석이가

Subject: Could You Do Me A Favor?
Date: Thursday, August 30, 2001 9:46 PM
From: M Kim

유경에게

회사일은 마무리를 잘 하고 있다고요?

가을을 알려 주는 계절의 전령이 의무를 다하는지, 아니면, 이 사정 저 사정 볼 것 없이 이 계절이 가기 전에 어떤 일이 있어도 꼭 짝짓기를 해야 한다는 DNA CODE의 명령에 따라 밤새도록 소리통이 다 닳토록 비벼대는지, 풀벌레 소리가 유난히 요란한 걸 보니, 여름이 다 가는가 봅니다. 벌써 9월이에요.

그런데, 어떤 밤새는 목이 쉬었더라고요. 거짓말 아닙니다. 꼭 그 자리에 와서 며칠째 우는 놈이 있었는데, 오늘 저녁 속보 운동하고, 집 근처로 들어서니까, 불쌍하게도 그 애절한 세레나데에 대한 회신이 없어서인지, 이제 목소리가 깨졌어요.

매번 겪을 때마다 유난히 덥고, 춥다고 불평을 해대지만, 그래도 세월은 갑니다. 자주 뒤뜰에 나가 봅니다만, 이제 하늘이 푸르고, 푸나무 잎새들이 눈이 부시도록 빛이 나는데, 문자 그대로 '연시매최' 하는데, '희휘낭요'라는 말이 절로 나옵니다. 지금은 밤 10시가 넘었는데, 낮에 좀 무덥더니만 시원하게 비가 옵니다.

그동안 남을 위해서 계약된 일만 해주다 보니, 세월만 축이 나고 해서 말예요. 지난번 얘기대로, 내가 꼭 끝내야 할 일들이 밀려 있거든요. 이번에는 한국 내 생산 가능성이 보여서 말입니다. 생산을 할 만한 한국 업체하고는 일차 통화로 운만 띄워 놨지만, 먼저 특허 문제가 선행되어야 할 것 같아서요. 미국 생활 오래한 동포들이 한국 실정에 어두우니 잘 속는 모양입니다.

국내나 일본에 특허 출원을 해봤지요? 국내에서 특허를 내는데, 혹 잘 아는 법인이 있으면 알려 주세요. 어려운 부탁이 아니길 바랍니다만. 일이 잘 되면, 가을에 방한을 할 수도 있을 것 같습니다. 그럼, 오늘은 이만 줄이고 또 쓸게요.

우석

Subject: [RE]Could You Do Me A Favor?

Date: Friday, August 31, 2001 2:14 AM

From: Yukyoung Jin

김우석에게

제목만 보고 어떤 부탁이던 들어 드리려고 굳게 마음 먹었으나 파일이 다 깨져 버려서 유감스럽게도 읽을 수가 없네요. 평소처럼 보내주실 수 없나요? 아래한글로 말입니다.

진유경

Subject: Could You Do Me A Favor?(2)

Date: Friday, August 31, 2001 10:31 AM

From: M Kim

유경에게

와, 희한하게도 깨져 버렸네요.

다시 씻어서 붙였는데 잘 들어갈지 모르겠습니다.

우석

Subject: 김우석에게

Date: Sunday, September 02, 2001 11:53 PM

From: Yukyoung Jin

재차 보내신 편지는 잘 받았어요. 재미있게 보내시네요. 여전히.

저도 요즘 출판사에서 미리 선인세는 받은 책 원고 쓰느라고 정신이 없어요. 그래도 재미있네요. 제겐 책 쓰는 일이 제일 재미있어요. 말씀하신 것 제가 알아 볼게요. 부자 되셨으면 좋겠어요.

진유경

Subject: See, You Have Something To Enjoy!

Date: Thursday, September 06, 2001 12:46 AM

From: M Kim

유경에게

그동안 잘 지냈습니까? 자, 이젠 좀 시원해졌나요? 지난번 메일은 잘 들어간 모양이네요. 유경인 그래도 글 쓰는 재미, 책 보는 재미, 가슴 찡한 영화 보는 재미가 있잖아요?

거기에다 가을철 야외 캠핑을 하면서 별이 쏟아지는 밤하늘을 쳐다보는 재미, 고즈넉한 호수를 바라보는 재미, 여름이 지나간 쓸쓸한 바닷가를 거닐어 보는 재미, 험준한 산자락을 드라이브하는 재미 등 많이 있잖아요. 그리고 나는 동서하고 운동하고서 맥주나 포도주잔 기울면서 정치, 경제, 철학, 문학 얘기까지 신나게 노가리 푸는 재미도 대단하답니다.

여기 손아래 동서는 개인 비지니스를 하는데, 연휴가 아니면 하루라도 쉴 못하니 틈만 나면 다 싸가지고 캠핑하러 나다닙니다. 나하고 될 수 있다면 같이 가려고 하지요. 여럿이 같이 어울려서 캠프 화이어 펴놓고, 주립이나 국립공원에서는 금주라서 페트병에 담아 온 포도주를 눈치껏 마시며 끝없는 얘기꽃을 피우는 게 없으면 너무 심심하다나요? 물론, 몇 시간 운전으로 도착한 캠핑장에서 어둡기 전에 애들과 텐트를 치고 즐기는 늦은 저녁 식사의 맛이란 끝내 주지요. 그리고 적막이 깔린 호숫가나 오솔길을 걷는 감상, 비가 오면 비가 오는 대로, 눈이 오면 눈이 오는 대로 느끼는 분위기가 그렇게 좋답니다.

더 길어지기 전에 오늘은 이만 줄이려합니다. 그럼 또—.

우석.

Subject: 혼네?

Date: Wednesday, November 14, 2001 9:44 AM

From: M Kim

유경이 보세요.

어제 수요일 오후에 내 전화를 의도적으로 받지 않은 건 좀— 그러네요. 바로 메일을 보내려다 맘 좀 가라앉히고 아침에 잠시 몇 줄 씁니다. 젊은 애들 연애하는 과정도 아닌데, 이번에도 또 유경이 일방적인 맘의 흐름대로 결정을 하고서 그렇게 하겠다는데, 무슨 반박을 하겠습니까? 그냥 내 맘속에 있는 생각으로 놔두기엔 꺼림칙하여 얘길 합니다.

지난 8월에, 소주 한잔에 노래방 들르자는 나의 부탁을 들어 주기로 해놓고, 결국 의도적으로 그 의미를 탈색시킨 거 아닙니까? 혹 그 다음으로 일어날 수도 있는 변수에 너무 예민하게 생각하면서, 이러면 안 되겠다는 맘이 굳어지면서 말예요. 전에 유경의 말대로 '자신이 있어요'라는 말이 그렇게 퇴색한 거 아닌지—. 그렇지만 서로 100% 도움을 주는 친구라 생각한다면서, 상업적으로 만나는 사람 대하듯 꼭 그렇게 풀어 나가야 했었는지. 유경이까지도 결국은, 한국 사회에서 생존하기 위해서는 일본보다도 더욱더, '속마음과 겉마음'이 수시로 교차하면서 편할 대로 살아간다는 걸 절감하게 해줬습니다. 한때 속마음을 감상적인 기분으로 터 났다가도, 분위기가 틀려지면 언제든 접어 버리는 그런 이중성 말입니다.

네, 좋아요. 편할 대로 지내시고, 모든 게 잘 풀려 나가길 바랍니다.

김우석

Subject: How are You Doing??

Date: Wednesday, November 21, 2001 8:35 PM

From: M Kim

유경이 보세요.

지난 일주일 동안 간간이 내 나름대로 정리를 해봤지만, 내가 그쪽 입장을 백 번 이해해도, 나 혼자서는 결론이 결코 나지 않아요.

작년 12월에는, 나도 모르는 사이에 내가 쇼비니스틱하다며, 기분이 몹시 상해져서 그랬다 했지요? 이제 근 일 년이 지나면서, 작년 이후로 이제는 그런 일이 일어날지는 생각지도 못했기에, 이번에는 나도 좀 화딱지가 난 것도 사실예요. 이번엔 또 뭐냐고 생각이 들면서 말입니다. 감 잡기가 좀 힘이 들었기에. 하여튼 미안해요. 지난번 메일은.

그런데, 뭘 어찌 생각하고서 그토록 전화까지 받지 않으려 피했는지 감이 오질 않아서요. 날 동료로 생각했다면 그렇게 피할 이유는 없을 거라 결론을 내었답니다. 내가 더 이상 뭘 바라겠어요? 오랫동안 한 시대를 살아가면서 소식 전하고, 틈나는 대로 얼굴 한 번 보는 게 그렇게도 부담이 가는 일이던가?

지난번 얘기한 특허건과 국내 생산에 관심이 있는 업체와의 미팅이 정해져서 조만간 계획된 방한을 합니다. 그런데, 만나게 되면 전해 줄 게 있는데 어떻게 하지요? 이렇게 분위기가 썰렁해서 만날 수나 있을런지. 몇 달 전에 사 둔 거라 버릴 수도 없고. 평생 친구하나 얻기는 그렇게 힘이 드는데, 원수가 되는 데는 몇 초면 족하다는 말을 현실로 받아들이고 싶지는 않아요.

김우석

9월 2일 유경의 메일을 받고서, 며칠 후 답장을 보냈지만, 수 주가 지나도 아무런 연락이 없었다. 그래서 전에도 가끔 그러했듯이 답장을 받지 않은 채 연거푸 메일을 보냈는데도 역시 묵묵부답이었다. 이번에는 회사일이 영 잘못되어 다른 데 신경을 쓸 여력이 없나 보다 생각하고 좀더 기다린 끝에 전화를 하였더니, 시큰둥한 목소리로 회사 상황이 어렵다는 말로 얼버무리기만 하였다. 그 밖에 무슨 이유가 있느냐는 질문에 시원한 대답도 듣지 못했고, 결국 어이없게도 작년 말에 있었던 일이 재현되고 말았다.

석이는 너무도 뜻밖이고, 하도 어이가 없어서 풀어야 할 오해고 뭐고, 고개를 가로저었다. 지난 1년이라는 세월 동안에 마치 10년 지기같이, 지적인 갈증을 해소한다는 미명하에, 그들 자신들도 모르는 사이에 깊이 빠져 들어갈 순간에, 그녀는 지금에 와서 모든 걸 잃을 수 없다는 두려움이 어느 날 갑자기 구체화되면서 극단의 처방을 내리고 과감하게 발길을 돌려버린 모양이다. 그러니 꼭 사랑하는 사이가 아니더라도 그동안 학문적 동지로서 나름대로 배려를 해주고 이해를 해주는 처지였는데도, '우리 사이가 잘 되어 봤자, 불륜 관계'가 되어 버릴지도 모르는 일인데, 그가 무슨 말로 설득을 할 수 있겠는가? 오죽하면 그런 결정을 내린 유경이 한편으로는 측은하다는 생각까지 들었다.

작년 1월부터 끌어오던 설계일을 마무리짓느라 바쁜 와중에, 늦가을이 지나고 초겨울로 들어섰다. 그리고 그녀와의 어떤 약속도 하지 못한 채, 어느 업체하고 생산 가능성을 검토할 미팅까지 이미 약속해 놓았고, 또 특허 출원을 준비해 왔기 때문에 방한 스케줄이 정해져서 11월 28일 시카고 오헤어 공항을 출발하였다. 빡빡한 일정에 따라 동분서주하다 보니 일주일이 후닥닥 지나갔다. 지난 5월에 어렵사리 한 번 만나보고, 이번에는 의심할 여지없이 푸근한 맘으로 만날 걸 기대하였었지만, 어이없게도 그런 변수가 생겨 버렸으니 전화를 걸 맘도 내키질 않았다.

12월 4일 12시 비행기로 시카고로 떠나는 날 아침이 되었다. 여름까지만 해도 그녀와의 두 번째 만남을 잔뜩 기대를 하였던 탓에 아쉬움이 컸다. 다시 전화를 일방적으로 끊어 버리는 수모를 당해도, 후회를 하기는 싫어서 아침 9시 30분쯤, 그녀의 핸드폰 번호를 눌렀다. 처음에는 통화중이었다. 잠시 후에 맘을 가다듬고 다시 눌렀다. 신호가 갔고 여전히 활기에 찬 목소리가 튀어나왔다.

"네, 진유경입니다."

"접니다."

"오, 오셨군요."

유경의 목소리가 반가움보다는 좀 얼떨떨한 목소리로 들렸다.

"네, 여기 인천인데, 오늘 출국합니다. 내가 맘이 약하거든요. 또 전화 안 받거나, 도중에 끊어 버릴까 봐 전화를 할 수가 있어야지요. 온 지는 일주일 됐습니다."

유경은 또 낄낄 웃었다.

"왜 그랬어요? 나한테 또 무슨 언짢은 일이라도 있었나요?"

"그런 게 아니고요. 뭐랄까? 일은 잘 안 풀리는데, 맘이 좀 그렇더라고요."

그가 생각했던 그대로였다. 회사일은 어려워져 가는데, 감정 노름할 때가 아니라는 말이다.

"이해는 하지만, 그래도 동료나 친구 입장으로 봐서도 그러합니까?"

"그래도요."

전화의 감도가 멀어진다. 아마 어디 이동중이었나 보다. 다른 애길 하기도 멋쩍어서 화제를 바꿨다.

"그동안에 특허 출원하고 미팅도 했고요. 그리고 모처럼 학교에 들러서 비행기를 타고 한 바퀴 돌면서 일산 근처에서 보니까, 이북이 바로 보이던데요?"

"그럼요. 아주 가깝죠."

"그리고, 나이키 시계 말예요. 무슨 기능이 있는 걸 좋아해요?"

전화 감이 좋지 않더니 목소리가 갑자기 멀어진다.

"아, 네, 랩(Lap)이나 타이머 기능 등—."

"알았어요."

전화의 감이 더욱 나빠졌다. 더 길게 얘길 할 수 없어서, '메일 다시 쓸 거지요?'라고 겨우 물었는데, 목소리가 잘 들리지 않았다. 재차 묻지도 않았고 다음에 연락하겠다는 말만 하고서 끊었다.

　여유 있게 공항에 나와서 수속을 다 끝내고 고객 라운지에서 코냑 한잔을 마시면서 동생 부부와 만규한테 전화를 하였다. 공항에서 그녀와 편한 맘으로 통화를 하였더라면 하는 아쉬움이 있었지만, 다시 걸지 않았다. 이제는 그냥 그렇게 놔두고 싶었다. 시카고에 도착하면 아침 9시 반이 되니 저녁까지 버티려면, 좀 자두는 게 나을 것 같아서 레드 와인을 연거푸 여러 잔 마시고 한 4시간 정도 정신없이 잔 모양이다. 도착 예정 시간보다도 좀 이르게 안착을 하였다. 회색 구름이 뿌옇게 낀 창 밖의 풍경은 포근하게 보였다. 잠시 후에 출구로 나와 서 있는데, 저편에서 집사람이 실실 웃으며 다가왔다. 서로 잠시 꼬옥 껴안았다.

"Welcome home, honey!"

"I missed you so much."

　나흘이 지났는데도 아직 밤과 낮이 바뀐 게 적응이 안 되어 낮에는 귀도 울고 맥이 없었다. 유경이한테는 이미 시계를 구입한 것같이 얘기하였지마는 출국 전에 스포츠 마트나 나이키 웹 사이트에 들어가 봤는데도 사질 못하였고, 어제도 몇 군데 다녔으나, 필요한 걸 매장에서는 구할 수가 없어서 웹 사이트에서 주문을 하였는데, 이틀 만에 배달되었다. 장삿속이 대단하다고 생각했다. 미국도 20여 년 전과는 달리, 이젠 신속 정확하게 모든 걸 처리하는 걸 보니 세상이 많이 변하였다. 12월 12일 아침 나절 포장을 하고 우체국에 갔는데, 속달용 봉투에 그걸 집어넣고, 'Seasons Greeting' 카드에 '이왕이면, 모두 다 잘 되어 가는 과정이라 생각합시다' 라고 써 넣어 보냈다. 하필 이런 때에 그걸 선물로 보내 주는 맘이 어설프기 짝이 없었다. 그리고 그해가 가기 전에 이런 메일을 썼다.

Subject: Few Days Left For 2001

Date: Thursday, December 27, 2001 2:30 AM

From: M Kim

유경에게

시차 적응이 될 때가 지났는데, 아직도 밤잠을 설치고 있답니다. 마의 새벽 1시! 여지없이 눈이 떠져요.

좀더 자려고 하였지만, 뒤척거리다가 슬며시 일어나서 두꺼운 옷을 여미고 밖으로 나갔습니다. 얼음 조각을 물에 씻어서 걸어 놓은 듯 파리한 달 조각이 마른 나뭇가지에 걸려 있고, 갑자기 밀려온 한파에 모든 게 파랗습니다. 깊은숨을 몰아쉬니, 그 파리한 달빛이 허옇게 흐려지는군요.

어떻게 지냈던 간에 며칠만 있으면 올해도 마무리가 됩니다. 인간이 천도를 깨우쳐서 달력을 만들었고, 이제는 그 달력에 맞춰서 살다 보니, 사실 이맘때쯤이면, 우리들 모두가 달력의 마지막 장 아니면, 제일 밑에까지 몰려와 있는 느낌이 들지요. 잠시 지난 해를 반성하고 또 다른 새해를 맞아 단단한 각오를 하여 봅니다. 실로 오리무중이라는 게 우리의 삶이겠지만, 그래도 얼마만큼 여물게 계획하느냐에 따라, 성과를 이루리라 생각합니다. 때로 태풍과 가뭄이 열심히 가꿔 논 농작물을 한순간에 망쳐 놓을 걸 알아도, 내년에도 또 내 후년에도 정성을 들여서 농사를 지을 겁니다.

유경의 올해 농사는 어떠합니까? 나를 떠난 외부의 변수가 조금만 내 편이 되었더라면, 대풍을 기대했었는데—라는 아쉬움이 따랐겠지만, 그래도 지금의 나를 유지하는 것만으로 만족을 해야 되겠지요? 지금 내가 바라보는 겨울밤의 별자리는 내년 여름밤에는 여지없이 새로운 별자리로 바뀌어집니다. 오늘의 고달픔, 괴로움이 영원하지는 않을 일이고, 오늘의 이 행복, 사랑도 역시 영원할 것도 아니지요.

난, 내 자신의 일을 떠나서, 그 무엇보다도 연로하여 살아 있으니까 사는지, 살아야 하니까 사는지도 모르면서, 살아 있는 자체가 주변에 남아 있는 식구들한테 그 형식적인 의미만을 주면서 세월의 파도를 타는 아버지며, 그런 삶을 위해서 그동안 혼신의 정성을 다하는 어머니의 삶을 조금이나마 이해를 하고 보답을 하는 맘으로 지냈지요. 10년 이상의 나이 차이가 나는 어머니는 매우 강하신 분이지만, 항우 장사도 이기지 못하는 세월을 지내고 나니, 이제는 마치 아버지가 가야만 하는 마지막 관문을 지키는 수문장이 되어 그 빗장을 바짝 움켜쥐고 있답니다.

내가 내년에 바라는 일들 중에는 여기 이런 바람도 있어요. 작년 11월에 유경이 '좋은 친구를 갖는 일이 제 인생에서 100% 도움이 되는 일이 아니겠어요?'라고 하였듯이, 100% 좋은 일을 주는 친구로 남고 싶습니다.

그럼, 연말연시 잘 보내고, 내년에는 확실하게 뭔가가 손에 잡히길 바라는 맘 간절합니다.

A very happy new year!!

김우석

그리고 해가 바뀌어져 2002년이 되었다. 작년 봄부터 계획을 하였던 동부 카리브 연안을 들르는 크루즈 여행을 식구끼리 1월 5일부터 일주일간 다녀왔다. 2년 전에 유경이 가고 싶다던 그 바하마를 남으로 스치는 여행을 말이다. 그리고 긴 겨울이 지나고 봄을 기다리는 조바심 속에서 3월 중순이 지나는데, 그녀한테서는 결국 아무런 소식이 없었다. 그녀는 이렇듯 한 번도 아닌 두 번씩이나 도무지 감을 잡을 수 없는 나름대로의 결정을 한 뒤에 어느 날 갑자기, 푸른 가지를 무참하게 잘라 버렸다. 마치 온갖 정성과 공을 들여 벌여 논 행상 좌판을 느닷없이 걷어차서 뒤집어 버리듯이 말이다. 물론 그녀가 지난 십수 년 동안 온갖 구설수를 딛고 쌓아 온 사회적 위상 따위를 한순간에 모두 잃을지도 모른다는 걸 이해하지 못하는 것은 아니기에, 더 이상 빠져들지 않으려는 그 몸부림을 이해하고 싶었다. 결론이 벌써 저 앞에 보이는 일인데, 아무리 미화를 하여도 대의명분이 없다는 것은 잘 알고 있지만, 그 아쉬움은 너무도 컸다.

그녀를 이해해 줘야 한다는 생각을 해보고 또 하였다. 그 역시 지난 세월의 강을 거슬러 오르기에는 너무도 멀리 흘러 내려왔기에 이제 그가 기항해야 할 항구와는 점점 더 멀어져 버리는데, 결코 그 거센 강물을 거슬러 올라갈 기력이 없었던가? 그런데 그 항구가 단지 불륜을 위한 기항이라면, 이대로 지나치는 것이 현명한 일이 아녔을까? 아무리 그녀가 겉과 속이 다른 모습을 보여줬다 하여, 그가 준 만큼 되받지 못한 서운함으로 얼룩진 자만심이 할퀴어지는 순간, 오기가 생겨서 다시 그녀의 맘을 돌이켜 놓겠다는 무모한 아집을 부리는 건 아니었는지?

때로 인간은 그 자신을 모른다. 암세포가 자신의 몸을 잠식해도 그걸 모르고 지나듯이 말이다. 대뇌 속에서 자신도 모르는 사이 무슨 큰일이 진행이 되는 걸 모를 수도 있다는 얘기다. 그래서 우리는 때로 '에라, 나도 모르겠다. 내 맘 흘러가는 대로 맡겨 보자!'라는 얘기가 절로 나오기도 하나 그 맘의 주인은 어디까지나 자신일 수밖에 없다.

결국 석이는 그녀가 이렇다 할 한마디 대꾸도 없이 긴 침묵을 지키고 있지만, 그녀 자신의 마음의 행로는 본인만이 잘 알고 있으리라 생각해 봤다. 그리고 그는 그후로 지난 수 년 동안 그녀의 행보를 멀리서 지켜 보면서, 한때나마 학문적 동지로서 마치 물 맞은 고기처럼, 흉금을 다 토해내면서 나눴던 그 많은 대화는 너무도 순수했고 아름다웠다고 생각하기에 쓴웃음이 났다. 이제는 그녀가 자신의 운명을 순리대로 잘 풀어 나가기를 바랄 뿐이라고 생각해본다.

뉴욕의 K 기자

  사이버 공간에서 유경과의 만남과 헤어짐이 실연이라 할 것도 없는 거지만, 그 기간이나 심도로 볼 때, 이 시대에 만연된 육감적인 만남의 전말에 비해서 6, 70년대 같이 기다림과 흉금을 터놓은 믿음의 글로써 이뤄졌기에 더욱 안타까웠다. 그러나 그녀의 돌발적인 변심으로 시작된 두 번째 황당함을 겪으면서 이제는 더 이상 연연할 수가 없었다. 그 무렵 유경은 주변에 감도는 변신의 기회를 감지하고 자신의 야망을 위해서 그동안 토해낸 감성의 진실을 헌신짝 버리듯 내동이쳤다는 생각을 떨쳐 버릴 수가 없었기 때문이었다.

  실연한 상처를 다스리는 데는 새로운 연인을 찾는 방법이 최선이라고들 하지만, 금방 어디에서 서로 끌리는 새로운 인연을 찾아낼 수는 없을 일이다. 그러다가 2002년 2월 초, 그는 우연히 어느 인터넷 신문을 들여다보다가 기자 칼럼에 게재된 글을 대하게 되면서, 자기소개에 유난히도 개인적인 애길 많이 쓴 어느 여기자에게 관심이 쏠렸다. 그녀는 작년 7월, 1년 예정으로 미국 연수를 떠나와 뉴욕 S대학에서 지내고 있었는데, 미국 온 지 얼마 안 돼 9·11 테러 참사를 목격하면서 전쟁과 테러가 보통 사람들의 삶과 의식에 어떤 영향을 미치는지에 대해서도 깊이 생각하게 되었다고 하였다. 그리고 모처럼의 연수 기회를 얻어 공부만 할 작정이었지만, 자기도 어쩔 수 없는 기자인지라 이곳에서 보고 듣고 느끼는 모든 것을 그냥 흘려 보내기가 아쉬웠는데, 닷컴의 귀한 공간에 글을 올리게 되었다고 하였다.

그런데 운명적인 것인지 뭔지 김선미는 진유경의 대학 3년 후배인데, 국문학과를 졸업하고 뒤늦게 대학원에서 대중문화를 전공했다고 하였다. 참을 수 없는 솔직함이 자기의 장점이자 치명적 약점이라며, 늘 너무 솔직하게 글을 쓴 뒤 부끄러워하곤 하였는데, 그가 그녀의 그런 소개를 읽을 때만 해도 단지 40을 갓 넘긴 중년의 여기자라는 점에서 완숙한 글을 쓰겠지 하는 호기심이 있는 정도였었지만, 그녀가 쓴 글을 두루 읽어 보고 나선, 글 쓰는 재주를 따지기 전에 세상을 바라보는 안목과 바램이 확실하다는 생각이 들면서, 뭐라고 얘길 해주고픈 맘이 슬며시 고개를 들었다. 그러나 순간 그의 맘속에 남아 있는 유경에 대한 흔적을 엷게 하기 위하여 의도적으로 시도를 한다는 생각도 들었지만, 그는 목마른 대화의 돌출구를 찾기 위해서 이런 첫 메일을 썼다.

Subject: A message from Chicago
Date: Friday, March 08, 2002 3:34 PM
From: M Kim

김선미 기자에게
벌써 한 달이 넘어 가는 지난 얘깁니다만—.
우연히 인터넷 신문 이곳저곳을 잠시 훑어보던 중에, 그전부터 나름대로 관심이 많았던 얘기의 타이틀이 눈에 띄더군요. '미국으로 밀려온 어린 군

상들—'이라는 제목 말입니다. 먼저, 쓰신 내용에 공감을 하였기 때문에 언젠가 여가가 생기면 꼭 한번 성원의 글을 드리고 싶었습니다. 한 지성인의 눈으로 보는 왜곡되지 않는 미국의 얘길 고국에 있는 수많은 사람들한테 감성적인 소견을 떠나 지극히 객관적인 통찰과 고증이 따른 진정한 모습을 담아 주길 바라는 맘 간절하였답니다. 제가 다행이라는 표현을 쓸 입장은 아니지만, 르포를 위주로 하는 기자의 신분을 떠나 어쩜 '뉴욕의 이방인'이라는 특이한 칼럼 제목을 다루는 작가로서 풍기는 이미지가 제일 먼저 떠올라서, 재삼 성원을 드립니다.

미국에서 살아온 지가 2년만 더 있으면 사 반세기나 지난답니다. 애들이 모두 여기에서 태어났고, 이런 표현 자체도 좋아하지 않습니다만, 흔히들 쓰는 Korean American으로 확실하게 크고 있지요. 제가 하고 있는 일의 성격상 지난 긴 세월 동안 한국 동포 사회와는 동떨어져 생활을 해왔기에 소위 주류 사회의 낌새를 풍길지 모르지만, 제 소견으로는 아마도 단지 피해 의식에 따른 불평을 떠나, 객관적인 견지에서 좀더 이 사회를 바로 보려고 노력하면서 살고 있답니다.

한국의 강준만이라는, 미디어 비평을 혹독하게 하여 소위 '조중동'으로부터 미움을 받는 한 교수가 잘 쓰는 표현으로, 이것도 일종의 문화 폭력이지만, 제가 보기에 별 깊이도 없는 서구문명의 우열을 직, 간접으로 내보이는 소위 타 문화권 출신에 대한 엄연한 비하란 말입니다. 미국의 유명한 흑인 코미디언인 우피 골드버그가 한 말이 생각납니다. "우리는 African American이 아니고, 그저 American이다"는 얘기지요. 서구에서 건너온 이민 후손들은 결코, Irish, Dutch, French, German 다음에 American이라는 말을 붙여서 자신들을 표현하지 않으면서, 유독 동양이나 기타 제3국에서 온 이민 후예에 대해서는, 꼭 그렇게 출신국을 붙여서 사용을 합니다. 그리고 십중팔구 한국 동포들도 미국인과 한국인을 전적으로 혼동하여 사용하지요. 여기에서 '미국인'은 백인들 위주의 전통적으로 긴 이민 역사를 가진 백인을 칭하고, 미국에 귀화한 한인 동포는 어디까지나 Korean American이라는 얘기지요. 오랫동안 쏟아 부은 할리우드와 미디어의 일방적인 문화 폭력에 의해서, 우리들 소수 민족은 그저 덤으로 매도가 되어 버린 것입니다.

기회가 닿으면 다음 기회에 더 많은 얘길 드릴 수 있겠지만, 저는 인문분야가 아닌 기계공학을 공부하였고, 결국 그로 인하여 십수 년의 직장생활을 거쳐서, 지금은 제 나름의 컨설팅 일을 하다보니, 주류 사회에 끼여서 그동안 돈키호테의 허세에 가까운 자신감을 내세우며 실력으로만 겨루자는 고집을 가지고 살아왔지요.

미국이라는 거대한 샐러드 그릇(Salad Bowl)이라는 사회에 살면서, 오페라, 드라마, 음악회, 운동 경기, 코미디 클럽에 자주 들락거리고, 유명 레스토랑에서 장황한 주문을 하는 미식가나 포도주의 족보를 따지는 애주가가 꼭 아니더라도, 2세들을 위한 많은 시간과 금적인 투자, 사교 댄스 파티 모임, 몇 천 마일을 달리는 자동차 여행, 비행기 및 크루즈 여행 따위를 나름대로 다녀 봤답니다. 대다수의 많은 동포들이 단지 먹고 살기에 급급하여 꿈나무 2세들과는 또 하나의 벽을 쌓으며 별 선택의 여지도 없이 극히 제한된 업종에 매달리면서, 훼스트 후드 레스토랑, 뷔페 식당, 한국 식당, 노래 연습실, 한국식 술집에 눌러붙어 살면서 언제까지나 고국에 대한 향수를 달래며, 2세들이 제대로 주류 사회에 진입하기 위한 길을 열지 못하고, 명목도 실리도 없는 한국인의 위상을 부르짖는 치기를 비판하고 싶답니다. 그렇다고 인간 사회에 있어서 피할 수 없는 피라미드의 정점 부위에 속하는 소수 엘리트의 중요성을 애기하는 건 절대로 아니니 오해 없으시기 바랍니다.

초면이라는 표현도 적절치가 않습니다만, 처음 드리는 글에서 두서없는 얘길하였습니다. 이런 무례함에 용서를 바라며, 앞으로의 미국 생활에서 폭

넓은 안목으로 많은 경험을 하시어, 문화나 지식 폭력의 구태의연한 정중와
(井中蛙)의 길을 떠나서 수많은 보통 사람들의 심금을 울려주시길 바랍니
다.

지난 주말에 퍼부었던 폭설이 어제 저녁부터 내린 봄비로 거의 말끔히 가
셔 버린 뒤, 아직도 앙상한 나무가 비바람에 흔들리는 오후, 뒤뜰 한 쪽에 서
있는 박태기나무의 잔잔한 진홍빛 꽃망울이 만개할 날을 기다리면서.

김우석 드림

Subject: 답장이 늦었습니다.

Date: Tuesday, March 12, 2002 3:52 PM

From: Sunmi Kim

보내 주신 글 잘 받았습니다.

관심 있게 봐주셔서 정말 감사드립니다.

선생님 말씀 중 African American에 대한 얘기가 참 인상적이었습니다.
그리고 보니 백인끼리는 그런 말을 안 쓰더군요.

남의 땅에 와서 사시는 분들 중 열심히 안 사시는 분은 없겠지만, 한국인
상대로 일하면서(가끔 속여 먹기도 하면서), 영어 한마디 안 하면서 계속 한
국인으로 사시는 분들 보면 안타까운 생각이 드는 것도 사실입니다. 그럴
만한 사정이 있기 때문이겠지만요.

선생님 글을 보니 성공적으로 주류 사회에 진입하신 분이 아닌가 싶어 반
갑고 고마웠습니다. Korean American이 아니라 American이라고 생각하
시겠지만, 그래도 저 같은 사람이 보면 Korean이어서 더 반갑습니다. 그동
안 얼마나 많은 어려움을 극복하셨는지(저는 잠깐 와서 사는데도 힘든 점이
많은데) 짐작이 갑니다. 미국 땅에 사 반세기를 사시면서 한국 신문을 인터

넷으로 보실 정도면 그리움은 또 얼마나 많으셨겠어요.

저의 신문에 대해 애정을 갖고 봐주신 점 다시 한 번 감사드립니다. 혹시나 뉴욕에 오시는 일이 있으면 연락 주셨으면 좋겠습니다. 성공한 한인을 만나는 것도 기쁨일 테니까요.

김선미 드림

Subject: Nice To Hear From You
Date: Thursday, March 14, 2002 11:46 AM
From: M Kim

김선미 씨에게

보내 주신 답장을 열어 보고, 아줌마, 아저씨의 입장을 떠나서 소년처럼 기뻤답니다. 많은 독자들이 이런 저런 메일을 보낼 거라 생각이 들어, 큰 기대를 가지고 드린 글은 아녔습니다만.

그런데, 어떻게 호칭을 하는 게 실례가 아닌지 모르겠습니다. 아무개 기자라고 하자니 좀 공적인 느낌이 들고, 미국식으로 First name으로 쓰거나, Hi there! 해버리자니 그것도 좀 심한 것 같군요. 우선, —씨로 호칭을 해도 좋겠습니까? 저한테는 기자 분들이 일반적으로 부르는 '선생님'만 빼면 다 좋아요. 편하신 대로 부르시길.

'이방인의 거울' 제목 옆에 긴 머리가 치렁거리는 조그마한 사진도 나와 있어, 제 나름대로 최소한의 분위기를 상상할 수도 있었고, 또 개인의 성격까지 소개가 된 것도 잘 읽어 봤지요. 먼저 '참을 수 없는 솔직함'이 맘에 닿습니다. 그리고 자기 발전과 도약을 위해서 형식적인 나이를 묵살해 버리는 정신이 돋보이고요. 모든 사람들이 이런 저런 이유로 안주를 해버리지 않습니까? 음, 제 사진은 저의 집 뜨락에 있는 박태기나무(Judas tree)의 진홍빛 꽃망울이 터지는 날 찍어서 보내주겠습니다.

먼저 쌍방간의 대등한 입장을 만들기 위해서 간단하게 제 소개를 하지요. 저는 술과 노래도 좋아하고, 사실 술을 무작정 좋아한다기보다는 몇 시간이고, 밤 새워서라도 얘기하는 분위기가 더 좋은 거지요. 하고 싶은 얘기가 많은 사람과 이렇게 두루두루 얘기하길 좋아하지만, 미국에서는 그렇게 지낼 친구가 없다는 게 무척 서운하지요. 그렇다고 집사람과 술 마시고, 밤 새워 세상 돌아가는 얘기며, 인생과 문학을 논할 처지는 못 되니 말예요. 그래도 수 년 전까지만 해도 가끔 주말에는 새콤달콤한 초장에 삶은 물오징어 찍어 먹으며 맥주잔이 오갔었는데, 요사이 한 2년 동안 엄청난 인내와 끈기로 달리기와 다이어트를 하여 30파운드 감량을 한 후로는, 저녁 식사 후에 불필요한 칼로리 취식 금지령이 떨어지는 바람에 저한테는 그 재미마저 없어졌답니다.

그리고 어느 한 종교에 제 자신을 의탁하는 것이 싫어서 고독하고 외로운 인생을 느낄 수 있는 데까지 처절하게 느끼고 싶어 무신론자의 길을 걷고 있습니다. 시카고만 해도 300개가 넘는 한인 교회가 있지만, 외로운 이민 생활을 달래기 위해 상부상조의 목적으로 '생활인의 종교'를 갖고 싶은 생각을 해본 적이 없습니다. 천상에서의 영생을 믿지도 않거니와, 사랑의 영원함도 믿지 않는답니다(이건 좀 심했나요?). 어쩜 자연과학을 평생 공부한 내 자신이 오랫동안 변함없이 느낀 결과가, 인생이라는 게 단지 '생로병사'를 따라가는 기승전결의 길을 단순히 밟아 가면서, 자기 자신을 보호하려는 DNA Code에 내재된 파일의 명령에 따라 그 삶을 시행하고 있다는 사실뿐이다라고 생각하면, 너무 슬프겠지요? 그러다 보니 무신론자였던 버트란드 러셀의 인생론이 크게 돋보여서, '그의 3가지 열정'에 공감을 많이 하였죠. 그 첫 번째가 사랑이었고, 그는 단 몇 시간의 고귀한 사랑을 위해서 자기 인생을 바꿀 수도 있다 했는데, 90이 넘도록 오래 살았던 걸 보면, 그런 사랑을 찾지 못했던 모양이네요. 그 다음이 끝없는 지식에 대한 열정, 세 번째로 동시대를 살아가면서 불행하게 사는 수많은 사람들에 대한 연민이었습니다.

저도 처음부터 무신론자의 길을 턱없이 선택한 건 아녔답니다. 선미 씨는 혹 기독교인이 아닙니까? 이런 호칭이 실례가 아니길 바라지마는요. 나중에 기회가 되면, 더 많은 얘길 할 수 있겠지요. 그리고 저의 좁은 소견으로는 인간의 절대적 존재가치가 여느 생물의 존재가치 이상이라고는 보진 않습니다. 무슨 연유로 인해서 유독 진화가 잘 되어 만물의 영장이 되었다는 사실을 인정하고, 오로지 종족 번식을 위해서 먹이를 찾아 하루 종일 헤매는 다른 동물에 비해서, '나를 생각하고, 저 수많은 별들이 빛나는 검푸른 밤하늘을 보며 단지 잊혀져 가는 회상 속에서의 옛 임을 그려보는 이 괴로운 능력'이 있어 현세를 사는 데 더욱 골치만 아프게 만들어 줄 뿐입니다. 라이너 마리아 릴케는 한 종교에 나를 맡겨 버릴 만큼 자기는 생각이 단순하지 않다고 하였지만, 많은 사람들한테는 자신을 접어 버리고 종교에 귀의하라고 했다는데, 좀 그렇지요? 어쨌든, 결코 길지 않는 인류의 3만 년 역사 속에서, 지난 수천 년 동안 수많은 사람들이 믿어 왔고, 맘의 평온을 찾아온 나름대로의 종교에 나를 맡기고, 아전인수하며 사는 방법도 있는데 말입니다.

말씀하신 '그리움', 그렇지요. 말로 다 할 수 없는 그리움이 있지요.

San Francisco, Golden Gate의 북편에서 하이웨이 1번을 타고 내려오는 기암절벽의 숨 막히는 절경, Yosemite, Yellow Stone, Grand Teton, Grand Canyon 따위의 장엄함과 거대한 스케일에 눈이 휘둥그레져도, 때로 아리랑의 정서가 서린 한국의 산이나, 푸른 동해를 끼고 노송이 어우러진 굽이쳐 가는 길을 따라가며, 김연자의 메들리 트로트나 양진수의 메들리 디스코를 듣는 정감, 북적거리는 서민들과 어울러 속초 활어장에서 즐기는 생선회와 소주, 그리고 떠버리 친구와의 끝없는 입씨름이 그리워지는 거지

요. 골치만 아픈 엔지니어링은 젖혀 놓고라도 정치, 사회, 문화, 경제, 문학
에 관심이 많으면 뭐 합니까?

1979년 3월 24일 노스웨스트 오리엔탈 편으로 김포 출국장을 빠져나와,
태평양을 건너면서 다 내동댕이쳐 버린걸요. 결코 고국을 바라보는 해바라
기는 안 되리라 벼르고 떠나왔잖아요. 하지만 고국을 떠난 지 10년 뒤인,
1989년에 중소기업 육성에 따른 중소기업진흥공단의 해외 과학자 기술자문
으로 첫 방한이 시작된 이래로 매년 한두 번씩 들락거려도, 아직도 그 하늘
밑에서 살고 있는 나를 아는 사람들과 지낸 옛 추억이 그립고, 비바람치던
날 노송 밑에서 방울져 떨어지는 하늘을 치켜 올려보며 욱욱거리던 바람 소
리가 뇌수 깊숙이 내장되어 버린 그 시절의 철쭉, 진달래, 매화, 복사꽃, 배
꽃, 사과 꽃 흐드러지게 피는 산천이 그리운 겁니다.

그쪽은 작년에 40이라 했지요? 저하고는 10년 정도 차이가 나네요. 그리
고 제 성격도 매우 솔직해요. 이렇게 믿고 싶은 사람이 있으면, 마구 해댄답
니다. 예술 방면을 좋아했지만, 결국 소수점 10자리를 따지는 미세한 로봇
엔지니어링을 더 좋아하다 보니 융통성이 없어 파고들거나 따지길 좋아하
지요. 하지만 매우 감상적이어서 기회주의, 아전인수, 몰상식, 무배려, 속마
음 겉마음 따로, 몰인간적인 행위 따위에 열을 자주 받습니다. 그러다 보니
집사람이 알아 주는 욕쟁이에 핏대로 소문이 나 있지요.

언젠가가 될 줄 모르겠지만, 꼭 뉴욕에서가 아니더라도 만나 뵐 날이 있
겠지요. 그동안 틈나는 대로 얘기 많이 해요. 방해가 안 된다면 말입니다.
그럼, 객지에서 몸 건강하시고.

김우석 드림

Subject: Sorry, Letters were broken.

Date: Sat, 16 Mar 2002 01:39:54 +0000

From: Sunmi Kim

Dear Mr. Kim,

I'm afraid Korean characters of your email on my computer were completely broken. I'm sorry I can't read it. I'd liked to decode broken letters but I couldn't.

I'll try again next week. There's someone who is very good at computer, I believe. I'll answer after reading it.

Anyway, thank you so much and have a nice weekend.

Sunmi

Subject: Sorry To Give You A Hard Time!
Date: Saturday, March 16, 2002 12:42 AM
From: M Kim

김선미 씨에게

죄송합니다. 긴 내용을 쓸 때는 파일 정리도 쉬워서 〈아래 한글〉을 사용하는데, 첨부로 보낼 때는 별 문제가 없지요. 한글 윈도우를 쓰지 않으니까, MS Global IME 5.0을 사용해서 MS Word나 Outlook Express에서 한글을 쓴답니다. 전엔 그냥 Off Line에서 써놓은 걸 Draft에 보관하였다가 보냈었지요. 다음부터는 신경을 쓰겠습니다. 변명이 길었네요.

일주일이 너무 빨리 갑니다. 굴러가는 정도가 아니고, 꼴아박는 듯 지나갑니다. 금요일 저녁에는 집사람과 같이 작년 여름부터 사교춤 강의에 나가서 연습을 하고 있는데, 그 금요일이 밥 먹듯이 돌아오는 것 같아요. 밤 10시가 다 되어 집에 돌아와서 메일을 열어 봤었습니다.

주말에는 뭘 합니까? 딸내미는 한국으로 돌아갔습니까? 전에 쓰신 대로, 청소하고 빨래하러 여전히 올라갔다, 내려갔다 합니까? 지하실에 있는 세탁장은 항시 안전한지 잘 확인을 하고요. 우리들도 담요 같은 거라도 빨려면, 큰 기계 있는 세탁소에 가는데, 그럴 때마다 옛날 생각이 납니다. 얼마 전에, 아주 웃기는 세탁기 선전 광고가 있었는데, 어느 젊은 여자가 갑자기 세탁소에 들어 와서 이 남자, 저 남자한테 키스를 해대고 나니, 모두들 넋을 잃고 있는데, 문을 열고 나가면서 '모두 안녕!'이라고 외쳤던 것 같습니다. 이제 자기는 세탁기 한 대 샀으니까, 여기도 '아듀'다 이거죠.

그럼 주말 잘 지내시고요. 어쨌든 지난번 메일은 첨부로 보내드립니다.

김우석 드림

Subject: 너무 재미있었어요.

Date: Saturday, March 16, 2002 12:08 PM

From: Sunmi Kim

("선생님"이라고 부르진 말라고 하셨고) 정말 촉촉한 정서를 지닌 분 같으세요. 아리랑이 배인 산천서껀, DNA 얘기랑, '괴로운 능력' 얘기랑, 참 와 닿았었어요. 정말 쉰쯤 되셨어요? (나도 나이 먹었으면서!)

서울엔 『정은 늙지도 않아』라는 소설도 있지만, 마음이랑 나이는 상관없지요. 재혼하는 노인들 있잖아요. 그분들도 데이트하면서 설레고, 토라지고, 그런다네요. 대학 1학년 때 4학년 언니가 "내가 할머니로 보이겠지만 마음은 너랑 똑같다"고 하는 소리를 듣고 속으로 비웃었었는데. 그런데(또 "선생님"이라고 할 수도 없고. 우석 씨라고 한번 해볼까요? 오랜 만에 들어보시는 거죠? 혹시 기분 좋아지시지 않을까 해서. 어른한테 실례가 될 것 같긴 하지만) 소년처럼 좋았다고 말씀하신 것처럼, 저도 그럴 때가 있어요. 정말 마음은 스무살 적과 똑같아요. 아직도 멋진 남자를 보면 가슴이 뛰거든요.

덕분에 남들보다 배로 피곤하게 사는 게 아닌가 싶기도 하지만 언제나 평온하게, 흔들리지 않고, 슬퍼하거나 노하지도 않고 사는 것보다는 훨씬 드라마틱한 것 같아서, 그런 나를 즐기려고 해요. (물론 즐길 때보다는 괴로울 때가 많죠) 우석 씨도(진짜 괜찮으세요?) 비슷하지 않을까 상상해 봤어요.

전 친한 미국 사람도 없지만, 이 사람들은 밤새 술 먹고 얘기하는 거 잘 안 하지 않아요? 파티라는 것도 우리와는 다르고. 정말 부부가 사이 좋지 않으면 이혼하는 수밖에 없겠구나 싶어요. 그러니 얼마나 좋으세요. 같이 춤을 추시다니. 그게 제가 바라는 그림인데—.

하지만 술과 노래를 좋아하신다는 부분에서, 저는 침을 꿀꺽 삼켰어요. 와, 술 마셔 본 지 7개월이 지났네요. 기자들은 폭탄주 먹거든요. 저는 술을 좋아하진 않지만(맛이 없잖아요. 백세주 빼고) 강압적인 분위기에선(여자라고 안 먹는다는 소리 들을까 봐) 끝까지 마시거든요. 와인도 좋아하고요. 노래방 생각나네요. 몇 년 전에 브라질에 취재 갔을 때 이민 온 지 20년은 되신 분들인데, 노래방 가서 한국과 똑같이 노는 거 보고 아주 감탄을 했었어요. 아참 이렇게 한국적인 데 매달리는 거 안 좋아한다고 하셨죠?

주말인데 학교에 와 있어요. 딸애를 보낸 지 한 달 됐네요. 정말 애인이랑 헤어진 것 같아요. 같이 다니던 슈퍼며, 같이 듣던 음악, 그런 게 갑자기 가슴이 콱 멜 때가 있어요. 하지만 그 애가 한국서 너무 행복해 하니까 잘했다 싶어요. 덕분에 저도 늦게까지 책을 볼 수 있고, 주말이면 시내를 돌아다닐 수 있고, 밥하는 데 시간 안 뺏기고(아침 생략. 점심은 사먹고, 저녁은 정 밥 먹고 싶을 때만 김과 고추장으로) 빨래하는 시간도 줄었어요. 말씀하신 CF 저도 봤어요. 되게 웃기던데—.

얘기가 길었죠. 이런 얘긴 술 마시면서 해야 되는데 안타깝네요. 어젯밤 엔 이상하게 잠이 안 와서 와인 마시다 새벽에 잠들었는데. 주말 재밌게 보내세요. 저는 쓸쓸히 보낼게요.

김선미 드림

Subject: Longing for Blooming Judas Tree Blossom

Date: Tuesday, March 19, 2002 9:32 AM

From: M Kim

선미 씨에게

날씨가 화창하질 못하고 꽃샘추위가 오는 모양입니다. 아무래도 박태기나무 꽃이 만개가 되려면 2주는 더 기다려야 할 것 같아요. 그래서 여기, 작년 11월 말 일 때문에 1주간 방한을 하였는데, 돌아오기 전 날인 12월 3일, 여동생 내외와 같이 강화도 외포리에 있는 〈인어의 집〉이라는 횟집에서 모둠회에 백세주를 즐기고, 물이 들어오는 배경으로 한 장 찍은 거 보냅니다. 회색 구름이 낮게 깔린 월요일 낮이라 여길 찾는 사람들이 거의 없어서 쓸쓸하기는 하였지만, 낮술 하기에는 더없이 좋은 날이었답니다.

한국적인 분위기에서 남성 동료들은 지금도 여성 동료를 청량제, 직장의 꽃 따위로 자기네들과는 이미 경쟁 상대에서 제외시키는 선입관을 가지고 있지요? 1983년에 입사를 하여, 수많은 우여곡절을 겪으면서 20년 가깝게 그런 분위기에서 자리를 잡았다는 사실은 너무도 대단한 거라 생각합니다. 그리고 그런 남자들이 자만에 빠져 있는 동안, 깊게 밭을 갈아 온 거군요. 완상용 꽃보다는 한 떨기 야생화로 남고 싶다는 얘길 한 사람이 있었습니다. 외길 인생에 때로 가시밭이나, 어두운 산길을 가 본 사람만이 그 길의 의미를 잘 알겠지요? 하고픈 말이 많은 제 얘기는 언제고 들려 줄 기회가 있을 거라 믿습니다.

인간은 나이가 들어감에 따라, 분명히 식견, 경험도 풍부해지고, 사려도 깊어지면서, 포용력도 더 많을 것 같지만, 사실 정점이 있는 것 같습니다. 자신이 지금의 나를 어느 정도로 만족하느냐에 따라서 그 정점의 위치가 40 이 될 수도 50 또는 60이 될 수도 있으나, 누구나 다 몸과 맘이 쇠진해지면, 옹졸해지며 화도 잘 내고, 삶에 대한 집착 또한 유별나게 심해지면서, 유약한 어린애가 되고 마는 걸요. 여느 동물에 비해서 그런 기간이 유독 긴 것이 인간의 삶이랍니다. 아프리카의 초원에서 태어나는 얼룩말 같은 초식동물들의 새끼는 곧바로 비척거리면서 일어나는 모습을 보셨죠? 그리고 바로 어미를 따라 뛰는 모습도요. 생존을 위한 나름대로 진화된 코드가 그렇게 실행을 요구하도록 내장이 되어 있는 거지요.

노래방 기기가 집에 있거든요. 10여 년 전 한국에서 가져온 것은 영상 없이 가사집을 보며 부르는 구닥다리가 있었는데, 작년에 신형을 장만하였지요. 선미 씨는 무슨 장르의 노래를 좋아합니까? 제 목소리는 대화용과 노래용이 따로 있답니다. 노래를 할 때는 저음으로 하지요. 한국에서 지낸 6, 70년대 시절의 사랑 노래나 흘러간 옛 노래를 주로 좋아한답니다. 사교춤은 사실 크루즈 같은 데 여행 가면 꼭 필요하지요. 안 해도 무관하지만, 배에서 지내는 시간이 많은데, 객실(Cabin)이나 뷔페(Buffet) 식당에서만 죽칠 수는 없잖아요. 지난 1월 5일부터 1주일 동안 카리비언 동부 크루즈(Caribbean Eastern Cruise)를 다녀왔지요. 3,500명 이상이 타는 거대한 배이지만, 동양인들은 두어 가족 외에 눈에 띄지 않더군요. 대여섯 군데나 되는 큰 Bar에는 밴드 앞에 춤을 출 넓은 장소가 있어, 추고 싶은 분위기에 따라 옮겨 다니면 되거든요.

그리고 몸에 좋다고 해서 술을 즐기는 사람은 아마 없을 겁니다. 구태여 이유를 들자면 정신 건강 내지는 사교적인 이유라 하는데―. 경직된 생각을 느슨하게 풀어 주다 보니, 억압된 감성이 활개를 치는 정도에 따라 천태만상의 후유증이 따르겠지요. 술을 마시지 않으면 글을 쓰지 못하는 작가,

맘에 드는 그림이 그려지지 않는 화가들이 많잖아요. 선미 씨가 좋아하는 백세주 하면, 아직도 고개를 살살 흔든답니다. 작년 연말에 파티 한다고 사람들 불러놓고, 기분이 너무 좋아서 박스로 사 놓은 그걸 주로 술이 센 저 혼자서 물같이 마신 덕에 눈동자가 풀려 버려 슬며시 혼자 방으로 들어가서 자 버렸으니 말예요. 말 많이 하다가 조용하면 문제가 있는 거지요. 그래도 식사가 다 끝나고 얘기 도중에 그랬으니 큰 실수는 안 했다 하나, 흥이 깨져서 일찍 끝나 버렸지요. 미국 온 후로 그렇게 취하기는 세 번째였지요.

〈비바람 몹시 치던 어느 날 저녁, 늦게 온 봄날이 창문에 매달리더라.〉 이런 분위기가 잡히는 날은 만사 제쳐 놓고, 잔잔히 흐르는 피아노 곡을 들으면서 멜로의 검붉은 와인 잔을 듭니다. 가느다란 목(Stem)을 잡은 손이 바르르 전율케 하는 회상의 기쁨을 만끽하면서 두어 잔을 비우는 기분이란―. 껍죽거리는 사람들하고 억지로 마시는 술보다는 자연과 회상을 벗삼아 자작하는 포도주 맛도 그런 대로 주선의 경지일 겁니다. 홀로 드는 포도주 맛이 어떠합니까? 어떤 포도주를 좋아해요? 미국에는 이제 캘리포니아산이 저렴하고도 질이 좋은 게 즐비하지요. 재작년에 시음도 하고 포도밭 구경도 할 겸, Napa Valley에 갔다가 시간이 많지 않아 허탕을 쳤지요. 확실하게 한두 곳을 선택했어야 했는데, 막상 가 보니까 너무 광대한 지역에 산재되어 있어서 다음 스케줄이 촉박하여 방향을 돌리고 말았지요. 하여튼, 가끔 혼자서 마실 때는 Full body에 주정이 13.5~14.5% 되는 Merlot나 Cabernet Sauvignon을 두 잔 정도 출출할 때 즐기고, 친구나 연인들과의 긴 대화와 더불어는 Medium body에 주정이 12% 정도의 좀 엷은 붉은색이 나는 Pinot Noir가 좋을 것 같습니다.

그런데 딸내미가 한국으로 갔으니 허전하겠습니다. 아빠들이 딸애를 더 좋아한다지만, 엄마들도 결국은 딸을 더 좋아하게 되더라고요. 우리 애들도 첫째는 아들이고, 둘째가 딸애인데, 엄마 아빠를 그래도 생각하는 건 딸뿐이에요. 저도 장남이고 바로 코 앞에서 부모님을 모시고 있지마는요. 집사람도 장녀이다 보니까, 이곳에 15년 전에 이민 와서 정착을 한 홀어머니를 지성으로 모시죠. 가까이에서 어른들을 모시다 보면, 좋은 일보다는 궂은 일, 속상한 일들이 대부분이지요. 바쁜 시간 내어 수시로 들락거리며 큰 일은 다 해 드려도, 당신네들 심기가 불편해지면, 옆에 있는 자식들한테 마구 화살을 쏘아댑니다. 한국에 있는 다른 자식들이야 모처럼 방문을 하면서 예의 바르게 "네 네??" 하면서 사근사근 해드리고, 가끔 전화로 깍듯이 인사치레라도 하면, 그쪽으로 귀가 슬그머니 쏠리시어 곁에서 생사고락을 같이 하는 자식들을 불평한답니다. 어느 게 아군이고 적군인지를 구분 못 하지요. 인간은 나이가 들면 아직 혼동이 없다 해도 어렸을 때와 마찬가지로 당신들의 안위를 더 챙기게 되는 본능이 나타나는가 봅니다.

식사를 너무 소홀하게 하는 것은 아닙니까? 원만한 신진대사를 위해서는 절대량을 좀 웃도는 음식량을 골고루 취하고, 하루 3, 40분 정도 달리기를 하여 땀을 내면서 뛰면, 대략 300~400칼로리 정도는 덜어내지요. 운동은 좀 하시나요? 뉴욕에 오신 지가 7개월이 지났다면, 앞으로 4, 5개월이면 귀국을 하겠네요? 진즉 메일 주고받았으면, 훨씬 재미있게 해드렸을 터인데 말입니다. 이런 만남도 다 우연 같은 필연이 따라야 되는 일이다 보니―.

쓸쓸한 주말을 보내면서, 가족, 친구들에 대한 애정이 더욱 여물어질 것이니, 고독을 맘껏 즐기세요. 아무리 행복한 부부가 노상 같이 붙어산다 해도, 때로 무진장 고독해질 때가 종종 있잖아요. 얘기가 무척 길어졌습니다. 밤도 깊어 가고요. 그럼, 선미 씨의 건강과 안전을 바라면서.

김우석

Subject: 메일을 보내셨었나요?

Date: Thursday, March 28, 2002 11:04 AM

From: Sunmi Kim

　못 받았는데요.

　어쩌지요? 궁금한데―. 다시 보내 주시라면, 죄송하고요.

　지금이 봄 방학 기간이에요. 딸이 있으면 같이 여행을 갔겠지만, 혼자니까 별로 움직일 생각이 안 생기네요. 아침 7시에 학교에 나와서 어두워질 때까지 책 보다 가요. 참 좋아요. 좀더 일찍 정신 차렸어야 했는데, 이제 넉 달밖에 안 남아서 아쉽기도 하구요.

　여기도 아직 추워요. 전 추운 걸 너무 싫어하는데, 겨울엔 외려 낫더니 봄이 안 오네요. 그래도 개나리도 피고 그랬어요.

　저 요즘 속상한 게 있는데요. 이번에 올린 '엘리트'는 정말 맘먹고 열심히 쓴 거거든요. 의미도 있는 글이라고 생각하는데 조회수가 너무 안 올라서 더 이상 쓰기도 싫어져요. 그렇게 재미없었나? 좀 읽어 봐 주세요.

김선미 드림.

Subject: You Know What?

Date: Thursday, March 28, 2002 4:00 PM

From: M Kim

　선미 씨에게

　답장이 늦어져서, 혹시나 하고 3월 26일 확인 메일을 보냈었는데, 생각했던 대로 그 메일이 사이버 스페이스로 깊숙이 날아가 버렸어요. 여기 3월 19일에 보낸 메시지를 '아래한글 97 파일로 보냅니다. 사진 한 장 스캔 한 것 보내니, 분위기만 즐겨 봐요. 너무 반하지 말고요.(?)

　Spring Break(봄 방학) 동안 어디 가지도 못하고, 학교에 나가서 책 만

읽으셨다는데, 되게 유감이네요. 시간적인 여유가 별로 없으시니, 남서부나 어디 좀 가시지 그랬어요. 하여튼 가까이 계시면, 백세주나 포도주라도 나누면서 정말 많은 얘길 하면서 재미있는 시간을 보낼 수 있었을 터인데 말이죠.

요샌 막간을 이용하여 일 좀 하고 있거든요. 남한테 시키면, 비싼 비용이 들어도 일한 것이 맘에 전혀 들지 않아서, 집안 내에 오래된 벽지 벗기고, 마름질한 후 벽과 천장을 두 가지 색상으로 페인팅을 하고 있는데, 거의 끝나 간답니다. 이런 일도 너무 어려운 거 있지요. 세상에 쉬운 것이 없습니다. 늦게 공부를 하셨다니, 잘 알 거예요. '공부할 때는, 일하고 싶고, 일할 때는 공부하고 싶은 게 사람 맘이지요.' 솔직히 우리 인간은 안일함을 선천적으로 좋아하게끔 진화가 된 모양입니다.

그리고 쓰신 글의 조회수에 대해서는, 너무 맘 상하지 말고요. 사실 일반적으로 독자들이 특히 인터넷에 게재된 글을 볼 때는, 신문이나 책을 보는 거하고는 달리, 일단 열어 봐야 내용을 읽을 수 있는 제목에 우선권이 주어지는 것 같습니다. 말씀하신 그 글을 쓰기 위해서 많은 시간을 드려서 책을 읽어야 했고, 준비도 하였잖아요. 하지만, 올린 글의 내용의 풍부함을 떠나서 제목이 보통 사람들의 시선을 동시에 끌지는 못하겠지요. 아마도, 씨트콤(Sitcom) 드라마 타이틀같이 'Sex and The City'이었다면 4, 5만은 쉽게 넘어 갔을 거예요. 심지어는 책의 제목도 그런 면에서, '일본은 없다, 있다' 내지는 '맞아 죽을 각오로—', '김대중 죽이기' 따위로 쓴 책이 일단 눈에 띄잖아요. 그게 정석은 아니겠지만요.

각설하고, 선미 씨가 쓰신 글 중에서도, 제목이 Kiss, Sexy 내지는 보통 사람들이 기를 쓰고 관심을 두는 조기 유학, 건강, 인기인 등의 어휘가 들어간 것은 조회수가 많잖아요. 내용은 그 다음 문제고요. 그 내용은 신문사의 동료나 상관들이 점수를 주겠지만 말입니다.

참고로 말예요. 같이 칼럼을 쓰는 강 기자가 쓴 '중, 장년의 성에 대한 진실'은 단지 그 '성'에 대한 어휘 때문에 조회수가 3만 6천을 넘었더군요. 저도 일단 열어 보고, 실망을 했지요. 제목과는 거리가 먼 내용이었지만, 일단 조회수는 늘어 가잖아요. 저보다 잘 아시는 내용이겠지만, 글 쓴 내용이 물론 중요해도 그 제목 또한 보통 사람을 위한 걸 염두에 둬야 할 것 같다는 생각을 한답니다. 다음 번 글 제목을 한 번 그렇게 해봐요.

자, 기분 풀고 활기를 갖고요. 이런 몰이해 내지는 몰인정에 관해서는 신물이 날 정도로 고뇌에 찬 나날을 보낸 김우석이랍니다. '진흙 속에 묻힌 진주, 흙탕물 속에서 떠오르는 공―' 따위로 위로를 해 왔던 경험도 많아요. 『천재론』을 지은 이태리의 천재 롬부로조 체자레의 말이 항시 머리에 떠오릅니다. "1000명의 아테네 시민에게 내 이름을 알리기 위해서도 고의적인 부단한 노력을 해야 된다"라는 얘기죠. 그는 미켈란젤로보다 더 천부적인 그림이나 조각을 했었던 이름 없는 목동들의 얘길 하였습니다.

그런데 하고픈 얘기 있으면 언제든 해요. 친구나 연인, 부부의 연륜을 형식적인 시간의 개념으로 설명하고 싶지 않아요. 한국에서 교수를 하고 있는 한 친구는 곧잘 30년 지기의 친구를 운운하지만, 근 25년 동안의 공백은 어찌 설명하여야 되는 건지―.

여기 시카고도 이젠 을씨년스럽지만, 더 이상 춥지는 않아요. 아직도 수선화나, 개나리 따위도 피지 않았답니다. 거기도 봄엔 경치가 좋을 거예요. 그럼 또 쓸게요.

김우석

Subject: 잘 받았습니다.

Date: Monday, April 01, 2002 2:27 PM

From: Sunmi Kim

사진도 봤습니다. 정말 젊어 보이시는데요. 맨 처음에 나이를 말씀하시지 않았으면 저랑 비슷한 분인 줄 알 뻔했어요.

걱정해 주신 대로 며칠 우울하게 지내다가 새로 원고를 올렸습니다. 요즘 제 생활이거든요. 이번엔 이상하게도 히트 건수가 많이 나오네요. 혹시 절 위해서 들락날락 클릭해 주시는 거 아니시죠?

넉 달도 안 남았다고 생각하니까 부쩍 시간이 아깝게 느껴져요. 전 요즘 시한부 인생을 살고 있는 느낌이예요. 뉴욕의 4월을 내년에 다시 볼 수는 없을 테니까요.

한번 뉴욕에 놀러 오시면 어떠세요? 비행기 타면 4시간?(하긴 미국에 오니까 시간 개념이 너무 틀려져요. 4시간 정도는 아무것도 아닌 것 같아요. 필라델피아에도 올 적, 갈 적 7시간을 움직였으니까요.) 저 요새 매일 샌드위치랑 밥+김만 먹거든요. 맛있는 것도 먹으면 좋은데—.

김선미 드림

Subject: It Is Snowing Now!

Date: Monday, April 01, 2002 9:00 PM

From: M Kim

선미 씨에게

메일을 열어 본 시간이 여기 시간으로 오후 4시 20분입니다.

그런데 여긴 눈이 제법 많이 오고 있어요. 기온이 화씨 40도가 되니, 길에는 쌓이지 않고, 잔디나 나무 가지에는 쌓입니다. 나중에 답장을 쓸까 하다가, 서재 밖의 풍경이 절 그냥 내버려 두지 않았고, 늦은 오후 학교에서 돌아와 아무도 없는 아파트 방에 들어서는 선미 씨 생각해서 바로 씁니다.

오늘이 4월 1일인데, 덩이 눈이 제법 펄펄 옵니다. 까짓 것 지가 와 봤자 얼마나— 하면서도, 역시 여인네 맘 씀같이 예측하기가 힘든 시카고의 날씨라 변화무쌍하지요. 아시죠? 수평선이 바다 같은 오대호 중에서 미시간 호수의 남서쪽에 있는 시카고의 날씨는 호수의 영향이 크답니다. 그러나 호수 주변의 경관이 너무도 아름답죠.

지난번 선미 씨 얘기대로 겨울이 좀 따뜻하다 했더니, 을씨년스러운 날씨가 계속되면서 봄이 오는 게 그토록 미적거리네요. 세월 가는 것이 사실 아쉽지만, 애들이 잘 되어 탐스런 열매를 맺는 걸 생전에 보려면, 감수를 해야 되겠죠? 그리고 전에 얘기한 20대보다는 30대가, 30대보다는 40대, 더 나가서는 40대 보다는 50대의 좀더 여물어진 모습을 생각하면서, 청춘이 다 가버리는 서글픔이 날이 갈수록 저며 오지만, 그게 순리이니 별 도리가 없는 일이기도 하지요. 하지만 모두들 안 늙어도 또 보기가 역겹겠지요?

뉴욕에서 시카고는 사실 가까워요. 4시간이면 LA까지 갑니다. 대략 2시간 반쯤 걸리더라고요. 오래 전에 뉴욕은 두 차례 갔었지만. 그래요, 선미 씨가 뉴욕을 떠나기 전에 꼭 만나 보도록 하지요. 영양 실조 되기 전에 되도록 빨리 날짜를 잡아 보렵니다. 나중에 서울에서도 만나면 또 좋겠고요.

지금 시간이 9시가 가까워지는데, 거긴 10시죠? 식사는 벌써 했겠고. 그럼 뭘 하십니까? 사실 우리도 적적하기는 마찬가지입니다. 전에 빈 둥지(Empty Nest)라는 얘기 들어 봤지요? 애들 방이 휑하니 비어 있지만, 방학이다 뭐다 하여, 수시로 들이닥치면, 순식간에 도떼기 시장이 된답니다. 애들이 나중에 결혼을 한다 해도 지들 방은 또 꾸며 놔야 할 것 같습니다. 그래야 편히 지내기도 하겠고, 또 자주 들리겠지요. 더욱이 엄마가 해주는 김치나 된장찌개 먹고 싶어서라도. 옛날 한국에서 조상님들이 자기네 무덤 주위에 밤나무 등 유실수를 많이 심게 한 깊은 뜻이 잘 이해가 갑니다.

한 번 잔가지를 치면 얘기가 끝이 없으니 말입니다. 못 말려요. 오늘은 이만 줄이려오. 건강 및 안전에 유의하시길 바라면서.

김우석

Subject: 저 너무 속상해요.
Date: Tuesday, April 02, 2002 7:00 AM
From: Sunmi Kim

그냥, 얘기할 사람이 없어서 하는 거니까 들어 주세요.

우연히 친구를 만났거든요. 남편이 유수한 변호사 사무실의 변호사래요. 같이 음악회 가는 걸 좋아한대요. 특히 오페라요. 그 말을 듣고 전엔 큰 관심도 없었지만, 맨해튼에 가서 Madam Butterfly를 혼자 보는데 좀 눈물이 났어요. 난 이렇게 큰맘 먹고 왔는데, 걔네는 저 가운데에서 Season ticket를 사가지고 늘 같이 봤겠구나 싶어져서요. 게다가 며칠 후면 둘이 Paris를 간대요. 아기가 늦었는데, 아기 낳기 전에 둘이만 여행을 가자고 해서요.

절대로 나 염장 지르려고 한 소리는 아닌데, 난 부러워서 미칠 것 같았어요. 난 남편이랑 같이 여행 가고, 음악회 가고, 골프 치고 그런 적 한 번도 없거든요(우린 서로 관심 분야가 달라요). 남편한테 뭐 사 달라 그런 적도 없고. 그런 걸 예전에 알았기 때문에 포기할 부분은 포기를 하고, 하고 싶은 일 있으면 나 혼자 하고, 갖고 싶은 거 있으면 내 돈으로 샀어요. 그런데 친구 얘기를 들으니까 이렇게 계속 지내야 한다는 게 참 절망스럽게 느껴졌어요.

절대로 불행한 유부녀 하소연하는 거 아니에요. 난 내가 별로 불행하다고 생각 안 하고, 잘 지냈어요. 그런데 생각해 보니까, 어찌 보면 인생의 절반인데, 그걸 포기하고 살아야 한다는 게 참 슬퍼요. 그렇다고 해서 싸워 본 것도 아니고, 이혼을 할 것도 아니고, 개선할 수 있다는 생각도 안 들어요. 사람이 어떻게 바뀌겠어요. 지금 생각해 보면 아무 개념이 없을 때 결혼을 해서(스물넷에 했거든요), 난 어떤 결혼 생활을 하고 싶은데, 그러려면 이런 사람이 필요하다, 이런 생각도 안 해보고, 그냥 좋으니까 당연히 결혼하는 줄 알고 했는데, 어제 오늘은 정말 마음이 아프네요.

이런 얘기 누구한테도 안 해봤어요. 엄마한테 하면 이해도 못 할 테고 (속상해 하겠죠), 여자 친구들한테 하면 은근히 고소해 할 테고(남의 불행은 나의 행복), 회사 선배한테 할 수도 없고. 우석 씨, 절대로 "남편과 대화를 시도해 봐라" 이런 식의 얘기는 하지 마세요. 그만 쓸게요. 쓰다 보니까 더 속상해요.

김선미

Subject: Communication rules for couples

Date: Tuesday, April 02, 2002 1:05 PM

From: M Kim

선미 씨,

아침에 이메일 잘 봤어요.

제 얘기는 나중에 하기로 하고요. 커피를 내리면서 우연이 〈오프라 윈프리 토크쇼를〉 아침에 봤는데, 입장은 좀 틀리지만, 사이트에 가서서 Dr. Phil이 제안하는 얘길 한 번 참고삼아 훑어 봐요. 결코 '대화를 시도해 봐라'라는 식의 얘긴 하지 않겠습니다.

그럼 나중에 연락할게요.

우석

Subject: Marriage Issue

Date: Wednesday, April 03, 2002 3:28 PM

From: M Kim

선미 씨에게

여기 첨부로 정리한 얘길 보냅니다.

조금 전에 이메일 보내기 전에, 이번에 올린 글 들여다보니까 10,000번이 넘어가던데, 기분 좋지요?

전 이렇게 생각해요. 사람의 생활도 생각도 너무 복잡하니까, 무슨 이유에서든지 기분이 좋아지면 좋게 받아드리는 거예요. 적어도 자신한테는 솔직한 겁니다. 그럼 또 쓸게요.

김우석

〈아래 한글 97 첨부 글〉

Long Island in April! 이라—. 무슨 애정소설 제목 같은데, 정말 내년에는 그 정감을 느끼지 못하겠네요. 혹 특파원으로 다시 미국에 온다면 몰라도. 수 년 전에는 시카고에도 A일보를 발간하던 한 업자가 B일보로 바꿨는데, 바로 문을 닫더군요. 원래 H일보와 J일보가 수십 년 동안 터를 잡았기 때문에, LA나 NYC보다는 상대적으로 좁은 바닥에서 경쟁이 안 되었나 봅니다.

무척 하기 힘든 얘길 연륜도 없는 저한테 들려준 거에 너무 감격(?)하였답니다. 우리 모두 속마음을 터놓으면, 겉보기와는 달리 나름대로 걱정, 슬픔, 괴로움이 없는 사람이 거의 없겠지요? 특히 결혼 생활의 연륜이 붙은 사람들한테는 말입니다. 어제 아침에는 우연히 채널을 돌리다가 〈오프라 윈프리 토크쇼〉에서 입장이 다르더라도 '부부' 관계에 따른 얘기가 나오는 거 같아 잠시 보다가, 선미 씨 입장을 떠나서라도 참조가 될 것 같아 알려 드렸던 거였죠.

그런데, 여기에서 먼저 말씀 드리는 건, 우선 제 생각을 떠나서, 한 2년 전에 Amazon.com에서 구입한 Bertrand Russell의 〈*On Ethics, Sex, And Marriage*〉 edited by Al Seckel을 대충 읽어 봤었는데, 시간이 걸리지만 구입해서 보실 수도 있지만, 학교 도서관에서 빌려도 되겠지요. 그 책 내용 중에서 p.301에 있는, 'Do I Preach Adultery?(제가 간통을 장려하였습니까?)'라는 제목의 글이 생각나서, 어제 저녁에 다시 읽어 봤습니다.

1940년 러셀은 New York의 City College에서 수학을 가르치고 있었는데, 종교적으로나 도덕적으로 금하는 간통(Adultery)을 옹호했다 하여 Anglican Bishop Manning이 대대적으로 탄핵을 시작한 일이 있었는데요. 물론 그 당시 유럽의 주요 선진국은 물론 미국(South Carolina 제외)에서는 기독교의 영향으로 결혼한 부부가 죽음이 갈라 놓기 전에는 이혼을 하지 못했을 때이었지요.(p.302)

헌데 그는 *Marriage And Morals*를 쓰면서 당시 영국에서는 간통으로 인하여 이혼이 가능했다는 점을 부각하였다가 문제가 된 거지요. 그는 문제가 있는 부부가 애들에게 끼칠 영향 때문에 주로 다툰다면, 그런 모습을 애들한테 보여주는 생활이 이혼 자체보다 해가 된다는 의미에서, "The chief argument against divorce is the effect on children, but a home life with parents who are on bad terms with each other is apt to be even more harmful to them than divorce."라고 하였습니다. 그리고 러셀은 당신의 결혼 생활을 유지하고 싶다면, 적어도 한편에서나마 무단히 참고 지내야 하며, 그렇지 않으면 헤어지는 게 낫다고 하였습니다.

결혼 생활은 부부는 물론 애들과 더불어 행복해져야 할 복합적인 결합을 말합니다.(My own marriage view @ p.255) 사실 죽도록 사랑을 하였거나 중매를 통해서 결혼을 하였어도 오랜 결혼 생활을 하다 보면, 돈을 제대로 잘 벌어 주지 않은 것도 아니었고, 사회적인 지위 따위 등으로 문제가 된 일도 없었을 뿐더러, 말다툼이나 주정이 따른 폭력 따위가 있어서도 아닌데, 서로 너무도 좋아했었다 해도, 서로 다른 두 인격체가 만나서 살다 보니 기호가 틀리고, 부부가 공유하는 '행복'을 찾지 못하고 갈등이 생기는 거지요. 더군다나 전에 만난 친구나 타 가정들과 비교가 되면서 더 심각하겠지요. 애들 문제, 주변 친척, 사회적인 체면 때문에 이혼이라는 극약 처방은 생각지도 하지도 못하였는데 말입니다.

다시 말하면 이혼만은 할 수 없다는 얘기 아닙니까? 그러면서도 '대화'로는 해결이 안 된다는 건 이미 숙지된 사실이다 보면, 단 한 가지 방법(?)이 있습니다. 그게 당시에 러셀이 비난받은 부분이기도 한 내용이고요(p.303). 그가 피력한 얘기는, '해묵은 사랑이 새 사랑으로 인해서 간단하게 내동댕이쳐지지는 않을 일이니, 피차간의 부정에 대해서 질투는 나지만 서로 감수를 하고 지내다 보면 새로운 애정이 다시 생길 수도 있다'는 겁니다. 물론 저도 이렇게 해보라는 얘기는 절대 할 수 없지요.

어찌됐건, 결혼 생활 자체가 행복해야 한다는 건 틀림없는 사실이겠지요. 그리고 반세기 전의 얘기가 아니라도, 한 번 가는 인생에 행복해질 권리는 누구에게든 있는 겁니다. 오랜 결혼 생활에서 항시 그 자리에 놓여 있는 '장롱 같은 사람' 자체로 만족한다면, 문제가 없을 일이고요.

전에 얘길 한 적이 있지만, 부부간에 인생을 논할 수는 없다는 얘기 말입니다. 물론 관심 분야가 좀 틀리게 지내는 것이 좋지만, 취미 생활은 적어도 같이 해야만 할 것 같아요. 너무 취향이 같아도 얼마 안 가서 실증이 날 일이지만, 평소에 둘만의 시간에서 '뭘 사 달라. 뭘 하자. 어디를 가자'는 식의 요구를 할 때, 아주 철딱서니 없게 보이는 여우 같은 애교를 부리면, 부처님도 슬그머니 웃고 말 거라는 얘기도 있습니다. 그것마저도 안 통하면 재고를 해야 할 일이고요.

그러나 물질적이나 애들 문제, 원만한 문화 생활, 심지어 부부의 잠자리

문제 등에 아무런 문제가 없더라도, 인간은 잠재적으로 내장된 본능의 욕구를 이기지 못하고, 배우자 외에 다른 이성에게 관심을 보이고 관계를 갖고 싶어지는 건 누구나 가지고 있는 속마음입니다. 단지 정도 차가 있을 뿐이지만, 인간이 만물의 영장이 된 가장 큰 이유는 자기를 닮은 2세의 Re-generation(재생산)에 대한 본능이 더 강하다고 하잖아요.

어느 의미로 같은 맥락을 유지하면서, 한 번 가는 인생에 회한을 남기지 않으려는 잠재 의식 속의 욕구가 때때로 자신의 정신적인 욕구 충만을 빌미로 자기 자신을 합리화하면서 정신적 간음(Emotional adultery)을 범하고 있는 거 아닙니까? 그러다가 잘 되어 봤자 불륜의 길로 들어서지만 말입니다. 그러고 지내다가 언젠가 끝이 보이면 아무런 일도 없었다는 듯이 돌아서겠지요. 마치 교교한 달빛에 나뭇가지 그림자가 어른거리는 창문을 무심코 바라보다, 결국 잠 못 이루고 뒤뜰을 한참 거닐다가 살며시 들어와 정신 없이 곤히 잠든 집사람 곁에 누웠는데, 나도 모르게 잠옷 바지는 촉촉이 젖어 있었듯이 말입니다.

수 년 전에 한국방송에서 무슨 다큐멘터리에서 봤는데, 간통으로 피소가 된 어느 30대 중반의 남자가 하는 말이, "한 번 가는 인생에서 정말로 진정한 사랑을 하는 것도 죄가 됩니까?"라고 했는데, 사실 그 대답을 하기가 쉽지 않더라고요. 기분이 좀 어때요? 오늘은 이만 줄이겠습니다.

김우석

Subject: 고맙습니다.

Date: Saturday, April 06, 2002 1:04 AM

From: Sunmi Kim

우석 씨는 참 낭만적인 분인 것 같아요. 사실은 부끄럽다는 생각이 들어서 답장 못 보냈습니다. 왜 쓸데없는 소리를 했을까 싶고요.

저 만나러 4월의 뉴욕에 안 와 주실래요? 불륜, 이런 거 아니고요. 전 오빠도 없고, 삼촌도 없고, 아빠도 돌아가셨는데, 왠지 의지가 될 것 같은 생각이 들어서요. 이메일 부치고 나면 또 후회할 거예요.

선미

Subject: Lean On Me

Date: Sunday, April 07, 2002 10:16 AM

From: M Kim

선미 씨에게

어제도 학교에 나갔었나요? 이곳은 좀 싸늘하였지만, 모처럼 햇볕이 가득했습니다. 오후 2시 반쯤 집사람과 같이 우리 동네에서 그리 멀지 않은 숲이 우거진 공원에 가서 달래를 캐러 갔었지요. 아직 이른 봄이지만 손가락보다 조금 길게 나온 걸 뿌리까지 조심스레 제법 많이 캤답니다. 시카고 근교에는 그 어원이 인디언 말로 야생 마늘이 될 정도로 달래가 참 많아요. 오래 전부터 매년 재미삼아 캐서 김치도 담그고, 된장에다 넣고 끓여도 맛있잖아요. 맛도 맛이지만, 그 향기는 옛 추억도 불러들이고 말입니다. 맨날 밥하고 고추장에 김을 먹는 사람한테 좀 너무 했나?

오늘 아침에는 예보대로 가랑비가 내리고 있습니다. 누가 뭐래도 봄비는 너무 좋습니다. 이제는 뉴욕도 마찬가지겠지만 그래도 봄기운이 만연할 거고, 그러면 기분도 한결 좋아질 거라 믿어요.

오빠, 삼촌, 심지어 부친마저 안 계신다니—. 그렇다고 아무나 붙들고 얘기할 수는 없잖아요. 잘하신 거예요. 후회할 일이 절대 아닌 듯합니다. 언젠가는 맘의 정화를 위해서 꼭 거쳐야 할 과정이었다고 믿어요. 군중 속의 고독이랄까? 친구, 선배, 부모 심지어는 가장 가깝게 지내는 배우자한테도 하지 못할 얘기가 있잖아요. 아무리 바쁘게 지내도 언뜻언뜻 엄습해 오는 고독한 맘은 커가기만 하지요. 선미 씨의 뉴욕 생활이 결정적인 계기가 된 것 같습니다.

맘이야, 다음 주말이라도 날아가고 싶은 데, 일정을 잡아 볼게요. 저도 무척 만나고 싶습니다. 그런데 귀국 예정일이 언젭니까? 5월 중순에 봄 학기가 끝나면 방학인데 말이에요. 그냥 학교에 있는 건지, 귀국 전에 여행이라도 계획하였는지. 참, 혹시 뉴욕에서 찍은 사진이 있으면—, 경치 위주로 멀리에서 찍은 거라도. 무리한 부탁이라 생각되면, 안 보내도 절대 개의치 않을 일입니다.

지금 밖에는 아직 움도 트지 않은 마른 가지들이 가랑비에 촉촉이 젖어드는군요. 일요일 아침, 지금 뭘 하는지도 되게 궁금합니다. 또 한 주가 시작되는데, 보람되게 지내세요.

김우석

Subject: Got My Last Mail?

Date: Thursday, April 11, 2002 11:03 PM

From: M Kim

Sunmi에게

잘 지냈어요?

지난 일요일에 보낸 메일은 잘 받아 보았나요? 혹시 지난번 선미 씨 메시지의 끝 말대로 불쑥 보내 놓고, 엄청 후회를 하고 있는 건 아닌지?

요사이 좀 바빠요. 내일까지는. 부부가 정기 진찰을 받느라고요. 길지 않는 인생을 살면서, 그나마 건강해야 하고 싶은 일을 마무리해야 할 것 아닙니까? 지금까지는 체력도 좋고 무탈하지만, 매번 건강 진단을 할 때마다 매번 이번에도 괜찮겠지 하고 생각해 왔지요. 언젠가는 어디가 심각하게 망가지겠지요. 이건 참 우울한 얘깁니다. 살 때까지 건강에 유의하여 산다고 하나, 이런 검사를 받을 때는 무슨 심판대에 선 기분 알지요?

몇 개월 전에 일 때문에 만난 한 친구가 어린애들이며, 젊은 부인과 연로한 홀어머니를 두고 홀연히 영면을 하였답니다. 주변의 사람들이 하나둘씩 통계 숫자에 맞추려고 그렇게 일찍 떠나는지, 혹 그렇게 떠나니까 통계 숫자가 대략 맞는지는 몰라도 50도 못 되어 떠나갑디다. '김 형, 잘 지내지?' 하며 가끔 전화로 얘기한 그의 영혼은 지금 어디를 헤매고 있는지. 막말로 단지 6피트 아래 땅 속에서 Decomposing(화학분해작용)을 하고 있을 일인지. 미안합니다. 표현이 좀 심했다면.

오늘은 기온이 화씨 70도가 넘었어요. 아직 꽃들이 피지 않았지만, 일주일 내로 만개할 것 같아요. 꽃 사진 디카로 찍은 거 보내 줄게요. 그리고 박태기나무 꽃도 피면 사진도 보내 줄게요. 그런데, 사진 보내 달라고 해서 신경이 쓰입니까? 맘에 꺼리면 보낼 필요는 없을 일입니다.

이제 뉴욕 시간하고 여기 중서부 시간대가 같지요? 오늘은 기분이 좀 우울해요. 여러 가지 이유로. 지금 메일 쓰면서 Beringer Pinot Noir를 홀짝거리고 있답니다. 기분이 그런지 긴 글을 쓰고 싶지 않아요. 혹시 지금 이 글을 받아 보면 지금 바로 답장 받아 보고 싶은데—.

잘 지내요.

우석

Subject: 술 많이 하셨어요?
Date: Friday, April 12, 2002 6:30 AM
From: Sunmi Kim

네, 그랬어요. 좀 창피했고, 자꾸 와달라고 한 게 후회됐어요. 안 오셔도 돼요. 사진은 꺼리는 게 아니라 제가 사진 스캔해서 보낼 줄 몰라요. 게다가 2월까지 찍은 건 딸애가 앨범채로 가지고 서울 갔고, 그 후론 한 장도 안 찍었어요. 그리고 보니 학교에 벚꽃이랑 수선화가 너무 예쁘던데, 지기 전에 찍을까 봐요. (그래도 보낼 줄 몰라서 못 보내요).

요즘엔 시간가는 게 아까워서인지 잠이 잘 안 와요. 새벽 2~3시까지 책 보다가 오늘도 5시 반에 일어났어요. 요샌 학교에 6시 반이면 와요. 깜깜해 질 때까지 있다 가죠. 어제는 Manhattan 가서 AMADEUS Director's cut을 봤고, Barns & Noble에서 책 잔뜩 사들고 오면서 내가 뉴욕에 있다는 게 참 행복했어요. (저번에 여행 계획 물어보셨죠? 없어요. 이젠 혼자 여행 다니는 거 재미없어요. 라스베이거스는 가 보고 싶지만. 6월 30일까지는 꼬박 학교에 나올 거고, 그후 20일간은 Manhattan에 머물려고 호텔 예약해 놨어요.)

검사 잘 받으시고요. 아무 이상 없으실 거예요. 그런데 전 가끔 위가 아파요. 제때 안 먹어서 위염이 도지는 모양이에요.

김선미 드림

Subject: Can't Write This In Korean
Date: Saturday, April 13, 2002 4:24 PM
From: M Kim

선미 씨에게

Wow, what a gorgeous day! Beautiful, beautiful, so beautiful! Just fantastic!

몇 가지 말로 표현 해봐도 뭔가 한없이 부족합니다. 눈물이 나올 정도로 현란한 봄날이랄까? '연분홍 치마가 봄바람에 휘날리더라—' 하며 간드러지게 부르던 젊은 어머니의 모습이 떠오릅니다. 결국 이렇게 올 것인데, 왜 그렇게 조바심을 내었느냐고 비웃듯이 찬연합니다. 오후 기온이 바람도 없이 화씨로 70도를 웃도는군요.

자, 그래서 오늘은 지하실의 러닝머신(Treadmill)에서 뛰는 대신에 반바지에 캡, 선글라스를 걸치고 거리로 나왔죠. 겨울이 오기 전에 뛰던 코스를 달려 봤습니다. 너무도 기분이 좋은 거 있지요. 아직 수선화나 여러 종류의 히아신스 정도밖에 꽃이 피지 않았고, 나무에는 겨우 새끼손가락 손톱만 하게 잎이 터져 있지만. 하여튼 약 45분 동안 4마일을 단숨에 달려봤지요. 티셔츠 목 언저리에서 가슴 위쪽까지, 영화에서 보듯이 타원형으로 푹 젖도록 땀을 빼었답니다. 늦은 오후 같으면, 맥주 한 병을 그냥 날렸을 터인데—.

건강을 지킨다는 게 단지 오래 살고 싶어서가 아니라 하고픈 일, 못 끝낸 일이 너무 많은데, 도중에 모두 그만 두면 너무 안타깝잖아요. 노인층 인구가 더 많은 미국인지라, 수많은 노인들의 각양각색의 삶을 봅니다. 그래도 죽을 때까지는 치매도 없고 건강하게 지내야 할 일이지만, 그 앞날을 누가 예측할 수 있겠습니까? 단지 최근 연구 결과를 보면, 하루 최소 30분의 땀 흘리는 운동이 성인병은 물론, 기억력 감소와 치매 예방을 한다니 꼭 실행해 보세요. 달리기가 꼭 아니더라도 맨손 체조나, 군대말로 통닭구이, 오리걸음 같은 기압 등이 더없이 좋은 운동이랍니다.

그리고 거긴 계속해서 속 쓰리는 거 좋지 않아요. 정말로 선미 씨는 남편이 아니라, 자상한 아내가 필요한 것 같습니다. 앞으로 넉 달이나 남았는데, 최소 하루 2시간 정도는 '먹을거리 준비와 운동 하기'에 시간을 필히 할애를 하고, 어찌됐건 편식을 하니까, 필수 종합 비타민과 E 추가분은 꼭 들기 시작해 봐요. 저하고 약속합시다. 다음에 만날 때 확인사항 1호입니다.

그리고 사진 좀 많이 찍어 봐요. 디지털 카메라가 없으면, 보통 사진이라도 학교 도서관 직원이나 학과 사무실 학생들한테 부탁하면, 스캔한 것 디스켓 한 장에 수십 장은 담을 수 있으니, 어려울 것 하나도 없어요.

밀린 가사일이 있어서 오늘은 여기서 줄이는데, 앞으로 절대로 저한테 만이라도, 위축되지 말아요. 그럼 주말 고독하지만, 보람 있게 지내길 바라면서.

우석

Subject: Summer Time?

Date: Thursday, April 18, 2002 12:57 AM

From: M Kim

선미 씨에게

지난 토요일(4월 13일)에 동서 식구랑 같이 캠핑 가기 전에 서둘러서 보낸 메시지는 받아 봤는지요?

아직은 텐트에서 지내기는 좀 그렇고 해서 동서가 예약해 놓은 캐빈에서 하루 자면서 주말을 보내고 돌아왔는데. 무슨 날씨가 이런지 모르겠습니다. 월요일부터 화씨 85도가 웃도니 말예요. 주말은 다시 봄 날씨가 됐다던데. 어제는 뉴욕도 92도까지 올라갔다면서요? 날씨가 갑자기 더워지니까, 꽃들이 금방 핍니다. 지금은 목련과 개나리가 한참인데, 좀 있으면 색색의 꽃사과(Crabapple)꽃이 만발할 거고요. 아직도 박태기나무 꽃은 활짝 피지는 않았지만, 주말쯤에는 만개를 할 것 같습니다.

요사이는 저도 이런저런 고민이 많답니다. 작년에는 10개월에 걸쳐서 설계를 다 끝내고 시제품까지 완성을 하여 모든 걸 넘겨 줄 무렵, 다음부터는 설계비용을 20% 인상해 달라고 했거든요. 지난 수 년 동안 경기 침체 핑계 대고, 죽는 소릴 하기에 그러려니 해왔었는데, 지금으로서는 곤란하다는 애길하기에, 나도 열을 받아 독점계약을 파기해 버렸지요. 핑계삼아 그동안 밀린 일(지난번에 얘기한 특허 출원 및 로봇 제어 연구논문 마무리) 하면서도, 한 달에 6,000불 이상의 수입이 줄어드는 거 있지요.

이러다 보니, 졸음이 와서 자리에 누웠다가도 벌떡 일어나기도 하고. 집사람은 미주알 고주알 변명을 잘하지 않는 성격이라, 속으로만 끓고 있다가 불쑥 한마디를 던지더라고요. 특허 출원과 연구논문이 바로 손에 잡히는 수입과 연결이 된다는 게 쉽지 않는 일이라서 긴 변명을 하다 보면, 모든 게 연루되어 결국 언성이 높아지며 좀 시끄럽게 되어 버리죠. 책임감 없게 한마디 상의도 없이 내 맘대로 팽개쳤다 이거죠. 그러고 나면, 냉전이 제법 길게 계속되기도 한답니다.

그러다 보니 다시 고개를 숙이고 예전대로 일을 해야 할까 봅니다. 자기네들한테 잘 나가는 기계를 지난 10년 동안 수차례 설계를 해줬었는데도 그리 냉정하게 나오네요. 아무리 단가가 좀 높다 해도 결국 인건비나 벌어야하는 제 신세를 한탄합니다. 그렇다고 홀로서기를 한다는 건 더더욱 어려웁죠.

이번 주는 어떻게 지내요? 거기도 무슨 걱정거리라도 있나요? 지금도 뭔가 좀 서운하고, 자책하고 있습니까? 요사이 나도 그런 이유로 기분이 우울하였지요. 그래서 오늘 엉뚱하게 목소리라도 듣고 싶어서 거기 학교에 전화를 해서 몇 군데 알아 봤는데, 결국 알아내질 못했어요. 미안해요. 엉뚱한 짓을 하여서.

지금 이 시간에 컴퓨터 대신 책보고 있겠지요? 메시지 바로 받아 보고 싶지만, 내가 할 수 있는 일은 아무것도 없네요. 우선, 여기 아직 만개가 안 된 박태기나무와 일본 목련이 어우러진 사진 한 장과 캠핑 가던 날 이른 아침 캐빈 앞에서 찍은 사진 보냅니다.

우석

Subject: 그러시군요.

Date: Friday, April 19, 2002 5:41 AM

From: Sunmi Kim

누구나 자기만큼의 어려움은 안고 사는 모양이죠.

우석 씨는 늘 행복하실 줄 알았는데(그렇지 않다는 게 아니라) 가끔씩은 힘든 일이 있는 건가 봐요. 일이 잘 풀리셨으면 좋겠어요.

저는 생활이 없는 생활이라(6시에 학교 와서 어두울 때까지 책만 보니까) 별로 쓸말이 없어서 안 썼어요. 무슨 생각하며 사는지는 글 보면 아실 테고. 어젠 New Port에 다녀왔는데, 배에서 바다 보면서 춘희(La Traviata)를 듣는데 정말 너무나, 눈물이 날 만큼 좋았어요.

저희 집 전화는 1-631-331-63XX예요. 늦게 와서 2시 넘어야 자요. 연구실은 1-631-632-73XX이고요. 너무 쉽죠? 오늘 하루 기분 좋게 보내셨으면 해요.

김선미 드림

Subject: Travel & Music

Date: Monday, April 22, 2002 9:42 PM

From: M Kim

선미 씨에게

낮에 전화 통화하면서 목소릴 들으니 얼굴은 못 뵈어도 무척 즐거웠어요. 지금의 변화 없이 지내는 생활이지만, 아주 소중한 경험을 하고 있는 거라 믿습니다. 생활인의 범주를 떠난다는 게, 누구든지 바라는 거 아닙니까? 때로 다 떨쳐 버리고, 나 하고픈 일을 한다는 의미에서. 거기에 파생되어 겉으로 느끼는 적막함이 때로 외로움을 줘도, 우리 인간의 뇌리에 깊이 숨겨진 또 하나의 순수한 느낌을 발굴할 수 있는 좋은 기회라 믿어요. 인간의 삶은 구태여, 쇼펜하우어의 얘기가 아니더라도 슬픔, 괴로움, 고독함이 더욱 적극적으로 어우러진 삶이 아닐는지. 사랑의 기쁨, 또는 물질이나 육체의 기쁨은 순간이며, 맘의 상처나 육체의 아픔은 더 깊고 오래 갑니다.

여행이 가져다 주는 기쁨은 오래 남는 것 중의 하나이지요. 어딘가에 여행을 떠나면, 기록하기를 좋아해서 1986년 처음 캠코더를 구입한 후부터 지금까지 66개가 넘는 8mm 테이프를 세부 타이틀까지 달아서 보관하고 있답니다. 그러고 보니 항시 보통 35mm 카메라와 같이 들고 다니려면, 되게 거추장스러웠어도 남는 건 테이프이나 사진밖에 없군요.

이제 세월이 좋아져서 전에 찍은 비디오 중에서 정지 영상을 잡아서 깨끗한 정영상의 사진을 뽑을 수가 있으니, 참 좋습니다. 그 멀고도 먼 자동차 여행 중, 시카고에서 South Dakota의 위대했던 역대 대통령 4인의 얼굴이 새겨진 마운틴 조각이 있는, Black Hill 국립공원, 맹위를 떨치는 토네이도의 위용을 내심 두려워하며 처음 샀던 중고차로 갔다 온 Wizard of Oz의 고향인 캔자스 주, 시카고에서 비행기로 Salt Lake City까지 이동하여 렌터카로 Yellow Stone 국립 공원에 가서 2박 3일을 지냈지요. 그리고 다시 되돌아와서, Utah와 Nevada를 가로질러서 Reno, Nevada에서 일박 후, Yosemite National Park를 들른 후에 한인 초기 이민 역사의 흔적이 깃든 캘리포니아의 최대 농산물 생산지인 Fresno를 질러서, 태평양 가까이 있는 조그만 도시에서 소박한 삶을 꾸리고 있는 여동생 집에 갔었답니다. 그곳에서 하루 저녁을 지내고 다시 남으로 LA에 들러, 당시 그곳에 살고 있는 손아래 동서 아파트에서 또 하루를 지낸 후, Las Vegas에 들러서 푼돈 조금 잃어주고, 원점인 Salt Lake City로 돌아오니 거의 3,000마일을 뛰었답니다.

제 얘기는 이런 여행에서 빼 놓을 수 없는 건, 비디오를 찍으면서 삽입되는 음악이 없으면, 얼마나 건조하겠어요. 영화 음악의 중요성을 아시죠? 지난 번에 선미 씨가 Newport에 다녀올 때도 배에서 듣는 La Traviata 중의 Violetta의 애절한 Aria는 그때의 선미 씨 맘과 어울려 모든 풍물을 문자 그대로 영화화했을 겁니다.

여기 Yellow Stone에서 새벽에 빠져 나오면서 찍은 동영상을 잘라 내어 만든 사진도 같이 첨부합니다. 12,000피트(3,200m)가 넘는 Grand Teton의 준령이 구름 띠로 반으로 잘려져 있는 모습을 보면서, 새벽 안개길을 가르는데, 먹이를 찾아 어슬렁어슬렁거리다가 모두 놀라서 고개를 들어 쳐다보는 던 엘크(Elk)를 찍을 때, 서행을 하면서 틀어 놓은, 'A Fiddler On The Roof'의 가냘픈 바이올린의 선율은 지금도 귓전에 아련하게 울립니다.

어때요? 그 장정의 기분을 좀 느끼겠습니까? 이런 긴 여행을 언젠가는 꼭 아끼는 사람들과 같이 할 기회가 있으리라 믿습니다. 모든 일은 시간적인 차이가 조금 날 뿐이라고 생각하면 좀 위로가 될 거예요. 얼마든지 기회가 있을 일입니다. 혹시, 나라도 기막힌 가이드를 하게 될 줄 누가 알아요? 사실 전에 선미 씨가 얘기 한대로, 취재차 여기저기 혼자 다닌 일이 많아서 이제는 그렇게 다닐 기분이 별로이겠지요?

그럼 오늘은 이만 줄이고, 꽃사과 꽃이 만발하면, 다시 사진 몇 장 보낼게요. 자, 그럼 항시 건강하시길 바라면서.

우석

Subject: 사진 잘 봤습니다.
Date: Tuesday, April 23, 2002 3:34 PM
From: Sunmi Kim

구름으로 둘러싸인 산 사진은 참 마음에 들었습니다. 직접 보신 분은 더 좋으셨겠지요. 배려해 주신 데 감사드립니다.

그런데 한 가지 마음에 들지 않는 부분이 있습니다.

"혹시 내가 할지 누가 알아요?"라든가, "봄이 가기 전에, ―하지요", "서울 가면 있겠지요"같이 그냥 던지는 식의 말씀은 저 별로 좋아하지 않아요. 저는 솔직한 뒤 후회하는 일은 많아도 거짓말이나 마음에 없는 말, 어떻게 될지 모르는 식의 말은 쉽게 하지 못해요. 그래서 남의 말도 곧이곧대로 믿고는 곧잘 상처를 받아서 탈이지요. 저도 좀 쉽게 살고 싶기는 하지만요.

김선미 드림

Subject: Some Questions?

Date: Friday, April 26, 2002 7:01 PM

From: M Kim

선미 씨에게

4월 25일 초저녁 전화 통화 참 좋았어요.

한 번의 통화로 수차례 메일로 하는 것보다 더 많은 얘길 나눈 것 같습니다. 특히 나라는 사람을 믿고 이런 저런 개인적인 얘기해 준 거에 고맙게 생각하고요. 참, 불 켜놓고 자면 때로 입도 벌리고 잘 터인데―. 어렸을 때 어둠에 대한 공포의 경험이 있었나 봐요. 치료 방법은 딱 한 가지밖에 없어요. 곁에서 자는 사람이 꼭 껴안고 자는 수밖에. 우리들은 칠흑같이 어두워야 잘 잡니다. Alarm Clock의 디지털 숫자까지도 밝아서 어둡게 돌려 놔야하는데―.

그런데, 한 가지 물어 보고 싶은 게 있어요. 엄격히 얘기하자면, 아직 서로들 잘 모르는 면도 있을 일이지만, 주변에서 듣는 상대에 대한 간접적인 평가도 없이, 물론 그건 처음 글을 띄운 나한테 더 해당되는 얘기이네요. 선미 씨 글이야 공증된 커리어로 이미 활자화된 거고, 또 자기의 성격이나 삶의 방식까지도 어느 정도 공적으로 밝힌 입장이 되었잖아요?

단지, 진실이 진실로 받아 주는 거라면 더없이 좋겠고, 그러나 아무리 진솔하게 보이는 글도 가식으로 포장될 수도 있기에, 글로만 보낸 내 생각으로 나 자신을 너무 좋게만 생각하지나 않나 하는 맘이 고개를 들어서 하는 얘깁니다. 요새 한국에서 '노 아무개 후보에 대한 검증'이 필요하다는 얘기도 듣지만 말입니다. 그 검증이라는 게, 누가 어떻게 하느냐에 따라 결과의 향방이 다 다를 것이지만—.

물론 선미 씨는 언제나 진솔하게 자신을 얘기하고, 또 상대가 그걸 잘 받아 주지 않을 때, 맘의 상처를 입는다고도 했습니다. 선미 씨는 부부간에 있어서 오랫동안 '생활인으로서의 행복'이라는 명제에 따른 공통 관심의 부재 속에서, 각자 나름의 바쁜 생활을 빌미로, 문제 해결보다는 그 생활 자체에 대한 혁신을 추구할 의도마저 없이 지내왔고, 이제 지난 9개월간의 New York 생활이 가져다 준 새로운 도전과 삶의 비교, 그리고 어찌할 수 없는 좌절과 외로움 속에서 지금은 해야 할 과제에만 열중하고 있었잖아요? 그 와중에 보낸 나의 첫 메일이, 나에 대한 평가에 거품을 너무 크게 만들지 않았나 해서요.

물론 남녀가 만나서 서로에게 관심을 갖게 되는 데는 여러 가지 이유가 있겠지요. 멋있는 외모, 성공 같은 외적인 이유도 있고, 말이나 글 같은 내적인 면이 작용을 할 수도 있겠지요. 가장 큰 착각은 배용준, 차인표, 장동건 같은 멋있는 외모에, 일단 감성의 눈이 멀어 버린 다음, 그들의 내면적인 것도 역시 멋있을 거라는 거겠지요. 일단 우리는 내면적인 글을 보고, 메일을 쓴 거니까, 그런 형식적인 문제에서는 벗어난 셈이 되나요?

선미 씨는 이 김우석의 어느 면이 돋보인다고 생각했었습니까? 수많은 사람들이 구애(?)적인 메일을 보낼 것 같은데. 적어도 나 같은 입장에서라도.

선미 씨의 멋있는 남자의 기준은 뭡니까? 부군한테 느끼지 못한 반대 급부를 가졌으면 그것으로 만족하는 건가요? 가슴이 뛰는 그 기준 말입니다.

끝으로 엉뚱한 얘기지만 재미로 들어 주세요. 자살하는 사람들의 다수가 자신의 문제보다 타인에 대한 간접적인 복수 내지는 뭐라 하나, 평생의 상처를 준다는 의도 하에 그런데요. Joan Rivers라는 여자 코미디언 알지요? 벌써 10년도 넘은 얘기인데. 하여튼 남편이 자살을 했을 때, 물론 사업 실패에 따라 부부 사이도 좋지 않은 때였는데, 그녀는 그의 주검 앞에서, 'You, Son of bitch!'라고 해댔답니다. 'Johnny Carson'의 투나잇 쇼에서 대타로 가끔 나올 때 얘기하는 걸 들었지요. 누구 배 차라고 죽을 수는 없겠지요? 그리고 너무 외롭다고 '강도라도 들어오너라!'라고 문 열어 놓을 수는 없는 일이고요. 문 잘 잠그고 지내요.

You are not supposed to waste your life for nothing!

이곳은 이번 주말까지 서늘할 거랍니다. 거기도 그럴 거지만, 그래도 잘 지네요.

우석

Subject: 정직한 대답을 원하세요?
Date: Saturday, April 27, 2002 4:50 AM
From: Sunmi Kim

정직한 대답을 원하세요?

아니면 외교적 대답을 원하세요?

왜 선생님한테 스스럼없이 말할 수가 있었냐면요……. 선생님한테 아무것도 기대하지 않기 때문이에요.

선생님이 내 문제(제 가정에 문제 있어서 바람 피우려는 여자는 아니에요. 별 문제 없이 살았다고 말씀드렸지요)를 해결해 준다거나, 무슨 선물을 사준다거나(물론 사주시면 사양 안 해요), 심지어 여자로 좋아해 준다거나 (저 안 예쁘다고 여러 번 썼지요) 그런 기대가 전혀 없거든요. 게다가 미국에 계신 분이니까 내 비밀이 폭로될 위험도 없고요.(실망하셨어요?)

설명이 될지 모르겠는데, '키다리 아저씨'를 만난 것 같았다고 하면 이해하시겠어요?(하지만 5월 안에 뉴욕에 오지 않으시면 유효기간 끝나요. 구체적으로 아무 도움이 안 되니까요. 전 싫증의 여왕인 데다 참을성이 눈곱만큼도 없거든요).

물론 선생님께 계속 연락드린 거는(다른 분들께는, 구애를 하신 분도 물론 없지만, 잘 읽어 주셔서 감사합니다, 앞으로도 잘 봐 주십시오, 하고 한 번 쓰면 끝나요), 선생님에 대한 존경심도 한몫 했지요. 주류 사회 진입에 나름대로 성공한 동포시니까요. 만일 식품점을 하신다거나 했다면?(너무 실망시켜드리고 있지요? 죄송!) 자, 이제 선생님이 선택하세요. 저는 지금부터 스톱워치 누를까 해요.

(아참, 저의 신문 사외보에 제 글과 사진이 나왔는데, 원하시면 부쳐 드릴게요. 주소 주세요. 인터넷으로는 보낼 줄 몰라 못 보내요.)

선미

Subject: Living In The Main Society?

Date: Saturday, April 27, 2002 11:50 PM

From: M Kim

선미 씨에게

주말 어떻게 지냅니까? 여긴 비가 하루 종일 내립니다. 그래도 꽃이 피고 연초록이 어우러져서 기분은 좋군요. 정말로 한잔 하기 좋은 밤입니다.

예, 잘 읽었습니다. 다 일리가 있는 얘기죠. 그런데, 한 가지 주류 사회에 끼여 산다는 얘기는 어찌됐건 미국에서 사니까, 미국인으로 사는 방식을 따른다는 것으로 해석이 되는데, 미국에서 주류 사회에 진입하여 성공을 한 것 같아 존경한다는 얘기는 상당히 주관적인 얘기같이 보입니다.

첫째, 이민 후예 2, 3세같이 말씀하신 주류 사회에 깊숙이 들어가서 전문적인 업종에 종사하는 1세들이 드물기도 하지만. 어쩜 동양인들은 어디까지나 소수민족으로서 구색을 맞추기 위한 들러리일 뿐인데—. 기껏 같이 좀 어울리고 흉내를 좀 냈다 해서, 그걸 성공이라고 생각한 적이 없습니다. 더욱이 아직도 목표를 이루지 못하고, 과정을 산다고 생각하기 때문에 그런 거품으로 절 평가하였다면, 사과를 드리지요.

둘째, 아마 10 중 9가 하는 수 없이 타국에 와서 애들을 낳았으니, 잘 가르치고, 좀더 잘 살기 위해서 장사를 하는 사람들은 아무리 자수성가를 하였어도, 존경을 받지 못한다는 얘기가 되는가요? 장사를 하여서 돈을 많이 번 동포들은, 자기들보다 영어 나부랭이 좀더 하고, 기회가 좋아서 좀 많이 배워서, 대학 강의를 하고, 굴지의 연구소에 다니며 소위 미국식으로 산다는 사람들을 조금도 부러워하지 않는다는 사실입니다. 하기야 그네들이 최고급 벤츠 500에 렉서스 430을 타고 다닐 때, 쥐꼬리만한 연봉은 세금으로 왕창 다 뜯기고 살며, 평생 토요다 캠리밖에 못 타고 다니면서, 어렵사리 장만한 새집 몰기지(Mortgage)에 애들 학자금 대기 급급하고 어렵게 살지요.

셋째, 사실 외국인으로 대학 교수, 연구소에 다니는 사람들은 주로 공부 끝내고 본국으로 안 들어가려고 기를 쓰다 보니, 토박이 미국인들이 대부분 급료가 작아 기피하는 곳에, 한참 깎인 급료를 감지덕지하며 받고 지내게 되는 거지요. 물론 다 그렇다는 얘긴 절대 아니고요.

미국 대학교에 인도인, 중국인, 중동인, 한국인 교수들이 많은 이유가 있지요. 그런데 대부분 영어 구사 능력은 물론 발음도 시원치 않지만, 제대로 영어를 하는 인도 출신 교수를 제외하고는 수준 미달 영어를 합니다. 당연히 돈과 출세가 따르는 일반 산업현장에는 처음부터 끼지도 못하고요. 우선 말이 딸리고 사회의 흐름을 따라잡지 못하니, 직장 내 동료들과 잘 융화도 못하고. 결국 속성으로 몇 년 만에 딴 학위 하나 덜렁 들고 한국으로 돌아간 사람들은 귀국한 후에는 자기합리화나 하면서 허세는 더 부리고 있으니—.

갑자기 할 말이 많아지지만, 다음에 할게요. 그런데 내가 별로 도움이 안 될 수도 있다는데, 뉴욕은 왜 가야 하는 거지요?

우석

Subject: 많이 언짢으셨어요?
Date: Tuesday, April 30, 2002 5:58 AM
From: Sunmi Kim

별로 좋은 기분이 아니신 것 같아서 죄송한 생각이 들었습니다.

설명이 될지 모르겠는데. 사실은 제가 요새 굉장히 힘이 들어요. 강도라도 들어서 날 좀 죽여 줬으면 좋겠다는 말씀을 드렸던가요. 잠을 거의 못 자는데 그래도 그것 때문에 괴롭지는 않아요. 이렇게 마음이 아픈데 어떻게 몸이 아프지 않은지 배신감은 들지만요. 자꾸 울어요. 어제는 심리치료라도 받아 볼까 해서 학교 상담소엘 갔었고요. 이런 얘기를 하면 또 가정에 문제가 있어서—라고 생각하실까 봐 황급히 덧붙이자면, 문제는 제 성격이라고 생각을 해요.

그거 아세요? 아무도 믿지 않는다고, 아무것도 기대하지 않는다고 하는 게 사실은 그 반대 마음이라는 거. 저 여기선 아는 사람 아무도 없잖아요. 서울에선 술 사달라고 할 사람도 많고, 전화만 하면 나와 줄 사람도 있고, 기자라고 대우받고, 처음 보는 사람도 내가 기자라는 이유만으로 깊은 얘기까지 해주고(그래야 기사가 되니까) 그래서 금방 친해지고 그래요. 이런 게 바로 공주병인데, 저는 늘 중심에 서 있었어요. 회사에서도, 모임에서도. (안 그러면 못 견뎌요. 생각해 보니까 정말 병이네요. 칭찬받지 않으면 못 사는 거)

선생님은 저보다 위시니까 제가 자존심 상한다고 생각하지 않고, 잠깐이라도 의지(이 말이 적당하지 않을 것 같기는 하지만)할 수 있을 것 같다고 생각했었나 봐요. 친구라도 내가 자꾸 밥 먹자 그러면 자존심 상하는 거 있잖아요. 처음 답장 드렸을 때는, 주류 사회 속하신 분 같아서, 내가 그런 한 인을 아는 사람이 없으니까, 사는 얘기를 들으면 글 쓰는 데 도움이 되지 않을까 싶어서였던 것 같고요.

오시라고 한 거는, 미국이라는 곳의 시간 거리 개념이 한국과 달라서 댓 시간 정도는 아무것도 아니니까 한번 걸음 하실 수 있지 않나, 가볍게 생각했던 거고(비행기 값이 부담스러운 분은 아니시잖아요), 또 백날 메일 보내 봤자 한 끼 밥 먹는 것만 못 하니까 그랬던 거고, 그런데 여기는 못 오신다는 분이 여행 가시고 캠핑 가시고 그러니까 좀 말이 안 된다고 생각했던 거고, 사람이 한번 말을 꺼냈으면 실행을 해야지 자꾸 미루는 게 이해가 안 됐던 거고. (전 마음은 그런데, 이런 말 진짜 우스워요. 마음을 먹기까지가 힘든 거지, 마음만 먹으면 나는 무슨 일이든 하거든요. 차라리 그런 마음이 안 든다고 하는 게 정직한 거지요)

언짢으신 게 좀 풀리셨으면 좋겠네요. 이거 보내고 나면 또 굉장히 후회하고, 자존심 상하고 그럴 게 분명하지만, 선생님이 어디다 소문내실 것도 아니고, 그렇게 생각할게요. 하느님은 수고하고 짐 진 자들 다 자기한테 오라고 했지만, 내겐 보이지도 않고 들리지도 않아서 지금 나한테는 아무 도움이 안 돼요. 선생님께 '구체적인 도움'이라고 해서 기막혀 하셨을 것 같은데, 그냥 어떤 분인가 보고 밥 한 끼 먹으면서 얘기하고, 그러고 나면 메일을 드려도 더 편할 것 같고 그래서였는데—. 선생님 정말 나쁜 분이에요.

이런 얘기까지 하게 만드시다니.

선미 드림

Subject: How Did You Enjoy Today?

Date: Wednesday, May 01, 2002 1:01 AM

From: M Kim

선미 씨에게

지금 여기 시간으로 12시 10분이 지나고 있으니, 거긴 1시 10분. 아직 자고 있지 않을 것 같은데.

잘 지냈습니까? 오늘 아니 이제 어젠가요? 전화 통화 중 기분이 좀 나빴나 봅니다. 목소리가 떨렸어요. 사실 나도 모르게 5월 스케줄이 이렇다 저렇다 하면서 구시렁거려서 말입니다. 나도 소수점 10자리를 따지는 공학을 하는 사람이에요. 어영부영하며 사는 걸 절대적으로 싫어합니다. 그런데 New York행은 나 혼자 컨빈션(Convention)이나 친구 만나러 핑계를 대고 확— 결정할 수 있는 입장이 아직 안 되어서 단지 기회를 잡으려고 있는 거라고 생각해요. 나중에 만나면 해명이 될 일인데.

나한테는 화 그만 내고요. 나도 선미 씨를 아주 잘 이해치 못하는 과정에서 기분이 좀 언짢아지려 했었지만, 이제 괜찮아요. 도리어 내가 미안하게 생각해요. 그래서 연륜이 필요한 게 아닌지. 서로 이해가 되면 뭐든지 쉽게 풀어지는데 말입니다.

항시 건강에 유의하고, 이왕이면 명랑하게 지내도록 힘쓰세요. 그리고 적어도 이곳 미국에서 김우석이란 아저씨가 미력하나마 선미 씨 편에 있다는 걸 잊지 말고요.

우석

Subject: 김선미입니다

Date: Friday, May 03, 2002 11:36 AM

From: Sunmi Kim

김 선생님께

제가 큰 실수를 했다는 것을 깨달았습니다. 저는 S신문의 기자이고, 자칫 회사에 누가 될지도 모르는 일을 우리 신문의 고마운 독자분께 저질렀다는 생각입니다. 제가 선생님께 드렸던 말씀은 모두 안 들은 것으로 간주해 주시기 바랍니다. 제 글을 관심 있게 보시는 애독자로 저도 선생님을 기억하겠습니다. 선생님의 귀한 시간을 뺏은 일이 있다면 다시 한 번 사과드립니다. (내일부터 당분간 회사 후배가 저희 집에 머뭅니다. 꼭 이 때문에 이메일을 드리는 건 아닙니다. 전화하셔도 받기 곤란할 것으로 생각됩니다. 죄송합니다)

김선미 드림

Subject: I Got You, But—.

Date: Friday, May 03, 2002 2:53 PM

From: M Kim

선미 씨에게

이메일 잘 받아 봤습니다. 잘 이해가 되고요.

하지만 한 가지, 5월 중의 만남 그 자체가 선미 씨에게는 그동안의 나눴던 진솔한 맘의 대화보다, 그렇게 비장한 결단을 내릴 만큼 비중이 컸다는 거에 대해서는 안타깝고요. 별 볼 일 없는 저하고의 만남이 시한성 있는 기사를 위한 것도 아닐 터이고, 부채 상환의 마감 달을 맞는 촉박한 일도 아닐 일인데, 한 번이라도 더 만나려고 안달을 부릴 일임에도 불구하고, 그렇지 못한 내 입장을 좀 이해해 주면 안 되나 해서요.

뒤늦은 변명이 되고 말았는데, 맘 아플 오해는 받기 싫기에 말씀드리는 겁니다. 거동이 불편한 부모님을 가까이에서 모시고 있습니다. 주말은 일하는 사람들이 쉬니까 더 바쁘고요. 지난 10년이 넘는 세월 동안 무엇보다도 우선권을 뒀던 일이거든요. 효도한다는 맘보다 인간적인 면에서, 나이 들고 불편한 몸으로 저만 바라보고 사는 그분들을 살아생전 최선으로 모신다는 맘에서. 특히 사고로 중추 신경을 다쳐서 휠체어를 타는 어머니를 위해서는. 그런 어머니를 오랫동안 밤잠을 설치면서 시중을 드렸던 연로한 아버지는 4년 전에 폐렴을 크게 앓고 구사일생을 하신 후로는 기력이 진하여 20여 보 이상은 쌍지팡이를 짚고서도 거동이 불편하여 역시 휠체어를 타신답니다.

그리고 5월에 사지가 불편하여 꼼짝을 못 하는 어머니한테는 극비로 집사람과 장모님이 9박 10일로 유럽 관광을 갔다 오게 하였는데, 5월 24일에 떠나려다가, 5월 11일 큰애 졸업식, 5월 19일 아이오와 주립대학에 유학 온 조카의 첫 학기 끝나면 시카고로 데려 오는 일 따위로 6월 7일로 미뤄 놨었지요. 그래서 난 선미 씨 기분도 잘 모르고, 6월 8일이면, 드디어 갈 수 있겠다는 생각만 하고 있었는데, 지난번 통화 중 아무 뜻도 없이 ‘5월은 좀—.’ 하고 얘기한 끝에, 선미 씨가 서둘러서 전화기를 내리기에 뭔가 되게 잘못되었구나라는 생각이 바로 들었지요.

수많은 만남과 헤어짐에 익숙한 납니다. 그 어떤 만남을 위해서 서로를 이해하기 위해서 오랜 시간이 걸려도, 무슨 이유에서든지 헤어질 때는 몇 초면 족하는 것도 잘 알아요. 더군다나 오해하는 입장이 된다면. 친구라면 헤어지고 말 것도 없을 뿐더러 언제가 되던간에, ‘야, 그동안 격조하였다.’ 하면 끝인데 말입니다. 내가 아는 어느 누구보다 진솔한 선미 씨라 생각합니다. 그러기에 내가 실없고 형식적으로 대한다는 생각에 자존심도 많이 상

했겠고, 실망도 했을 거라 생각이 들지만, 세월이 좀 지나면 잘 이해가 될
거라 믿어요.

우석

Subject: What A Gorgeous Spring!
Date: Tuesday, May 07, 2002 12:29 AM
From: M Kim

선미 씨에게

떠날 사람 떠나고,
남을 사람 남아도,
예나 다름없이 태양은 또 떠오르고, 또 지더니만,
늦게 온 봄날이 천지에 가득하더라.

진홍빛, 연 분홍빛, 백설 같은 꽃사과 꽃,
어느새 만발하여 짙푸른 하늘에 뽐내더니,
간밤에 몰아친 비바람에 속절없이 지누나.

뒤뜨락 한 곁에 덩이져 만개한 라일락,
그 엷은 향내는 옛 임의 입김이런가?
맡아도, 맡아도 질리지 아니하고,
회상의 안개 되어 온몸을 감싸여라.

너무도 화창한 봄날에,

세상의 만물이 회동하는 이 아름다운 계절에,
'헤어짐'이라는 말이 너무 어울리지 않지 않는가?
포도주 몇 잔을 마셔 댔더니, 취기가 오르네.
전화는 하지 말라고 했으니, 할 수도 없고.
예, 안 하지요. 절대로.

아무 소리 ― 하지 않고, 그냥 내버려 두려고 하였다가,
봄날이 물들어 오던 지난 두 달 동안,
알게 모르게 적셔진 속마음이 부풀려져,
아무런 인연도 없이 한길에서 오가는 타인처럼,
차마 지나치지는 못하였네.

'후배님'하고 당분간 지낸다니, 여러 모로 잘 된 일이라 생각합니다. 멀리 타국에까지 와서 너무도 처절하게 자신과 싸울 필요는 없을 일이었지요. 너무 가물었던 땅에 꼭 필요한 단비라 할지라도 서서히 흡수치 못하면, 수해를 입게 될 일이었습니다.

과정이 어찌되었던 간에, 결국 자기 자신과의 싸움에서, 구태의연하게 '나였던 나'를 선택하고 말았다는 표현이 맞을지는 모르겠지만, 어려운 한 발을 앞으로 디디질 못하고, 그 무엇이 두려워서 후회하는 맘으로 돌아섰나요? 불륜을 저지른다는 의도도 없었다면서. 그저, 오라비같이 기대고 싶었다면서.

기자는 작가와는 달리 상상력이 필요치 않으며, 어디까지나 있는 그대로를 전해 주는 '르포의 메신저'라고 생각한다면, 더 이상 할 말이 없지마는, 그렇다 해도 사실 그런 사람이 얼마나 됩니까? 특히 한국의 많은 기자들은 그 사실 자체도 제대로 전하지 못하고, '언론의 특권'에 너도나도 물이 들어

왜곡을 하고 있으니 말입니다. 나는 그런 '조중동'의 애독자가 절대로 되지 못하는 사람인데, 너무도 진솔함을 내세운 뒤, 때로 후회를 하는 그 맘 씀을 내세운 선미 씨를 더 알고 싶었을 따름이었죠.

좋아하고 아껴 주고 싶은데, 무슨 자존심이 있겠습니까? 하지만 지금의 자기를 지키겠다는데, 절대로 매달리지는 않습니다. 가는 세월 붙잡을 수 없듯이, 가는 사람 붙들고 싶지 않고, 혹 돌아오는 사람, 또 구태여 피할 일 도 없는 일이고—.

우석

그러나 선미한테서는 다시 연락이 오지 않았다. 그녀 또한 어느 날 갑자기 쇠망치로 뒤통수를 한 대 얻어맞는 계기가 있어, 제정신으로 돌아온 후, 고집스럽게 오리발을 내밀고 길어질 뻔했던 꼬리를 내리면서, 지금까지의 자기였던 자신을 되찾고 지성인(?)의 길을 고수하려 했던가? 밑도 끝도 없이 무조건 그동안 나눈 얘기는 안 들은 걸로 해주고, 없었던 일로 해달라면, 모든 게 그렇게 돼 버린다는 생각을 하는 자체가 소름이 낄 정도의 대단한 이기주의자이거나, 지금까지 심적 갈등이 많은 과거에 얽매여 살아온 거라 생각하니, 맘 한 구석 한편에는 아쉬움보다 안쓰러운 생각마저 들었다.

이렇게 해서 얘깃거리의 기본 구성 요소인 '기승전결'을 갖추기는 커녕, 시작하는 단계를 간신히 넘어서 '승'의 단계를 들어서지도 못하고 또 꺼져 버렸다. 마지막 메일에서 절대로 전화를 안 한다고 하였지만, 술이 얼큰하게 취한 날이면 그 유혹을 뿌리치기가 쉽지 않았으나 용케도 참았다. 그렇게 한 달이 지나니, 봄은 이제 여름으로 바꿔져 버렸고, 봄의 낭만 대신에 무더운 나날이 계속되었다. 이제 일주일만 있으면 그녀는 지난 일 년 동안 머물렀던 뉴욕에서의 체류기간이 끝나고, 그동안 정들었던 아파트를 떠나서, 7월부터는 귀국 전까지 맨하턴에 있는 어느 호텔로 옮기고, 마지막 3주 동안 지내다가 귀국을 하겠지. 그리고 한국에 들어가면, '누가 날 죽여 줬으면—.' 하는 처절한 고독을 씹었던 어느 중년의 여기자는 자기 자신을 두텁게 재포장해 버리고, 다시 물을 만난 고기처럼 여러 사람들 중심에 서서 공주같이 지낼 것이니, 짧은 인터넷에서의 우석과의 만남은 곧 망각해 버릴 일이다.

그후로 4년이라는 세월이 흘렀다. 술이 엄청 취한 어느 늦은 가을 밤, 갑자기 그동안 가슴을 짓눌러 왔던 멍에를 벗어 던지고 싶었다. 그리고서 맘의 어떤 준비도 없이 아주 오래 전에 알려준 핸드폰 전화를 눌러 버렸다. 신호가 몇 차례 가고 오랜 만에 귀에 익은 목소리가 흘러 나왔다.

"여보세요?"

"네, 여기 시카고에 있는—."

"어떻게 이 전화번호를 알았지요?"

"전에 알려 줬잖아요."

"앞으로 이리로 전화하지 말아욧!"

"그리 하겠는데요, 잠깐—."

하였더니, 서둘러 끊어 버렸다. 전엔 그가 끊으려 하면 벌써 그러냐고 사정을 했댔는데 말이다. 쓴웃음이 나왔다. 우석은 순간 어이가 없어 피식 쓴웃음을 지으며 뇌까렸다. '그래, 치사하게 미련을 가지고 다시 어쩌자는 게 아닌데. 유경이도 자네도 자기들 멋대로 하였으니, 나도 그리 할 수 있지만, 나 역시 똑같은 놈이 되어버리겠지? 아, 이럴 때는 그 옛날 시골 장터나 유원지, 삼류 카바레에서 접속곡으로 이어지는 경음악 버전 지르박 리듬에 맞춰 온 몸이 푹 젖도록 흔들어 보는 게 상책인데—. 아싸, 아싸, 다 잊어버리자!'

사욕 없는 사랑, 대가 없는 사랑

대망의 21세기가 밀려온 지도 벌써 7년이 되어 갑니다. 지난 한 세기 동안 자연과학이 이뤄 논 업적으로 미루어 볼 때, 앞으로의 1세기 동안에는 너무도 엄청난 일들이 밝혀질 것입니다. 첫째로 우주 생성 과정의 의문이 풀어질 터이고, 둘째로 이 지구상에 나타난 35억 년 전 최초의 미생물이 어떻게 생성되었나 하는 태고의 비밀이 밝혀질 것입니다. 그로 인하여 인류가 선험적으로 만들어낸 신들에 대한 도전이 끝마무리 되면서, 촌음과도 같은 지난 수천 년 동안에 정립된 인간의 모든 가치관이 무너져 버리고, 인류는 최대의 위기를 맞을 수도 있습니다.

하느님이 없는 교회를, 부처가 없는 절을 생각해 보고, 시바와 비슈누, 데비가 없는 힌두교 사원을 생각해 보라. 종교적인 믿음이 떠난 인류의 삶은 어디로 표류할 것인가? 피조물에 대한 망상이 깨지고, 수천 년 동안 믿어 의지해 온 신들에 대한 허상이 깨지면서, 미친 과학자들이 부르짖는 신흥종교에 너도나도 줄을 설 겁니다. 그들은 영생의 코드를 손아귀에 쥐고, 소나 양을 복제하듯, DNA 코드를 제멋대로 조합하여, 자기들의 필요에 따라 이용할 인간을 대량 복제하여 그들의 노예로 만들 것입니다.

과학자들은 인간이 뭔가에 몰두를 하여, 유별난 집착을 보이거나, 심지어 사랑에 대한 몰두도 두뇌 속의 화학적 반응이 극대화됨에 따라 일어나는 현상이라고 말합니다. 그래서 과학자들은 그 어떤 지적인 행위도, 사랑도, 감정도 인위적으로 조절을 하여, 아인슈타인보다 더 좋은 머리를 갖고 있으면서, 감정을 느끼지 못하게 만든 지식형 노예나, 허큘리스보다도 더 힘이 센 노동형 노예를 만들고, 단지 쾌락의 극치를 위해 백치의 성적인 노리개도 만들 수 있을지도 모릅니다.

이제 인류는 바야흐로 이념에 의한 분열이 아니라, 인간이 인간을 조절하는 과학만능주의와 그에 반하는 본연의 인류를 고수해야 한다는 신 복고주의로 양분될 것입니다. 그러나 과학이 제아무리 발전을 하여, 최초의 우주 생성의 비밀과 무슨 조화로 유일무이하게 이 땅에 미생물이 생성된 이유가 밝혀진다 해도, 500만 년의 길고도 긴 진화를 통해서 우리는 유한하게 현세를 살고 있는 인간일 뿐입니다. 우리들의 두 눈이 단지 화학적인 반응을 일게 하는 신호를 감지하는 센서에 지나지 않다 해도, 온 천지가 하얀 눈으로 덮이고 싸늘한 기운이 가득한 어느 겨울밤, 앙상한 잔가지에 걸쳐진 파리한 달빛과 더불어 초롱초롱 빛나는 별들을 바라볼 때, 자신도 모르게 나직이 잊혀져 가는 임의 이름을 불러봅니다. 그리고 선혈의 단풍으로 물든 산사의 뜨락에 서서, 흰 구름 두둥실 떠 있는 짙푸른 하늘로 비상하는 빨간 고추잠자리를 하염없이 바라보며 어쩔 수 없이 엄습해 오는 서글픈 감상에 자신을 흥건히 적시우기도 합니다.

자연과 더불어 살아온 인간은, 비록 자연이 단지 인간에게만 아름다움을 주지도 않을 뿐더러 때로는 지진, 홍수, 가뭄의 재앙을 멋대로 안겨 주워도, 우리들은 본연의 모습대로 그렇게 어울려 살아갈 수밖에 없습니다. 그래서 우리는 인간은 물론, 존재의 의미를 가지고 수억 년을 버텨온 미물까지도 소중하게 대하는 것이, 그 어느 때보다도 위기의 21세기를 사는 만물의 영장이 할 마지막 도리입니다. 동시대를 살면서 불행에 처한 인간에 대한 배려와 사욕 없는 사랑, 대가 없는 사랑만이 우리 인간을 아름답게 만들 수 있습니다.

그러나 우리는 영원할 것 같은 수많은 사랑이 식는 걸 봐 왔고, 변하는 걸 봐 왔습니다. 하지만, 부모와 자식으로 엮어진 혈연의 고리는 맹목적이기에, 맘에 안 들고 못 쓰게 된 물건 같으면, 수천 번 버렸을 거지만, 그렇게 버릴 수도 없는 그 질긴 인연을 멍에라 합니다. 해묵은 간장 같은 남녀의 사랑도 달콤한 말로 다짐만을 하는 표현의 사랑은 이미 아닙니다. 고왔던 홍안은 추억 속의 사진이나 뇌수의 일방에서 누렇게 탈색해가도, 세월이 흐르면 흐를수록 영글어 간다고 믿었던 사랑은, 포도가 발효를 하여 포도주가 되어 버리면, 그 포도주에는 더 이상 포도는 없듯이, 한평생 서로 지고 갈 또 다른 멍에로 변해 버리고 맙니다.

끝으로 그동안 겉과 속이 한결같고 열심히 현실을 극복하며 살아온 내자에게 꼭 사죄할 일이 있다면, 결혼 후 겉으로 나타난 외도는 아닐지어도, 한때나마 채울 수 없는 공허함을 이겨내지 못하고, 정신적인 대화를 위해 소울 메이트(Soul Mate)를 찾는다는 미명하에 수년 동안 사이버 공간을 헤맸던 일입니다. 그리고 이 책이 빛을 볼 수 있게끔 연계를 해주신 원로 시인 배미순 선생님, 분망중에 총평까지 올려주신 김종회 교수님, 또 심안(審按)의 서평을 써주신 작가 손보미 씨에게 성심으로 고마운 맘을 전합니다.

2007년 9월, 가을의 문턱에 서서

미국 일리노이 주 노스부룩에서

김석휘 드림

사랑에 대처하는 우리들의 자세

손보미[*]

사랑이 환상을 기초로 한다는 것은 이제는 진부해진 명제이다. 인간은 누구나 결핍되어 있다. 사랑은 그/그녀가 나의 결핍을 채워 줄 것이라는 환상에 기초한다. 우리는 누군가를 사랑할 때, 그 사실에 대해 아무런 의심도 하지 않는다. 우리는 순진하게도 사랑이 우리의 결핍을 메워 줄 수 있을 거라고 믿는다. 사랑이 끝났을 때 우리를 격렬하게 사로잡는 감정은 바로 상실감이다. 내가 아무리 사랑하는 사람이라도, 혹은 나를 아무리 사랑하는 사람이라도, 그 사람은 나의 결핍을 절대 메워 줄 수 없었다는 것, 여전히 결핍은 내 안에 남아 있다는 것에서 비롯되는 감정이다. 하지만 사랑은 끝났어도 우리들은 살아남아야 한다. 우리들은 여전히 결핍을 안고 있고, 그러므로 나의 결핍을 메워 줄 수 있을 또 다른 대상을 찾아야만 한다. 결여를 메울 수 있을 것이라는 사실 자체가 환상이라 할지라도, 살아가기 위해서, 우리는 그 환상을 믿지 않으면 안 되는 것이다. 사랑의 실패를 경험했지만, 여전히 사랑

---

[*] 소설을 쓰고 있으며, 경희대 대학원 국문과 박사과정을 마쳤다.

의 환상을 작동시키기 위해서, 다시 다른 누군가를 사랑하기 위해서는 먼저 이 실패를 극복해야 한다. 왜냐하면 아무도 사랑하지 않을 수 있다고 생각할 때, 혹은 아무도 사랑하지 않을 때, 우리는 우리 자신 바로 앞에 놓여진 이 무시무시한 결핍 혹은 결여와 마주치게 될 것이고, 그리고 그것을 견딜 수 없게 될 것이기 때문이다. 그렇다면 우리들은 이 실패를 어떻게 극복할 것인가?

우리가 택하는 손쉬운 방법들이 있다. 내가 그/그녀와 사랑했던 시간들을 신화화하는 것이다. 다시 말하면, 그 시간들을 무엇과도 맞바꿀 수 없을 만큼 아름답고, 소중한 시간들이라고 기억하는 것이다. 그렇게 한다면 그 사랑의 순간들은, 비록 그것이 끝나 버렸다 하더라도, 단순히 헛된 시간적·감정적 낭비가 아니게 된다. 우리는 그 시간들을 인생에서 없어서는 안 되었을 만한, 가치있고, 생산적인 시간들로 변화시킨다. 그리고 그 과정을 통해 지나간 사랑의 추억을 떠올리며 웃을 수 있을 때에야 비로소 한 가지 사랑 이야기는 끝난다. 이제 우리는 어떤 또 다른 대상을 통해서 우리의 결핍을 채워 줄 수 있을 거라고 믿을 수 있게 된다.

이런 측면에서 보자면 『어느 남자의 사랑 이야기』는 굉장히 기묘한 느낌을 주는 텍스트이다. 예컨대 독자들은 이 제목을 보고 한 남자가 한 여자를 사랑하고 그 사랑에 성공하는 구구절절한 러브스토리를 기대할 것이다. 생각해 보라, 이제껏 얼마나 많은 텍스트들이 허구적인 사랑의 신화를 완성하는 것을 목표로 했었는가! 하지만 그런 기대감으로 이 책을 집어든다면, 그 독자는 분명 실망하게 될 것이다.

『어느 남자의 사랑 이야기』는 한 남자의 '한 여자에 대한' 사랑 이야기가 아니다. 한 남자의 '여러 여자에 대한' 사랑 이야기이다. 노골적으로 말하면, 『어느 남자의 사랑 이야기』는 한 남자가 자신의 인생을 통해 만난, 수많은 여자와의 관계 안에서 일어났던 사건들을 기록한 것이다. 요컨대, 이 텍스트는 우리가 흔히 기대하는 한 남자의 구구절절하고 지고지순한 러브스토리가 아니다. 오히려, 한 남자가 연애에 끊임없이 실패하고, 그리고 동시에, 그 실패를 끊임없이 반복하는 순간들을 그려내고 있다. 재미있는 점은 지나간 사랑의 후일담이라는 형식을 취하고 있으면서도 이 텍스트 안의 '그'는 지나간 사랑을 서술할 때 흔히 나타나는 신화화, 그러니까 자신의 지나간 사랑이 얼마나 아름다웠는지, 혹은 그 사랑이 얼마나 숭고했는지에 대해 설명하는 데에는 별로 관심이 없어 보인다는 것이다. '그'는 그러한 신화화의 과정을 통과하지 않는다. 오히려 이 텍스트는 정확하게 그 반대의 지점을 겨냥하고 있는 것처럼 보인다. 요컨대, '그'의 사랑에는 사랑을 신화화할 때, 필연적으로 끌어들여지는, 순수하고 정신적인 사랑이나 숭고함이 부재한다. 거꾸로 '그'는 우리가 사랑에 대해 말할 때, 말하기 꺼려하는 것들에 대해 가감없이 발언하다. 우리는 누군가를 사랑할 때, 얼마나 육체적으로 반응하는가? 혹은 얼마나 외모적인 것을 따지는가? 사랑을 할 때, 인간이라는 것은 얼마나 속물적이 되는가?

그의 사랑은 결핍을 채워 주는 것(혹은 결핍을 채울 수 있을 것이라는 환상)으로 기능하는 것이 아니라, 오히려 끊임없이 자신의 결핍을 드러내고 자신의 결핍과 대면하게 만드는 것처럼 보인다. 그러므로 그의 사랑은 언제나 다른 모든 사랑이 그렇듯이 결국에는 실패하지만 그 실패를 대하는 양상은 사뭇 다르다. 읽는 사람에게 기묘한 느낌을 주는 것은 바로 이 지점이다. 한 가지 에피소드를 보자. '그'는 자신이 과외를 가르치는 학생의 친척 언니를 보고 첫눈에 반한다. 하지만 그에게 돌아오는 것은 "남자에게 관심이 없다"는 그녀의 차가운 반응뿐이다. 그는 그녀를 일 년 가까이 사랑하지만, 그녀의 마음을 얻는 데는 결국 실패한다. 여기까지라면 이건 그냥 진부한 짝사랑 이야기에 불과했을 것이다. 그는 그 여자를 잊지 못해 오랜 시간을 몹시 괴로워하고 있던 도중, 우연히 들른 지방에서 그 여자의 소식을 듣게 되고, 그 여자가 '그'의 친구에게 맡겼다는, 자신에게 보내는 쪽지를 받게 된다. 거기에는 "시간이 나면 연락을 달라"는 전언과 그녀의 연락처가 있었다, 그토록 사랑하는 여자의 연락이었지만, 이상하게도 그는 끝내 그녀에게 연락하지 않는다. 그는 연락을 하지 않는 자기 자신에 대해 괴로워하지만, 그때 그녀의 호출을 거부함으로써, 비로소 그녀에 대한 마음을 접을 수 있게 된다. 다시 말하면, 그는 사랑이 성공할 수 있었음에도 불구하고 스스로 그것을 실패하게 만든다. 이쯤되면 우리는 '그'의 사랑은 마치 실패를 반복하는 것 그 자체가 목적인 것처럼 보인다고 말할 수도 있을 것이다. '그'는 사랑, 혹은 연애의 실패를 통해 끊임없이 결핍을 드러낸다. 그는 사랑이라는 행위를 통해 자신의 결핍을 끊임없이 불러낸다.

다른 에피소드를 더 살펴보자. '그'는 결혼 후 여러 가지 압박감으로 괴로워하던 중 우연히 인터넷을 통해 한 여자를 알게 되고, 그 여자와 이메일을 주고받게 된다. 그러던 중 그것이 아내에게 발각되고, 결국 아내와 별거하는 계기가 된다. 그후 계속 이메일을 주고받던 그 여자와 만나게 되고, 하룻밤을 같이 보내는데, 그후로 그 여자는 '그'가 보내는 이메일에 대해 답장하지 않는다. 갑자기 끊긴 연락에 대해 마음 아파하고, 초조해 하고, 궁금해 하던 '그'가 마음을 추스르고 일상으로 돌아온 후 발견하게 되는 것은 다름 아닌, 자신을 둘러쌓고 있던, 자연의 존재이다. 졌다가 폈다가를 반복하는 꽃, 순환하는 계절, 일주일을 노래하기 위해 칠 년이라는 세월을 견디는 매미의 일생. '그'는 그런 것들에 대해 생각하기 시작한다. '그'는 인간의 삶은 유한하지만, 바로 그것이 사랑을 하게 만드는 원동력이라는 것을 깨닫는다. 그는 그의 유한한 삶, 바로 그 자체가 사랑의 조건이라는 것을 알게 된다. 삶의 사건들은 어김없이 사라지고, 사랑하는 대상도 사라지지만, 그 기억은 영원하다. 그것이 우리의 인생을 영원으로 이끌어 주리라는 것을 알게 되는 것이다. '그'는 이렇게 말한다. "우리 인생은 그렇게 선택되어진 고귀한 존재가 아니다. (…) 우리네 삶은 과정만을 살다가는 삶이다. (…) 순간을 열심히 살면, 과거 현재의 내가 없어져도 미래도 열심히 살 거라는 명제가 선다"라고. 우리는 아무리 노력해도 우리의 삶을 완성시킬 수 없다. 우리는 그저 과정만을 살아가는 존재들이다. '그'가 말하는 삶의 과정을 표현하는 다른 단어를 찾는다면, 그것이 바로 '사랑'이 아니겠는가. 완성할 수 없는 삶을 받아들이되, 완성을 위해 고군분투하려는 삶, 사랑. 그리고 우리가 삶이나 사랑을 완성시킬 수 없다는 사실을 받아들일 때, 그것의 실패가 예정되어 있다는 사실을 받아들일 때, 그러므로 그저 열심히 살 수밖에 없다고 생각할 때, 역설적이게도 삶은 완성되는 게 아니겠는가?

이제 우리는 『어느 남자의 사랑 이야기』라는 이 기묘한 텍스트에 대해 다른 식으로 발언할 수 있게 되었다. 이것은 잃어버림으로써 완성시키는 삶에 대한 이야기이다. '그'의 사랑은 신화가 되기를 거부했다. 신화가 되기를 거부하고, 그 대신 그것이 삶의 동력이 되는 것을 선택했다. 사랑이 그저 결핍을 지우기 위한 삶의 한 사건으로 존재하는 것이 아니라, 결핍을 껴안는 삶 그 자체가 되었던 것이다. '그'는 자신의 결핍을 있는 그대로 받아들여야 한다는 것을 안다. 더 나아가 '그'는 결핍을 받아들이고, 그 결핍을 반복함으로써 자신의 삶을 완성시킬 수 있는 진정한 자기 탐구에의 길을 걷는다.

우리는 손쉽게 '그'의 사랑이 속물스럽고 육욕적인 것을 추구하는 것이라고 폄하할 수도 있다. 하지만 그는 우리가 대면할 용기가 없어서 차마 걷어낼 수 없었던 바로 그 환상을 걷어낸다. 그리고 그토록 진솔하고, 인간적이고, 노골적인 감정의 고백을 통해 자신의 사랑을 승화시킨다. 그러므로 우리는 이런 식으로도 다시 말할 수 있다. '그'는 실패했지만, 동시에 항상 성공했다. 그랬다. 그의 사랑은 언제나 성공적이었다.